杀房

潘思宇 著
PANSIYU

长篇悬疑小说

人民东方出版传媒
東方出版社

目录

楔子

那阵子总是有几个外地人在楼下摆着摊子扯着线玩皮影戏。每到晚上，人们熙熙攘攘地围成一圈观看。几个小伙子搬出一个黑色的大盒子，拧亮灯泡，几根棍子灵活地挑着皮影，绘声绘色地讲起故事来。他们穿着白色的汗衫，灰色的宽大肥厚的裤子用皮筋扎在腰间，脖子上挂着条擦汗的毛巾。夏天把地面都蒸干了，燠热的空气里都是汗味儿。

那个小伙子是里面最沉默的一个，从来没见他给皮影配声唱戏，都是在摆弄皮影或是拉二胡。他的眉毛很浓很黑，直直的一条横着，好像蘸满墨汁写的“一”字，眼神却很温柔。

这样的人应该有颗温柔的心吧。那年我十九岁，刚从北平读书回来，剪着齐耳的短发，刘海也是整整齐齐地垂在眉毛上，皮肤吹弹可破，白里透红的，像个瓷娃娃。三姑六婆的见到我，都说我愈发出落得亭亭玉立了，有股女学生的清纯气质，不愧是富商张宇锋的千金，应该找个好婆家了。

后来，那个玩皮影戏的沉默的男孩子成了我的丈夫。再后来——门外的脚步声越来越近了。

——张紫琳

第一章　玻璃纸小人儿

第一节　花园

“妈妈，糖糖好甜。”媛媛胖乎乎的小手递给我一张糖果玻璃纸。

“一天吃一颗糖就好，吃多了牙齿会长虫虫哦。”我把太妃糖的罐子拧紧，放到橱柜的高层。

“妈妈，我要叠小人儿。”媛媛嘟起嘴巴。

“好的，可是你要先学写‘三’字。”

“我已经会写‘一’‘二’……”媛媛有些懒了。

“不行，要先学会写字，小人儿才能叠得好，你看，媛媛的小人儿总是叠得没有妈妈的好，因为妈妈会写的字比较多。”

“好吧……那我先写字。”媛媛皱起眉头乖乖地从桌子的抽屉里拿出了纸和笔，依着字帖上的“三”字写起来。

媛媛的眼睛眨巴眨巴的，睫毛又弯又长，小脸蛋圆圆的像个红苹果，长长的头发披散下来。我带着媛媛到发廊里，让师傅给媛媛也电了个时髦的小卷发。大家都说媛媛长得真像妈妈。我小时候也有这副无邪可爱的神情吗？那时我总喜欢自己一个人玩儿。每次吃过的糖果纸，我都洗干净，然后叠成小小的人儿。花花绿绿的糖果纸可以做成各种各样的小人儿，国王、妃子、小孩、女仆……就好像一个小小的剧场。这些小人儿是我的白俄钢琴老师教我叠的。据说她是个流亡中国的白俄贵族的私生女。她会说流利的英文。有一次我的生日，她送给我一本《格林童话》。那时候我虽然依旧锦衣玉食，可是家道已经中落，摇摇欲坠的家族就等待着最后的树倒猢狲散，吃穿用度还是一样那么挥霍。母亲和父亲离了婚，去了美国。父亲天天躺在炕上和姨娘吸鸦片。家里总是弥漫着鸦片的怪味。

糖果纸洗净了，也还是带着糖的淡淡的清甜味道。每张糖果纸叠成一个角色，粉红的是外国公主，红色的是中国皇后，黑色的是女巫，金色的是道士……一个截然不同的崭新世界，与世隔绝，却倾注了年幼的我的幻想和激情。我把它们小心翼翼地放进了透明的大玻璃瓶里。每天晚上做梦，会梦见乡下姑婆家的野外草丛里的一整片萤火虫，走近一看，发现每个萤火虫都是一个玻璃纸小人儿的形态。我的小人儿活了。

“妈妈，我写完啦！”媛媛把作业本递给我。

只见上面的字歪歪扭扭的，一看就是媛媛心不在焉。我眉头一皱。

“媛媛，你没认真写好！”

“玻璃纸在哪儿呢？你放哪儿了呀？”媛媛左顾右盼，歪歪扭扭地在客厅里乱转。

“媛媛，妈妈和你说话呢，你没认真写字。”

“玻璃纸呢？我闻到糖的味道了。”媛媛好像没听见我说话似的，脑子里只有糖果和玻璃纸。

“太太，孩子还小哇，才三岁，就先让她叠糖果纸人儿吧！这会儿她是写不成字的咯！”一旁的奶妈说。

“唉，好吧。”我勉强同意了。

媛媛拿着一叠彩色的糖果纸，很是兴奋。我手把手地教她叠小人儿。我用一张粉红色的糖果纸叠了一个大头娃娃，然后剪下了几撮绣针用的线，粘在小人儿的头上做头发。

“这个好像媛媛呀。”媛媛拿着小人儿笑了，小酒窝深深的。

“这个叫作‘媛媛公主’。”我捏捏媛媛的小脸。

“再叠一个‘媛媛妈妈’。”媛媛说。

“好好，我再叠。”我又拿起一张红色的糖果纸。忽然感到一阵眩晕，恶心的感觉袭来，我捂着嘴快步走进洗手间。

奶妈忙冲了杯温水给我：“太太有喜了，要多休息，注意身子。”

我半躺在贵妃椅上闭目养神，让奶妈带着媛媛到花园里玩去了。

希望能生个男孩。应布良一心盼望着有个儿子。生下了媛媛不久，应布良去了南洋经商，一年才回来两三次，来去匆匆。

房间里的空气过于混浊。我起身拉开米黄色的厚厚的幔子，下午的柔和光线唰地倾泻进来，户外花草的芬芳也融化在阳光里。

和应布良的第一次约会是在城里的唯一一间咖啡馆里。交际花莉娜介绍我和应布良认识。莉娜私下里对我说：“女人哪，嫁给男人图个啥？不就是为了有个依靠，没钱的男人也未必会对你好，辛辛苦苦地跟他熬日子何苦呢？日后有钱了见到发妻变成了个黄脸婆就抛弃发妻的多的是。倒是嫁给有钱的男人，实在。这应布良虽然已经有过两任老婆，第一任死了，第二任疯了，你若嫁给他，依然是大老婆。而且这应布良从不纳妾。”

应布良已年近五十，头发斑白，眼角的鱼尾纹浓密，但是精神矍铄，一对桃花眼依旧泛着柔情，说话却带着外地的乡音。

“乔芸小姐出身官宦世家，书香门第，气质果然不一样。”应布良眯着眼睛打量着我，手指尖随着咖啡馆唱机里的爵士乐有节奏地敲打着桌面，“不介意我抽支雪茄吧？”

“哦，没事。”我低声说。

“乔芸哪，在教会女校读的书，琴棋书画样样都会。”莉娜道，“应先生是做服装外贸生意的，在南洋也有店面和铺子。”

“乔芸是受西式教育的哦，现在有钱人家的女孩受西式教育的多，不像以前，以前的女孩子，从小就请了先生在家里教。”应布良道，“乔芸平时喜欢干些啥？”

“都是看看书，弹弹琴的。”

“都看些什么书呢？”应布良问道。

“朱自清、徐志摩，还有泰戈尔、狄更斯。”

“哈哈，乔小姐喜欢看新派的书籍啊。”

“乔小姐接受的是新式教育，家里却也是传统教育，女红、烹饪什么的都懂一些。”莉娜对应布良说。

“新女性都有很特别的味道。”应布良说。

“什么味道？”我问。

“让我闻闻就可以告诉你了。”应布良俯身凑前，柔声地说。声音里是浓重的雪茄味。他的绸质光滑面料的西服跟随着他的微小的动作而发出几乎听不见的窸窸窣窣的声音。

我的脸颊有些发烫。

“应先生，小女孩子不大懂得你的幽默呢。”莉娜捂着嘴笑起来，又对我说道，“应先生就爱耍嘴皮子，别太介意。”

咖啡厅的唱机里放起了舞曲。

“乔小姐跳舞也跳得很不错的哦！”莉娜告诉应布良。

“乔小姐，是否可以邀请你跳支舞呢？”应布良站起来整整西装，很绅士地向我伸出了手。

“好的，谢谢！”

应布良拉着我的手来到舞池，我们就在舞池里旋转起来。灯火辉煌，头顶上的水晶灯晃得刺眼，竟让人目眩神迷。小时候常有这样的舞会，只是那时我是舞池里的小公主。

“乔小姐的手好软，让人握着都不忍心用力。”应布良的呼吸弄得我脖子痒痒的。他的手攥着我的手的力度随着他的呼吸一紧一松，一松一紧。

我没有直视应布良，视线在应布良的肩膀上，但是我感觉到他目光里火辣辣的欲望。我不安起来，手心沁出了汗。

“别紧张，放松点。”应布良从喉咙里发出一丝干笑，“你真可爱。”

我眼角的余光瞥见了应布良的脸庞。他的脸上长了许多褐色的斑点，皱纹里仿佛藏着灰尘，显露出与皮肤不一样的颜色。但是他的五官依旧清秀，嘴唇与下巴的距离较短，倒是让他显得年轻些。笑容里隐含着某种虚无缥缈，好似在一个空旷的黑色封闭剧场里，一个孤零零的演员面对着空无一人的台下发出的笑，又好像是被封存在火柴盒里的笑容，只等着拉开火柴盒点亮火柴的一刹那，燃烧起来。

第二天，应布良邀请莉娜和我到他家的花园中喝茶。花园很大，草修剪得很整齐，在大大的铁栅门与楼房之间的七里香修剪得齐人高，迂回的夹道，好似迷宫一样。旁边的树木高大挺拔，艳丽的花朵散发出浓郁的香味。阳光里没有尘埃的气息，光束里全是透亮透亮的小玻璃瓶，轻轻地打在脸上，触及心里，微微的疼痛。

“被花园迷住了吧？”莉娜扑哧一声笑道，“我第一次来也是被迷住了。这花园是应先生的原配设计的，屋子里的装修摆设也是。应先生一直都没有改变过。”

我考虑了三天，答应了应先生的求婚。

第二节　魇

应布良知道我在教会学校读的书，特意在西式教堂里举行婚礼。

白色的教堂直耸入云。候鸟带来了远方的种子，撒落在墙缝中，教堂的墙壁上长满葱郁的植物。钟声悠远，在淡蓝色的空气中回响。小提琴拉出明亮的旋律，大提琴低低地和着。洁白的婚纱上落满了紫荆花瓣。

宾客很多，来来往往熙熙攘攘，让人眼花缭乱，只有忙不完的应对。接连站了几小时，竟有些眩晕起来。蓦地，看见远远的门廊下，似乎站着一个人，戴着鸭舌帽，白衬衫格子裤，双手插进裤兜里。我心里一惊，冷汗从背脊直冒，心底里却暗涌着欢喜。是张奇？再定睛一看，发现是眼花认错人了。假如真在此时遇见他，我要如何向他解释我做的一切？但是他的音信全无却让我绝望到自弃。

夜幕降临。应布良庞大的身躯覆盖了我。他的身体依然很强壮。肌肤相亲让人迷离，沁出的汗水混合着体味，在夏夜里蒸发。我的身体如同被撕裂般绞痛。他贪婪地用力吸吮着我的每一寸肌肤。我的血液透过皮肤，被一点一点地吸走，直到躯体如同干涸的河床。

应布良发现我不是处女。他掴了我一耳光:“原以为你出身名门，又在教会学校，应该是个正经女孩儿，没想到竟然是装纯，活该你们家族被抄家。”

应布良从床上爬起来，赤身坐在沙发上啪啦啪啦地大口吸着烟，烟气和汗味儿混在一起，空气混浊不堪。他眼望着天花板，眼星子里寒气逼人。

“你以后不许踏出门半步，乖乖给我在家生孩子，生多少是多少，一定要生男孩。”他恶狠狠地盯着我说。

应布良以更加粗暴的方式来对待我。每天夜里我的身体都被弄得青一块紫一块。我咬紧牙关告诉自己，这只是在夜里，白天，我依旧是应富商的少奶奶，有全城最高级的裁缝为我用国外进口的布料制作最时髦的衣服，蜜斯佛陀的香粉，香奈儿的香水，我又过上了这些本应是我过的生活。需要的时候，应布良还会让我佩戴着价值连城的珠宝很体面地和他出入各种高级场所，当然是在严密的监控下。但无论如何，这总比在表叔家好。

张奇到底在哪？我失踪了这么久，他一次都没有找过我吗？他似乎想当然地以为我会一直过得很好，他怎么可能想到往后发生的种种事情。

莉娜姐说：“男人若是真爱上一个女人，天涯海角都会去找你，假如没有来找你，就证明他其实也并没有那么喜欢你。”莉娜在镜子前一边整理鬓角，一边用那双媚人的丹凤眼从镜子里瞥过来。嫁到应布良家里，只有莉娜姐是常客。应布良时常不在家，莉娜姐爱在我的卧室里抹抹这个霜，涂涂那个粉。

花园里有条长长的小径，夏季来临，杧果的香味满溢，树上挂满了沉甸甸的熟透的杧果。莉娜哇的一声叫起来，脚一蹭，甩了高跟鞋，哧溜哧溜地一下子就爬到了树上。

“接着！”她摘下杧果朝我抛来。

我一只手撑着蕾丝边的小太阳伞，赶紧腾出另一只手去接杧果，却没有接着，杧果跌到地上，滚了几滚，在地上流出一条黏糊糊的汁水印子。

“大小姐，把伞放地上吧，在家里散步还戴什么白手套呀！”莉娜笑着喊道。

“小心啊！”我在树下朝她喊道。

莉娜又摘了个杧果丢下来。这回被我接着了。莉娜又连着摘了好几个。只见她在树上灵活得很，那水蛇腰倒真像蛇一样会扭似的，又长又细的白腿稳稳当当地夹着树枝。从杧果树上下来时，还差一大截才到地面，她就直接跳了下来，好像一只猫儿似的。

“莉娜，你在哪儿学的这么厉害的爬树本领啊？”

“你呀，太缺少锻炼了，娇生惯养的。”莉娜拿过一个杧果，用手掰开，那杧果黄澄澄的，汁水饱满。“好甜！”她轻轻地咬了一口，“好久没有吃过现摘的水果了！”莉娜舔了舔嘴唇，像只嘴馋的猫，“小时候，我常常爬树，摘果子，采蘑菇，偷邻居家的番薯。有一次，我带着几个比我小一点的小孩儿，用自己做的鱼钩，去偷偷钓村里何伯鱼塘的鱼，然后藏到后山脚下，生了火烤了鱼吃。被发现了，我吓得逃到一个防空洞里面，待到三更半夜，后来是爷爷找到了我。”

“你的童年真好玩儿。出来后你回过乡下吗？”

“没有。”莉娜的杧果还没吃完，低着头略略弯着身子，以防杧果汁滴到衣服上。浓密的睫毛好像帘子一般，略略下垂的眼角让眼睛带着褐色的忧郁。我站在树荫下，火热的阳光还是从枝叶间直射下来，眼睛被刺得看东西都有些迷蒙，只见小道上的模糊光影和斑驳的阴影，静静的、不动声色的，好像幽灵似的延伸。

莉娜走了。每次她总是玩到傍晚时分就离开，她晚上常常有饭局，还有各种各样的舞会、酒会。我一个人待在客厅里，透过落地玻璃窗远远地望着紧紧闭着的巨大黑色雕花铁门。静静的花园小道上，园丁在给花草浇水。屋外的霞光开始一点一点地被黑夜吞噬。夜晚就像鬼魅，悄悄地从门缝里、窗棂中潜进来。

我不知道自己呆坐了多久，直到嘴巴里咸咸的。是眼泪的味道。

手腕上的伤疤好像一条粉红色的蛆虫，从里面又不断地冒出许多小小的臭虫来。那些臭虫是我在恶臭熏天的厕所里看到的，是我在潮湿阴暗的矮屋里看到的，是我在塘泥水里面看到的。我的胃开始翻江倒海，不停地作呕，似乎连整个五脏六腑都要从身体里吐出来了，但是吐出来的秽物里还是有臭虫在慢慢地蠕动。

被抄家后，父亲吞食鸦片自杀，姨娘带着仅有的一点家当跑得无影无踪。表叔出资给父亲办了个极其简易的葬礼。那天我穿着白色的丧服，在殡仪馆里跪在父亲的灵柩前哭得稀里哗啦。表叔看着我道："乖，不哭，表叔养你。"他笑了，露出两排黄色的牙齿，铜铃一样的牛眼就是笑起来也瞪得贼大，脸上泛着油光的肉也跟着颤抖起来。

表叔家在旧城镇里，半条街都是他盖的围屋，地板上是青砖石，冬暖夏凉，瓦楞上全是灰白色的不死鸟，长得蔫蔫的，仿佛一条条蚕虫。表叔收拾了一间客房让我住下。

表叔说："乔芸，我带你去集市给你买好吃的东西，带你去好玩的地方。"

集市里热闹得很，人山人海，一个小男孩拿着一束小花灯，左右脚穿着不一样的打满了补丁且黑乎乎的布鞋，见我们一下黄包车，就对我说道："姐姐，买花灯吗？"我看了看表叔，表叔似乎猜着了我的心思，嘿嘿地笑了笑，掏出几枚铜板道："来一个给这位小姐。"

我拿着花灯跟在表叔后面边走边看。骑楼下摆起了许多矮桌矮凳，一大堆人在赌博，吆喝声、嬉闹声、叫骂声此起彼伏。表叔看着看着，也被吸引住了，不由得也押起赌注来。我站在一边看着，人群拥挤得很，旁边的大哥光着膀子，头发短得看得见头皮，大声喊着筹码，唾沫星子飞到了我的脸上。我退出乱哄哄的人群，伸伸胳膊，呼吸一下清新的空气。人群之外的一条巷子口，一个十六七岁的女孩子，化了很浓的妆，一双水汪汪的眼睛在黑夜中闪亮，廉价的布料做成的旗袍款式，裙沿开口开到了膝盖上面，瘦瘦的身子倚在黑暗的墙角。一个四五十岁的男人，咧着嘴笑着走过去，手捏了捏她的屁股，她也对着那男人挤出一个笑容，然后两人一起往巷子深处走去了。

我还呆呆地站在原处，表叔从身后挽住我的手臂："那是雏妓。这条巷子里有好几个，每天晚上都站街。"

表叔牵着我的手往回走。我们渐渐偏离了繁华的商区和街道，左拐右拐，转进黑黑的巷子。弯弯的一抹月牙在房檐之间孤零零地吊着，凛冽而萧索。表叔忽然狠狠地紧紧抓住我的肩膀，疼得我叫了起来。他的眼睛泛出血红的光，把我推到墙角，身子沉甸甸地压过来。我奋力地挣扎，叫喊。"再喊我就掐死你！"表叔恶狠狠地在我耳边说。清冷的巷子空无一人，安静得让人绝望。

第三节 囚禁

一滴、二滴、三滴……我看着地板上的血迹，那是从被撕破的裙子底下，从大腿内侧流下来的血。汗水浸湿了刘海。表叔死死地扣着我，我踉踉跄跄地被表叔拖着往回走。

表叔把我反锁在房间里，收走了剪刀。

我的头脑混沌一片，浑身虚弱无力。我用尽最后的力气死命地喊着、叫着，踢着门，只要能逃出这里，怎么都行。

表叔听到了声音，披着外套跑过来，又把我的双手绑了，用布堵着我的嘴巴："别吵大家睡觉！"

表叔回去睡觉了。我的眼泪不停地流，头在发麻，全身的骨头都在颤抖，咯咯地乱响。房间里漆黑一片，清冷的月光从敞开的天窗投下片片光圈。生锈的铁锁紧紧地拴在发霉腐烂的木门外。一张矮矮的木床上的绿色被子上面是斑斑点点的黑色污渍，蚊帐散乱，帐顶蒙满了灰尘，还有死去的蟑螂和小虫子。木桌上放着几个用过的化妆瓶子，里面装的劣质面霜都是表叔为了讨好我而不知从哪儿找来的。本来我还从家里带了些衣物和项链珠宝，表婶说这些东西放在一个小女孩房间容易被偷，还是让她保管的好，就把所有的东西都拿去了。

我挪了挪身子，靠在一面墙上。夜晚的露水浸湿了墙壁，靠在上面只觉得阴湿阴湿的，寒气逼人。不知道是凌晨几点了。没有时钟，没有铊表。时间漫长得似乎已经死亡。我心里在叫着张奇。不知从什么时候开始，在我害怕的时候，我就会默默地叫着张奇的名字，好像他能够带给我勇气，即使他不在身边。我能想象到他听到我的求助后心急如焚的样子，他会急匆匆地赶来。只要他在，我的不安和恐惧都会消失。

张奇的家在巷子的尽头，巷子的两旁都是民宅，很多人在自己的院子里种了紫荆树、桃树，紫色的、粉色的花瓣随风纷纷飘下。

张奇的妈妈很会做“老鼠粉”。“老鼠粉”是当地特有的小吃。它并不是用老鼠做的，而是用米磨成粉，再搓成一条一条像老鼠尾巴大小的粉条。邻里街坊都特别喜爱吃“老鼠粉”。张妈做的“老鼠粉”在当年闻名全城。每天早晨6点开始，她就挑着两担“老鼠粉”沿着青石板铺成的小巷叫卖，小巷两边都是青砖的瓦房，夏天特别阴凉。

小时候，我常常偷溜出去和张奇在巷子里捉迷藏，见到他妈妈，她总是梳着高高的发髻，看到我们就露出和蔼的笑容，有时候还会从口袋里掏出个油炸糖丸给我们吃，或者给我们舀了大大的一碗“老鼠粉”，滑溜溜的粉条充溢着米的清香，再配以清汤，堪称一绝。

清晨的小鸟飞过围龙屋院子里的芭蕉树，隔着砖墙，推着车卖早餐的小贩在高声吆喝，路过处传来叮当的铃声。日子就好像这叮当声一样，清脆地、不急不躁地缓缓流过。

可是张奇在哪？他对一切的一切一无所知。

太累了，我的神思开始恍惚起来，迷迷糊糊昏睡了过去。第二天醒来，噩梦依旧。

我被囚禁在这间潮湿阴暗的矮屋里，表叔时常在深夜开门进来。矮屋门前一洼泥水，每次表叔的裤脚和鞋子都沾了湿湿黄黄的一摊稀泥走进屋子里，在地板上留下脏兮兮的黄黄的污痕，就好像每次他在我的床单上留下的一样。他在表婶每晚睡前喝的中药里放了安眠药。表婶睡得很沉，丝毫不知道她的丈夫几乎每晚都在我这里。

我哄表叔说："我要化妆，要面镜子。"于是他带给我一面镜子。我把镜子摔在地上，镜子裂成一块一块，碎片四溅。我抓起一块就往手腕上用力地割下去，皮肉翻了起来，腥甜的血液汩汩地从血管里迸出来。我感觉自己好像一个被戳了一个洞的沙袋，慢慢地变软，瘫下去，然后变成一具褪去了血色的苍白的尸体。

送饭的仆人陈妈发现了，每天陈妈都隔着铁栅门把饭从铁栏杆的空隙里递给我。她吓得语无伦次，叫来长工把锁撬开，给我用清水洗净伤口，用纱布包扎。而且陈妈也发现了，我的肚子有点大了，衣服也不大能遮住。

晚上表叔回来，让我搬去和陈妈住一个房间。

我的肚子一天天地变大，我的脸庞变得浮肿，脚也跟猪蹄似的。

一天傍晚，我提了脏衣服到院子里井边打水洗，吃力地拉着绳索扶着井沿，把一桶水打了上来，然后喘息了一会儿，再把两腿张开，小心翼翼地蹲下来，搓洗衣服。

院子里很安静，两条长长的晾衣绳上挂满了床单和衣服，风吹得床单蓬了起来。霞光在远处的天边一抹，似乎陷入某种不真实的光景里。

我听到了咯吱咯吱的脚步声走近前来，是木屐的声音。表婶的木屐。

她走到我的跟前停住，我没有抬头，仍旧自顾自地低头洗衣服，我只看见她的腿也粗得跟怀孕了似的。

她没有吭声，但我听到她的呼吸极不平衡，呼气和吸气都煽动着空气。

忽然，她冲我的肚子狠狠地一脚踢过来。我跌倒在地上，肚子剧痛无比，青石板地砖染红了一片。我失去了知觉。

待我醒过来时，是在医院里。我肚子平了，流产了。

我像一片白色的薄薄的纸，几乎感觉不到存在的重量。我的神经在脑子里缠绕，就好像织乱的针线。我不停地尖叫、哭泣、翻来滚去。他们按住我，我奋力地挣扎。我用尽力气摆脱他们，我狠狠地抓他们，踢他们，朝他们吐口水。我翻身下床，直奔出去。我要逃跑。

我像个疯子似的在医院的走廊过道里大叫着狂奔。

过道里的人都诧异地看着我，我听见他们的声音像苍蝇一样嗡嗡地响个不停，他们在碎碎地议论着："她疯了！"

我也顾不得那么多了，我只想逃离这一切，我继续跑，不停地跑，跑到自己窒息。

一个女人被我撞倒了，她的高跟鞋一歪，裙子下露出细白的腿。我也一个趔趄扑倒在地上，正要爬起来，那女人忽然叫住我："乔芸！乔芸！你怎么了？"我回过头定睛看着她，我的目光还没有办法收回来固定在某处，只见得眼前迷迷蒙蒙、恍恍惚惚的一片，这个女子似乎在哪见过。"我是莉娜啊！你不认得我了吗？"

第四节　莉娜

莉娜把我接出了医院，我暂时住在她家里。

夜晚熄了灯，她钻进被窝里和我一起睡。她的身子暖暖的，带着氤氲的香气，好像一只猫一样。

黑暗的房间，莉娜的声音好像飘浮在空气中的紫色迷雾。我的头脑仍旧是混沌的一片。凌乱的记忆随着睡眠和梦境缓缓地侵入。

教会学校里，莉娜是插班生。

莉娜和我们不一样，她很少在学校宿舍里住。每天一大早，总有辆黑色的轿车送她到学校，傍晚下课又把她接走。

尽管她穿着和我们一样的蓝色上衣和齐膝短裙，白色长袜，黑色小皮鞋，可是她还是和我们不一样。她很想和大家聊到一块儿，可总是切不进话题。

课间休息，大家都跑到操场上跳橡皮筋、玩游戏，阳光底下一群无忧无虑的少女。我喜欢坐在门廊遮阴处的台阶上，捧着本书看。莉娜在另一边的门廊扶手上靠着，专心地读书。圆形的拱门上爬满了常青藤，莉娜的身段就好像藤条一样有着玲珑有致的曲线，脸庞因为背着阳光，暗暗的看不清五官，只有清晰的外部轮廓，少女的剪影，很美。

"乔芸，这个字念什么？"莉娜走过来指着书上的字问我。

"念'谧'（mì）。"

"好的，谢谢！"莉娜冲我笑笑，她笑起来眼睛弯弯地眯起，很妩媚，"你在看什么书呢？"

"我在看泰戈尔的诗。"

"什么？什么戈？"莉娜歪着头似乎有点不太懂，"让我看看好吗？"

我把书递给她。

"泰戈尔是谁呢？"她翻着书问道。

"印度诗人。"

"噢……"她翻开第一页读了几句，"好像好难懂呀！你可以教我吗？"

“好啊，我不知道我的注解对不对。诗歌主要是欣赏意境，想象里面的图画。《吉檀迦利》是对神的赞颂。”我当起了小老师。

莉娜很用心地听着，还拿来纸和笔做笔记。她的字写得很大，而且歪歪扭扭的，就好像一个婴儿在蹒跚学步。她撑着脑袋倚在走廊栏杆上，几缕卷卷的发丝垂下来遮住半边脸，眼神时而疑惑时而清晰。

第二天，莉娜给了我一小盒蜜斯佛陀的香粉。

“这是我刚买的，这款好好用，给你也试一下。”她眼眸里满是笑意。

“我不太会化妆呢，怎么化？”我问。

“来，我教你！这我最擅长！”可以反过来做我的老师，莉娜来劲了。

莉娜总是很好奇我们都在看些什么时髦的书，平时都在关注些什么话题。我告诉她我们都在看徐志摩、冰心、朱自清、庐隐的书。莉娜的功底比较薄，有的字不太认得，有的同学会笑话她。还有城里女孩子懂得的常识性的东西，她竟然也不太了解。她暗自发力，用功学习。

袁雅音是城里富商的女儿，她总是喜欢拿一些有趣的小玩意儿到学校来，比如比利时的巧克力、印度的沙丽和五彩串珠、英国的旋转木马音乐盒。每次大家都围在她身边好奇地看着。

有一次，袁雅音带了个水晶镇纸到学校来，镇纸里有只小羊。莉娜也好奇地过去看。

“山羊，我好久没吃过羊肉了。”莉娜搭讪道。

“这么可爱的羊，你却想到吃了。”袁雅音皱了皱眉头。

“小时候我还放过羊呢，黑山羊是很容易养的，只要吃山坡上的草就行，长大了就拉到集市去卖，很好卖。”莉娜道。

“啊？你还放过羊？你爸妈都是乡下人吗？难怪你连钢琴都不会弹，五线谱也认不得。”袁雅音取笑她。

“是乡下人又怎么了？我干爹比你爸有钱多了！”莉娜提高嗓门，声音尖锐。

“乡下人就是没素质。”袁雅音道。

身边的同学拉开她俩，打圆场。

“被别人包养的素质就是差，为了钱什么都肯干。”袁雅音还在嘀咕着。

“你说什么？你再说一遍？”莉娜想冲上前，被众人拦住。

袁雅音没敢吭声，赶紧溜回宿舍里去。

下午上课，莉娜的座位是空的。

课间休息，我在校园里四处找她。后来我在学校的澡堂里找到了她，她一个人在洗澡。

“莉娜，你没事吧？”我隔着帘子问她。

“没事啊！”水哗啦啦地响。

“哦。”我站在浴帘外，不知道说些什么，就这样等着她出来。

我看得到浴帘上方后面墙壁上的窗户，阳光是藕粉色的，被上升的水汽和肥皂泡沫星子蒙住了。

“夏天冲冷水澡真舒服！你要一起洗澡吗？”莉娜拨开一点帘子，探出脑门来。

“我先不洗。”我说。

水声停了，莉娜拨开帘子，她穿上了夏天的红色沙丽，头发湿漉漉地搭下来。

“这沙丽好漂亮啊！印度货？”我问。

“是啊！据说穿这个款式的不多，印度流亡中国的私生公主也穿这个。”她说。

“没想到你也有这么稀奇的东西。”

“嗬。”她淡淡地说，“今晚我要在这过夜了。”

“你不回家？”

“嗯，这几天都不回。还没试过几个人一起睡一个房间呢。”

夜晚，宿舍里黑漆漆的，大家安静下来。不一会儿就听见轻微的鼾声。我总是要在床上翻来覆去过好久才睡着，暗夜总是让人想心事。我蹑手蹑脚地爬起来。阳台上的夜风很凉，风中带着水汽，胳膊和腿都浸透了凉意，就好像浸在清澈的水里一样。

许久以前的夏日，我和张奇沿着弯弯曲曲的巷子玩捉迷藏，跑着跑着，不知不觉就跑到了郊外。一条蜿蜒的小溪在阳光下闪闪发光。我们脱了鞋子踩在滑溜溜的鹅卵石上。我总是踩不稳，张奇就让我把鞋子给他，他一手拎了两双鞋子，另一只手牵着我的手。溪水好清凉。

一阵熟悉的香粉味飘来，身后有人也在蹑手蹑脚地走出来。

“怎么还不睡呢？”莉娜小声地说，她站在我的旁边看着阳台外面。

“睡不着。你也不睡？”

“我也睡不着。你想什么呢？”

“没什么。你又在想什么？”

“我在想，功课太差，我什么时候才能赶上你们的进度。”莉娜道。

我们的宿舍在二楼。从阳台望下去是个小小的庭院，一棵高高大大的树上满是小小的黄色的花，一撮一撮的，白天看得很清晰，夜色却将花的色泽都隐藏了起来。

“我觉得你在想心事。”莉娜似乎看穿了我的心思，“课间我常常看你一个人在教室里写信，而且每天你都去校务处问有没有你的信。”

“这样都给你看到了。”我说。

“呵呵，我都是过来人啦，怎么瞒得住我。”莉娜得意地噘起嘴巴。

“呀，你才比我大两岁而已，就装得很老似的。”我打趣道。

“有个人可以去想，是件很快乐的事。”莉娜道。

“你也有这样的人吗？”我问。

莉娜摇摇头：“以前有，现在没有了。”

“为什么呢？”

“因为我来了城里，他还在村子里。我不想一辈子就耕田放牛。”

“那他不和你一起来城里吗？”

“他来找过我的。他也试着在城里的码头做搬运工。但是后来他回去了。他不适应。”

“噢。”我唏嘘道，不知道说些什么安慰她。

“有时候会很羡慕你们，你们从小就含着金钥匙出生，什么都不用想，也不用担心。”莉娜说。

一阵夜风吹来，树叶哗啦啦地响，有只猫潜伏在庭院的某个角落里喵喵地叫。

“呀，这里还有猫哇！怎么这么久都没发现。好像还很清醒啊，睡不着，我们到庭院去走走吧！”莉娜拉起我的手就走。那只猫好像引起了她的兴趣，让她睡意全无。

蹑手蹑脚地跑到楼下，莉娜猫着身子向着草丛小声学猫叫，想引猫出来。可是那只猫却不知道跑哪去了。莉娜失望地直起身子，一抬头，冷不防地看见了一整个夜幕的繁星。

“哇！乔芸，快看！星星好亮啊！”她叫起来。

“嘘！”我把手指放在嘴边暗示她小声点。

她赶紧把嘴巴捂住，然后另一只手指指夜空。

没想到在这里也有如许烂漫的星空，就好像在家一样。张奇此时是否也看到了？

“以前在乡下，夏天太热了，我们就拉了那些可以躺下来的竹椅子在屋子前，躺在那里摇着扇子睡觉，田里的青蛙叫得很响。天上的星星也很亮。”莉娜说，“觉得还是小时候最快乐。”

我和莉娜仰得脖子太酸了，干脆就直接在树下的草地上躺下来。她告诉我她小时候的恋人，我告诉她我和张奇的故事。后来我们就迷迷糊糊地睡着了。醒来时，天际已经开始发白，我们迷迷糊糊地从草丛里爬起来，连续打了几个喷嚏，夜晚的露水还是很凉的。我们的头发上都粘满了夜里从树上掉下来的细碎的小黄花。

第五节　糖果纸

“铃铃铃……”课间的铃声忽然响起，吵醒了打盹儿的同学，夏日的课堂让人昏昏欲睡。一阵乱糟糟的脚步声，大家哗啦啦地涌出教室。

我也噔噔噔地跑到校务处，想看看张奇的信有没有到。

“今天有你的包裹哦！”校务处的老头和蔼地说。

我接过包裹，是小小的四方形的东西，感觉像是个铁盒子。

我迫不及待地撕开包裹，是一个糖果罐子铁盒。

我感到手似乎黏糊糊的，有股腥甜的味道。我把铁盒抬起来仔细地左看右看，红色的黏稠的血从盒子的边缝渗出。打开盒子，里面全是五颜六色的糖果纸叠成的小人儿，它们的身上全是血，它们在呻吟、扭曲。

我吓醒了。原来是梦。

暮色已经降临，窗外是黑漆漆的一片。花园褪去了午后的太阳光线，似乎从花草的根部、从土壤里升腾起某种野兽似的阴森邪欲，让人都感觉冷了起来。

奶妈早已经带媛媛散步回来了。媛媛正在餐桌上用心地自己拿着小汤匙一口一口舀着饭吃。

“太太，吃饭了。见你睡得沉，没敢叫醒你。”奶妈说。

“嗳，好的。不知不觉睡了这么久。”我的声音还是含含糊糊的，带着鼻音。

“太太，你又做噩梦了？”奶妈忽然问我。

“呃……是的，我说梦话了？”

“你刚才叫得很恐怖。”

“我说什么了？”

“听不大清楚，含含糊糊的。”奶妈似乎心有余悸，“我听说在延庆观里有个道姑挺灵的，要不要去看一下？”

“不用了，只是做了个梦。”我漫不经心地说着，端过奶妈递过来的热汤喝了口。

“太太。”奶妈忽然看着我。

“怎么了？”我问道，只见奶妈的眼神中似乎隐藏着某种惊疑。

“你好像变了。”奶妈颤颤地说，“好像和以前的那个太太一样，她疯以前，也是——”

“你说什么？”我不耐烦了，喝断她，“不要再提以前的那些太太了。”

“是，太太。”奶妈低低地应了声，便不再作声了。

可能是天气太闷热，让人没胃口。我喝了碗汤，吃不下饭，只觉得头皮发麻，太阳穴一抽一抽地生疼。奶妈带着媛媛去洗澡了。我也上楼回房间。

卧室是纯中式设计。各种木质原料做成的床、椅子、屏风、衣柜、镜子堆砌在一起。应布良说，他总觉得中式的家具才让人越看越有味儿。

这些家具都是有着上百年历史的古董。听家中的仆人们说，应布良的第一任妻子张紫琳喜欢这些玩意儿。她常常到郊外的一家古家具木工厂去。那家木工厂的旁边有一个小山坡，种满了香樟树。一进到木工厂里，扬起的木屑都带着各种各样木质的香味。十几个雕刻师在阴凉的里屋夜以继日地用心雕刻。那里有一个大房，存放着老板从各地搜集来的古董木具。打开沉甸甸的锁，把厚重的铜门推开，扑鼻而来的木头芳香里隐含着某种古怪而潮湿的腥甜，光线斜斜地扑入屋里，飞舞的尘埃在光线中旋转，仿佛重见天日的精灵。屋里不论四季，都比屋外要冷好些。

张紫琳尤其喜欢沉香和花梨木。她常常带着一串沉香手串，坐在家门口，望着花园。她喜欢把手腕上的手串凑到鼻子前，闻一闻沉香的气味。她把头发松松地扎起，露出了尖尖的下巴的轮廓，浸润在斜阳的背景中，别有一种凄然的美。

仆人们窃窃私语道，那些古董家具不知道是以前什么达官贵人用过的，是祖传的东西，一般人是受不起的，受不起便要折福，应布良的两任前妻都遭不测，也是与这有关，但这应布良却还依然使用着这些家具，也不忌讳。

坐在梳妆镜前，脸上的脂粉已经脱个半落，我就着昏暗的灯光，对着镜子又扑起粉来。我现在每天几乎要对着镜子化妆七八次，每一次都仔仔细细地对着每一个毛孔用心地修饰。从眉毛到嘴唇，从头发到下巴，都精雕细琢。我变得异常敏感，一旦发现自己脸上长了个小痘痘或者斑之类的，甚至于掉了几根睫毛，长了皱纹，就烦躁得要命。每一天的日子实在过得太缓慢了，足不出户地被软禁在这大屋子里，除了逗媛媛玩，教她认字，在梳妆镜前的修饰变成了最能打发时间的消遣。

奶妈说我变了。我好像是变了。我看着镜子中的自己。下巴越来越尖，轮廓越来越骨感，嘴唇抹得越来越红越来越厚。我以前的头发带着天然的卷曲和微微的棕色。可是现在，不知道是洗了奶妈给我的茶油籽还是别的原因，变得又黑又直，黑得那么不自然，好像戴了顶假发似的。我给自己打了厚厚的脂粉。这张红木梳妆镜也是张紫琳以前用过的。椭圆形的镜面上还有两扇红木护板，每次还要把它打开才能看到镜子。每次打开它照镜子，感觉就像是打开了门，看见了另一个人的面孔。

张紫琳。她的气息是如此浓郁，以至于我好像还闻到了她。

不，那只是木头的味道。我对自己说。

可是在镜子前化妆，她的影像总是不期然而然地浮现在我的头脑里。

她有着尖尖的下巴和一头浓密如瀑布的黑发。

燠热的天气让人觉得似乎有一团热乎乎的邪气在胸中憋着，挥之不去，躁动的血液萌生出情欲。

我起身在卧室里走过来走过去，不知怎么让自己安静下来。我夜晚常常失眠，总是到凌晨四五点才蒙眬睡去。白天又常常在沙发上打盹儿。

我从床底下拉出我的箱子，从里面翻出一个铁盒子，打开，里面全是五颜六色的糖果纸小人儿。

这个铁盒子里是我生母刚去美国时寄回来的糖果，吃完了，我一直舍不得扔掉，把糖果纸洗干净了，一个一个地叠成小人儿。这么多年了，铁盒已经长锈，它也跟着我兜兜转转。

我把它们一个一个地拿出来，摆在床上，然后趴在床上侧着脸看着它们。

玻璃糖果纸小人儿，每一个小人儿都在对我说话。

乡下的姑婆说，芭蕉树在自己院子里种了两年就会变成芭蕉精，扫把在家里放了一年就变成扫把精，凡是天地之物，若与人在一起日子久了，必然吸了人的灵气，而成精。

这些糖果纸小人儿，陪伴了我这么久，是不是也成精了？

夜风吹动了窗帘，帘子在微微摆动，发出轻微的声音，似乎一个人在呼吸的声音。

门动了。

媛媛胖乎乎的小手推开门，圆乎乎的脑袋探进来。

“妈妈，你在干吗呢？”媛媛稚气地一字一顿地说道。

“妈妈在玩糖果纸小人儿。”我把媛媛抱到床上。

“好多小人儿啊。”媛媛兴奋起来，“这个粉红色的是‘媛媛’小公主，这个红色的是妈妈，这个是谁呀？”媛媛用手指指着一个又一个的小人儿。

“这个是卖报纸的小伙子。”我说道，把媛媛掉下来的头发拂在她的耳朵后，她刚刚洗完澡，头发还湿漉漉的。

“妈妈，这个又是什么呀？”媛媛又指着一张蓝色的糖果纸问。

“这是马车。”我把糖果纸翻转过来立起来，“看，像不像？”

“好像啊。”媛媛甜甜地笑了，“妈妈，给我编个故事。”

“好好。”我把小伙子、小姐还有马车等糖果纸挑出来，一边讲一边表演糖果纸小人儿剧场，“我讲一个卖报小伙子和一个小姐的故事。”

媛媛期待而聚精会神地看着我手中的糖果纸小人儿。

“从前有一个小男孩，和一个小女孩，他们家离得很近，住在同一条巷子。”我开始绘声绘色地说起故事来了，“那条巷子种满了紫荆树，树上开满了紫荆花，粉色的，紫色的。小男孩和小女孩很要好，后来他们长大了，小男孩成了一个卖报的小伙儿，而那个小女孩就长成了一个漂亮的大小姐。紫荆树里有个树妖，有一天，树妖对男孩说，你想不想到远方的森林里去，那里有成千上万的紫荆树，那些紫荆树的花朵特别大特别甜，你可以用那些紫荆树的花朵做成精油，然后送给那个女孩，女孩会特别喜欢，她就会答应嫁给你了。于是，男孩就坐着马车到远方的森林里去了。这是紫荆树妖的诡计。其实男孩子根本不需要做什么，女孩都会答应嫁给他。树妖把男孩骗到了它的森林里，就不让他走了。女孩等啊等，都等不到男孩。最后，男孩从紫荆树妖的魔爪下逃出来了，可是女孩已经死了。”

“她怎么死了呢？”媛媛眉头皱起来，似乎不满意这个结局，“她会不会复活呢？”

“会啊，她的灵魂会飘啊飘，到每个小朋友的家里，假如看到一个听话的小孩，她就搜集了一个爱心，她要搜集一百个爱心才可以复活。媛媛要不要做听话的小孩，让她快快复活呢？”

“要！”

“那你要听话哦，好好练字。等你四岁，我教你弹钢琴。”我对媛媛说。

“好的，那她现在有没有飘到我们家里呀？”媛媛天真地问。

“有啊，她就在看着你呢。”

“我怎么看不到她呢？”

“她是灵魂，你当然看不到咯，她是好的灵魂，会保护你的。”

“那她和张紫琳的灵魂一样吗？”媛媛冷不防说出一句。

我的心一沉：“谁告诉你张紫琳的？”

“奶奶说，张紫琳的灵魂也在我们家。”媛媛无辜的眼神看着我说道。

“你别听奶奶说，她没文化，什么都不知道。”我对媛媛说，“你要听妈妈的话。”

“奶奶也说要媛媛听她的话。”媛媛小声地说。

“你要听妈妈的话，你才是妈妈的心肝宝贝。”我哄媛媛说。

“媛媛是妈妈的宝贝！”媛媛快乐地重复道。

“媛媛今天晚上在妈妈的床上睡觉，妈妈给你再讲一个故事。”

“好！”一听说又有故事听，媛媛来劲了，在床上打起滚来。

“来来来，乖乖地躺着。”我在媛媛的小脸蛋上亲了一口。我把毛巾被盖在媛媛的身上，放下了蚊帐，熄了灯，然后也钻进了帐子里。

我又给媛媛讲了个秀才比赛吃饺子的故事。媛媛听着听着就睡着了。

媛媛熟睡的样子很可爱，嘴巴微微嘟起来，眼睫毛又长又浓密地覆盖了下眼睑。

我把散落在床单上的糖果纸小人儿一个一个地收起来，放回铁盒子里，然后轻轻地起来，推开门出去。

我来到一楼的工人房门口砰砰砰地敲门。

“谁啊？”奶妈在里面问。

“是我，你的主人。”

奶妈开了门：“太太，这么晚了，有什么事吗？”

“以后别在媛媛面前说什么神神鬼鬼的东西。”她一开门，我就劈头盖脸地警告她。

“是，太太。”奶妈似乎很淡定，不紧不慢地说道。

我以为她会与我争辩。

“还有，媛媛也大了，以后应先生不在家，她都在我房间睡觉。”

奶妈眼睛里闪过阴霾。

“太太，还有什么事吗？”停了一会儿，她问道。

“没有了。”我冷冷地说。

“太太，”我转身正要走，奶妈叫住我，说道，“张紫琳这名字是媛媛自己提起的。”

第六节　窗花

八月，依然暑热，立秋节气却到了。

清早起来，听得见鸟儿在唧唧地叫。媛媛还没有睡醒。

媛媛睡觉很不安分，喜欢踢被子。我把媛媛盖的被子拉一拉，整一整。

媛媛喜欢吃我做的姜撞奶，她觉得奶和姜撞在一起就“结冰冰”，很新奇。我今天早晨要做给她吃。厨子总是做不好这个甜品。

我下楼去厨房，经过杂物间，却见奶妈带着几个仆人在剪窗花。

“怎么你们剪起窗花来了？”我问道。

“太太，是应先生要回来了。他要贴窗花。”奶妈说道。

“哦？他什么时候说的？我怎么不知道？”

“管家收到他凌晨三点多发来的电报。”

“他几时到家？”

“明天下午。”

“不是春节，他怎么要贴窗花？”

“今年是张紫琳去世的第二十年，她生前很喜欢窗花。”奶妈淡淡地说。

又是张紫琳。屋子里回荡着她的音容笑貌，二十年了，也从未离去。

我到厨房做姜撞奶，把姜研碎了，挤出汁来，把牛奶倒下去。奇怪的是，不知道是牛奶的温度不对还是姜太嫩了，总是凝固不了。我只得叫厨子蒸了肉包子，让媛媛喝姜奶水了。

媛媛已经起床，奶妈已经给媛媛洗漱完毕。

“媛媛，今天妈妈没做好姜撞奶，姜撞奶没有‘结冰冰’，只好当成牛奶喝咯。”我对媛媛说。

“我知道，今天什么都不会结块的。”媛媛说。

“为什么这么说呀？”我问。

“春天到了，冰雪融化。”媛媛念着儿歌。

“傻孩子，这有关系吗？”我笑着摇摇头，小孩子就是没逻辑。

媛媛还在小声地自言自语念着儿歌：“……紫琳归来，窗花贴满。皮影幢幢，良缘合安……”

我大惊失色，打断媛媛："你在念什么？谁教你念的？"

媛媛被我吓了一跳，怯怯地看着我："是张紫琳教我念的。"

"张紫琳？你见过她？你在哪看见她的？"我吓坏了，拼命问媛媛。

媛媛"哇"的一声哭了起来。

"太太，别吓着孩子啊！"奶妈蹲下身子给媛媛抹眼泪，"媛媛不哭啊。"

我的心跳得止不住，我喘着气，努力使自己镇定下来。"媛媛，告诉妈妈，你看见的张紫琳是怎样的呢？"我问媛媛。

媛媛还是哭个不停。

"太太，先别问孩子了。"奶妈道。

我靠在贵妃椅上，擦着额前的冷汗。我要为媛媛祷告，不要让邪灵靠近她。

奶妈在喂媛媛吃早餐。

吃完了早餐，媛媛似乎忘记了先前的不愉快，要到花园里去玩。

我牵着媛媛的小手，带着她到了花园里。

花园里洋溢着一股夏天的气息，七里香芬芳迷人。

媛媛兴奋地跑在前面。

"花花好漂亮啊！"媛媛边跑边看着两边的白色七里香说道。

"慢点啊，小心摔倒哦！"我在后面跟着。

"妈妈，这是什么花呀？"媛媛突然在一棵植株前站住了。

我一看，一棵孤零零的玫瑰花赫然屹立在七里香丛中。那玫瑰硕大红艳，那鲜嫩的红仿佛能滴下来。奇怪，怎么这么久了，我以前一直都没发现这株红玫瑰。

"那是红玫瑰，张紫琳小姐最喜欢的花。"奶妈的声音在旁边响起。

我被吓了一跳。

“张紫琳小姐喜欢红色，夏天的红玫瑰，冬天的窗花，都是她最爱的。我记得那年夏天，整个花园都是一片的红玫瑰，好像一条河一样。”奶妈从小径走来，“小姐过世以后，一直都没有种玫瑰花，直到她过世的第十年，整个花园又遍布了红玫瑰，延庆观的道姑说，小姐每十年会回来一次。今年应该是小姐第二次回来了。”奶妈说完，深深地吁了一口气。

“我从不信这些歪门邪道。”我呸了一口。

奶妈眯着眼睛看着我：“太太，应布良的第二任太太也是不相信，就在十年前，小姐第一次回来的那一年，她疯了。”

“你好像对张紫琳很怀念。”我打量着奶妈。

“张紫琳小姐很善良，她从来不会害人。”奶妈道，“我小时候家里穷，父亲好赌，赌红了眼，把全部家当都赌光了，母亲也过世了。他把我带到赌场里，要拿我做赌注。那家赌场是张小姐的父亲张宇锋开的，那天张小姐到赌场去找他父亲，看见了我，就收留了我。”

媛媛伸出手想摘那朵红玫瑰，却被红玫瑰刺了一下，小小的手上出血了，媛媛哭了起来。

我赶紧过去抱起媛媛回屋里给她冲洗包扎。“快去拿点纱布来。”我对奶妈说。

媛媛的右手食指被纱布裹着，今天是写不了字了。

“妈妈，我想要很多很多的糖果纸小人儿。”媛媛乖乖地对我说。

“好好好，妈妈叠给你啊，你要多少小人儿？”我问媛媛。

“我要一百个！”媛媛笑起来。

“那你不是得吃一百个糖果？吃太多糖果牙齿会坏哦。”我说。

“糖果可以给大家吃。”嫒嫒说。

“好，那你把糖果纸拆开，糖果放在碟子里，分给大家吃。”

嫒嫒很开心，小心地一个一个剥开糖果。我就给嫒嫒叠小人儿。

叠了好多好多的小人儿，我站起来伸伸懒腰，忽然头一阵眩晕，又是妊娠反应。我喝了点水，赶紧到房间里躺着。

迷迷糊糊中，好像做了个梦，可是又不记得是什么梦了，我蒙眬地睁开眼，看见嫒嫒在房间里的玻璃窗旁边，认真地把糖果纸小人儿一个一个地贴在玻璃上。

“嫒嫒——”我叫道。

嫒嫒回过头：“妈妈，玻璃上贴小人儿好好看，各种颜色都有！”嫒嫒笑得很甜。

透明的玻璃上，轻如薄翼的糖果纸小人儿宛若精灵。

我和嫒嫒一块儿贴起来。

忽然仿佛坠入了某种不真实的场景里。有一年春节，教会学校里的学生差不多走光了，我还留宿在学校。张奇搭了火车从家里过来看我。我偷偷地带他到我的教室里。风把白色的窗帘吹得鼓起来，胀胀的。风里带着馨香。好冷，呵一口气在窗玻璃上，便是迷迷蒙蒙的一片。但我记得张奇的手心却是暖的。没有窗花，我和张奇扒在透明的窗玻璃上，一个一个地把糖果纸小人儿贴上去。玻璃上是一个五彩缤纷的美丽世界，是天堂。

时间久了，感觉变得越来越模糊，只有许许多多的片段在脑海中反复播放。

应布良明天回来。想到这个，我不禁打一个冷战。

第七节　归来

“老爷回来咯！”管家一边推开巨大的雕花铁门一边喊道。铁门边的大狼狗狂吠个不停。

我带着嫒嫒站在门口迎接应布良。

应布良从车上下来，看见嫒嫒。“嫒嫒，”他叫道，“来这儿。”

嫒嫒有点害怕地躲在我的身后。

“怎么？不认得我啦？”应布良说着，自我解嘲地笑笑。

嫒嫒还是对他十分陌生。

应布良从衣袋里拿出一个盒子，打开，一条白色的珍珠项链。他把盒子凑到嫒嫒跟前：“送给我的大小姐。”

嫒嫒扭过头，拉着我的衣襟，眼里还是怯怯的。

应布良只得把项链放到我手里。

“阿忠，阿忠！”应布良大声地喊道。

大狼狗咆哮起来，跳起想冲过来，铁链子哐啷哐啷地响。

应布良以同样的音量咆哮着，跺着脚吓退这只狗。狼狗眼露凶光，龇牙咧嘴，一副凶神恶煞的样子。

阿忠急忙跑过来：“老爷！”

“这狗也不认得我了。”应布良道。

“老爷回来得少，要是常在家，这狗还是认得主人的。”阿忠道。

“给我备好马，我下午要到郊岭去。”应布良道。

“是，老爷。”

郊岭是一座山岭，山路崎岖陡峭而窄仄，沟壑渊薮横斜。

“马鞭没发霉吧？”应布良调侃道。

阿忠马上跑去把马鞭拿过来。

应布良端起马鞭眯着眼睛仔细地看，犀牛角手柄黑亮。应布良手持马鞭朝铁门边的地板上啪地甩去。狼狗跳了起来，咆哮着。应布良再甩了几鞭。狼狗不敢靠近，只是拱起腰背，龇着牙，恶狠狠地盯过来。

“还是上次的那匹黑马？”应布良问道。

“换了一匹，这匹更好。”阿忠道。

“嗬，上次那匹是个胆小鬼，过渊沟竟然不敢跳，被我使劲抽。”

“这次的这匹很野的，我驯了它好久。”阿忠道。

“好，我喜欢。”应布良从喉咙里发出不易觉察的笑声。

应布良吃过午饭，便骑着黑马绝尘而去。他也不让阿忠跟随。

阿忠送走了应布良，下午得了空闲，到厨房里向仆人们要吃的。我也恰好在厨房给媛媛做下午茶——姜撞奶。

“太太，”阿忠见到我，起身向我弯腰，“谢谢昨天你给我吃的糖果，从来没吃过这么高级的糖。”

媛媛昨天拿着剥了糖果纸的太妃糖满屋子跑，逢人就给。

“不客气。”我微笑，一边煮热牛奶，“老爷怎么这么急着去郊岭？”

“我也不太清楚。”阿忠道，“但是我好像听说很久以前去世的太太葬在那儿。”

“难道今天是她的忌日？”我猜测。

“这就不知道了。”

上午还是燠热无比的天气，说变就变，顷刻间乌云密布，雷声隆隆，下起了暴雨。

“天哪，老爷还在郊岭呢！”阿忠道。

雨一直狂下不停，直到晚饭时间，应布良还没有回来。我先喂了媛媛吃饭，哄她上床睡觉。

客厅的门窗全都紧闭，雨打在窗玻璃上的声音噼里啪啦的就像子弹。大笨钟每到整点就当当当地响起来。响了一次又一次，夜也越来越深。我坐在客厅里等着。屋里笼罩着某种惊疑不定的气氛。我听到自己的心脏不规律地跳动，时而重时而轻。我打开收音机听起来。暴雨影响了信号，收音机里是沙沙沙的一片。

不知道又过了多久，我听到了远远的透过密集的雨柱传来的铁门拉开的声音和马的嘶鸣，我跑到廊沿上张望，应布良的身影逐渐从远处黑漆漆的夜色里脱离出来，他的马靴踏在地上发出沉重的响声。

应布良一跛一跛地走进客厅，雨水顺着他的头发一直流下来，淌过脸，淌过大衣，流进马靴里。马靴上粘满了黑黄的污泥。大衣也撕破了一块。一只手臂在流血。

仆人们赶紧七手八脚地跑过去给应布良脱大衣，擦淤泥和污渍，洗伤口止血，绑绷带。

“山泥倾泻，差点没能活着回来。”应布良对我说，又像是在自言自语。

“怎么忽然跑到郊岭去了？是去看张紫琳？”我问道。

应布良抬头瞪着我：“这是你该问的吗？”

我不再作声。应布良喜怒无常，我怕他蛮性发作。

晚上睡觉，我侧着身子背对着他，闭着眼睛一动不动，实际上却一直醒着，没有睡着。

应布良翻来覆去也没睡，手臂上的伤口依然在疼。

屋外依然大雨滂沱。一阵狂风吹来，把树枝吹得七摇八晃，只听得哐啷一声，树枝打在玻璃上，把玻璃打碎了。

应布良从床上跳起来，走到破碎的玻璃窗前。忽然，他好像发现了什么似的，呆呆地愣在那里。随后，他转过身疯狂地冲出门往外跑，一直跑到外面的花园里。花园里漆黑无比，他的身影在草丛中消失了。

我也跑下楼，但没有跟出去。客厅里好冷，我打了个哆嗦。

后来，他回来了。他颓然地一步一挨地走着，一进门便瘫坐在地上。偶尔的闪电犹如一束亮光，打在他的脸上。他的脸因为激动而扭曲，肌肉一块块地不规则地凹凸，眼眶在颤抖，眼珠子似乎要蹦出来，眼睛血红。

“琳儿，你还是不放过我，这么久了，你为什么不出来？”他悲伤地吼道。他的呼吸极不规则，上气不接下气，他在拼命压抑内心过分强烈的情感。

仿佛不知从哪里传来木门吱呀吱呀摇动的声音，好像从很远的地方，我甚至怀疑这是我的幻听。可是应布良也听到了。他像是触电一样，整个人忽地绷得紧紧的，额头上的青筋一根一根。

他爬起身，摸索着走到橱柜前，东找西翻，手还在不停地抖：“快给我支蜡烛！”

我赶紧拿瓷烛台点了支蜡烛递给应布良。

应布良神色恍惚，看了一眼，道：“不要瓷烛台，要花梨木烛台，琼崖的花梨木。”

我不知他所说的琼崖花梨木烛台在哪儿。

“叫奶妈过来！”应布良不耐烦了，“她知道的！”

我叫来了奶妈。奶妈见到应布良这副模样，似乎并不感到惊讶的样子，依然保持着她一贯淡漠的神色。她从橱柜里拖出一个上了锁的大箱子，打开，里面整整齐齐地放着各种各样的木质的东西，有笔筒、烛台、首饰盒、手串……她拿出了那个琼崖花梨木烛台。

应布良手持点了蜡烛的花梨木烛台，手还在抖着，烛油直滴到他的手指上。他神情呆滞，脸色白得像他身后的墙壁。他拿了钥匙，往花园最北边的一个厢房走去。

那个厢房里锁着的，是张紫琳睡过的花梨木床。

第二章　花梨木床

第一节 夜谭

一条迂回的长廊直通到厢房，外头风大雨大，应布良握着的蜡烛一会儿就被吹灭了。我依稀看到他依然摸着黑往前走，消失在夜色里。

“张紫琳小姐去世的那几年，应先生经常把自己锁在那个房间里，不见任何人。”奶妈道，不紧不慢。

“今天是什么特殊的日子吗？”我问。

“今天是小姐和应先生第一次相遇的日子。小姐爱浪漫，总是要搞些什么纪念日之类的，应先生常常忘记，后来小姐生气了，应先生就再也不敢忘记了。”奶妈道，好像连她自己也沉浸在某种幸福的回忆中，“年轻人恋爱，即使是吵架斗嘴也觉得很有情趣。”

“张小姐应该比你大吧？”我问。

“是，那时我还是个小丫头，小姐收留我时我正在患病，小姐觉得我可怜，对我很好，还带我出去吃过西餐。”奶妈道，“我不会用刀叉，拿反了，左手刀右手叉，总是切不好，呵呵。”她的嘴角扬起一丝微笑。

“应先生应该很爱张小姐吧？”

“当然，没有人可以代替张小姐。”奶妈眼角的余光瞥向我，“其实，应先生不是张小姐的第一个丈夫。”

“不是第一个？”我很诧异。

“应先生很爱很爱她，在她结婚前就如此，后来她的第一任丈夫去世了，应先生再次向她求婚。”

没想到应布良竟然有如此痴情的一面。

“小姐很喜欢花花草草的，应先生就让人在花园的尽头建了那个厢房。从前厢房的四周都种满了红玫瑰，鸟语花香。小姐喜欢琼崖花梨木，应先生不惜重金请著名的雕刻师用琼崖花梨木做了张床。花梨木散发出的香甜，一直到现在都闻得到。”奶妈道。

那个被锁着的厢房，很多次我在花园里散步都经过。此处尤其静谧，静得听得到耳膜的震动，踩在掉落的树叶上，也听得到树叶的撕裂声。静得让人心慌。

锦屏藤细细的气根密密麻麻地从高高的架子上垂下来，就好像人的头发一样，又长又直，一撮一撮。奇怪的红褐色，好像是黑发被血染了似的，夏秋季开出的淡绿的白色小花就好像点缀在头发上的簪子。

厢房的铜门上搁着把厚重的铁锁，侧面没有窗户，只有屋顶有一个天窗。

有一股诡异的香味从铜门的缝隙里飘出来，不论春夏秋冬，无时无刻都弥漫着。琼崖花梨木的香味如此浓郁，一阵一阵扑鼻而来。可是似乎又不纯粹是花梨木的香甜，还有脂粉的气味。

花梨木做成的床，即使是暑热时睡着也不觉得热，甚至于浑身都是干爽的，因为花梨木会吸附人流出的汗液。花梨木床睡久了，颜色会变，因为汗液和人的体液被其吸收。据说这种床还有灵性，会认得主人，必须是主人或是主人的血脉睡着才安稳，若是别人睡在上面，轻则做噩梦，重则得病身亡。

我从来不曾进去过那间厢房。应布良不许任何人进去。

“那间厢房也有很多年了吧？张紫琳在世时，你进去过吗？”我问奶妈。

“当然进去过，里面的器具摆设精致得很，笔墨纸砚，古玩字画，小姐是很有品味的。”奶妈道。

“噢。”我感叹道。张紫琳真是红颜命薄，年纪轻轻就去世了。

“太太。”奶妈忽然叫我，眼里闪过一丝诡谲的光，“你想进去看看吗？”

“你有钥匙？”奶妈这么问我，我有点奇怪。

“我没有，钥匙在老爷那儿。”奶妈道。

“那就算了吧！”去偷应布良的钥匙不是件容易的事情。

“我是怕小姐会缠着媛媛。”奶妈叹气道，“我听道姑说有一种办法可以抚慰亡灵，让她远离。”

“媛媛怎么会知道这么多张紫琳的事情？你真的没有在她面前说过？”我担心我的媛媛。

“太太，我怎么会拿这个去吓一个孩子？假如真是我说的，媛媛也会告诉你啊！”奶妈着急地辩解道，“年龄越小的孩子和灵界的东西越容易沟通。”

“那要怎么做？”我狐疑地问。

“厢房是小姐待过最久的地方，那里存留着小姐最多的魂气，在那里搞个通灵仪式，与小姐对话，让她不要再和媛媛说话，别吓着孩子。”

“我是不相信这些所谓邪灵的东西的。”我道。

“宁可信其有，不可信其无。”奶妈劝道，“媛媛这几天每晚都做噩梦，鬼压床。”

应布良回来后，媛媛就睡在自己的房间里，由奶妈看护着。

“那该怎么拿到钥匙呢？”我不知怎么办。

“老爷的外套里有个内衬的口袋，钥匙就放在那里，你可以趁他睡着时偷偷拿。”奶妈告诉我法子。

“你好像对应布良比我还要了解。”

“自小姐认识老爷以来，我就一直跟随，我认识老爷也有三十多个年头了。”

时光真如白驹过隙。

“太太，您要不要先上楼去睡会儿？老爷今晚是不会从厢房出来了。”奶妈对我说。

“他在里面干吗呢？”

“和小姐说话吧！”奶妈叹气。

我轻轻地走到媛媛的房间，媛媛正在熟睡，窗户关得很紧，窗帘也拉得严严实实的，隔绝了外面的暴风雨。媛媛的头发垂下来，遮住了半边脸。我把她的头发拨开。她的脸庞稚气而可爱。我要保护她，不允许任何人或鬼伤害她。

睡意全无。我就想静静地陪着媛媛。我点了盏煤油灯，拿了本《一千零一夜》坐在媛媛床边的椅子上翻看起来。我常常从里面找故事讲给媛媛听。

刚翻开书，一封信“扑”的一下掉了出来。我这才想起这是莉娜寄给我的信，她跟一个老板到上海去玩。因为应布良回来了，我没来得及看，就把信藏在书里。

今天发生了太多事情，头脑都有些迷糊了。

我拆开信封，信纸被折成了枫叶的样子，带着淡淡的脂粉味。展开了信纸，字写得很大，一笔一画，横平竖直，好像一个七八岁的小孩子稚拙的笔触。

“Dear 乔芸，先亲一下，I love you。”

莉娜还是那样，真让人忍俊不禁。

“上海真是车水马龙啊，每到晚上，五颜六色的灯光好亮。我很喜欢一条街，一边都是外国的建筑，另一边是江。晚上在这里散步很舒服。邓老板带我去百乐门跳舞。我在本地跳舞跳得算数一数二的了，到了百乐门，只有二三流水平，真让人郁闷。邓老板见我受打击了，特意请了上海的舞蹈老师教我，老师说我进步很快，很有天分。这交谊舞正确的跳舞方式，跳舞时是不能看着舞伴的脸的，男的要像个冷漠的王子，女的要像个高傲的公主。回去我再教你吧。对了，我竟然看到了张奇！我不知道是不是他，还是我认错人了。”

第二节　惊蛰

正读着信，远处“嘭”的一声像是重物跌落，我一惊，赶紧把信夹回书里藏好。

我疾步走出媛媛的房间。

“奶奶！奶奶！”我叫道。

没有回音。奶奶不知道哪儿去了。我在屋子里四处跑着找她。

楼梯暗角处的地窖门开了，里边隐隐透出微红的光。

我低着头钻进了地窖。奶奶在地窖里。

地窖里的空气似乎手一抓就能拧出水来。土灰色的墙壁没有打磨，手扶在墙面上，摸得到粗糙的石粒一颗一颗的。偶尔脸上痒痒的，像是被蜘蛛网的游丝拂过。角落里窸窸窣窣的，不知是什么小虫子在爬。潮湿发霉的气味夹杂着酒香，还有白酒浸泡的动物尸体的味道。

地窖里藏了1000多斤的浸酒。大大小小的酒坛子里，有各种动物酒和植物酒。青梅酒、金樱子酒晶莹剔透。老鹰酒的腥味透着酒坛也能把人熏倒。还有一个玻璃酒瓮里装了一整条盘曲的毒蛇"过山峰"。

"老爷让我拿酒给他喝。"奶奶道，声音在地窖里低沉而余音不绝。她的脸庞映着烛光，明暗分明，棱角的线条更加锐利冷峻，仿佛刀刻。

"这蛇酒泡了多久了？"我问。

"是去年才泡的，也可以喝了。"

地窖长年累月甚少打开，应布良偶尔回来时会让人开窖打酒给他喝。

"这是紫金山里的'过山峰'，和别的不一样。"奶奶道，"特别有灵性，可以听懂人说的话。"

"听懂人说的话？"

"嗯，这蛇特别难捉，非常罕见，捕蛇人要是一年能捉一条去卖，这一年就不用干别的事也不愁开饭了。"奶奶继续说，"当然，吃这蛇也特别补。"

奶妈又叫来两个仆人，让他们把一整坛的酒抬给老爷。

“一整坛抬过去？”

“太太还不太知道老爷的酒量吧！”奶妈淡淡地笑，从鼻子里轻轻地哼了一声。

两个仆人把酒抬过去了。

我和奶妈走出地窖，奶妈一手擎着蜡烛，一手把地窖沉沉的石门关上。过堂风把烛火苗子吹得东摇西摆，险些熄灭。

“太太怎么还不睡？”奶妈劝我早睡，“休息好，对胎儿有好处。”

“好的，不知怎么睡不着，头有点痛。”我揉了揉太阳穴。

“我冲杯热牛奶给太太吧！喝了热牛奶很容易睡着。”奶妈给我冲了杯热奶，“媛媛有我看着就行了，太太放心。”

我端起热奶一口喝了下去。

“这牛奶好像有点奇怪的味道。”

“哦，太太的味觉真敏感。”奶妈笑道，“我在里面加了肉桂粉、红枣汁，还有生姜。”

“干吗放那么多料？难怪味道奇奇怪怪的。”

“太太有喜，放这些进去也可以补补身子。”

奶妈的声音越来越听不真切，好像在遥远的云端飘来飘去，我需要极力地集中自己的意识。倦意如此浓郁，身体沉重得好像一大袋的面粉，随时往下坠。我好不容易撑起自己的身子。

“太太小心！”奶妈一把扶着我。她的手冰凉冰凉，让我联想到蛇的皮。

奶妈扶着我上楼到卧室。才刚躺下，头眩晕得很，仿佛要昏倒似的，朦朦胧胧，好像在做梦，似乎听到应布良撕心裂肺的惨叫，我想让自己的意识清醒，去辨析这惨叫到底是出于我的幻觉还是真实的，可是无论怎么挣扎，还是混沌恍惚的一片，我沉沉地昏睡过去。

待我再次睁开眼睛，迷迷糊糊地摸到了床头柜上的怀表，撑着脑袋一看，指针走向四点半，窗外是白花花的亮光。我竟然睡了十几个小时。我赶紧爬起身，太阳穴一抽一抽地生疼。才下到客厅，就看到一堆仆人围在沙发前，还有一个大夫。应布良瘫在沙发上，脸色发青，嘴唇淤紫，手臂上缠着的纱布都被血染红，红得暗沉。

“怎么了？”我问道。

“被蛇咬了。”阿忠道，“昨晚那酒里泡着的蛇竟然没有死，一开酒坛，就蹿了出来。”

“啊？！泡酒的蛇没有死？”

“是啊！应该是酒坛漏进了空气，蛇的头没有完全浸在酒里，蛇等于在里面冬眠了。”

“老爷怎样了？”

“幸亏发现得早，昨晚闪电和暴雨把马厩给打破了，我听见声音就跑过去看，路过厢房听见老爷在喊。”

“是啊！”大夫接过话，“大难不死。夜里大家都睡了，要是今天早晨才被发现早就没命了。”

“现在就是那条蛇要赶紧找到，那可是毒蛇啊，应该还在花园里。”阿忠说，“这段时间最好待在屋子里别出去，门窗要关紧。”

“媛媛呢？”我担心的是媛媛。

“刚刚还见奶妈带着她的，不知去哪儿了。”阿忠道。

“该不会是去花园散步了吧？”媛媛十分喜欢下午到花园散步，这已经成了习惯。

我赶紧打开门跑向花园。

“太太，小心啊，最好带根棍子探一探路。”阿忠在身后喊道，拿了根棍子给我。

“好的，谢谢。”

雨后的花园浸润了泥土和青草的清新，鸟雀偶尔的鸣叫愈加显出花园的寂静。

“媛媛！媛媛！”我边跑边喊。

经过花园北面的厢房，一阵冷风吹过，寒风渗入骨髓，骤然感觉阴凉阴凉。锦屏藤的须蔓随风轻轻晃动。雨水沾湿了蔓藤，沿着蔓藤一滴一滴不动声色地滴入黑暗的泥土里。

“媛媛！”我停住脚步，喊了一声。

四周静寂得很，我只听到自己微弱的回音。

待我刚要跑开时，齐人高的草丛里窸窸窣窣地似乎有响动。

我回过头侧耳倾听。响动消失了，安谧如怡。

蓦地，我见到了那株硕大殷红的玫瑰花赫然立在厢房门口，掩映在锦屏藤的红褐色根须里。这玫瑰就像是那天媛媛在七里香丛中发现的那株，一模一样。这玫瑰不像是本地的品种，如此硕大，而且红得带血。

我走近前去，玫瑰花瓣的第二层有瓣缺了个角，是不小心被撕破的。奇怪的是，经历了一场暴雨，这玫瑰花怎么没被打落？我再看了看玫瑰的根部，用脚踢了踢根部的草皮，居然是松的。草皮应该是刚刚才铺上去的。这么说来，这玫瑰也是刚被移植过来的？

玫瑰花上浸满了从锦屏藤滴落下来的雨水。那水从花瓣上缓缓地再次滴落。花上的露水呈现淡淡的红色，仿佛是花流下的血。

我继续绕着整个花园跑了一圈，都没找到媛媛。

我急坏了，到处问仆人们有没有看到我的媛媛。

“我好像看到奶奶带着她出去了，好像说是去集市。”守门的仆人道。

“去集市？”

“什么时候回来？”

“不太清楚。”

“你怎么可以让奶妈就这样带着媛媛出去？也不和我说一声？”我冲着仆人生气地说。

“奶妈说太太一直都没睡醒，不好吵醒您。”

“唉。”我揉了揉生疼的太阳穴，“开门，我要出去。”

“太太，您要干什么？”仆人问。

“我要出去，出去找媛媛。”我越来越冲。

“太太，没有老爷的批准，您是不能迈出这个门的。”仆人道。

“什么？你有什么资格这样说话？”我火了。

“我也是按吩咐做事。”仆人委屈地说，“太太，您不如就在家等着吧，集市那么大，人又多，您去了也未必能找着她们。奶妈只是带着媛媛小姐出趟集市，不会有什么问题的。”

我只得打道回府，焦急地干等着。我如热锅上的蚂蚁在屋子里走来走去，好像要以脚步的乱动来掩饰内心的焦灼。

走到楼梯角的橱柜，我看到了那个放着各种木质玩意儿的黑色大箱子，没有上锁。

我好奇地把箱子拖下来打开。一阵扑鼻的香味，由木头发出来的天然的馨香。

我拿起那串沉香手串，就着黄昏的光线仔细地端详。每一颗珠子都润泽光亮，纹理清晰。那颜色仿佛是黑色，可是似乎又不是黑色，墨绿和深蓝掺杂，又有点微微的金黄，非常奇妙的颜色。沉香是沉香树受伤以后流出的血。光线里是飞舞的尘埃，可是这串沉香手串却仿佛可以排斥所有的灰尘，那尘埃只是在周围打转，却无法停留在手串上。沉香手串光洁如昔。

我把沉香手串凑到鼻子前嗅了嗅，馨香中蕴藏微微的苦涩，让人沉醉。此时内心的慌乱忐忑都被镇定下来。感觉好像来到一个巨大无比的深蓝的湖边，头晕目眩，失去了重心，掉进了湖水里。湖水带着冰凉的如绸缎般的触感抚摸着身上的每一寸肌肤，寒冷冻结了神经、头脑和心脏。深深的湖底里只有纹丝不动的黑色的安静。

那沉香的香味仿佛鸦片，让人欲罢不能。我把沉香手串套在自己的手腕上，大小刚刚好，仿佛就着我的手腕订做的一样。我舍不得把手串摘下来，就这么悄悄地串着。

应布良还没有醒过来，仆人们都在一旁七手八脚地伺候着，一会儿打水，一会儿换药，一会儿按摩。

我坐立不安地等了不知多久，奶妈带着媛媛回来了。

媛媛左手摇着个拨浪鼓，右手舔着串冰糖葫芦，扎着两根麻花小辫子，笑盈盈的，圆嘟嘟的小脸上漾起两个小酒窝。

“媛媛，你到哪去了呀？”看见媛媛平安回来，我悬着的心才放下来。

“我们去集市，有大鸡腿，还有大烤鸭！”媛媛兴奋地用手比画着。

“太太，见你睡得沉，所以出去前没告诉您，请原谅。”奶妈道。

“那你就叫醒我啊！”我说，“怎么突然跑去集市了？现在那条毒蛇在花园里还没找着，不要带媛媛到花园散步，就在屋子里，所有门窗都关紧，晚上要开灯。”

“我想查查那坛酒是谁泡的，去年在永记蛇酒庄里买了这条‘过山峰’来浸酒。我出去了，怕媛媛一个人在家里反而会到处乱跑，所以把她也带着了。”奶妈道。

“哦。以后一定要和我说一声，这次真把我吓死。”

“太太，原来那酒是刚去酒庄的一个十三岁的小伙子泡的，第一次泡没经验。”

“蛇酒是怎么泡的？蛇不用先弄死的吗？”

“不用，是把蛇打晕了，用白酒从头到尾淋一遍，然后整条放进坛子里，再用白酒把蛇泡着，泡久了，蛇就死了。”

“哦，这样的，我都不知道。”

“他们说会好好教训那个小伙子的。”奶妈道。

“人家还是个小孩，让他以后注意点就行了。”我说，“现在最重要的是赶紧捉到那条蛇。”

我让仆人们在花园里仔细地搜，他们几乎把整个花园都翻过来了，却依然没找到那条“过山峰”。

第三节　怀表

晚上，我给嫒嫒洗了脚，把她抱到床上给她擦干。

“以后洗了澡就别光着脚到处乱走，看，又把脚弄得脏兮兮的。”我嗔道。

嫒嫒低着头抿着嘴巴无辜地看着我，好像知道自己做错事了。

我轻轻地用手指刮了刮她的小鼻子，对她笑笑。只要见到嫒嫒，我就很欣悦。

“今天去集市玩得开心吗？”我问她。

“好——开——心！”媛媛大声叫道，然后咯咯地笑起来。

“妈妈也好想去集市呢，妈妈好久都没去过集市了。”我对媛媛说。

“我带妈妈一起去集市！”媛媛快乐地说。

“妈妈不能去。”

“为什么妈妈不能去？”媛媛有些失望。

“因为你的爸爸不让妈妈出去。”

“爸爸为什么不让妈妈出去？”媛媛歪着脑袋不解地问我。

我叹了口气。

“妈妈不要叹气，我偷偷带妈妈出去，不让爸爸发现。”小小的媛媛也会安慰我了。

“媛媛真乖！”我摸摸她的小脸，“媛媛睡觉啦，晚安，亲妈妈一下。”

我侧过脸凑到她的跟前。她“噗”地亲了我一口。

“妈妈晚安！”她对我摆摆手，“你要好好的乖乖的哦。”

她最后这句话把我逗乐了。她居然学着我的口气反过来对我说话。

“睡吧，宝贝！”我也亲了她一口。

安顿好媛媛，我叮嘱奶妈守护好她。

“太太放心，门窗都关好了，家具都用雄黄水擦了一遍。”奶妈道。

“好的，今晚你就辛苦了。”我说。

“太太，我去集市时遇到了延庆观的道姑，她也刚好下山来。我把这事和道姑说了。道姑说这事太蹊跷。毒蛇竟然没死。”奶妈对我说。

“不过是那小伙子没泡好酒罢了，今天你不是去查了吗？”我语气不太高兴。奶妈总是这么疑神疑鬼，让我十分不悦。

“所有事情的发生都有孽缘。”奶妈说，“今天去集市，媛媛做了件奇怪的事。”

“什么事？”一提起媛媛，我就着急了。

“媛媛走到集市里卖红头绳的地方，让我给她买红头绳，还让我给她扎在头上。”奶妈道。

“这有什么？”我很奇怪，小女孩想买红头绳也很正常啊。

“太太，我记得，以前张紫琳小姐也是那样，去到集市，让我给她扎头绳。她在那摊档前，回过头来对我咧嘴一笑，从摊档上面的架子上垂下来的，一缕一缕红绳子挡住了她的脸，她把绳子一拨，对我说‘这绳子真像家里的锦屏藤’。媛媛和紫琳小姐说了一模一样的话，回过头来，也是那副表情，也是那眼神……”奶妈说着说着越来越紧张害怕，不时左顾右看，好像怕有什么东西在她身后似的。她说得口沫微溅，眉头微锁，眼睛里是恐惧的神色，双手不停地交叉搓着手肘，一阵过堂风都能让她的神经跳动起来。

“媛媛去厢房那边玩了？”我也紧张起来。

“太太，我不会带她过去的。”奶妈怕我责怪她，赶紧为自己辩护。

我心急如焚，担心得要命，谁能告诉我媛媛到底怎么了？

我的太阳穴又疼起来。

我坐下，闭着眼睛，揉着额头：“上次你说的那个通灵仪式要怎么做？你准备好道具，我想办法拿到钥匙。”

“好的，我会准备好。需要米、竹签、簸箕，还有张紫琳小姐的遗物。”奶妈道，她好像忽然发现了什么，定定地看着我，“太太，您手上戴着的是紫琳小姐生前常戴的沉香手串。”

我一惊。

“有了这个，就够了。”奶妈平静地说。

“哦。”我赶紧把手串摘下来，也许是手出了汗，粘住了沉香珠串，或者是我过于紧张，摘了好几次才把手串褪下来。

“太太，您还是戴着吧！”奶妈却道，“要戴几天，沾上你的气息，让手串接受你，通灵才会成功。”

“这么奇怪的说法？”

“是的。太太，您害怕了？”

“没……没有。”我有点结巴。

奶妈善解人意地笑笑：“太太，早点休息吧，老爷已经回房睡了。”

我轻轻地走回卧室，应布良躺在床上，闭着眼睛，偶尔发出一声呻吟。

我解下绸缎睡裙挂在衣服架上，应布良的蓝色唐装外套也挂在那儿。

“我被蛇咬了，你好像不当回事。”黑暗中是应布良的声音，他觉察到我进了卧室。

“我在照顾媛媛，怕她到处乱跑。”我把红木桌子上应布良的蟒蛇黄黑条纹茶杯端过去，“要喝水吗？”

“不用。”他语气不悦，“你真冷。”

“你比我更冷。”我轻描淡写地说，把茶杯放回原处。

我躺下了，闭着眼睛，却一直醒着，听着应布良喘息的声音，等待他睡着。他的伤口依然在剧痛，白色的绷带上有渗血的痕迹，他翻来覆去地呻吟。

仿佛等了很漫长的时间，呻吟声慢慢地弱下来，取而代之的是他的鼾声。

我蹑手蹑脚地爬起来，木床板特别容易响，轻微地转身都发出吱吱呀呀的声音。我赶紧停住，确定应布良并没有被吵醒，才继续下一个动作。天气太燠热，我额上、脖子上都是汗珠。

月光透过窗户照进来。今夜的月亮很圆，带着血色。

我就着白色的月光，翻开应布良的外套，手伸进去掏。掏遍了里里外外的口袋，却只摸到一个椭圆形的东西。我取出来一看，是个怀表。我打开怀表，里面有一张照片，人太小，光线不够亮，我看不清楚是谁，依稀感觉是一个女子。

应布良忽然呻吟起来。我一惊慌，手一抖，怀表“咚”的一声掉在地上。我低下身子要去捡起来，却因为紧张而抓不稳，怀表又从手中滑了出去。

应布良醒了。

“你在干什么？”应布良喝道。

他见我手中抓着他的外套，似乎意识到了什么。他爬起来，看见了我脚边的怀表，他一把抓起怀表，然后狠狠地掴了我一耳光。

“你越来越不听话了。”他咬着牙恶狠狠地说。

我站着不吭声。

应布良手紧紧地拽着怀表，他的伤口又痛起来，他一脸困倦乏力。

“你要是再敢乱动东西……”话没说完，他瞪着我，大口地喘着气，似乎大口吸进的氧气可以抑制伤口的疼痛。

他拽着我的头发把我扔回床上。

但是因为伤口剧痛无比，他没有精力再继续教训我。豆粒大的汗珠顺着他的脸颊流下来。他倒在床上，胸口一起一伏。

“你给我乖乖地躺着，别动。”他说道。

汗味、体味和血腥味、药酒味混杂在卧室不流通的空气中，郁结成一团。

第二天一早，我怒气冲冲地跑到奶妈那儿。一见到她，我也狠狠地掴了她一耳光。

“你竟然敢骗我？”我质问她，“钥匙根本不在他外套口袋里！”

“太太，以前他是放在那里的。”奶妈捂着脸说道，“可是忘了和你说，他去厢房时钥匙落在那里了。真的非常对不起。”她忙不迭地赔礼道歉，低着头。

“你故意的？”我愤懑。

“我真的不是故意的。太太，我已经冒着危险拿到钥匙了。”她递给我一把钥匙。

“你在哪里拿到的？”

“那晚开门进厢房，他把钥匙插在锁孔里，忘了拔出来。”

第四节　招魂

应布良睡得很沉。

月光白中带青，透过玻璃窗，在地板上投下一个个小人儿的形状。那是我和嫒嫒贴上的糖果纸小人儿。

我轻轻地起身，像猫一样蹑手蹑脚。拉开柜子的暗格，从里边拿出那条沉香手串。

来到通向厢房的回廊，奶妈早已在那儿等着。她一手提着一个袋子，里边装满了工具，另一只手擎着蜡烛。

夜风在回廊里穿梭，烛火芯子扑闪摇曳。奶妈的脸一半是亮光，一半埋进了深深的黑暗里。随着火苗的晃动，明与暗的位置也闪烁不定。

我随着奶妈自回廊一步一步走向厢房。

这条回廊上也雕刻着许许多多的图案，在夜里看不真切。以前白天散步走过，曾细细观赏玩味。图案里的人均是几笔勾勒出的神韵，就好像皮影戏中的人一样。有一幅刻着一个女子在扑蝴蝶，一幅刻着一个男子在演绎皮影戏，一个女子坐在旁边一边喝茶一边认真地看，还有一幅是一群小孩围绕在一对夫妻身边。穿过回廊，如同穿过一条画廊似的。故事的幻影在脑海里回旋。

来到厢房门前，琼崖花梨木芳香扑鼻。

犹如潜入了一个非人间的寂地。

奶妈用钥匙打开铜门，钥匙在锁孔里转动似乎都能听到回音。

推开沉重的铜门，里面还有一扇木门。

奶妈把木门打开，木门发出吱呀的声音。这声音如此熟悉，仿佛在哪里听过。我搜索着记忆，想起那个雨夜的幻听，好像也是木门的吱呀声。

“太太，进来吧！”奶妈打断了我的思绪。

我走进厢房。

从天窗洒下来的月光白得好似尸体的皮肤，凛冽清寒，在屋子中央形成了一个圆柱形的光束，光束里有许许多多看不见的透亮透亮的小玻璃瓶在飞舞。

檀香木八仙桌上的那套月光杯在月光下晶莹剔透，闪闪发亮。

奶妈点燃了三支蜡烛。橘红色的烛光映在白色的墙上，屋子里变得氤氲迷离。

屋子的左边，是一张书桌，像是用缅甸花梨制成，打磨得十分光滑。笔墨纸砚整整齐齐地摆放着，紫檀木做成的笔筒，深紫黑色，缎子般的光泽。毛笔还架在木笔垫上，好像写字的主人只是刚刚离开一会儿，而且马上就要回来似的。桌子上一个墨绿色的玉石窄口瓶子里，插着一枝暗红得发黑的玫瑰花。

“这玫瑰花是真的还是假的？”我问。

“这是紫琳小姐当年亲手摘的玫瑰花，用了各种香料腌制，不会枯。”奶妈道。

“这纸也是吗？”我注意到桌上的宣纸居然也光洁如新。

“哦——”奶妈支吾道，“可能是老爷带进来的吧！”

奶妈把八仙桌上的那套月光杯移到书桌上，又把八仙桌挪到屋子中央，并把三支蜡烛都放在八仙桌上。

蜡烛照不到的地方成了房间的暗角，仿佛有什么东西在暗涌。

琼崖花梨木床就在最右边的暗角处。

黑暗中看不真切，只看到那床就像一个长方体的巨大盒子，上面是椭圆形的门，似乎还有许多细密的雕花。

张紫琳的气味漫过了床，随着花梨木的香甜一起飘散。

奶妈已经把簸箕绑在两根竹签上，中间向下又垂下一根。她把米铺在八仙桌上。烧了三炷香，口中念念有词。她让我坐在她旁边，一人拿一根竹签。

她把另外两支蜡烛都熄灭了，只留下一支。微弱的烛火忽明忽灭。

奶妈继续喃喃念着。她闭着眼睛，眉头深锁。

香烟袅袅，那味道和花梨木床的香甜夹杂在一起，让人神思恍惚，渐入幻境。

一个女子的形象在我眼前逐渐清晰起来。

她有着尖尖的下巴和殷红的嘴唇。她身体的味道是如此清爽迷人，隐隐约约的味道。她的肌肤是如此温暖，她的手也是，她有一种温婉暖人心的力量。虽然如此温柔，可是却如此坚定有力。她牵着我的手，抱着我。这个女子我是不是在哪儿见过？

她回过头来。不，她不是张紫琳。

她是我的母亲。

我流下泪来。

母亲去美国以后，父亲把家里的锁都换了。有一次她回来看我，父亲不让开门。隔着铁门，她从雕花铁门的门缝里给我递来一盒糖果。她告诉我，美国秋天的枫叶红得如此烂漫，好似仙境。明媚的阳光洒在高高大大的树间。人可以自由自在地在草地上打滚。她对我说，要好好读书，考上大学，得了奖学金就可以去美国与她相聚。后来，她要走了，我不想她走，可是她终究还是要走的。我就一直望着她的背影消失在街道的拐角处。我还是倚着栏杆站着。过了一会儿，她竟然又回来了，走到我跟前，看着我，她哭了，她也舍不得我。最后她说，妈妈走了，这次真的走了，好好照顾自己。

后来，我一直盼望着快快长大，总以为长大了，就可以拥有自由，就可以去任何自己想去的地方，做自己想做的事情。

辗转了几回，和母亲失去了联系，后来知道，她在美国的生活也并不如意，她常常去教堂领取救济品。

我常常做梦，梦见红枫叶间的阳光，梦见母亲，她还是那么年轻苗条，她拉着我的手在草地上奔跑。

我把梦告诉张奇，张奇说："以后，等我有钱了，我们就一起去找你的妈妈吧，去看枫叶。"

"太太，太太。"奶妈打断了我，"你睡着了吗？"

"哦……没有。"我道，"刚才想起了一些事情。"

"要集中注意力。"奶妈道。

我们一人拿着一支竹签维持着不动的姿势，我的手已经微微发麻发酸。

又过了不知多久，我又似乎要在花梨木床的气味中昏昏欲睡时，一阵阴风"哗"地吹过，吹熄了最后一支蜡烛。

皮肤凉飕飕的，深入骨髓的阴凉。

竹签忽然"笃笃"两声在原地跳了两下。随后，竹签"笃笃笃"地在桌面上动起来。

我大惊失色，睁大眼睛望着。

"你动了？"我问奶妈。

"没有，"奶妈道，"是紫琳小姐来了。"

第五节　谶语

"小姐，是你吗？"奶妈目不斜视地看着竹签问道。

竹签开始在米上写字。

"是。"米上出现了一个字。

"小姐，你过得好吗？"奶妈很激动。她把腰弯下来，盯着桌子上的米。

竹签不动了。

“小姐，小姐！你别走啊！”奶妈喊道，带着哭腔。她的手一直在抖，差点把竹签甩了出去。

“张紫琳小姐，无论你是怎么死的，冤有头债有主，不要找小孩子啊！别找媛媛！”我赶紧喊道。不管是不是张紫琳的灵魂，我都必须让她听见。

话音刚落，竹签却又开始“笃笃笃”地敲打桌面，刚开始极富有节奏，后来逐渐越来越响，越来越快。

奶妈似乎和竹签融为一体，随着竹签的震动，手也在上上下下不停地抖，继而全身都在随着韵律抖动。她半闭着眼睛，露出了眼白，口中不知道在叨念着什么。她的头扭动得太厉害，发髻松落，头发披散，好似神婆一般。

竹签又开始写字了。

“紫琳归来，窗花贴满。皮影幢幢，良缘合安。”

这不就是媛媛无意中念出来的吗？

“张紫琳小姐，你听得见我说话吗？”我对着竹签问道。

“小姐，我已经把窗花都贴在房子里里外外的玻璃上了，你都看到了吗？”奶妈也赶紧说道。

竹签停住了。门板被风刮得吱呀吱呀乱响。

墙上挂着一面椭圆形的镜子，我发现，我正对着那面镜子。从我坐着的方向看去，我的影像在镜子中，犹如照片在椭圆形的怀表里。我借着微弱的月光看着镜子中的女人。那个女人越看越不像我。

镜子中的女子却依然是木然的表情。

忽然我看到镜子中的女人在眨眼睛！我不可能看到我自己眨眼的，我怎么可能看得到自己眼睛闭上的样子？我越来越焦灼害怕。

“啊——”我尖叫起来。手中握着的竹签“啪”地掉了下来。

奶妈被我吓了一跳，从癫狂的状态中恢复过来。

“太太！”奶妈叫我，“你怎么了？”

“我见到镜子里的女人，不是我。”我呼吸急促，努力想使自己平静下来。

“哦？”奶妈凑到我身边，从我的方向望着镜子。

镜子中只有我和奶妈两个人。

“她走了？”奶妈道。

“不知道啊。”我很迷乱。

“我觉得小姐还没有走，她还在。”奶妈深深地吸了口气，似乎想嗅到张紫琳的味道，“她可能是害怕，所以躲在床角，过一会儿再出来。”

“镜子很像怀表。”我惊魂未定，神思还游荡在刚才的意象里。

“怀表是小姐送给老爷的。”奶妈道，“小姐还没有结婚的时候。”

“他们俩感情很深。”

“是的，他们是初恋。”

“上次你说应先生不是张紫琳的第一任丈夫？既然感情这么好，为什么张紫琳一开始却没有嫁给应布良？”我感到很纳闷。

“这里面的事情，我也不太清楚。”奶妈脸色一沉。

我总觉得奶妈有事情隐瞒我。

“我们待会儿再来一次，把小姐请来了，也要把她请走，仪式要完整，不然会撞邪。”奶妈说。

“她听到我说的话了吗？她还会缠着媛媛吗？”我最关心的是这个。

“她应该听到了吧。”奶妈说。

希望嫒嫒不会再说出那些诡异的话。

“你真的没有动吗？”我再一次问奶妈。

“太太，我真的没有动。”奶妈重申道。

“米上的字是什么意思？”我问，“你知道吗？”

“她很想回来，很想回到过去。”奶妈道。

我真的很难想象，世间竟然有女子会舍不得应布良。

“我听说，张紫琳是病死的？”

“嗯。”

“什么病呢？”

“心悸。”

“心悸？好像这病不会有生命危险的啊。”

“可是她就是这样死了！”奶妈忽然激动起来。

我愕然。

奶妈似乎意识到自己的失态。“你走的时候没惊动老爷吧？”她寻找话题岔开。她把散落的头发拨了拨，用簪子挽成发髻。

“没有。”我回答道，“能告诉我张紫琳第一次回来时的情形吗？”

“紫琳小姐第一次回来，那是在十年前。”奶妈点燃一支蜡烛，“那一天是‘作福节’。”

“作福”在当地，是比春节还要盛大的节日，是善男信女祈祷神明保佑的一种习俗。

农历八月初三，每年如期举行“作福节”游神“扛公王”出巡活动。集市里熙熙攘攘的，热闹非凡，大家都看热闹去。

这里到了这个节日，依然是暑热天气，亚热带地区的夏天总是特别漫长，冬天也从不下雪。

“那天老爷让我们这些仆人做煎圆、踏粄、酿豆腐，办好了丰盛的午宴，下午难得给我们放假，允许我们到集市里看热闹去，还允许仆人们晚上可以回自己家住一晚。”奶妈继续说道，“那天下午到晚上，宅子里的仆人基本上都走光了。”

“那就没人知道他们在干什么了。”

“嗯。但是那年夏天，老爷让人到花圃里移植了许多玫瑰到家里来。整个花园都是玫瑰。老爷让人把花梨木床抬出来，放在玫瑰花中央。每天晚上老爷都到那里去叫着小姐的名字。他还请了延庆观的道姑来作法。”

“你们真的见到张紫琳了？”我很好奇。

“我没有见到。但是老爷的上一任太太见到了，她疯了。”奶妈道。

“她是怎么见到的呢？”我追问道。

“‘作福节’那天深夜，老爷在玫瑰花丛里的花梨木床上，她到花园里找老爷，然后见到了，就疯了。”

“她真的是见到了张紫琳吗？她自己说的？”我怀疑。

“太太，”奶妈凝视着我的眼睛，“刚才你在镜子里见到的那个女人又是谁？”

我的心脏“怦”地一跳，冷汗从背脊冒了出来。

奶妈原先烧的那三炷香烧完了，奶妈又拿出三支香来点上。

香烟袅袅，回旋飘散。

“这香是哪儿买的？”我问奶妈。

“是延庆观的道姑给的。”

“总觉得这香和别的地方的不一样。”

“怎么了？”

“气味有一点点怪怪的。”

“你多心了吧。”

蜡烛，香烟，整个厢房陷入了影影绰绰的迷境里。人也越来越神思恍惚。我站起身来走动走动，拍拍额头，好让自己头脑清醒。

“有茶吗？”我问奶妈。我想用茶来提提神。

“有，我带来了。”奶妈拿出一包茶叶。

“这是什么茶？没见过。”

“这是‘甜茶’，长在郊岭，郊岭特有的茶。”奶妈泡好了茶。

“你连热水壶都带来了！”我道。奶妈的袋子里装备齐全。冲茶的热水装在一个热暖水壶里。此壶造型古典美观，壶身是马口铁皮，壶盖和壶口部是铜质。

“紫琳小姐爱喝茶，以前和小姐出去郊游，总不忘带上热水壶。”奶妈回忆道。

我喝了口茶，味道甜而清冽，如此纯粹，不带任何杂质的甜。喝完后，口中依然余留芳香，回甘萦绕。

“好喝。”

“嗬，”奶妈轻轻地笑了，“紫琳小姐最爱喝这个。她很好奇‘甜茶’树是怎么样的，很想看看。老爷就骑着马带着她上郊岭。”

“那天应先生忽然去郊岭，我还以为是张紫琳的忌日。”我想起那天雨夜应布良策马上郊岭。“对了，”我忽然想起来，“今天是‘七月半’，中元节啊！”

中元节俗称亡魂节，此地客家人都会备三牲拜祖宗、敬亡魂。

“老爷很少过这个节日，他不是客家人。”奶妈道。

“可是这个宅子是客家人的。”我倒是觉得蹊跷。

尽管这个大宅被修葺得中不中洋不洋的，古董摆设也是包罗万象，各地风情皆有之，可是大宅子外部的砖墙及大致造型，却是客家围屋式。宅子三面环水，一条河在外围流过。房屋的建筑结构部分是三进，上、下两个天井。当下午的斜阳懒懒地洒入天井池中，会在斑驳的泛着淡黄色的长砖地面上映出房檐的轮廓。

“紫琳小姐是客家人。”奶妈道。

“这么说来，应先生是上门女婿？”我有点诧异。

“是的。”奶妈回答我。

应布良的口音带着外地的乡音，我早该猜到这点。原先我还以为是他自幼就长期在外地的缘故。

“太太，我们快点开始仪式吧，现在是最黑的时辰，最合适。”奶妈的声音低低的，低得就像厢房地底下的暗流。

第六节 镜中月

奶妈又撒了厚厚的一层米在桌面上，对着几炷香拜了几拜，冲了一壶甜茶掬起一杯往花梨木床的方向一淋。

我和奶妈正要拿起竹签时，远处忽然传来大狼狗的吠声，它一直在叫。

“太太，你在这先等着，我出去看看，叫这么大声，千万不能吵醒老爷。”奶妈道。

奶妈急匆匆地跑出去了。

奶妈走了，我坐在八仙桌旁等着，狗吠声不知什么时候停止了。

厢房里霎时变得安静得很，连月光和空气碰撞都听得到。琼崖花梨木床依然深埋在蜡烛的微弱光线照不到的角落，我似乎听到

“哧——溜——溜”的微弱而缓慢的声音从花梨木床那儿传来。

我感到有点恐怖，我又连续点了四支蜡烛，厢房里一下子变得亮堂起来。

那三炷香芯子是红色的，静静地燃烧着，吐着香烟，看上去好像是黄色的香被红色的芯子一点一点地吞噬着。

闻着香的烟味，我的眼睛又开始迷蒙起来，镜子里自己的影像变成了两个，潜意识里的回忆与梦境纷至沓来。

怀表。怀表在我的眼前左摇右摆，荡来荡去。漫天的紫荆花瓣，母亲梳妆台前的香水瓶，铁门外的背影，夏日的烈焰都被拦在石板巷子外，孩子们光着脚丫噼里啪啦在巷子的岔路口四面散开。我在巷子里和张奇玩捉迷藏。我怎么也找不着他，我迷路了。

“咚”！我的头撞到了八仙桌上。我揉揉眼睛，我居然坐着打了一小会儿盹。刚才的梦境倒是惝恍迷离。

我起身在厢房里四处走动起来。墙壁上挂着字画，有唐伯虎和颜真卿的真迹。书桌旁有一个空空的鸟架子，想必当年是养了鹦鹉之类的。墙角有一个大大的景泰蓝宝瓶，估计是用来插梅花、桃花之类。书桌上还有个小小的青瓷小器皿，玲珑有致，曲线特别，若是盛了清水，放一叶黄金葛养着，看着绿色的蔓藤一日一日地往外攀延舒展，亦是岁月静好。

倘若没有那面椭圆形的铜镜、散发着怪香的琼崖花梨木床还有那惨白的月光，这里倒是个怡然安谧的好居所。这厢房在精致典雅的外表下，隐藏着疯狂的叫嚣。这叫嚣藏在月光里，藏在香味中，好像有许许多多的小人儿在用不同的音调、不同的频率同时说话，唧唧喳喳，让人耳膜生疼，心悸不安。

那琼崖花梨木床在厢房的右侧散发出诱人的异香。

好奇心促使我不由自主地走到床前看看。

一般的花梨木的香味会像鲜花那样谢去，只有千百年沉淀的老料做出的宝贝才能如此醇香，且经久不息。

那花梨木床的木质花纹美丽，色泽柔和，浅黄的主色中掺杂着星星点点的深黄、深褐、紫色，天然地交错着。张紫琳的体味和汗液，被床吸附了进去，床被晕染，从而改变了自己本来的颜色。床头的那块木板赫然是个“鬼脸”，看上去像是蛇的脸。

花梨木床精雕细琢。我细细地辨析这些花纹的图案。雕的都像是皮影戏里的脸谱，一个个神态各异的小人儿，就如我在回廊里看到的一样。床尾上刻着一个女子孤独地坐在梳妆台前挽发髻，每个床脚都刻了鱼儿嬉戏，点缀着花生、荔枝、葡萄等。床上还铺着白色的床单垫子，一床大红的双喜被子整整齐齐地叠在一旁，两个红枕头并排靠着。那被褥枕头看上去像是刚换洗了的样子，整洁干净。厢房应该有人进来打理过。

这张紫琳和应布良的喜好真特别。我心里暗暗想着，忽然听见床底下似乎有隐隐的“哧——溜”声，我正想蹲下身子去看个究竟——

“太太，”奶妈匆忙的叫声把我吓了一跳，“别过去看！”

“为什么？”我不解。刚才我一点儿也没有觉察奶妈回来了。

奶妈过来把我拉开。“这床很邪，别走那么近。”奶妈神色紧张地盯着我。

背脊凉飕飕的。

“我觉得这床还有这镜子都诡异得很。”我道。

“镜子怎么了？”奶妈边说着边将仪式用的东西又重新摆弄了一下。她走到蜡烛前，“呼”地把蜡烛全部吹灭。

我看着镜子，奶妈也走了过来。

月光此时变得如此透亮皎洁。镜子里的月光，仿佛可触可摸，好像一条从天而降的银白色瀑布，美丽得好像白发魔女的头发，反射在镜子里，再反射到我和奶妈的脸庞上。

镜子里的奶妈穿着宽大的湖蓝色大襟衫，遮住了她瘦长的身躯。她是方形脸，脸部的线条硬朗，鼻子高而挺，却倒是有几分中性美。她五官依旧精致，岁月在她的额头和鬓角留下了皱纹，眼角微微下垂，年轻时她应该还是有几分姿色的。

在宅子里的女仆，很多到了一定年纪都回家嫁人了，很少一直留下的。有的干脆就直接嫁给了男仆。日日在同一屋檐下做事，难免日久生情。以奶妈这样的姿色，想必当年对她有意思的男人应该不会少。

我和她并排站在镜子前。那月光好似水一般，在我们眼前哗啦啦地流下来。恍惚中，倒像是人在水里流走了似的，人在岁月的水里流转。

“太太，你发呆了？”奶妈打断我的臆想。

“哦，”我回过神来，“你在这儿多少年了？”

“三十多年了。”

“没想过离开吗？比如嫁人？”我问。

“太太，可以不回答这个问题吗？”奶妈神情淡漠。

“这铜镜也是应先生送给张紫琳的吗？”我转移话题。

“这所有的东西，都是。”奶妈道。

“噢，对了，这宅子本来全都是张紫琳的，她本来就很有钱。”我猜测，应布良的家底应该不如张紫琳，否则一般的富家子弟怎愿意做上门女婿。

“老爷他本来就什么都没有。”奶妈的语气中透着不易觉察的轻蔑。

“那这些东西都是张紫琳用自己的钱买的？”我问。

“也不是，老爷后来自己做生意，也赚了些钱。”奶妈道。

“这厢房为什么只有顶上的天窗，墙上也不弄个窗子？”这是最让我感到奇怪的地方，没有窗子的厢房。

“老爷喜欢这样。”奶妈道。

“嗬。”我哼了声。应布良的嗜好都挺怪异变态。

“太太，得快点继续招魂仪式了，黑夜很快就过去了。”奶妈再一次催促我。

我和奶妈又坐到了八仙桌旁。铜镜还是正对着我。这一次没有点蜡烛。

第七节 蛇影

奶妈又念起了咒语。那株墨红的玫瑰被月光映射到镜子中，里外两重影，花影幢幢。

竹签依然纹丝不动。

那三炷香散发的香味越来越浓郁。

隐隐地，我嗅到了某种腥甜的气味。那腥甜夹杂着花梨木的芳香，让我想到了血，是女人的血。

我的眼睛又开始出现了幻影。

张紫琳。我想，应布良会不会也把她关在这厢房里，不让她出去？她就是被雕刻进琼崖花梨木床里的那个孤独的女子，每天对着梳妆镜孤独地挽着发髻，等待着远方的丈夫归来。雕刻得如何精致玲珑，却总是被拘囿在木头里，永远也飞不出这个窠臼。独对着四面清冷的墙壁，遥望着头顶的天空，就算是拥有丈夫的宠爱，却依然是寂寞的。

她放下了她那浓密的瀑布似的长发，伸出纤细的手逗弄着鹦鹉，清风翻过她看过的书页。她坐在花梨木床上，蜡烛微红的光把她的倩影映照在墙上。

她在静听窗外的声响，期待那会是他的脚步声——

“咻——溜——溜！”

又是那低沉的怪异的声音，似乎是什么东西贴着地面蠕动。

我的心惴惴不安。

“你听到声音了吗？”我问奶奶。

“没有。”奶奶很入神地握着竹签半闭着眼，口中喃喃念叨。

难道是我的幻听？

“咻——溜——溜！”又是那声音，越来越明显了。

奶奶逐渐进入迷狂状态，她念叨的声音越来越响，整个身躯因为剧烈的摆动而几乎要跳起来，手和脚不停地抖动，她脸部的肌肉因为扭曲而皱纹横斜，嘴巴歪着，吐着白沫。

我闭上眼睛摆摆头，用另一只腾出的手按按太阳穴。今晚是太累了，总处在半梦半醒之间，总出现诡异的幻觉和梦境。

当我再次睁开眼睛——

蛇！

那条失踪的“过山峰”！

铜镜里出现了一条蛇，就在我的身后！

我吓得浑身瘫软，喉咙也发不出声音。我不敢回头看，只是盯着镜子里的蛇。

银白的月光照在光滑的蛇皮上，蛇皮上的每一处纹路都如此明晰。灰褐色背面的皮上还长有浅黄色的环纹，白色和黑色环带交错，背鳞边缘深黑。它的下半截盘旋成圈，它的颈部窄而长，往上伸出了扁扁的头。它将脖颈张开，露出喉部鲜明的黄白色鳞片，吐着舌信子，并不时发出咝咝声。

"蛇——"我摇着奶奶，颤巍巍地叫道。

奶奶似乎才从刚才的癫狂状态中醒过来："在哪儿？"

我哆哆嗦嗦地指指镜子。

奶奶把身体挪动靠近我这边，想看看镜子，却似乎惊动了身后的"过山峰"，那"过山峰"咝地伸了一下头，"哧溜溜"地爬了过来。

"过山峰"的颈部两侧膨胀起来，发出呼呼的响声。蛇信子火红。那两只小小的黑豆一般的眼睛倒像是有灵性似的，好像想和你说什么。

"快跑！"奶奶把身子挡在我身后，张开手臂横在蛇和我之间，护着我。她宽大的大襟衫好似屏障。

我的身体僵滞无法动弹。

"跑呀！"奶奶一把揪住我的胳膊把我拉起来，铆足了劲儿把我推出去。

我的头脑一片空白，被她推得踉踉跄跄，椅子一绊，直接摔了出去。我挣扎着想爬起来，身体和脑袋却越来越沉越来越痛，我昏了过去。

我好像在做着一个梦，好多好多的影子，糖果纸小人儿贴在窗玻璃上，纷繁萦绕，小人儿对我笑，有一个小人儿是嫒嫒。还有一个糖果纸小人儿也在笑，那笑容如此亲切熟悉，是个小小的男孩儿。他叫了一声“妈妈”。待我想走近前把他从窗玻璃上取下来，他却倏地消失了。

声音好像从很遥远的地方传来。

“……没能保住……多注意休息。”

“唉，深更半夜跑到那儿去做什么！”是应布良的声音。

“应该是劳累，又惊吓过度，加上这么一摔，胎儿就不保了。先休息，过几日我再过来给太太复诊把脉。”

“唉——”应布良长长的一声叹息，“那药我让阿忠跟你去药铺取，谢谢大夫。”

“不客气。太太平时有抽鸦片吗？”

“啊？应该没有吧？”应布良有点惊讶大夫这么问。

“抽鸦片容易滑胎，没有抽就好。她体内好像含有让她出现幻象的东西，含量也不多，不过也有可能是她阴虚火旺阴阳失衡……”

应布良把大夫送走后，又回到床前。

我依旧闭着眼睛。

“你醒了。”应布良道，“你的睫毛在动。”

我没有睁开眼，还是一动不动地躺着。

“我现在也不好说你什么。”应布良叹气道，“本来是想发火，算了……这都是命啊！十年前也是这样。等休养好了，去道观里求个签吧！”

“唉，紫琳啊紫琳，你是要我断子绝孙吗？”应布良小声地喃喃自语道。

过了一会儿，他起身走出了房间。

我这才睁开眼睛，依旧仰着躺在床上，止不住地啜泣。泪水从脸颊滑下来，一直流进了耳朵里。

奶妈端着一碗燕窝粥进来了。

“太太，大人没事就好，别想太多。喝点粥吧！”奶妈安慰我道。

“你没事吧？那蛇呢？”我抹了抹流下的眼泪，问道。

奶妈安然无恙，我对昨晚的蛇心有余悸。

“那蛇没有咬我，又溜走了。”

“溜去哪儿了？捉到蛇没有？”我现在最担心的是蛇还没有被捉到，媛媛会危险。

“整个宅子都找遍了，都没有，雄黄水淋了整个宅子。估计是溜出外面去了，这宅子外面都是野草，还有河。”奶妈道。

“媛媛在哪儿？”我焦急地问。

“她在大厅里练字。”

“一定要看好媛媛啊！”我叮嘱道。

“太太放心。”

“昨晚谢谢你。”我想起昨晚她挡在我和蛇之间。

“保护好主子是我的本分。”奶妈道。

奶妈出去了。

我喝了几口燕窝粥，又放下了，没有什么胃口。我怔怔地躺在床上，总是迷迷糊糊地昏睡过去，然后又醒来，如此反复，额头上一个劲儿地冒冷汗。

下午，接到了莉娜发来的电报，说她准备从上海回来了，还有半个月就是“作福节”了。

第三章　怀表里的情人

第一节 音信

“你瞧你，这么憔悴，要好好照顾自己啊！”莉娜一见到我，就跑过来握着我的手，坐在我床边。她的手暖暖的，温热的体香夹带着浓浓的脂粉味。“我给你带了人参和灵芝，和鸡一起炖，要补补身子，千万别落下病根。”

“谢谢！”我说。莉娜就好像屋外的新鲜空气，只要她一到，昏沉的屋子也变得亮堂。

“你啊！总是心思太细了，多愁善感。等你精神好点儿，我拉上郭太太赵太太一起，四个人凑成一桌打麻将。”莉娜道。

“这旗袍好漂亮啊！上海买的？”我注意到莉娜穿着一件水绿色印花开衩长旗袍，曲线玲珑有致。

“是上海的陈师傅量身剪裁的，陈师傅专门帮官太太小姐做衣服。”莉娜得意地扬起嘴角，然后站起来转了一圈，“我穿着好看吗？”

“好看好看！呵呵！”我笑了，“你的交谊舞学得怎样啦？”

“我啊，学得迟，但是老师说我悟性高，有天分，上手很快。”莉娜道。

“表演一下看看！”

“可惜没有音乐……要跟着音乐才有感觉。”莉娜边说着，边站起来，把两手一伸，好像搭着一个人的肩膀，脚步轻轻移动，走起了舞步。她自己哼起了歌给自己伴奏。

“哇！好棒啊！跳得真好！”我鼓掌。

“等你身子养好了，我教你。”莉娜道。

以前在教会学校里，有个小礼堂，圆圆的顶，屋顶吊着几个风扇，还有一台大大的管风琴和双紫铜喇叭花口的留声机。下午下课后，我和莉娜就偷偷地溜进去，听着留声机的音乐，一起跳舞。莉娜比我跳得好，她总是嫌我太笨了，总踩她的脚。我们跳着跳着笑起来，然后坐在地板上，看着从虚掩的礼堂大门的缝隙里射进来的太阳光线一点一点地从淡绿色地砖上收敛。

“我还在大光明电影院看电影，《神女》好好看，阮玲玉演的。”莉娜打断了我的回忆，“邓老板还有他的朋友都说我长得像阮玲玉。邓老板有个朋友是导演，那晚吃饭，邓老板不停向他推荐我，让他有合适的角色就让我试一下。”莉娜高兴地说，还没有从上海之旅的兴奋中回过神来。

“那你岂不是下一个‘大明星’了？”我调侃道。

“对了，我看到张奇了。”莉娜走近我小声地对我说。

“你确定是他吗？”我问。

“上一次我写信给你的时候，我是远远地在马路上看到，所以不确定，可是后来我又见到了他一次。”莉娜描述道，“那天我从舞蹈老师那儿出来，下了楼是个小巷子，正要拐弯，忽然张奇跑过来，差点和我撞上，我正要叫起来，他赶紧示意我别说话，他把帽子压得很低，有人在追他，我知道巷子里有条隐秘的小路通向外面一家咖啡馆，然后可以从江边的方向逃，我就带他往那儿走了。”

“是什么人在追他？”

“好像都是官兵。”

“他们为什么要追他呢？”我很担心张奇。

“我也不知道，他急匆匆地就跑了，我还没来得及和他说话。”

“他还好吗？会不会有危险？”我替张奇着急起来。

“不知道呢，吉人自有天相，他那么机灵，一定可以渡过难关的。”莉娜安慰我，“他看上去黑了，健壮了，也粗犷了许多，和以前不一样了。”

张奇在我记忆中的形象一直是瘦瘦小小的样子。我还很小的时候，母亲和父亲离婚，母亲搬出家里的那一天，我一个人跑到巷子里，蹲在几棵大大的紫荆树下哭泣，以为没有人看到我。张奇的家正好在紫荆树旁边。他正在墙后用弹弓射小鸟，石头射出去，“啪”的一声，小鸟没打着，却发现我在树下哭，他还以为石头不小心打到我了。

“打到什么地方了？要不要去药铺看看？”

我没有理他。

他挠挠头说：“对不起。”

我依然不停地哭。

“要不，你用弹弓射回我吧。”他说。

我还是泣不成声。

他站在那里，看着我哭。然后咚咚咚跑走了，回来时拿着一个油炸糖丸。

“这个很好吃，很香很甜。”他把油炸糖丸递给我。

我也哭累了，肚子好像也有点饿。我吃了他给的油炸糖丸。

“我妈妈走了。”我诉说着。

张奇又挠挠头，他不知道怎么安慰我。

远处有几个小孩子在放风筝，大声地叫着张奇过去。

“你和我们一起放风筝吧！”这个头发剃得短得看得见头皮的瘦小男孩，就这样一把拉起我的手跑去放风筝了。

大家都是自己用纸糊的风筝，张奇也自己用纸糊了一只，是蜻蜓风筝。

扯着风筝的线，和风筝一起奔跑，在风中聆听自己加速的心跳，年幼时总是很容易满足，暂时忘记了悲伤。

临回家时，张奇把蜻蜓风筝送给了我。

后来，我们常常一起在巷子里跑来跑去地玩捉迷藏，夏天的时候还光着脚丫在青石板上跳，像两个野孩子。我父亲知道了，不许我再这么乱跑出去，一点淑女的样子都没有。可是我还是偷偷地溜出去。于是，他就让仆人看好门，不让我出去。

那一天我在二楼的卧室里百无聊赖。

“喂——乔芸！”张奇小声地在楼下叫着我。

我探出头到窗外，他在楼下的树下躲着。他不敢再说太多的话，怕被人发现。他把纸叠成小小的“子弹”，用弹弓把“子弹”从窗户弹进房间里。我展开小“子弹”，看到了他歪歪扭扭的字体。我又拿纸条写了字，揉成一团扔下去。我们就这样用字条对话。

我忘了当时我们写的是什么，好像都是些很无聊的话语，只记得反反复复地把字条弹上来扔下去。字条里的每一个字都如此甜蜜。

我去了教会学校，张奇去卖报纸。他坐了火车来看我，带了他妈妈做的油炸糖丸、炸饺子和炸麻花。我、张奇、莉娜三个人铺了报纸在草地上，边吃边聊，就好像郊游似的。莉娜嘴贫，总是拿我和张奇打趣。时光就好像是静静的河流。

后来，张奇想去外面的世界看看，他要我等他，他说等他衣锦还乡，我父亲就不会再看不起他了。

可是，命运却常常不是按照自己规划的那样。

我真的很不想让他看到我现在的模样。

第二节 仙姑嬷

在床上躺了半日，莉娜扶着我在屋子里四下走动走动，经过厨房时，却听得仆人们在议论。

“奶妈原来是仙姑嬷啊，看不出呀！”一个年轻的女仆道。

“童伯母作法，说是要有血光之灾，要选个‘仙姑嬷’为今年的‘作福节’敬神，选到了奶妈。听说在二十多年前，奶妈那一天准备出嫁，忽然‘得神’，说是轿子抬到桥边，桥边有一座庙，庙旁好多杂草。那三四个送新娘的妇女要在那里小便，奶妈也想小便，她们说新娘子这样不好，奶妈说不怕，也去，用伞隔着就好，结果风一吹，把伞吹到上面去了，奶妈去捡伞，结果看到神了，一个很高的人把脚伸出来，胡须也很长。奶妈出来以后就开始胡言乱语，送到了夫家以后还不许老公和她一起睡，还女扮男，凶得很。她说她自己是仙姑嬷。没办法夫家就把她送了回来。回来以后她就去拜见童伯母做了仙姑嬷，给人赎魂、作法。后来得了一场大病，好像病得差不多要死了，后来又活过来了。但是大家说她有病不洁净了，都不再找她了，她就没有再做仙姑嬷了。这次不知怎么又被童伯母选中。”声音听起来像是阿忠。

“奶妈以前也嫁过人啊？是嫁给哪家啊？”刚才那个年轻的女仆问道。

“听说好像是老爷给她安排的人家，还是不错的人家咧……”正说着，阿忠发现了我和莉娜在门外。

“太太，莉娜小姐！”他赶紧站起来叫道。其他仆人也都站起身来。

“你们刚才说奶妈要去做‘仙姑嬷’？”我问。

“是啊，童伯母要召她过去准备仪式。”阿忠道。

“奶妈也懂这些东西啊？”莉娜好奇地问。

“是的。最近这一片奇怪得很，天气都还没变凉，河边的野草都干枯死掉了，还有啊，以前这河里有水蛇的，今年奇怪啦，水蛇都没见一条，也没听见青蛙叫啊，听说会有血光之灾。”阿忠道。

“啊，这么邪的。看来回去我要多拜拜神，多烧几炷香才是了！”莉娜道。她转而又对我说：“乔芸，尤其是你啊，身子弱更要多留心。人家说身子弱人神低。”

“没这么倒霉吧。”我嘀咕着。

莉娜注意到了我戴在手腕上的那串沉香手串：“咦，这串佛珠蛮漂亮的嘛！”

我下意识地把手放在身后。

“来，我看看嘛！”她又把我的手拉回来。

“哇！是沉香啊！”莉娜把手串从我手腕上褪下来，把玩着我的手串，“这样戴着是不是也可以辟邪？”

“这是张紫琳的手串。”我道。

“啊?！”莉娜吃了一惊，条件反射地把手串抛开，手串掉在地上。

我拾起手串，又戴回手腕上。

“她的你也敢戴？你不怕？”莉娜很惊讶。

“我不太忌讳这些。”我淡淡地说。沉香手串戴久了，好像习惯了，不会那么恐怖了。几番折腾，心情已是死灰一片。那天晚上和张紫琳的灵魂若有若无地交臂过以后，好像中了她的蛊似的，我甚至希望她出来，和她对话，弄清楚所有事情的前因后果。

奶妈竟然是仙姑嬷却是我料想不到的，虽然她往日常常和我说起延庆观的道姑。

此地的人信奉佛道合一。此地有一座古祠庙甚异，由木梁支撑起庙顶，但整座古祠庙没有用上一根铁钉。虽然为祠庙，庙旁边却有一口“仙姑井”。“仙姑井”旁是一棵木棉树，枝叶和花朵都很稀疏，甚是清索凋零。这口古井传说是何仙姑师傅麻姑打的。以前这一带的人生活很苦，麻姑就和村民一起捡木棉花，打水煲汤喝。而这棵木棉树据说是在建庙时与庙一起栽种的。有一段时间庙宇毁坏，木棉树也跟着枯萎了，有人想砍这棵树修庙宇，结果一砍下去，斧头被弹掉，那人手臂也肿了一个月，从此便再也没有人敢动这棵木棉树了。

“我觉得你也变得有些奇奇怪怪的。”莉娜冷不防蹦出一句。

“我倒是觉得你疑神疑鬼了。”我道。

“芸儿！”莉娜说着一把搂着我，把我牵到无人处。“别想太多，别太伤心了，你还年轻着呢，还能生好多好多。”她担心地说，“别净往死胡同里钻，开心也一天，不开心也一天，不如活得没心没肺的好。”

“莉娜，”她这一说，我的眼泪倒是又簌簌地流下来，“嫁到这里，有很多你不知道的事情。”

“怎么了？”莉娜问道。

我正要说话，旁边的草丛里似乎有什么东西惊动了鸟儿，一只小鸟“吱”的一声飞起来。“改天再和你说吧！”我对莉娜说。我总是担心会不小心被人偷听去。

莉娜会心地轻轻捏捏我的手，似乎在安慰我。

“人在世上，有时身不由己呢，要学会自己找乐子。”莉娜又陪着我在花园里慢慢地散步。

天边开始出现了晚霞。

“几点了呀？”莉娜道。

我从白丝绸衫裙里把挂在脖子上的怀表掏出来：“都六点了。”

“你还随身戴着这个怀表？”莉娜问，“上次不是都叫你别戴了吗？”

“没事，应布良不会知道的。你看！”我把怀表打开，里面没有照片，只有一个糖果纸叠成的小人儿。

“唉。”莉娜叹了口气，“你早就给我看过了。好吧，那你小心点，我先回去了，明天再过来看你。”

看着莉娜走出那雕花铁门，坐上黄包车离开，又骤然感觉孤零。

不光是应布良有怀表，我也有块怀表。张奇用他打工挣的钱送给我的怀表。怀表上镀银的表面刻着细细的花纹，打开来，听着秒针嘀嗒嘀嗒地响，看着它一步一步地踩着节奏移动，感觉时间就好像被自己掌控着，可以穿梭到过去的时空，可以臆想遥远的未来。那时候我在怀表里放了张奇的照片。他穿着白衬衫格子裤，鸭舌帽压得低低的，遮住了他那不太服帖的短短的头发。他的眼睛大大的，漆黑而明亮，就好像夜空中的星星。即便是在这张小小的没有色彩的黑白照片里，我都能感觉到他眼里的光芒，穿透了时间和空间，穿过了我。这是他给我留下的信物。我在怀表的时光刻盘里等待，等待着他的归来，等待了如此漫长的时光，漫长到我的心要碎掉。也许事实上也并不是如此漫长，而是这几年经历了太多太多的事情，物是人非，恍若隔世。

嫁给应布良以后，我把张奇的照片取出来，用绿色的糖果纸叠成了个卖报纸的小伙子塞了进去。应布良曾经狐疑地打开来看过，看到是糖果纸，便也没说什么。

应布良的那个怀表里的女子，我没猜错的话，应该就是张紫琳。可惜那晚我并没有看清楚她的样子。

第三节　重遇

这日我又在床上半躺着歇息，拿着本泰戈尔的诗集翻来覆去地看，外头阳光明媚，于是便想出去走走。正准备下楼，便听得楼下客厅隐隐传来说话的声音。

“有客人来了，老爷在楼下。”奶妈道。

“是谁？”

“好像是一个商人。”奶妈说。

去花园要经过客厅，我把发髻重新挽了挽，把垂下了的散乱的鬓发拨好。越走近客厅，应布良和那客人的说话声便越清晰。

“泰国大米的生意挺赚钱的吧？”是应布良的声音。

“不过是糊口饭吃，现在回国，主要在山里收购药材山货，土特产，运城里卖……”那人道。

张奇。是张奇的声音。我的心“怦怦”地蹦到了嗓子眼儿。难道是我的幻觉？不，我不可能认错，他不在的时候，他的声音千百遍地在我的脑海里回顾过，我不会听错。

我的手心冒汗，脸颊烫得似火烧，整个身体都在微微颤抖。

我闭上眼睛拼命深呼吸，再仔细地听，确认自己是不是真的出现了幻觉。

应布良觉察到我站在门外。

“乔芸，有客人来了。”应布良道。

我再深呼吸一口气，走进客厅。

“这是我太太乔芸，这是张先生……”应布良的话好像从很远很远的地方传过来，我不知道他在说什么，头脑里只是混乱的一片，全是唧唧喳喳的杂音，花园里的鸟叫、蛙鸣，仆人走路的声音，每一个细小的声响都被无限扩大，交叠在一起，闹哄哄的一片。

“应太太，你好！”张奇伸出手。

忽然间所有的杂音都戛然而止，好像默片。

他好像很冷静。可是我看到他的手也在微微颤抖，他的眼睛在不停地眨，拼命压抑流露的情绪，他在尽最大的努力让自己保持镇定。

他变了，变得更有男人味了，剪了个西装头，可是头发还是那么不服帖，有点微微地翘起来，仍然保留着孩子气。他的皮肤变黑了，很粗糙。他长高了，也壮了，西装革履。眉宇间透着英气。可是他的眼神还是没有变，漆黑而明亮，一如夜空中最亮的星星。

“乔芸，人家都伸出手半天了。”应布良看我还傻愣愣地站着，认为我对客人不礼貌。

“噢，没事。”张奇赶紧替我解围，“良家妇女是不随便和男人握手的。”

“内人最近身体欠安，见谅。”应布良道，“好了，你去吧，我和张先生还有事情要谈。”

其实我根本不想走，我想和他一起，我有好多好多的话要说。被表叔囚禁的时候，被应布良折磨的时候，我不止一次流着眼泪想着有一天我见到张奇，我会怎样投在他怀里，把我受的委屈一点一点地告诉他。一个人的时候，我用笔在白纸上反复地写着他的名字，反复地写，直到整张纸密密麻麻的都是他的名字，字与字交叠，滴落的眼泪晕开了蓝色的笔迹。

我不知道是怎么走出客厅的，头脑跟随着身体的惯性走，失了魂，好像在梦游，脚底下轻飘飘的，踩在棉花上。头却一直在烧。

张奇终于回来了。终于回来了。我的眼泪又止不住地流下来。好像是走在黑暗的隧道里，忽然看到了尽头的一点点亮光。仿佛又有了盼望，又有了念想。可是，我现在这样子，还有挽回的可能吗？他还会喜欢我吗？他刚才说我是“良家妇女”。“妇女”，对于他来说，我是个结了婚的妇女了。我是回不到过去了。我摸了摸我消瘦的脸颊。我现在丑死了，又瘦又憔悴。为什么要在现在遇到他呢？他回来做什么？他什么时候知道我嫁给应布良的？他找应布良做什么呢？还是他是回来找我的？

“太太，你不舒服吗？”奶妈把我吓了一跳。

“哦……没事。”

“你在这里站了很久了。你的脸色很难看，又青又白的。”奶妈道。

我痴痴地站在客厅外的门廊上想着张奇，也不知过了多久了。

“媛媛还没起床吗？”我问道。

“起床了，给她吃了玉米粥，她要我讲故事给她听。这本书里的字我没有完全认得。”奶妈把《一千零一夜》递给我，“还是太太讲给她听吧。”

我拿着书随意翻了翻，原先夹在书里的莉娜的信露出来了，我赶紧把书合上。

奶妈似乎心领神会地看着我。

我不安起来。刚才，奶妈要给媛媛讲故事的时候，她发现了这封信？她打开了？她能读得懂这封信吗？

“太太，我待会要去童伯母那准备‘作福节’的仪式，可以吗？”

“好，你去吧。”我应允。

奶妈走了。客厅传来响动，张奇要走了。我赶紧回避，转身躲在门廊的大柱子后。

“这事，我考虑考虑。”应布良道。

“好，谢谢应先生。希望能得到应先生的支持。”张奇说。

“阿忠，送客！”应布良大声喊道。

阿忠噔噔噔地跑来：“张先生，请。”

“慢走。”应布良客气地说。

我看着张奇走出去的背影，怔怔地盯着，直到他再次消失在我的视线里。我还能见到他吗？

我装作在花园里散完步的样子回到客厅，应布良坐在椅子上啪啦啪啦地抽烟。

“刚才那位先生好像有事情要你帮忙？”我故作不经意地问。

“嗯，是啊。日本鬼子打来了，他要我赞助他们抗日。”应布良道。

“那你怎么想？”我问。

“要出一大笔钱，还有布料。赞助他们，我要想想有没有好处。”应布良说。

“听说隔壁县的几个乡绅也都出资了。”我说。

“不是笔小数目啊。”应布良道。

“好处肯定是有的。”

应布良低着头抽着烟，在想着事情。

“莉娜、赵太太还有郭太太要过来打麻将。”我说。

“今天的药喝了吗？大夫一会儿过来给你把脉。大夫说这次流产，怕会影响到以后怀孕。你要快点给我养个儿子。没事别到处乱走，好好躺着。”应布良霸道地说。

我只得上楼歇息去，媛媛又在我卧室里的床上玩着糖果纸。

“妈妈，你给我讲故事。”媛媛一看到我就扑在我怀里撒娇。

“好好好。你想听什么故事呢？”我问。

“妈妈，你说的那个卖报纸的小伙子和小姐，媛媛现在一直都好乖，那个小姐的鬼魂搜集了爱心，她复活没有呢？”媛媛对这个故事念念不忘。

“她复活了。”为了不让媛媛失望，我要给她一个完满的结局。

“噢，太好咯！”媛媛高兴得跳起来，“妈妈，‘作福节’是不是有新衣服穿呀？”媛媛问。

“是啊，妈妈早早让裁缝给媛媛做衣服了。”我捏捏媛媛可爱的圆脸。

“是什么颜色的？”媛媛歪着脑袋甜甜地笑，嗓音稚稚的。

“红色的，上面还有糖果纸小人儿的刺绣。”我描述道。

“我好想快点穿！”媛媛央求着我。

“衣服还没有拿回来呢！”我被媛媛逗乐了。

“那妈妈穿的是什么衣服呀？”

“妈妈穿一件上面有很多花花的衣服。”

“是什么花呢？”媛媛喜欢刨根问底。

“玫瑰花。”我自己也觉得奇怪，我现在变得越来越无所顾忌了。张紫琳所喜欢的东西，变成了我所迷恋的事物。我喜欢戴着她的沉香手串，闻着玫瑰花，好像这样就能够探寻到秘密，她的灵魂穿越了时空，与我的灵魂逐渐靠近。我不再害怕她。我只想知道真相。

第四节　作福节

作福节眨眼就到了。

作福之日，各户人家的亲戚朋友都会来祝贺和“看热闹”，可谓宾客盈门。家家户户办丰盛午宴，以招待客人。此地白天还有游神“扛公王”出巡的活动，晚上请木偶或者皮影戏班演出。那座种着木棉花的古祠庙是这里最大的公王庙。公王是受人们崇拜敬仰的一偶像，人们把本姓人曾做过官的先祖或历史上受人尊崇的忠臣、清官的雕像立在庙中为公王供人膜拜，祈祷公王保一方平安。这里的公王是张氏先祖张克家，据说是张氏60世孙南宋绍兴年间进士官至右丞相，后裔设庙纪念他。每年作福节就把公王从庙中抬出来巡游。

公王出巡时要举行出宫、入宫仪式。出巡时公王坐在公王轿中由四人抬，阵容和大官出巡时一样。人们敲锣打鼓擎着彩旗，数百人列队而行，非常热闹。

从下午开始，骑楼四周开始摆开了集市，各种小吃和小玩意儿琳琅满目。晚上则张灯结彩，挂满了灯笼。人们在树林子旁边的河水中把纸做的莲花灯放在水中漂出去，祈祷。

把公王从庙里抬出来，由“仙姑嬷”在庙中举行一个仪式。仪式自下午开始，人们都涌到庙前观看。古祠庙人山人海。

难得过节，又加上大夫说心情好有助于流产后恢复，应布良特许我这日带着媛媛和莉娜、赵太太等人出门看热闹。应布良则独自一人留在家中，他这人稍显冷僻，不太爱凑热闹。他倒是买了一块翠绿而晶莹剔透的玉给媛媛戴着。

媛媛穿着精致的红色刺绣裙子，蹦蹦跳跳的，好不开心。

古祠庙的鼓开始“咚——咚——咚”地敲起来，鼓声铿镪，韵味浑厚，把熙熙攘攘的气氛变得肃穆。仪式马上就要开始了。

古祠庙外的木棉树旁搭起了高高的台。

台上是供桌。供桌左边是一箩米，上面插着一把扇子，右边也是一箩米，上面放着斗笠。供桌前方正中是大香炉，旁边是两支大蜡烛，大蜡烛旁是两排小蜡烛。大香炉前面还有油灯。蜡烛边是白萝卜、蒜、黄豆和清水。香炉左边的红桶里是咸蛋、姜和清水。桌子中间是三牲、斋盘和水菜。

鼓声停止，便准备烧香拜神。鞭炮声响起来。挂在萧瑟黑枯的木棉树上的高高长长的鞭炮，一直噼噼啪啪地烧上去，烟尘漫天，红色的碎纸落了一地。

鞭炮声消失后，人群忽然变得很安静。大家都在屏息观看。一些虔诚的妇女闭着眼睛默祷。几个妇女手拿红色的塑料篮子，篮子里垫着一块花布，里面放着长命草和百节草、夹心糕、红枣、莲子、百合等。她们都伸长了脖子张望着古祠庙前的高台。

奶妈自庙中缓缓走出。隔得太远，望过去，古祠庙门里面是暗黄的一片。

奶妈仍旧穿着一件大襟衫，发髻挽得一丝不乱。她站到台前，念唱着，请神下来。

接着，她开始驱邪。她双手舞动，人在不停地转圈，不时发出响亮的叫声，很强硬地跺脚，手也好像在往下切什么似的，做出把东西往外赶的姿势，一边跳一边赶。赶完了，她气喘吁吁，大汗淋漓，抓起米和盐往外撒。她又唱起了祈祷词。

她拿着点燃的火把，边唱边走，把纸扎的财宝点燃，童伯母带着其他的仙姑嬷一起上台，围着火堆手舞足蹈，往火里撒着米、水、酒、烟、包子，等等。烧完了，她们又回到供桌前边唱边拜。

观望的人群也开始往簸箕里投放零钱。

几个壮汉把公王自古祠庙中抬出，人们欢呼着跟在公王的后面，一路往集市走去，环镇巡游。

“芸儿，我们也去集市吧！那里有好多东西吃，有好多好逛的！”莉娜兴奋地拉着我的手说。她又俯下身子对媛媛说：“想不想吃‘阿嬷叫’？还是吃冰糖葫芦？来！阿姨抱你好不好？”

“好！”媛媛很喜欢莉娜。

莉娜开心地抱起媛媛。“走咯！走咯！”莉娜几乎也是蹦蹦跳跳地往集市的方向去，好像踩着舞步似的，“回去阿姨教你跳舞哈！嘣——恰——恰，嘣——恰——恰……”

媛媛咯咯咯地笑起来，笑得好欢。

来到骑楼下，小贩们的生意都很红火，摊子一直摆出了小巷，延伸到外面的街道，街道上的人摩肩接踵，人贴着人。除了本地的商贩，一些外地人也在招揽生意。冰糖葫芦串又大又甜。油炸豆腐滋滋地冒烟。媛媛喜欢吃“阿嬷叫”。“阿嬷叫”总是香气四溢，隔着老远都闻得到，让人垂涎欲滴。骑楼临街铺子的大婶搬出一个小锅，现场做起“阿嬷叫”来。她烧红了油，把包了萝卜丝和米饭粒的“阿嬷叫”一个个放进去。“阿嬷叫”滋滋地在油锅里翻滚着，直到被烧成金黄色。还没做好，就有一堆的人围在旁边等着买。我和莉娜、媛媛也挤进了买“阿嬷叫”的等候队伍中。

“乔芸。”身后一个声音低低地叫着我的名字，即使人群喧哗，也淹没不了那声音的穿透力，它让我的心剧烈地跳动起来。

“张奇。”我回过头看着他，张开嘴巴，心里有好多话要说，却一时间想不起说什么。

他的眼珠子在闪动，睫毛抖得厉害，眼里也饱含着未尽的话语。“……你也在这里吗？”过了一会儿，他才从嘴里蹦出这句话。

莉娜也发现了张奇。“哦！张奇你也来啦！乔芸，媛媛这有我行啦，你们老朋友就找个地方叙叙旧啊！”她冲我使眼色，继而又逗着媛媛，“媛媛，你妈妈先走开一会儿，很快就回来。莉娜阿姨先给你买‘阿嬷叫’，待会儿啊，带你去买木偶，再带你去个好玩的地方哈！”

“好！”媛媛大声地笑着说。

“媛媛真乖！”我轻轻地摸摸媛媛的后脑勺。

“这是……你的女儿？”张奇不太自然地问道。

“嗯，是的。”

“好可爱，很像你。”

我淡淡地笑了笑。张奇不在的那段日子，媛媛是我唯一的安慰。她将会是我这辈子最牵挂的人了。

我和张奇走出了喧闹拥挤的集市，往河边的树林子里走去。

第五节　诉

树林子里的泥土很湿润，踏上去，软塌塌的。人们在刚进林子的大树上挂了大红灯笼，还有许多祈福的红色纸条和红包。

我跟在张奇的后面走着，感觉他身体的温度和味道，好像又回到了从前。那种恋爱的气息就好像空气一样，凉飕飕地浸润到背部。心跳带着某种氤氲暧昧，软塌塌黏乎乎的。树荫隐含着秘密。裙摆似乎带着笑意。我和他的影子在重叠，恍若另一个世界的幻象。

我们来到树林子里的无人处，张奇忽然一把抓住了我的手。熟悉的双手拂过我的腰际，他的手掠过的地方，都燃烧起来。他轻轻地吻我，温柔地，而后变成了激烈的热吻。

我在他的吻中迷醉。

“听到你嫁人了，我简直不敢相信。”他凑到我耳边对我说，“我到处去查，我崩溃了。”

“你走了以后就一点音信都没有！你知道我有多绝望吗？”我冲他喊道，说着说着，我哽咽了，眼泪流下来。

“我一直都给你写信！”他说。

“我一封都没有收到过！”

“你为什么要嫁给应布良呢？”他哀伤地低着头，颓唐地靠在树干上。

我泣不成声。

他沉默。他用手指抹去我的泪水，把我揽入怀中，轻轻地抚摸我的头发："别哭了，是我不对，是我做得不好。"

"不嫁给应布良，我还会被表叔欺负。"我边哭边说，"我父亲死了，表叔毁了我。"

"该死的！我要杀了他！"张奇咬牙切齿。

"他残废了。"我告诉张奇，"应布良后来找人把他废了。"

"我恨我自己，连你也保护不了。"他很沮丧，脸色铁青。

我缩在他的怀里，蜷缩成一团，好像一只小猫咪一样。他紧紧地搂着我，生怕我会忽然消失似的。我们的身体没有一丝缝隙。太久了，我一直渴望着他，渴望着他柔软而炙热的嘴唇，渴望着他的抚摸，渴望着他的拥抱，渴望着他的一切。

我们就这样在浓密的树林子里一直待着，直到天色一点一点地从明亮转为昏黄，再转为暗蓝，深蓝，然后是漆黑的一片。我想永远永远这么下去，不要停止。

远处的河边开始有人提着灯笼来到，往河里面放上莲花灯。一盏一盏的莲花灯顺水而下，汇成灯河。紫红色的烛光在漆黑的河面上蜿蜒盘旋。小孩子们在大声地嬉闹。

"你还是没有变。"他温柔地凝视着我。

"不，我变了，变丑了。"我低着头。

"你穿着这条裙子很美。"他说，"是玫瑰花吗？"

"嗯，是的。"

"你知道吗？泰国有一座山谷，叫花谷，那里有很多花，玫瑰花、桔梗花、百合花，什么都有，蝴蝶也很多。那时我想什么时候带你过来看看，你一定会很喜欢。"

"现在还有可能吗？"我很忧伤。美好的蓝图已经消失了。

“你跟我走吧！离开应布良！”张奇激动起来。

“怎么可能？还有媛媛呢？应布良不会放过我们的！”我道。

“媛媛可以想办法一起带走！你为什么这么怕他？你就不相信我可以保护你吗？”张奇急了。

“应布良的脾性我很清楚，他在这里是地头蛇，在外地也有势力，他不会让我们活的！”

“你就想一直这么下去？”张奇诘问我。

“为了媛媛，我什么都能忍受。”我承认我过于胆怯，可是又有什么办法呢？

张奇沉默不语，依旧颓然地靠在树干上。他从口袋里掏出烟点燃，深深地吸起来。

“你什么时候学会抽烟的？”我问他。

“在泰国的时候。”他答道。

“你在那里过得好吗？”

“刚开始比较艰苦，在泰国老板那里打工，算账，记错了把整个月的工资都扣完。”张奇轻描淡写，“后来也去码头做过搬运工，每天来来回回扛着一两百斤的东西，一扛就扛差不多二十小时。”

“你知道那时我唯一的安慰是什么吗？”他继续说，“就是看你的照片，给你写信。”他从衣服的内衬里小心翼翼地掏出一张发黄的照片，照片中的我穿着白色的校服裙子，站在一棵紫荆树下，阳光射得我的眼睛微微眯起来，笑得很灿烂。

“你一直都随身带着吗？”我轻轻地摩挲着照片粗糙的表面，就着皎洁的月光仔细地看着，仿佛这样就能唤回消逝的一切。

“嗯，是。有一次，夏天热，我光着膀子坐在码头休息，衣服放一边，睡着了，醒来衣服不见了，我急死了，到处抓着人就问，后来发现是另一个码头工老黑偷了，他是码头工里的老大，几个小弟都听他的，他们抢生意，还要收保护费，我跑到老黑那里，和他干了一架，把衣服抢回来了，发现相片还在衣服里才安心。从来没有人敢打老黑，老黑被我打得浑身是血，从那以后，那几个小弟就听我的了。”

“你受伤了吗？你没事吧？”我问他。张奇在我的印象中一直都不是好斗的人。

“嗯，额头上的疤是那时留下的，头发挡了也看不出。”张奇把额头上的头发拨开，我看到了那个伤疤。我轻轻地摸着伤疤，对着伤疤吹了吹。

“现在没事了。”张奇道，“你受的委屈还更多。”张奇揪心地凝望着我。

“我自杀过，没有死。”

“你不能死，无论发生什么事，你都不能自杀，你要记住。”他心疼地抚摸着我手腕上的伤疤。

“我以为我再也见不到你了。”

“傻瓜，不可能，只要我活着，我就会想尽一切办法回到你身边。”

我们紧紧地依偎着。我睁大眼睛试图在黑暗中看清楚他，要把他再次深深地刻进我的心里，虽然闭着眼睛我都能熟练地画出他来。他的粗糙的皮肤，被泰国的海风吹得带着腥腥的味道。他漆黑而明亮的眼睛仍然让我心动不已，就好像大海。

草丛里忽然有响动，倏的一声，似乎有个影子闪过，把我们吓了一跳。张奇马上警惕起来，他掏出一把手枪，一边护着我，一边猫着身子走过去。

第六节　水妖

草丛里什么也没有，只有夜风吹拂着长长的枝条来回摆动。

“可能是猫吧？”我问道。

“刚才我看到好像是个人……走吧，我们到河那边去。”张奇还是很谨慎。

孩子们还在水边放着莲花灯。

水波潋滟。黝黑的水波在默默地游动，温柔地吞噬着光影。在夜里侧耳倾听，可以听见河水汩汩流动的声音，低低的，轻轻的，靡靡的。

这条河发源自我和张奇的老家，从那里一直流过来。她温柔而内敛，邪恶而阴郁，河流深处是歇斯底里的漩涡和暗流，如同风暴，厮打着，叫嚣着，可水面上却是一片温婉迷人。只要她愿意，她可以带走一切，石头、树林、房屋，甚至整个城镇都难以幸免。她拥有强大的黑暗的力量。可是她却始终在用带着笑意的明亮漆黑的眸子凝望着你，低吟浅唱，拂过水草，戏弄小鱼，长长的手臂掠过堤岸，浸湿了泥土和树根。她用诡美悠扬的歌声迷惑你，诱惑你投入她的怀抱。

河边的人们都流传着水妖的故事。水妖是个美丽妖艳的女子，瀑布般的长发坠到脚踝，环佩叮当。她喜欢童男，每年都要抓一个小男孩。夏天，人们都喜欢到河里游泳，每次有小孩子溺死，人们都说是水妖捉去的。

小时候，我和张奇也常常和别的孩子一起到河边玩。张奇很会游泳，可是我不会，我总是在岸边玩水，看着张奇和别的小孩子在水里上上下下地浮水。

有一次，张奇玩水抽筋，在河里扑腾，使劲地往岸边靠，别的小孩子都吓呆了，纷纷跑去叫大人。我没有走，我蹲在河边用尽力气伸长了手去够张奇，好不容易张奇抓住了我的手，我铆足了劲想把他拉上来，水流湍急，我怎么拉也拉不动，“扑通”，我也被拽下水去了，河水一下子就盖住了我的头，就在这时，大人来了，把张奇和我救了上来。

过了很多年以后，张奇还是会提起这件事。他说，他欠我一条人命，要不是我拉着他拖延了一阵时间，他早就被水冲走了。

“你干吗抢我的莲花灯啊？”河边一个孩子不高兴地对另一个孩子喊着。

“这是我的莲花灯，不是你的。”另一个孩子道。

“你这么坏，看水妖把你捉去！”第一个孩子气愤地说。

“好啦好啦！别吵了，这么晚了，回家吧！阿聪，你是哥哥也不让着弟弟。”一个大人听见了孩子们在争吵，过来劝架。

两个孩子心有不甘地嘀咕着，不情愿地跟着大人走了。

夜深了，河边的人都逐渐离去。

河边遗留下一些没有叠好的莲花纸灯和一些蜡烛碎，我和张奇蹲在河边修补起莲花灯来。

“好久没有玩过莲花灯了。”我感叹道。

“这是你在这里过的第四个或者第五个作福节了吧？”张奇问。

“第五个了。”

“这几年你是怎么过来的呢？”张奇怜惜地说。他把叠好的莲花灯递给我，“来，把蜡烛点上，放进水里许愿吧！”

我把莲花灯里的蜡烛点燃，轻轻地把莲花灯放入水中，看着它飘然而去，然后闭上眼睛，低着头，双手交握抵在额头上，默想着遥不可及的愿望。

太晚了，得回到应布良那儿去了。

我和张奇往回走，为了避人耳目，我们选了一条偏僻的小径。古树枝繁叶茂，垂下的丝丝柳条好似女人的手臂，让人不自觉地联想到那些阴森血腥的古老故事。

“你觉得丈夫为什么给妻子建一个没有窗户的厢房？”我突然想起了张紫琳。

“没有窗户？”张奇疑惑地问。

“只有屋顶有个天窗透气。木门外又加了个铜门。”

“那不就是囚禁吗？你说的是谁？不会是应布良吧？”

“就是他，他给他的原配建了这个厢房。”

“应布良是想她死吧。”张奇道。

“可是仆人说应布良很爱她，他还把张紫琳的相片放在怀表里。我也觉得奇怪。”

“应布良对你怎样？”张奇问。

“不怎么样。”

“芸儿，只要你愿意，什么时候跟我走都行，我会等你。”张奇说。

黑暗中他的声音和话语就好像一道温柔的光线，好像夏日午后教会学校礼堂里的管风琴的天籁之音，好像巷子深处飘散的紫荆花瓣，好像残留着甜味的玻璃糖果纸。

距离宅子还有一段路，张奇不便再继续送我走回去了。我独自一人朝宅子的铁门走着，那股由宅子散发出来的阴气又一次侵袭了我。但我的手心还是暖的，感觉得到张奇握过的余温。走了一段路，回过头，只见张奇还站在树下的阴影处，遥遥地目送着我。我扭过头继续往前走，感觉得到他的目光包围着我。

跨进雕花铁门，我又回过头看了看，树下已经没有了张奇的影子。心里空荡荡的。忽然，我眼前一个长长的影子“哧溜”地一闪而过，蜿蜒盘旋，好像一条粗大的绳子，我吃了一惊。再定睛一看，影子消失了。那蛇难道还在？

我赶紧跑进屋里。

“我好像看到蛇了。媛媛呢？”我问奶妈。

“她已经睡了。往日这河边到了夏天都有水蛇。太太，今天这么晚回来？老爷还在厅里等你呢。”奶妈道。

“他有什么事吗？”今天回来得太晚，应布良恐怕会发怒。

“今天是作福节，家人要团聚。”

“你今天做仪式做得很地道。”我对奶妈说，“你做完仪式有没有去跟着公王巡游？”

“当然有，在大街小巷巡游了一遍，就回来了。”奶妈回答。

“没有去集市逛逛？去放莲花灯？”

“没有。”奶妈依然是一副置身世外的样子，对俗世的快乐缺乏热情。

我也没有再继续和她聊下去，应布良在客厅等了很久了。奶妈也转身去泡茶，她转身时，我发现她的大襟衫的衣角和鞋子上粘了泥。公王巡游的路都是青石板路，不会粘上这么多泥。湿润的泥土只在河边的树林子里。

“奶妈！”我叫住她。

她回头望着我，神情淡漠：“太太，还有什么事吗？”

“你今天真的哪里都没去？只是巡游？”我再次问她。

“是的。”她还是这么回答我。

“你回来都做了些什么？”

“今天做仪式很累，也没做什么事，就歇息了一会儿。”奶妈道。

“好吧，你去吧。”继续追问，也问不出什么。我匆匆地走进厅里。应布良已经等了很久了。

第七节　疑窦

“出去外面玩也不看看几点！”应布良见我进来便呵斥道，“还把我的女儿给丢下！”

“有莉娜带着，那也是我的女儿。”我说。

“作福节晚上，妻子伺候丈夫吃饭、喝酒，和丈夫一起过。”应布良继续教训我，“平时病恹恹地躺着，一出去玩就那么精神。”

“是你准许的。”

“我只是让你下午带着媛媛逛逛！”应布良吼道，“居然学会顶嘴了。”

我没再继续吭声。应布良大口大口地吸着烟，我发现他握着烟斗的手有点抓不稳的样子，有点发颤。

他站起身来在厅里来回踱步，好像这样就能平息心中的不安。

他走到玻璃窗前，望着月光下的花园。玻璃窗上贴满了红色的窗花。

“十年，二十年，还是没有变。”他低声地自言自语着。

我想起奶妈说过，上一任太太就是在“作福节”疯掉的。作福之夜，夫妻团聚，莫不是张紫琳回来了？

“今天晚上你上楼睡觉，就乖乖地睡觉，不要下来，不要乱走。”应布良道，“我今晚让人把花梨木床抬到了花园里，我在花园里。”

“你又请了人来作法？”

“你别管那么多。”应布良不耐烦地说。

我只得听从他的命令上楼上的房间去了。看样子，应布良好像没有觉察到我有什么异常。

我拉上窗帘躺下，心中忐忑。我把怀表轻轻打开，那张清甜的糖果玻璃纸小人儿叠得好像张奇。我想念着他。今天发生的一切真的好像梦一样，如此甜蜜。我痴痴地看着那个怀表里的情人，轻轻地笑了起来。

睡不着。不知道下一次怎样才能见到他。也许莉娜可以帮我的忙。

正想着，外面传来隐隐的响动声，想来是应布良到花园里去了。

我好奇起来，爬下床来到窗前，偷偷地掀开窗帘的一角往下望去。花园里的草丛齐人高，我隐隐看见在花园中央似乎有张床的影子，应布良在走来走去。应布良总是疑神疑鬼的，相信这些邪灵巫术。这一带的人对此都深信不疑，十分虔诚。好多人都说曾看见死去的亲人在树林子里、河边走过。

正想着，我忽然发现有个人影鬼鬼祟祟地也进入了花园。她蹑手蹑脚地，边走边警惕地向旁边张望。她那像罩子似的大襟衫我一看便认得。是奶妈。

她要去干吗？我疑窦丛生。

奶妈很警惕，她没有忘记往上面看，她看过来的时候，我的眼睛正好与她对视，我惊得赶紧把窗帘一掩。她看到我了吗？按道理，夜里黑灯瞎火的，我只掀开了窗帘的一个角，她未必就看到了我。

可是刚才她的眼神好像有点惊疑，好像发现有人看着她的样子。

我静静地立在窗帘旁，听着外面的声音。夜如此之静，什么也听不到。

我跪下来，头刚好在窗户最下面的窗棂边，这样便于掩护我。我又轻轻地把窗帘掀开一个小小的角往外看。

奶妈消失了。

一大片乌云飘来，遮蔽了月亮。草丛太高夜色太黑，花园中心看不真切，不知道那里发生了什么事。

作福之夜，紫琳归来。倘若她真的回来了，我倒想见见她。

我蹑手蹑脚地走下楼，推开门走出去。

夜风很凉，吹进了我薄薄的睡衣里。我猫着身子，让草丛掩护着我，向花园中心走去。

暗香浮动，花梨木床的香味越来越浓郁。

我听见了脚步声，赶紧蹲下来，躲在草丛后，大气不敢出。

“琳儿，琳儿，琳儿……”应布良一直呼唤着张紫琳，神经质地呼唤着，“我知道你痛了，我比你更痛……”应布良逐渐癫狂起来，“来啊！你来啊！为什么不出现？我不能见不到你，就算你变成了鬼魂，我也要你来找我！”

花梨木床震颤起来。

“哧——溜——溜！”什么东西在草丛里隐隐地潜伏着。猛然，我看见那条“过山峰”伏在地面上蜿蜒着，吐着火红的信子，朝着花园中心的方向爬去。

我吓得瘫倒在地。“啊——”我惊慌失措地尖叫。

那蛇觉察到我这边的响动，忽而掉转了身子，“哧溜溜”地朝我的方向扑来。

我浑身哆嗦，发软，爬不起来，眼看着那蛇愈来愈近，“啊——救命！”我狂喊。

说时迟那时快，奶妈拿着一根粗大的棍子出现了，她使劲地挥着棍子朝蛇打去，那蛇“哧溜”一下缠到了棍子上，奶妈把棍子一甩，甩到了草丛里。“快来人啊——”奶妈大声地喊。

“怎么回事？”应布良闻声跑来。

“有蛇！”奶妈道，过来扶起我。

“在哪儿？”应布良紧张起来。

“那边的草丛！”

一阵纷乱，仆人们都跑过来了。应布良带着仆人们又翻着草丛打蛇去了。“该死的蛇！这一次一定要把它毙了！碎尸！”应布良恨恨地说。

奶妈搀着我回房间。

奶妈煮了杯姜茶给我压惊。

我的心还在扑通扑通要跳出来似的。

“太太，没事了，晚上还是不要到花园里的好。”奶妈道。

“蛇还在这里……”我念叨着，“这里住不得了。嫒嫒会很危险。”

“太太，我会看好嫒嫒的。”奶妈安慰我。

“你怎么这么晚了也去花园里？”我问奶妈。

“哦……我忘了给老爷留壶茶在那里，所以带过去。”奶妈道，“老爷不是不让任何人到花园里吗？太太怎么也去了？”

“我……”我支支吾吾，“有点事找他。”

“太太不要对一些事情太好奇了，多一事不如少一事。”

应布良回来了。

“该死！又找不到，这蛇都成精了！”应布良骂道。

“这个宅子都住不得了！”我道。

“唉！不是叫你不要到处乱跑吗？你没长耳朵吗？”应布良继续骂道。他继而又说道：“海边那里有个房子，这几天你先带媛媛到那里去，奶妈也一同跟着。”

应布良在海边有座房子，那房子据说是以前张紫琳的父亲张宇锋建的，张紫琳很喜欢，每年夏天都会去海边游泳。

第二日一大早，我便收拾了行李，带着媛媛去了海边的房子。

第四章　海之梦

第一节 海边的屋子

阿忠驾着马车把我、媛媛和奶妈送到了海边的屋子。在路上不知走了多久，马蹄声“笃笃笃”的，伴随着马车的颠簸。拐过了某个三岔路口，远远地看见了一望无际的大海。风中带着腥咸。海鸥鸣叫着。“哗——哗——哗”一波一波的海浪声让烦乱的思绪也平静下来。

屋子的门锁已经生锈，阿忠生拉硬拽撬开门锁，一脚踢开门。一阵尘封的霉味，屋子里的所有家具都被厚厚的黑色的布盖着。

奶妈和阿忠收拾打扫起屋子来。奶妈把屋子里的家具都搬到太阳底下晒着。

我带着媛媛到海边溜达。

脱了鞋子光着脚丫子，踩在软软细细的沙滩上，看着沙子在脚趾缝间流过。海水一波又一波地冲上来，卷下去，清凉沁人。小小的螃蟹在沙滩上歪歪斜斜地爬着。媛媛兴奋地大喊着在沙滩上奔跑，不小心扑倒了，自己爬起来，膝盖还都是沙子，也没去管，就又跑起来了。

浅蓝，碧青，蔚蓝，宝蓝。一层一层移向远方，一点一点加重的蓝，直到尽头凝固成深深的蓝。沉默而寂寞的蓝，在达不到的边际。而此时的天空如此明媚。

我仰起头眯着眼睛，举起手让手掌对着阳光，看着太阳从指缝间穿越。

你若安好，便是晴天。我心里默默地对张奇说。

思念如同海水一样，冲上了心里的堤岸，卷走了惶惑和疑虑，留下了片片回忆。

屋子收拾好了，我拉着媛媛的小手走进去。

屋子里很清凉，白色的墙壁因为年代久远而发黄颓圮，角落里还隐藏着灰尘，感觉时光缓慢到近乎停止。有个房间里挂着一幅画像，是油画。画中是个美丽的女子，她的头发又黑又直，下巴尖尖的，蛾眉淡扫，眼睛很大，漆黑的眸子似乎能把你的魂魄勾出来，但眼神却忧郁，瞳孔里散发着迷糊的光影。她穿着一件白丝绸衫裙，显得清瘦脱俗。她的脸微微侧着，一只手轻轻地托住下巴。手腕上戴着的，是那串沉香手串。沉香手串那时的颜色比现在要浅而亮一些。微弱的太阳光线在她的半边脸上，另外的半边脸湮入了深深的阴影里。桌子上有一个湖蓝细颈瓶，瓶中插着一枝深红的玫瑰。玫瑰花已开到它的极致，花瓣层层叠叠地往外翻，花朵硕大。最外层的花瓣翻卷的边缘开始微微发黑。它正处在濒临从盛放到枯萎的界限。

“很美吧？”奶奶见我愣在那儿，对我说道，“很多人看到这幅画像都惊呆了，说美艳至极。她就是紫琳小姐。”

“她就是张紫琳？”原来她就是隐藏在花梨木床上的鬼魂。

“这幅画是一个外国传教士给她画的，他说紫琳小姐有种中国女子特别的韵味。”奶妈道。

难怪时隔二十年，应布良仍如此情深。这样的美人，会令所有男人都难以抗拒吧？可惜年纪轻轻便香消玉殒。

我再走近画像，细细地凝视着眼前的这位女子。我好像不再害怕她。我似乎听到了她的血液还在血管里流动着，她内心的秘密，她的惊惧和不安，她的遐思和爱恋，都在血管里暗暗地奔涌着。

“太太，我去准备午饭了。”奶妈打断了我的臆想。她说完，便出门买菜去了。

海边有个小村庄，只要天晴，渔民每天都出海捕鱼，海鲜都是刚打上来的，很新鲜。

阿忠也到村子的五金店去买锁了。

媛媛困了，在客厅的沙发上睡着了。我把薄薄的毛巾被子轻轻地盖在她的身上。海风微微地吹进屋子里，拂过媛媛的脸庞。屋子里很安静，只有远处隐隐的海浪声。

我推开门走出去，站在门廊下，太阳火辣辣的。

忽然，一双手从后面伸过来捂住我的嘴巴，他攫住我的身子，我挣扎着。

“嘘——是我！”他小声地在我耳边说。是张奇。

“你怎么来了？！”我又惊又喜。

“昨晚送你回去，今天一大早就听说你来了海边。应布良没对你怎么样吧？”张奇关切地问。

“在宅子里又发现了蛇，应布良担心媛媛，所以让我们到这里来避几天。”我道。

“这里还有谁？”

“奶妈和阿忠，他们现在都到村子里去了。媛媛睡着了。”

“芸儿，昨晚和你分开后，我担心又会像以前那样，一别就好多年都见不到你。”张奇炙热的呼吸扑在我的脸上，痒痒的。

“我也是，我想你永远都不要走，永远都在我身边。”我对他喃喃地诉说。

“晚上我会住在村子里。”他说，“你可以避开奶妈和阿忠出来吗？”

我正要回答，却听见脚步声走近。“快躲起来！”我很紧张。

张奇一转身翻出了门廊的栏杆外面。“我晚上再来。”他小声地说，然后偷偷地溜走了。

“太太，刚才我好像听见有什么声音？”奶妈问我，她提着菜篮子回来了。

“噢……没有，是猫跳下来了。”我支支吾吾。

“猫？猫走路没声音的。”她依然是那副淡然的表情。

“哦……可能是……不知道什么东西。”我好像一个被发现的贼似的。

奶妈的嘴角往上微微地扬了扬，好像在笑。

“你买了什么菜？”我岔开话题。

“买了虾，还有生蚝，沙白。”

“噢，打算怎么做？”

“沙白咸菜汤，白灼虾，姜蒜焗生蚝。”

“有虾就好，媛媛喜欢吃虾。”我道。

“太太，村子里有集市，有很多贝壳饰品，晚上想去看看吗？”奶妈问。

“好啊，去逛逛。”我心里暗暗高兴，她的提议正合我意，这样我就有借口到村子里去了。

“老爷不在这里，太太可以玩得晚一点再回来。”

“哦？什么意思？”我心疑起来。

“哦，太太不必那么敏感。”奶妈道，“我没什么别的意思，太太一直都宅在家里闷得慌，这里的集市都开得比较晚，晚上还有皮影戏团演出，太太出去散散心也好。”

“这个我自有分寸。”我道。

第二节　迷夜

我在等候着夜晚的降临。霞光每一点点细微的变化，就好像每一分每一秒都有颜色从天空滴落。紫色掉下来了，红色掉下来了，黄色掉下来了，颜色从天空的画板上脱落，最后只剩下黑蓝色的画板。

很长很长时间没有像现在这样期待着夜晚的来临，我的心在时间的每一个流逝的瞬间跳动，带着甜蜜的喜悦，紧张与不安。

晚上吃饭，我给媛媛剥虾壳，连媛媛都发现了我的心不在焉。

“妈妈，你怎么不吃虾虾呀？你不是和媛媛一样最爱吃虾虾吗？”媛媛瞪着圆圆的大眼睛问我。

我边剥虾壳边想着心事：“媛媛乖，快吃，妈妈今天不饿，不想吃。”

“太太，先吃点吧，海鲜凉了不好吃。”奶妈道。

“从这里到村子要走多远？”我问奶妈。

“很近，十五分钟就到了。”

“村子大吗？”

“不大，沿着村子走一圈，一会儿就走完了。”

不知道张奇住在村子里的什么地方，他走得太匆忙。

吃完晚饭，给媛媛洗了澡，在床上给她讲故事。媛媛白天在沙滩上玩了好久，也困了，一会儿就进入了梦乡。

推开窗户，晚上的海风有些凉。我多披了一件薄薄的外套出了门。

我怕张奇找不到我，不走太远，只在屋子的四周东逛逛西逛逛，可是屋子周围太过空旷，很容易被人发现。在屋子不远处的海边有一排大大小小的岩石，其中的凹陷处就像一个隧洞，可以藏得下人。我就在岩石附近站着，伸长脖子望着村子的方向，村落民宅里透出了星星点点的光亮。

海风呼啦啦地吹着，我的外套被吹得翻飞起来，头发也乱蓬蓬的。海水悄然退去，露出一片赤裸的海滩。

星星在天空璀璨无比，越来越多。好久都没有看到过如此迷人的景色了。

远远地，我看到一个身影出现了。尽管暗夜让我看不清楚他的脸庞，但我知道就是张奇。他的颀长的身躯，快步走的神态还是没有变。我伸长了手臂欣喜地向他招手，他马上就冲我的方向奔跑过来。我也跳起来冲他跑过去。他把我高高地抱起来。他的手撑在我的腋窝弄得我痒痒的，我咯咯地大笑起来。

“嘘，别这么大声！”张奇对我说。

我赶紧捂着自己的嘴巴，可是内心的狂喜还是止不住地流溢出来，我想我的眼睛也还在笑。

他用手指刮刮我的鼻子。我眯起眼睛耸了耸肩。

他把我拉到了岩石的隧洞里。

隧洞里很静很阴凉，壁上是潮湿的水汽。

他的吻如此炙热而真实，让我回味了很多遍，让我想象了很多遍，现在终于又在我的唇上燃烧起来。

光着脚踩在大大小小的石头上，可是我却一点也没有感觉到发酸发麻，我的心脏在神经上跳动，神经在火上跳动，扑通扑通，一群糖果纸小人儿围着篝火踏着原始的鼓点跳起了舞。

肌肤有一股海水的味道，夹杂着汗水。他的身体就像火一样，温暖而热烈。我就像一条在海水里的鱼，苍白而冰冷。他的温度透过肌肤的相亲与交融把我融化。

他温柔地抚摸着我。可是我却忽然害怕起来，我想起表叔和应布良，我感到很害怕。我推开他。他定定地看着我，把我再次搂入他的怀中，可是我还是害怕，我又推开了他。我啜泣起来。

他擦去我的泪水，抱着我。他就这么抱着我。

“你冷吗？”他问道。

“不冷。”我摇摇头。

“想去玩玩海水吗？”

“我不会游泳。”

“就在岸边的浅水里，我抱着你。”

他抱着我走进了海水中。刚刚浸到海水中有一种冰凉的感觉，可是他的胸膛是热的，我一点也不觉得冷。我们赤裸着，就好像两个小孩子。

漫天的星空让人恍若置身于远离尘世的境地。星星在天际碰撞、密语，发出脆响。

记得小时候，张奇教我辨认天上的北极星和北斗七星，那是在巷子尽头的紫荆树下。夜晚的紫荆花淡淡的清香，最初的悸动，至今想来依然清晰。

我是个路痴，小时候经常迷路。

“北极星的方向就是北方，后面就是南方，上北下南左西右东，记住你就不会迷路啦！”小张奇对我说。

“那我家在南边还是北边，你家呢？”我问他。

“我家在南，你家在北。”小张奇教我。

“噢，明白了！”

后来我在教会学校，听说张奇去泰国了，我心里急坏了，心想张奇怎么走都不和我说一声呢。我偷偷地溜出学校，搭上火车回家，到了家里镇上的火车站已是晚上，我在田野里迷了路，心里害怕，坐在田塍上，忽然看到天上的北极星，想到家是在火车站的北边，就一直朝着北极星的方向走去，找到了回家的路。

“你在想什么呢？”张奇问我。

“想到了好多好多。”

“说来听听。”

“想到你那时候忽然间走掉。”

“我在那以前也告诉过你我要到外面去闯一闯。只是我也没想到那么突然就有个机会来了。我想坐火车到你学校告诉你或者发个电报，但是来不及了，刚好有个在泰国的远房亲戚说给我找了个工作，马上就要去了。去了以后我给你写了信。”

“我怕你又会忽然间走掉。现在。”我的手臂圈住他的脖子，凝望着他。

“不会，我再不会不辞而别了。”他向我保证。

他紧紧地抱着我。我听到他的心跳，闭上眼睛想象着自己在烂漫的紫荆树下。我的身体情不自禁地微微颤抖。

“不要害怕。”他轻轻地吻着我。

他的吻温柔而甜蜜，抚去了我的恐惧。

我感觉得到他手指的抚摸在我身上游移，火热而浓郁，每一寸的移动都饱含着爱意。他的吻在我身上留下印记。他的肌肤有一种黄金般的色泽，我触摸着他，他的肌肉强而有力。

大海的声音近在咫尺，听起来好像在岩石的洞穴里穿流过去似的。我们彼此爱抚着。大海无限宽广，远远退去，又急急卷回来，一遍又一遍地重复着。

我不再害怕。我仿佛掉进了深深的海底，海水如蓝色光滑的丝绸浸润着我。我慢慢地被攫住，被吸住，被引向了快乐之境，沉浸在其中，无可比拟。

第三节　沉香手串

不知道是深夜几点了，我们都毫无睡意。漆黑的岩洞里，我们睁大眼睛想在黑暗中看清楚对方，可是太黑了，我们就用手指抚摸着对方的轮廓，用手去记住彼此的身体。我们笑起来，岩洞里回荡着我们的笑声。

我们亲吻着、爱抚着，多少次也不够。我听着张奇讲许许多多有趣的事情，就像小时候的许许多多的夜晚一样。他的故事总是能把我带到另一个世界。洲岛上的柑子，油茶树，邻居家的糖醋排骨，用冰糖红枣煮酒，我们回忆起小时候的一切。我好像穿上了水晶鞋，他驾着马车带我到了月亮上，我们一直跑呀跑，在夜空中跑多远都不够，整个洲岛不够，整个大海不够，整个银河也不够。

我们诉说着，开心的，不开心的，太多太多说不完的话。

“泰国的湄南河，在夜晚看上去很像我们家的那条河，那里的人也喜欢在河边点灯笼。女孩子用各种各样的花瓣做成项链挂在脖子上。”张奇说。

“泰国的女孩子漂亮吗？”

“泰国的女孩子叫‘水晶晶’，蛮漂亮的，就是比较黑，黑美人。”

“那你有艳遇了吗？”我打趣道。

“你希望我有艳遇？”张奇反问。

“明知故问。”我故作生气。

张奇又轻轻地刮了刮我的鼻子。

“在泰国，每天都在想家，想你，恨不得马上飞回来。”

“好久都没有回过老家了。你回国以后回去了吗？”我叹口气道，“张妈还好吧？”

“她……过世了。”张奇黯然。

“啊？什么时候？”没想到张妈去世了。

“就在我回国不久，她得了重病。”

我搂着张奇，轻轻地靠在他的肩膀上。我也很难过。

“她去世的时候给了我这个，沉香手串。”张奇从衣服的兜里拿出手串来，“她说她已经有二十多年没见过我父亲了，不知道他还在不在人世。”

我拿过手串，黑暗中看不清楚，摸起来光滑润泽。我嗅了嗅，馨香中带着苦涩，味道很像张紫琳戴过的那串。“这是你父亲留给你妈妈的信物吗？”

“是的。她还没有把话说完就去世了。我也不知道我父亲到底是谁？在哪里？”

“我觉得终有一天你会找到的。”我安慰张奇。

“在我们这里做沉香手串的工厂好像不多。”张奇道。

“嗯，我听说有一家老字号，做了好几十年了，听说张紫琳生前也喜欢去逛逛的，或者可以到那里打听出什么来。”

“那家工厂在哪？”张奇问。

“奶妈应该知道，我去问问。”

“已经好晚了，你要不要回去？仆人们见你晚回去会不会告诉应布良？”张奇关心地问。

“他们应该不会告诉应布良吧，他们睡着了也未必知道我什么时候回去。不过还是得在天亮以前回去。”

“他们都可靠吗？”

“还行。我觉得奶妈有点奇怪。”

“怎么了？”

“她救过我，两次有蛇都是她救我。可是不知怎么我总觉得她好像在监视我。”

“监视？”

“可能是我敏感了。但是她真的和一般的仆人不一样。”

“怎么不一样了？”

“她认识一点字，还是仙姑嬷，懂得的东西多。她在应布良家待了二三十年了。她对张紫琳好像特别怀念，她好像很喜欢她。”

“听你说，她真有点不一样啊。她那么喜欢张紫琳，你又是第三任，她会不会对你有忌讳什么的？”

“和她在一起总有一种不太自然的感觉，又说不清楚，可她又两次救了我，要不是她，我早就被蛇咬了。”

“她会去救你，应该不会坏。可是还是小心点，对周围的人多个心眼。”张奇对我说，“有什么事一定要告诉我。”

“嗯。”

“我送你回去吧？”张奇见夜色已是最黑时分，恐天亮将至。

“我不想回去。”我扑在张奇的怀里撒娇。

“你呀，还是一点都没有变。”张奇爱怜地对我说，“太晚了，要是被发现了对你不好。我明天晚上再过来。”

“你住在村子的哪里呢？”我想知道张奇在什么地方住下了。

“就在卖贝壳集市旁边的一条小路进去，有个阿阳杂货铺，我就住在杂货铺楼上。”张奇描述道。

“明天我去找你，我也想去逛逛集市，看看贝壳饰品。”我期待着下一次的约会。

“你能出来吗？”他问我。

“应布良不在，我就自由多了。”我道。这几年我一直像坐牢似的，好不容易暂时摆脱了应布良的软禁。

“那我在村口等你。”听说我可以出来，张奇很高兴。

走出岩洞，从海滩上一路走回，只见漫天的繁星密密麻麻，在天空中形成了一条白而亮的带子，那就是银河。

银河在黑色的天幕旋转、流动，发出汩汩的声响，好像那条家乡的河流一样，好像流淌在血管里的血液一样，让人悸动迷失。

我想起来那串沉香手串。在许多年以前，佩戴着手串的女子都已经逝去，模糊了面孔。可是她们的血液，她们的灵魂还在手串里流动，哀哀地鸣泣着，为着无法满足的情感或者愿望。

要和张奇分别了，尽管知道明天晚上我又将去找他，可是心里依然不安，害怕有什么意外发生。命运总是无法把控，我们永远无法知道前面有什么事情在等着我们。我不知道我和张奇的幽会可以持续多久，也许有一天，他不能再忍受我已是应布良之妻的事实，娶了别的女孩子，也许他不再对我如此痴迷。我要把他永远记住，永远印在我的心里，即便日后有什么困难，我都可以回忆这段甜蜜和美好。今天晚上，我第一次用身体记住了他，牢牢地，用整个身体，去记住他的烙痕。

第四节 缘

回到屋子里，轻手轻脚地进了房间掩上门，心还在扑通扑通地乱跳。我坐在梳妆台前看着自己的脸，痴痴地抚摸着面颊发笑。

媛媛睡得很香很沉，我轻轻地给她拉上被子。

从窗户往外望，天边隐隐地出现了鱼肚白。我拿着张奇给我的沉香手串就着清晨的光线端详着，每一颗珠子的纹理似曾相识，那奇妙的色泽，黑色与墨绿、深蓝、金黄的交织让人惊叹造物主的神妙。我又从柜子里取出张紫琳的那串沉香手串。让我惊讶的是，这两串手串几乎一模一样。

张奇的父亲也到过张紫琳去过的古家具木工厂。我推测。

我带着不解躺在床上睡去了。

梦里都是依稀的人影，都是张奇的影子，他温柔的眼睛，还有紫荆花漫天的花瓣，沉香手串的香味。醒来时已是日头高照，却仍清晰地记得梦中的情景，这让我开心了许久，分不清楚昨夜的一切是真实的还是在梦中。

“太太今天气色很好。”奶妈见到我便说。

“是吗？”我发现我说话的声音都变得快活起来。

“是的，晚上还是要早些睡觉，对身体才好。”奶妈道。

“我昨天也没有很晚回来。”我掩饰道。

奶妈善解人意地一笑。

“对了，这一带做沉香手串的木工厂是不是只有一家？”我问奶妈。

“有倒是有两三家，可是只有一家做得最好，达官贵人都只去那一家。”奶妈回答道，她对这甚是了解。

“就是张紫琳生前喜欢去的那家老字号？”

“是的。”

“去买沉香手串的都是达官贵人？”照奶妈说来，张奇的父亲有可能是官宦人家。

“基本上是。沉香手串也分好多种，有名贵的，也有次之的。每一串手串都不一样，手串上每一颗珠子也都不同，两串相似的也难以找到。”

“假如有两串一模一样的手串呢？”

“你见到过一模一样的？”奶妈诧异地看着我。

“好像……以前不知在哪看到过有一模一样的……”我道。

“你在哪里看到的？”奶妈激动起来。

“忘了……”我不便透露张奇。

“太太，你再想想，在哪里看到的？你确定一模一样？”奶妈十分在意，她反复问我。

“不记得了……你怎么这么紧张？”我反问道。

“没有，我只是觉得很奇怪，竟然有一模一样的。”奶奶在遮掩着她的疑虑。

“两串一模一样，意味着什么？”我刨根问底。

“没有……没有什么。”奶奶道。她的眼神不透明，我始终猜不出她在想什么。

我觉得很蹊跷。奶妈一定在隐瞒着什么。

“太太，昨晚的集市好玩吗？没买贝壳？”奶妈忽然问道。

“哦……还没有买……”其实我昨晚根本就没有去集市。

“今天晚上还想去吗？”奶妈问。

“当然还想去逛逛，今天要买点东西。”

“好的，那我早点准备晚饭。”

奶妈又进村子里去了。

我带着媛媛到海滩上玩，教她画沙画、堆城堡、在沙滩上写字。

在流沙上写字画画有一种虚无的感觉。用尽心力刻下的，海水冲来，全归于无，似乎从来未曾存在过。

媛媛在沙滩上画了一个圆圆的人头，然后又画上了眼睛和嘴巴，还有一根一根竖起来的长长的头发。一个怪模怪样的人脸，不过还好，看得出来是个女子。

“妈妈，你看这个像屋子里画像上的阿姨吗？”媛媛似乎很满意自己的画作。

我一愣：“媛媛，你又去看画像了吗？”

“嗯。”媛媛点点头，“阿姨好漂亮。”

应该把这个房间锁起来。

“媛媛，不要老往那个画像的房间去啊。”我说。

“为什么？”媛媛不解。

“那个阿姨喜欢自己一个人待着。”我哄媛媛道。

“不是，阿姨喜欢媛媛和她玩。”媛媛不开心了，好像想哭的样子，眼睛里开始有泪珠挂着。

“媛媛又不听话了。”我道。

媛媛忍着不哭出来。

“媛媛，妈妈和你一起堆个大大的城堡。”我试图转移媛媛的注意力，拉着媛媛玩沙堡。

“好！”媛媛又开心起来了。

我们在沙滩上筑起了城堡的模型。圆圆的顶，四四方方的屋子。

“城堡建好咯！”我欢呼。

“城堡没有门。”媛媛发现了漏洞。

“等我想想，让我在这面画个门啊。”我在城堡的一面勾勒出门。

“噢！有门咯！”媛媛好兴奋，“好像阿姨画像后面的门。”

“啊？你说什么，画像后有门？”我诧异。

“阿姨画像后面也有个门，小小的。”媛媛道。

画像后竟然有门！媛媛是怎么发现的？画像是挂在墙上的，难道媛媛说的门指的是暗格？

“你打开看了吗？”我问媛媛。

“媛媛打不开。”

我得去看看画像后到底隐藏着什么。

“太太，吃午饭了。”奶妈在远处喊道。

“来了！”我应道，继而拉着媛媛走回去了。媛媛还没玩够，意犹未尽地一步一回头看着沙堡。

“妈妈，沙堡会不会被海水冲走？”媛媛恋恋不舍地问我。

“冲走了还可以再堆一个。”我安慰媛媛。

我带着媛媛去洗干净手和脚上的沙子。

“太太和小姐玩得很开心。”奶妈道。

“是啊，媛媛还玩得不肯走。今天买虾了吗？”

“买了，还有螃蟹。”

“太好咯！又有虾吃！”媛媛一听说买了虾就流口水。

海边新打捞上来的虾白灼后很是鲜美，让人一只接一只地吃得停不了口。

吃完了午饭，媛媛睡了，奶妈拉了张椅子坐在门廊下编藤条篮子。她很用心地编着，似乎沉浸在某种回忆之中。午后的阳光刺眼，空气潮热，让人昏昏欲睡。

我趁奶妈没注意，溜进了挂了张紫琳画像的房间，把门掩上了。

第五节　秘密

张紫琳。她依然静静地在画像里凝视着窗外的阳光。

听奶妈说这是张紫琳曾经睡过的房间，现在除了挂在墙上的画像，房间里空空如也。窗户很大，可以望得到大海，阳光和海风一览无余地泻进来。

地板上的砖是灰色的，因为年代久远而变得斑驳，有的地方隐隐透出淡淡的暗红色，让人联想到血迹。二十年了，这里曾经发生过什么事情？

我把画像从墙上取下来，四个角的钉子都生锈而摇摇欲落。画像后面果然有一个小暗格，是一扇小门的形状，上面还有一个锁孔。我用手扳了扳，很紧打不开。房间里没有隐藏钥匙的地方。钥匙究竟藏在哪里呢？

我把画像小心翼翼地挂回墙上，钉子松了，挂了几次没挂好，一不小心“嘭”的一声，画像掉在了地上。

我的心嘭嘭嘭地乱跳起来。我赶紧又把画像拿起来挂上去，幸好画像没有摔坏。

“太太，你没事吧？”奶妈打开门进来。

“没事。”

“刚才什么东西掉了？是画像吗？”奶妈问。

“哦，没有……”

“太太一个人在这里干吗呢？”

“我……随便看看……对了，这个画像是不是一直没动过？”

“是的，以前紫琳小姐在这住时就挂在这里，二十多年了。”

“这个房间里的家具全部都扔了吗？”

“全部都被清理了。”

“她在海边最喜欢去的地方是哪儿呢？”我想我是不是可以从中找到些什么线索。

“她喜欢四处逛，哪儿都喜欢。”

“哦。”看来钥匙是很难寻得了。或许我可以用铁撬之类的把锁撬开。

“太太好像对紫琳小姐越来越感兴趣了。”奶妈道。

“是吗？”

“是啊，太太自己没有觉察吗？”

“嗬。”

“太太，中午歇息一会儿吧。”

“好。对了，这个房间有锁吗？”我想起嫒嫒，不想让嫒嫒老往这儿去。

“太久了，不知道还找不找得到锁，也可以让阿忠去五金店配把新的。太太，你想把房间锁起来？”奶妈有点奇怪。

“嫒嫒好像老喜欢往这儿跑，这样不好。”我道。

“好，那就让阿忠去配把锁吧。”

我走出了张紫琳的房间，把门关上。晚上去集市时，得买把撬子。

夜幕降临，我往村子的方向走去，远远地，我又看到了那个熟悉的颀长的身影。张奇早已在村子口等我了。

一见到张奇，我就忍不住笑起来，他也冲我笑笑。我喜欢看他深黑的眸子，尤其是在这样的夜晚，海边的夜晚。

集市里的村民点燃了松脂，插在墙壁的缝隙里。他们在卖贝壳类的饰品，有贝壳项链、贝壳手链、贝壳挂饰，还有大大的海螺、玲珑的珊瑚，还有用贝壳装饰的藤编篮子，等等。

“这是爱情贝，一对一对的，像个心形，要不要买一对？会有好运气。”一个村姑笑吟吟地招揽生意。

“你想要吗？”张奇问我。

“嗯。”我点点头，“我还想要贝壳项链。”我央求着张奇给我买。

张奇给我买了爱情贝和项链。

“我看过一些太太小姐，把这个项链圈成两圈，冬天的时候搭着大衣穿，很好看。”村姑道，“再送你们一个幸运贝吧！”她又拿了一个小小的圆形的贝壳给我们。

“谢谢！”收获了这么多的贝壳，很开心。

贝壳是海的遗物。它们带着怀旧的气息，带着我丰盛的情感嗅觉，让人编织故事，重塑过去。

我和张奇在集市里东逛西逛，月光皎洁，燃烧的松脂散发出昏暗的光。村民、摊档、人群都影影绰绰的。海风的腥味飘荡在空气中，棕榈树被海风吹得沙沙作响。

有人架起了简易的棚子，搭起了皮影戏台。村民们熙熙攘攘地都围过去看。

“这是从北方来的玩皮影的，听说一个月前才来到这里，大家都觉得很新鲜很好看，天天都挤满了人。”张奇道。

“我们也去看一下吧！”我也很有兴致。

戏帘子拉开，皮影故事上演，那粗犷沧桑的唱腔，还有那充满灵性的皮影小人儿，演绎着古老的传说，帝王将相，才子佳人。

人太拥挤了，我们挤不到前面，天气又太热了，看了一会儿便出来了。

“应布良以前是玩皮影的。”我忽然想起奶奶对我说过。

“哦？玩皮影出身？”张奇道。

“嗯，是的。张紫琳很喜欢看他表演皮影戏。”

“应布良小时候应该比较贫寒吧。”张奇推测道，“在北方农村那边，家里穷的就把孩子从小卖给戏班子，一边给戏班子打杂做下手跑龙套，一边跟着师傅学艺。”

“应布良是外地人，是张府的上门女婿。”

“看得出来，一听他说话的口音就知道了，而且张家是名门世家，应布良显得有点匪气。”张奇道。

“对了，你这有没有铁撬？”我问他。

“有啊，你要用来干什么？”

“屋子里张紫琳的画像后面有个暗格，上了锁，撬开来看看里面有什么。”

“你小心点。”张奇叮嘱道，“听你说来，应布良和张紫琳的故事很蹊跷。”

“应布良答应你支援抗日了吗？”

“他还在考虑，我觉得他应该会答应。”

“这么有信心？”

“他在这一带做生意，我们的人马也在这山里打游击，他也不想他的货出事。”张奇分析道，“其他的乡绅土豪也都答应了出资支援抗日。”

不知不觉，我和张奇就走到了阿阳杂货铺门前，老板已经准备打烊了。张奇带着我走上了黑黑的仄仄的楼梯，来到他住的房间里。他把房间里的煤油灯点燃，我才得以借着煤油灯昏暗的光线看见房间里的东西。房间里很简陋，一张床，一顶蚊帐，一张桌子，一把椅子，上面摆着几本书和记事本、钢笔之类的。旁边一个衣架上挂着几件衣服。

“你在看什么书呢？”

我走过去，就着昏暗的煤油灯拿起书翻起来，是鲁迅的书。

“《狂人日记》。”张奇道。

他从我身后抱着我，下巴搁在我的肩膀上，脸贴着我的脸。我感觉到他温热的呼吸。我的心跳再一次乱起来。

书掉了下来。

第六节　黑眼眸

我在张奇漆黑的眼眸子里看到了我自己的欲念，让我沉溺而无法自拔。

墙壁似乎很单薄，外面的声音很清晰，就像是在耳边一样。村民们收摊回家的声音，姑娘们和小伙子嘻嘻哈哈的逗趣声，鞋子踏在地板上的敲击声，一下下的，让人想到错综的人影。偶尔还有一两声的猫叫。似乎没有什么东西隔开我们和外面的世界。

村民原先在巷子边卖吃的东西，楼下还残留着糖炒栗子的香味，烤小麻雀的香味，还有烧炭发出的气味，茶叶的味道，全部都飘进了我们的房间里。

天气如此闷热，所有的一切都被热浪烤焦。大海在不远的地方咆哮，月亮吸引着潮水竭力地朝黑蓝的天空涌去。

所有的一切都在我们的身边震耳欲聋地穿梭而过，就好像一列火车，而后火车消失了，我们什么都听不到了。

只有彼此的声音，从喉咙里发出来的声音，从肺腑发出的声音。

我在他的声音里听到了我的声音。我在他的眼睛里看到了我的面孔。

他的漆黑的眼睛，带着让我心碎的刺痛，深深地戳进了我的身体，我的灵魂。我的灵魂因为狂喜而发出喜极而泣的鸣叫，就如同被震颤的琴弦。

他的眸子把我带到了幽深幽深的洞底，洞底被幽蓝幽蓝的湖水覆盖过。我闻到了沉香的味道。

在巷子尽头，紫荆花漫天飞舞，我踮起脚尖，张奇吻着我。初次的美好与甜蜜，欲望也由此而生。每一次我看到他的黑色的眼眸，我的心就如同被月亮吸到天空的潮汐，无法停止地悸动。我渴望着全然的交融，他的眼眸如同黑色的泥沼，把我拖下去，覆盖了我，那是我永远也没有办法离开的梦。

那时候我们年纪小，肩并肩坐在紫荆树下，鸟儿在叫，风在轻轻地吹。我们在树下聊了一整个下午，直到夕阳收敛起最后一丝光亮。我忘了我们聊了些什么，我们总是有永远也说不完的话。记忆中又好像我们什么也没有说，我们只是就这么坐着，脸贴着脸，身体贴着身体，感受着从肌肤穿过来的彼此的心跳。我只要看着他的眼睛，他的黑色的眼睛，就不觉开心起来。仿佛任何的语言都是多余的，情感不需要任何色彩的点缀，只是一张简单的素描。

而此时，他在我的身边，真真切切地，我感受着他的存在。

他急促的呼吸，他炙热的心跳，他身上的汗味，他温柔的黑色的眼眸，每一个细节都如此真实。

我们诉说着彼此的思念。

他说他想我，在很久很久以前，在泰国，在外地，在任何一个地方，他都没有办法停止不去想念我。

我告诉他我的心从来没有属于过任何一个人，除了他。

他说他从第一眼看见我时就喜欢我了。那个在紫荆树下独自哭泣的小女孩是那么无助，他想要保护她，照顾她。他那时觉得那是他的错，是他不小心用弹弓打中了我。

我第一次看到他的黑眼眸，我就没办法再忘记。那是夜空中的星星，在我最无助的时候，可以去盼望的亮光。

我问张奇：“你喜欢我的什么？”

他说他也不知道，他觉得他看到我，就觉得我本来就应该是这个样子的，不需要任何夸张的修饰，一颦一笑，甚至是一些小怪癖，都原本就应是这个样子的。

“我有小怪癖吗？我有哪些小怪癖呢？”我嗔道。

“你那么在意干吗？”他笑。

有什么办法能够让两个人真正地合为一体，而不是分开的两个人？

月亮在倾诉着对大海的思念，大海翻滚着无法遏制的欲望。

闭上眼睛，我的脑海中却出现了张紫琳的画像。她的漆黑的眸子也是如此幽深，勾着我的魂魄，瞳孔里迷糊的光影鬼魅一般，她的气息就好像湖水一样从肌肤慢慢地渗透进我的五脏六腑，浸透到我的骨骼，我的灵魂，把我淹没。她的黑眼眸里的情感犹如刀刻，深深地嵌进了我的身体。她勾起了我的欲望，就好像我在张奇的眼里看到的一样。她好像是一个总是飘在我身边的灵魂，审视着我，即便是我与最爱的人在最亲密的时候，她也飘忽徘徊。

我大声地喊起来。

“怎么了？”张奇问我。

“我好像看到了张紫琳。”

“别怕，我在这儿。”张奇抚慰我。

“这个手串是不是很像你的那串？”我把手腕上的手串给张奇看。

“我还以为这是我的那串，太像了！”张奇一颗一颗地摸着上面的珠子，就着昏暗的煤油灯仔细地看。

“你的那串在我的袋子里。”我爬起床把外套拿过来，从口袋里取出那串沉香手串。

“真的是一模一样！”张奇惊呼。

“这是张紫琳的手串。”我道，“奶奶说这手串是很难找到一模一样的，我问她假如有一模一样的意味着什么，她好像很紧张，问我在哪里看到一模一样的，又什么都不肯告诉我。”

“一定有事情。”张奇肯定地说。

忽然，门外似乎传来声音，似乎有什么东西掉在地上。

“谁？”张奇大声问，一面翻身下床掏出手枪。

门外静静的，没人回应。

张奇披了件衣服，蹑手蹑脚地走到门边。

门外隐隐传来一阵急促而轻微的脚步声，好像有人正在拼命地跑下楼去，那人在尽量使自己的脚步不发出声音，可是因为跑得太快了，还是听得到。

张奇猛地推开门，我也跑过去看，那人已经不见了踪影。张奇又急忙跑到窗户边拉起窗帘查看。

“是个女的！”张奇道。

我也凑过去往下看，只见一个大襟衫的背影匆匆地往前奔跑，倏地消失在巷子拐角处。

那背影，那奔走的姿势——好像是奶奶！

第七节　乱

“是奶奶！”我慌乱起来，“怎么办？”

“别急。”张奇道，“冷静。你确定是她？没有看错？”

“好像是……也不能完全肯定。”黑夜中我只看见她的背影而没有看到面孔，“她会告诉应布良吗？”我很紧张。

“她和你关系怎样？”

“还行，可是不等于她就不会说出去。”我如热锅上的蚂蚁。

“你先回去，试探一下奶妈的口风，看看到底是不是她。假如觉得情况不妙，马上带上媛媛，我们一起逃走。我会和你一起回去，在屋子旁边躲起来。”张奇道。

“我们要逃去哪里呢？”我问。

“先离开这里再说。”

我和张奇匆匆穿好衣服，走下楼梯，出了巷子。巷子的石板路上是吃剩的栗子壳花生壳之类的东西，垃圾堆里有吱吱的叫声。村子静寂得很，海风很阴冷。

一路上，我都异常紧张，张奇紧紧地握着我的手。

“别怕，有我在。”他说。

回到了海边的屋子，张奇藏在屋子边的阴影里。

“有什么情况记得大声喊。”张奇嘱咐我。

我忐忑不安地推开门进了屋子，客厅里空无一人，我的房间里却透出了隐隐的煤油灯的火光。

我走进房间，只见媛媛躺在床上捂着肚子哭着，地上一个盆子，里面是呕吐的污秽物。奶妈在床边给媛媛擦着药油。

“怎么了？”我吓坏了，赶紧扑到床边。

“妈妈，肚子好疼。”媛媛虚弱地说。

“太太，媛媛拉肚子了，又呕又吐的，可能是虾吃多了。”奶妈道。

“快，快去叫大夫来。”

“村子里没有大夫，都是用些土方法，村民说这药油管用，我给媛媛擦了，总不见好。”

“那就让阿忠回去镇上请大夫啊！”我急了。

“阿忠已经驾着马车赶回去请大夫了。”

我摸摸媛媛的手和脚，她的手心和脚心都是冰冷的，我心痛极了。我在媛媛的身边半躺着，抱着媛媛，用热毛巾给她敷她的身体。

奶妈在一旁伺候着，换水递毛巾。

时间一分一秒地过去，已经是下半夜了，媛媛仍然不见好转。

“阿忠怎么这么久啊！”我心急火燎。

“从这里回去好远的，又是夜路。”奶妈道。

我也只能干着急。

媛媛的呻吟声逐渐弱下来，她折腾了大半夜太累了，似乎要睡着的样子。

我给媛媛拉上被子。

“太太，别太着急，小孩子拉肚子是常有的事，大夫一来开上几剂药吃了就好了。”奶妈道。

“嗯，小孩子经不起折腾。”我道。

“太太，媛媛睡了，你也合下眼休息一会儿吧。”

“你今天晚上一直都在这里吗？”我问奶妈。

“去村里拿了药油。”她很淡然。

“去了村子的哪里？”我问。

“村头的村民李伯那里，他家专做土药。”

“还去了哪里吗？”

“太太怎么问这么仔细？”奶妈道，“太太今晚也去了村里。”

“随便问问。”我道，“你会和老爷说我老爱跑出去玩吗？”

“不会。太太难得出来走走也好。”

不知等了多久，只听得隐约有马蹄声，那声音越来越响，伴随着马的嘶鸣。马在疾驰。后来，马车在门口停住了。接着是几个人纷乱的脚步声。我清晰地听到了马靴踏在地板上的尖狠的声音。我认得那声音，是应布良。

“大夫，快进去！”应布良着急地把大夫拉进来。他的额头上都是汗珠，衣服也被汗水洇湿了。

大夫忙把提着的药箱放下，给媛媛把脉。

“媛媛怎样了？”应布良焦急地问。

“吃海鲜太多，拉肚子，没大碍，吃点药就好，这几天就喝点白粥，吃清淡一点。”大夫道。

“媛媛喜欢吃海鲜也不要一下子给她吃太多！”应布良埋怨道。他俯下身子，握着媛媛的小手。

媛媛迷迷糊糊地睁开眼睛，看见应布良。

“媛媛，爹在这儿。肚子还疼吗？”应布良心疼媛媛。

“疼。”媛媛道。媛媛一向对应布良比较陌生，但是现在病得迷糊了，也没有精力去躲开应布良了。

“大夫来了，把药吃了马上就好。”应布良哄着媛媛。

媛媛又哭起来。

“乖，媛媛乖，不哭。”应布良给媛媛擦眼泪。

我抱着媛媛。

大夫拿出几粒黑色的药丸子：“这是藿香正气丸，是我自己调配的，先把这药丸吃了。我还开了些中药，村子里应该有药铺吧？抓些中药三碗水煎成一碗水。”

奶妈接了药方子就到村里去抓药了。

我喂媛媛吃药。媛媛一直都很怕吃药，她哭着怎么也不肯吃。

“乖，吃了药肚子才会不疼。”我说。

媛媛还是哭。

“嫒嫒，想不想吃大大的烧鹅腿？很好吃啊，比鸡腿还要好吃。”应布良对嫒嫒说，“肚子疼吃不了烧鹅哦，一定要肚子不疼了才能吃。赶紧吃药，吃好了爹带你吃烧鹅腿。”应布良又道：“上次爹给你的珍珠项链喜不喜欢？吃了药爹再给你买玉石链子。”

应布良转而对我说：“来，给我，我来喂她。”应布良接过药亲自喂嫒嫒吃。

嫒嫒这次却很听话地把药吃了。

“真乖！很快就不疼了。”应布良表扬嫒嫒，“闭上眼睛睡觉，一觉醒来就好了。”

嫒嫒闭上眼睛又迷迷糊糊地睡了过去。

应布良一直坐在嫒嫒的床边看守着嫒嫒。

嫒嫒的手心和脚心变暖了。见嫒嫒好转，我悬着的心才放下来。忽然间头一阵眩晕，我扶着床沿才没倒下去。头晕得很，这两天发生太多事情了。

奶妈走进来拿走地上的盆子等东西。

“太太，你这两天都没怎么睡，脸色又青又白的，先歇歇吧！”奶妈对我说。

“你这两天都很晚睡吗？”应布良听奶妈这么说，问我道。

“没有啊。”我急忙辩解。

“太太一直都在家里待着，可能是来到新地方没适应所以没睡好。”奶妈道。

“这么娇贵。”应布良哼了一声。

“太太，我刚收拾了个房间，你先去歇息一下吧。嫒嫒没事了。我会看着。”奶妈扶着我。

“好，我先去歇息一会儿，嫒嫒有什么事要马上告诉我啊！”

我道。

我和奶妈走出房间，“收拾了哪个房间？”我问。

“就是紫琳小姐画像的那一个，只有那个房间环境比较好，阿忠搭了张木床，太太先将就一晚吧。”

我想到了张奇，他应该还在屋外。他等了好久了。看样子就算那个人影是奶妈，她好像暂时也并没有把这事告诉应布良的打算。又或者是我自己疑神疑鬼，那个人根本就不是她？

应布良还在媛媛的身边，握着她的小手，慈爱地陪伴着她。

我得想办法告诉张奇让他先快回去。夜长梦多。

阿忠和奶妈都在客厅里候命，我不能从正门出去。

奶妈扶着我进了张紫琳的房间。房间门已经换了新锁。

“这么快就换上锁了？钥匙呢？”我道。

“在这儿。”奶妈从宽宽大大的大襟衫的衣兜里拿出一串钥匙，从里面拆下一把递给我。

“一共打了几把钥匙？”

“两把。”

“两把都给我。”

“好的。”她又拆下一把给我。

我把房间反锁了。

我靠在门背后，耳朵贴着门的木板，屏住呼吸，静听外边的声音，只听得微弱的脚步声和瓶盆瓦罐的哐啷声。奶妈好像在和阿忠说话，极细微的一个女声和一个男声，模糊一片，听不真切。

看来这个房间的隔音效果还不错。

我赶紧跑到窗前，拉开窗帘，打开窗户，张奇应该正好隐藏在这个房间的外面墙角。

“张奇——”我小声地呼唤。

“在！”张奇小声地回应，他从窗户的左侧探出来，“怎么样？”

“嘘——”我示意他小声，“没事，媛媛拉肚子，现在好了。应布良来了。奶妈什么也没说，可能那个人不是她？我也不确定。”

“我知道。我看到应布良回来了。”张奇道，“起先那么久没见你有动静，我差点就想撞门进去了。”

“你先回去吧！别被发现了！”我叫张奇赶快走。

“好的，你小心。有事马上来找我。”张奇似乎还是不太放心。

“别担心，我会照顾好自己的。”

“对了，你要的铁撬。”张奇把铁撬给我，“你漏拿了。”

张奇走了，又恢复了清冷，月光从窗外洒进来，画像的一半沐浴在月光里，另一半在黑暗中。张紫琳的半边脸也被黑暗掩埋。

我点燃了煤油灯。房间里亮了些。张紫琳的画像似乎一下子就从黑暗的水中浮出来。尽管煤油灯的光很微弱，可是足以让张紫琳恢复神采。

她的眼睛似乎在看着我，她那漆黑闪烁的眼睛，如夜空中的星星。

一阵透凉透凉的风，带着海浪的呼啸声，迎面刮过来，穿越了我。

我全身的骨骼都在咯咯作响，仿佛是她的灵魂，从画像里走出来，穿过我的身体，她在我的躯体里徘徊，寻求着缝隙的弥合，以她温柔的低低的声音对我耳语。我听到了她的叹息声，一波一波，一阵一阵，微弱地，低沉地，就好像夜晚听着遥远的海浪冲上沙滩，然后又退下去而发出的低鸣。仿佛大海的呻吟。我可以感觉到张紫琳，她的气味，她的发丝，她的温度，她的呼吸。她存在于房间的任何一个角落，她的魂魄从来未曾远去。她的眼睛在说话，我从她的眼瞳里看到了我自己的身影。她在与我交会。

我把画像从墙上掰下来，放在地上，小心翼翼地，不发出声响。

暗格的锁由于年代久远已经锈迹斑斑，我用铁撬子左撬右撬。铁撬发出“咯吱咯吱”的声音。

“太太，”敲门声把我吓了一跳，“睡着了吗？我煮了些姜水，要不要喝一点？”奶妈在门外说道。

“不用，睡下了。”我应声道。

我的汗从额头上淌下来。得赶快撬开才行。

“哐啷！”终于把锁撬开了。

我提着煤油灯往里照。一只蟑螂沿着内壁爬着。暗格不大，里面有一本残破的本子。

我把本子取出来，本子的边缘和内页被虫蛀得坑坑洼洼的，残缺不全。

我把煤油灯放在床边，坐在床上翻看起本子来，只见扉页上几行娟秀的字体：

“记下你在的每一天。

琳”

看样子像是日记本。这个“琳”是张紫琳？

第五章　张紫琳的尘封年月

第一节 初见

他在我楼下，我可以很清楚地看到他。他们每天晚上都在这里摆摊玩皮影戏，人群熙熙攘攘、一圈一圈地围了几层在看着，好不热闹。我想看皮影，但我不想一身臭汗地挤进人堆里，在楼上看也不错。记得以前在北平，大家管它叫“驴皮影”。因为那是用驴皮做成的小人儿。

在北平念书，我是从最远的南方沿海过去的，同学大多数都是北方人。记得第一天去学校，我还是穿着宽宽大大的襟衫，下了火车，风尘仆仆，陈妈和力叔一直把我送到学校里，安顿打点好一切才走。我本不想让他们跟过来，可是爸执意不肯，他说我第一次出远门，不放心。

北平四季分明，不像我们家那里，从来不会下雪，即便是冬天也还能看到绿色的树叶，夏天漫长地占了半年。我喜欢北平秋天的红色的枫叶，冬天的干枯枝丫上的鸟巢，还有松柏，小松鼠会从树上跳下来，在地上滚来滚去，吃着松果，我轻轻地走过去蹲在地上看着它可爱的模样，它一点儿也不怕人，不会逃开去。

学校生活总是让人充满回忆。每天起床的铃声一响，大家就齐刷刷地起床、叠被子，在洗漱池前站成一排刷牙洗脸。

我睡在上铺，经常把头探下去看下铺的静儿在干吗。她是个北平女孩，她喜欢坐在下铺看英文报纸，后来她去了英国学画画。我们宿舍一共四个人，下课后时常一起去打乒乓球。我们也经常一起去逛街。

北平的烤鸭很好吃。我还给爸买了棉鞋，这里的棉鞋要保暖得多。爸很高兴，他一高兴就给我寄钱。他总问我："钱够用吗？不够就说。"

妈去世早，爸做生意又忙，平日里和我在家做伴的就是陈妈和力叔。爸只要一有空，也会马上过来陪我。记得有一回，是冬天，北平初雪，雪不大，薄薄的一层，屋顶、树木、街道，所有的一切仿佛都披上了白色的棉布。那是我第一次看到雪。静儿告诉我，雪下得特别早，以往都没这么早下雪的。

那一天，爸来北平看我了。父女俩看到雪都好兴奋，爸童心未泯地和我一起玩起了雪，我们打雪仗、堆雪人，沿着街道走过来走过去，听着脚踏进雪里的声音。天气好冷，我们躲进了暖暖的饭馆子里，要了两大碗炸酱面。爸第一次吃炸酱面，可爱吃了。我对爸说，回家我做给爸吃，我向静儿学了做炸酱面。做炸酱面还有顺口溜呢：

青豆嘴儿、香椿芽儿，焯韭菜切成段儿；
芹菜末儿、莴笋片儿，狗牙蒜要掰两瓣儿；
豆芽菜，去掉根儿，

顶花带刺儿的黄瓜要切细丝儿；

心里美，切几批儿，焯豇豆剁碎丁儿，小水萝卜带绿缨儿；

辣椒麻油淋一点儿，芥末泼到辣鼻眼儿。

炸酱面虽只一小碗，七碟八碗是面码儿。

“紫琳越来越乖巧了。”爸夸奖我。他乐了。

在北平只待了两日，爸又要回去了。我很舍不得他走。爸说，我有空再来看我的乖女儿。我还是依依不舍，竟滴下眼泪来。爸逗我说：“紫琳长大了，怎么还这么喜欢撒娇呢？”

在北平念了三年书，回到家乡，左邻右舍都说我变得越来越有气质和韵味了。爸说得仔细地挑个好女婿，好婆家，他舍不得让我受半点委屈。

乡下的日子很是冷清萧索，刚刚回到家中，竟有些不适应起来，在北平见惯了热闹繁华，而家乡的大宅子周围，都是丛林与河流，人迹罕至。爸怕我闷得慌，又在省城购下一处房子，这样我就可以时不时去省城看看电影，逛逛街。

然后，我遇到了他。

他就在我省城住处的楼下玩皮影。我第一次见到他竟觉得仿佛在哪儿见过似的，他那浓浓的一字眉和温柔的眼神，莫不是在梦中？

我不知道我是因为皮影戏而爱上了他，还是因为爱上他而喜欢上皮影。只记得在那晚看到了皮影，忽然想起在北平读书的日子来，简单而又快乐的生活，几个女生一人一串冰糖葫芦，逛大街，看着皮影小人儿讲述的一个又一个古老的故事，沉浸在美丽的幻觉里。

“隔帐陈述千古事，灯下挥舞鼓乐声。一口道尽枕边梦，双手对舞百万兵。”楼下一个大伯用粗糙沧桑的嗓音唱道，余音环绕，穿透了熙熙攘攘的人群，穿透了夏日地面透上来的蒸气，穿透了夜空。那声音让人回到了当下，莫名地落寞忧伤。

也许是因为寂寞吧，渴望着陪伴。想有个人一直在身边，时时刻刻分分秒秒地陪着，不会离开。

他们一共五个人。五个角色分别是“前声”“签手”“坐槽”“上档”“下档”，五人忙。每一次他们来演出，小车一推，背篓一背，就来了。搭擂台搭得好快。表演完了，收拾摊子，往小车上一放，就走了，好不利索。

那天晚上，我一直在楼上看着他们表演皮影戏。他们演了好几出戏的片段，《贵妃醉酒》《牡丹亭》，甚是凄美。那活动着的皮影小人儿，如此华丽而灵动，似乎让人穿越时空回到了过去的年代，盛世一片祥和、安稳的岁月。那些故事让我一直做着迷离的梦。它们激起了我内心隐秘的欲望和幻想。它们凝聚着秘密，就好像是家乡大宅子旁边流过的那条黑色而妖艳的河。表面如此沉静，底下却暗波汹涌。

我入迷地看着那些光怪陆离的皮影，直到曲终人散。

楼下的人群逐渐散去，地上遗留下吃完肉串剩下的竹签，还有板栗壳等。

“小应子，赶快收了擂台啊！”一个光头的大叔使唤着他道。

“看看那边卖糖炒栗子的收摊没有啊，小应子去买些栗子过来。”另一个大伯道，“今天得了不少钱啊，可惜这儿没有羊肾和二锅头。”

“我都五年没回过家了。”那个光头的大叔说。

“我刚来这儿还以为这儿的人成天只穿短袖，没想到冬天也还是会冷的，还是要棉袄才暖和。”那个“小应子”一边收擂台一边搭话。

“哈哈哈，小应子，带你来南方，这下你也长见识了吧！”大伯笑道。

“师傅，我去买栗子，要不要再给您买点酒？”他一会儿就收拾好了擂台。

“这儿的酒太淡啦，喝得不过瘾。”大伯道，“你还是买一点吧，看看有什么酒。”

“你是没有酒就不行哪。”大家笑道。

“这儿的酒就跟水一样，哪有什么味儿。”大伯道。

小应子噔噔噔地跑去买酒和吃的了，不一会儿就提着一袋东西回来。

“有青梅酒。”他说。

“这个好！夏天喝青梅酒好！”一个胖子说。

大家嘻嘻哈哈地闹成一片。

小应子从背篓里拿出五个碗，给每个碗里倒满酒。

大家一人捧着一碗咕噜咕噜地喝酒，那劲头就好像喝水解渴。然后他们又吃起栗子来。他们的吃相很粗鲁，用牙啃着栗子壳，尤其是那个胖子，好不滑稽。他啃了栗子壳，粘在嘴里，看也没看就朝旁边一吐，连同板栗屑和口水粘到了光头大叔的脸上去。

“你这口水好像糨糊似的，抹都抹不掉。”光头大叔用手擦开脸上的东西，擦了两三次才擦掉。

我扑哧一声笑出声来。

他们听见了声音，都往上看过来。我赶紧躲在窗帘背后，但迟了一点，还是让他们看见了我。

“哟，是个漂亮的小姐。”大伯打趣道。

“你看你，吃得这副德行，失礼人家了。”光头大叔调侃胖子。

他们又打闹起来。

我从窗帘后面偷偷地往下瞄，却猛地看见了小应子，他仍旧往上看着。我的眼睛和他的眼睛撞到了一起。他冲我微笑，眼神带着柔情。

我的心怦怦地跳起来。没有缘由，莫名地。

第二节　雕坏的皮影

我和小英在电影院看完了电影，出了门口，买了两包糖炒栗子，拦了两辆黄包车回去。走到半路，小英看见在街边的铺子里有个旗袍店，马上就叫停了车要进去看，我也和她一同进去了。老板娘说新来的裁缝师傅是上海过来的，剪裁很时髦。我们看到那花花绿绿各色各样的布料就舍不得走了。我们左挑右选，总觉得这个素雅，那个艳丽，各有各的好看，都不知道挑哪个了。最后，我们都订了旗袍。她的是金色荷叶刺绣，我是红玫瑰。不知怎么，我一看到那块红玫瑰的料子，就喜欢上了。玫瑰的花瓣重重叠叠的，一层一层翻开，好像要把所有的心思和秘密都毫无保留地展开，可是却又如此敏感执拗，用刺来自卫，就好像恋爱中的女子。

出了旗袍店，天色已晚，天空竟哗啦啦地下起了大雨，街上的黄包车都满客。黄包车拉着雨棚，雨水还是撇进了座椅，坐在黄包车里的人缩成一团，两手交握抱着胳膊，好像这样就能不被雨水淋到。

我和小英在路边等了好久，都没拦到黄包车。雨越下越大。

“小姐，没有伞吗？我这里有一把。”一个小伙子的声音在耳边响起。

我转身一看，是小应子。他见我看着他，脸竟然红了，有点害羞，他把雨伞往墙角一放，就噔噔噔地冲进雨帘跑走了。我连“谢谢”都来不及说。

“这个人怎么这么古怪啊？哈哈！”小英觉得好好笑。

过了很久以后，小应子告诉我，那天他见到我回过头，长长的黑发被雨水沾得有点湿湿的，好像有一层雨雾弥漫在我的脸庞和颈脖，眼睛在黑暗中好像夜空中的星星一样明亮，让他不知所措，掉进了我眼中的黑暗里。

原来，我和他在好久好久以前就相遇过，难怪我总觉得他让我如此熟悉。

那时我好像才七八岁，父亲因为生意上的事情要到北方去几天，也把我带去一同游玩。中午睡不着，我悄悄地跑到外面去，大黄狗在门前打着盹儿。玉米棒子铺了一地，孩子们坐在玉米棒子上玩耍，菜地里种了萝卜青菜。我对这一切都很好奇，边走边看，不知不觉走到一个巷子口，一个小男孩倒立着撑在墙角，汗水一直从上面倒滴下来。

“你在干吗？”我问他。

“被师傅罚倒立。”

“为什么被师傅罚？”

“皮影雕坏了，卖不出去，浪费了一块驴皮。”

“皮影怎么雕的呀？”我问。

“一手拿着刀子，一手转着驴皮，转着驴皮的手要用绳子挂着一块砖，下面还要加一块砖。”

“这么难的！皮影是怎样的啊？给我看看好吗？”我好奇起来。

“我还没有到时间，不可以下来呢，还得过半个时辰。”

“那我等着。”

“可以给我倒点水吗？”他问我，“渴死了。”他的嘴唇被太阳烤得皲裂。

“哪儿有水？”

“就去菜地旁的井边。”

我到了井边，刚好有人打上了一桶水，水上一个瓢，我舀了一瓢水。

他喝了水，我就蹲在墙角等着他。

“你是外面来的吗？我没有见过你。”他问我。

“是啊。我和爸爸来这里玩。我家在好远好远的地方。”

“在哪呢？”

“在南方，有河，有海。”

时辰到了，他下来了。他拿了那张雕坏的皮影给我看。是没有颜色的皮影，好像是一个女子的头，高高的额头，眼睛眯起来，樱桃小嘴，发簪上有个小缺口。

我觉得这个皮影很特别，我还没有这样的玩具。

“可以给我吗？”我问他。

“拿去吧，反正都雕坏了。”他说，“这样不好看，我给你上点颜色。”

他带着我进了一间小屋子，屋子的大门敞开着，光线明亮，几张简陋的木桌子上摆放着十几把大大小小的刻刀，桌子上是皮子，还有挖出来的皮屑子，还有几种颜料和上色笔。

“嘘——小声点，师傅在里面睡觉呢！”他示意我。

“好。”我轻手轻脚。

然后我就看着他一点一点地给皮影上颜色，直到天色渐渐变暗。

“小姐——紫琳小姐——”仆人们在大声地喊着。

爸发现我跑出来了，带着仆人四处找我。

“你快点呀！我要快点回去啦！”我对小男孩说。

“还没有脱水烘干呢！”

“下次再来咯！”

我拿着个还没有脱水烘干的皮影回去了。回去以后，拿着左看右看，甚是喜欢。可是南方的天气潮湿，一到阴雨天，皮影就发霉了。我也再也没有回去过那个巷子里的小屋子。

没有想到，在许多年以后，我又见到了那个雕皮影的小男孩。我依稀存留着他的印象，他的眼神。而且，也在许多年以后，我才知道，他把皮影给我后，他又被师傅打了一顿，打得腿上、屁股上都是一条条的红色的血痕。

犹如跌进了梦魇，我和他的缘分巧合得离奇。只是那时我不知道，我和他的后来的命运也如那雕坏的皮影一样。

他给我讲他的故事。他说，他小时候晚上睡觉，也最害怕听到师傅的脚步声在屋外响起，他知道一定是他又做了什么不对的事情，师傅要惩罚他。大冬天下着雪，罚他到屋外跪一整夜。

他说他不知道他的父亲是谁，对母亲稍微有一点依稀的印象。他记得他的母亲很漂亮，就像我那么美，长长的黑发带着天然的馨香，黑亮的眼睛很温柔。四岁时，他母亲带他到集市里，给他买了一串冰糖葫芦。他好开心，那是要过年才可以吃到的。然后，她把他带到一个屋子门前，让他坐在那儿，说她一会儿就回来。后来她再也没有回来。屋子里一个大伯走出来，从小应子的衣袋里找到一张字条。是母亲留下的。

大伯做了他师傅，教他雕皮影，吊嗓子。师傅说他的嗓音适合唱悲剧的哭腔。可是他总唱不出感觉和韵味。师傅说："你知道什么叫痛的感觉吗？痛得难受，又没办法喊出来的感觉。"他不知道要怎么唱才能唱出那感觉。师傅拿着绣花针刺进他的手指尖。他叫起来。"不许叫。"师傅道，"好，现在忍着痛唱吧。"

小应子十二岁登台，还没长高，要跳起来敲鼓。那时他的花旦唱得闻名方圆十里，大家都说"胖大春的花脸，小应子的旦，听得叫人忘了吃饭，外乡人把戏看，都想把家搬这儿来"。

我笑起来。他问我为什么笑。我说，没想到他一个这么粗犷的男人居然唱过花旦。他说，这有什么奇怪的，那时他还小，没有变声，声音还是比较柔的。后来到了十五岁，变声了，就唱不了花旦了，师傅甚至还想给他做个小手术让他声音一直不变呢。

那时候很多有钱财主家里红白喜事都请他去演皮影。那可是给主人长脸的。

有一次，有个刘财主请他们去给他一岁的儿子举行过关仪式。刘家小儿子是刘老爷和他老婆的心肝宝贝，宠得不行，含在嘴里都怕化掉。他们在唱曲儿，头扎红带和银票的刘家小儿子就跟在大公鸡的后面，在桌子底下走一圈，连续走三次。走完以后，银票归师傅，大公鸡归他们戏班子。

他们表演的是关羽过五关斩六将。表演完已是夜晚，刘老爷留他们吃饭。小应子盛了碗热汤咕噜咕噜地喝起来，演了一天，又饿又渴。

"你的戏唱得真好！学了多久了？看你还很小呢，多少岁？"老板娘问他。

"十二岁，我四岁就开始学了。"

“听说学皮影啊很辛苦，不过你唱红了，你爹你娘也长脸啦。”老板娘道。

“我没有爹娘。”

老板娘不便再问下去了。小儿子嚷着要吃糖果，那时的大板糖可是稀奇货，要县城里才有得卖。她拿了个大板糖给小儿子。忽然又怜惜起小应子来，又拿了一个给小应子。小应子很羡慕刘家小儿子，可以吵着娘吃糖。不光是刘家小儿子，所有有爹娘的他都羡慕。

应布良说，他小时候做梦都想着有一天他爹娘回来找他，一直等啊等盼啊盼，到最后，他终于知道他们永远都不会在他的生命中出现了。现在，就算爹娘回来找他了，他也对他们毫无感情了。因为那个年龄的情感已经过去了。

第三节　情敌

我喜欢应布良玩皮影给我看。我喜欢听他讲故事。

夜晚，油灯下皮影幢幢，忽而清晰忽而模糊。一个个瑰丽的故事，鬼魅的神话，都在夜晚的迷雾中展现。

他说，等他有钱了，他要买好多好多的头楂和戳子。头楂是皮影人的头，戳子是身子。头楂和戳子越多，能演的戏就越多。一些有钱的剧组都有好多箱的头楂和戳子。

我沉浸在他讲述的故事里，我不知道他告诉我的哪些是真的哪些是杜撰的。只是会觉得他好可怜，小时候那么悲惨。相比他，我要幸福得多。可是他也没觉得自己有多悲惨，他习惯了。

爸知道我有意中人了，但是爸不喜欢应布良，他觉得应布良出身低微，配不上我。爸安排了相亲。其实那个男孩子我以前也见过，是门当户对的一个少爷。他叫陈曦。

陈曦成天喜欢睡到日头高照，然后提着个鸟笼，扇着把折扇，在街上四处闲逛。偶尔吟些乱七八糟的诗。他见我不理他，遂又作起诗来。

紫琳娇俏，
美态犹如弯弯月儿，
白襟衣伴长裙飘飘又回眸一笑，
莫怪我轻佻，
看你笑意犹如伴轻风送月影摇。
我住山尾你住河头，门当又户对，
奢想今世岁月里，
牵手相对儿女成堆。
紫琳何日能爱上我，
望能开花结果，
白天共长夜过。

应布良吃醋了，他不喜欢男孩子对我献殷勤。

陈曦对我紧追不舍，我和小英逛街，常常见他等在路口，然后忙笑着打招呼，一直跟在我们后面，絮絮叨叨地说话，我和小英没有搭理他，他还是在后面跟着自言自语。

“紫琳小姐，那边茶楼的金沙包和凤爪好好吃哦，保证你吃了还想再吃，要不要去尝尝啊？”陈曦笑嘻嘻道。

“不用了，我好饱。”

“你早餐吃了什么呀？这么饱？”

“吃了好多，鸡蛋，粉丝，粥。”

“噢，原来小姐喜欢吃粥啊，我知道在桥东巷子有家店的紫砂锅粥很好吃啊，有粉肠粥，有柴鱼花生，还有猪红粥，什么都有，几时去尝尝呀？”陈曦的话好多。

“不用了，我喜欢在家里吃。”

“紫琳小姐，”陈曦叹口气道，“我这么有诚意，你都不赏面啊？”

“你若是真有诚意，就不要老是烦着小姐了。”小英道。

“唉，连丫环都欺负我，命苦啊。”陈曦摆出一副苦瓜脸的样子。

我和小英扑哧一声笑出来。

“紫琳小姐，你终于笑了。”陈曦道，“紫琳小姐笑起来真迷人，让小生什么都忘记了。”

“你哪有忘记，你看你鸟笼还拽在手里紧紧的，你呀，最爱的是鸟。”我贫嘴道。

“紫琳小姐和我开玩笑了呀！好开心！”陈曦道，“鸟怎么可能有小姐重要呢，这鸟我也不要了，给你。”他把鸟笼递给我。

我没有接。

“小英，帮小姐拿着。”陈曦道。

“不要接。”我对小英说。

“你不要，那我放地上。”陈曦把鸟笼放在地上。

“你真的不要了？”我故意逗他，“那好，我们走吧！别管这鸟了。”

“行，你爱怎样就怎样。”

我拉着小英就往集市里走。陈曦也没有把鸟笼拿着，也就跟着我们走了。

“我为了你，背叛了我心爱的鸟。”陈曦一脸落寞。

“我可没逼你呀。”我暗自好笑，“你要思念你的鸟，可以倒回去的。”

“我心坚定。”陈曦又道，“坚定地跟着紫琳小姐走。”

“花言巧语。”

“我是文字功底好，所以表达能力好罢了，我说的都是心中所想。”

“你是不是对每个女孩子都这么甜言蜜语的？”

“没有的事，像我这样的人，哪有女孩子理我。”陈曦道，“紫琳小姐，那边有头花卖，挺漂亮的，去看看吗？”

我朝陈曦指着的方向看去，只见一间新开的铺子，挂着各式各样的头花，琳琅满目，煞是诱人。我不由得走过去。铺子里的头花都很好看，有玫瑰、百合、杜鹃，我挑来挑去，都不知道选哪朵好。

“掌柜，把这里的头花给我全部包下来给这位小姐，我全要了。”陈曦道。

“不，不，我自己买。”我赶紧拒绝。

“头花这些不值钱的东西，你还这么介意吗？”

“是呀，小姐，有少爷在，哪里还有小姐付钱的道理。”掌柜也在一旁怂恿。

我只得收下了几大包的头花。

得了漂亮的新头花，回到家里，对着镜子戴上左右摆弄着，心情愉悦。太多了戴不完，给了小英好几朵。

“小姐，”小英问我道，“你喜欢应布良还是陈曦少爷呢？”

“当然是小应子啦！”我不假思索地回答道。

“可是，你和陈曦少爷在一起也好开心。”

“和陈曦在一起是挺好玩的。”

“老爷比较喜欢陈曦少爷。”

“和陈曦在一起没有安全感，油嘴滑舌的，这些少爷哪个不会哄女孩子呢。”

“应布良对小姐比较痴情。”小英观察得挺仔细。

“但是应布良太穷了，我怕过不了我爸那关。”我叹口气。

“小姐别叹气呀，总会想到办法的。”小英安慰我。

“小英，你有没有喜欢的人呀？”我问她。

小英脸一红，点点头。

“是谁呢？”我八卦起来。

“是阿青。”小英在我耳边小声道。阿青也是爸的仆人。

“你们已经在一起了吗？”我问小英。

“还没有，他还不知道呢，小姐千万别说出去哦。”

“好好好，那要不要我帮你试探一下他？”我倒是想撮合他们。

“别，我怕给他知道了呢。”小英急了。

“没事，我不会暴露你的，我就问他有没有喜欢的人，不提起你。”

“嗯。”小英听我这么一说就放心了，“小姐，天晚了，我给你倒杯热水，你早点休息吧。”

小英出去了。我一个人在房间里，躺在床上翻来覆去却睡不着。回到家里已经有二十来日了，小应子还在省城表演皮影戏，一日不见如隔三秋，好像好久好久没见过他似的，夜里常常失眠，脑子里想的都是他。寄封信也要等待漫长的光阴，不知道什么时候他才能收到呢？随着信一起寄出的是无法言说的思念。

我点燃了蜡烛，白色的蜡烛流出了温热的眼泪，把信笺照亮。

钢笔蘸了墨水，我写了首新诗。

信中的波斯菊

我在写信
学欧洲古代的少女
把波斯菊花瓣贴在信上
信从邮递员的绿色袋子里遗落
在风中张开了嘴
像个口袋
灌满了波斯菊的芬芳
灌满了风的气息
灌满了思念
风停了
信中的波斯菊洒落一地
你的信箱
是我的波斯菊永远到不了的彼岸

刚写完，忽听得楼下墙角有个人在小声地叫着：“紫琳——紫琳小姐！”

我拉开窗帘，只见陈曦就在楼下。

“你半夜三更跑这里来干吗？”

“我思念着小姐，睡不着。”

“你又在这里乱说话。”

“不不，紫琳误会我了，我睡不着，然后抬头一看，忽然发现今晚的月光特别美，想告诉紫琳小姐看一看。”

他这一说，我也抬头望了望月亮，的确特别圆。月光皎洁明亮得如同几十支蜡烛把花园照亮。

“紫琳你也睡不着吗？”

“是啊！”

“那我在楼下讲故事给你听吧！”

“要是给人听到了怎么办？”

“听到就听到了，这有什么。”陈曦毫不在意，“让别人知道我对紫琳的一片真心更好！”

“可惜我现在不想听，我去睡了啊，你回去吧。”我把窗帘拉上了。

陈曦依然没有走，他还在楼下说着话。

“紫琳，我知道你还没睡着，那我就讲个故事吧。”他絮絮叨叨地说起来，“从前，在河边的一个大宅子里住着一位绝世美人，在靠山那边，住着一位潦倒的公子，公子爱上了美人，晚上都睡不着，只得跑到美人楼下给她讲故事……”

真是狗嘴里吐不出象牙，越说越离谱。我起身拉开窗帘：“好啦好啦，你这也算故事吗？”

“哈哈，我就知道你没睡着！”

“你真无聊。”我又把窗帘拉上了，倒回床上躺着。

“紫琳，也许我有时候就是这么无聊，我不知道怎么表达，也不知道你喜欢什么……”陈曦道，“好吧，不吵你睡觉了，我走了。做个好梦。”

过了好一阵，外面没有了声音。想必他走了。我也迷迷糊糊地睡着了。

第二天一早起来，我却发现在我窗户的下面，几十枝玫瑰花的花朵拼成了一个心形。隔了一夜，玫瑰花都有些蔫了。

“小姐，你的信到了！”小英跑过来递给我一封信，是应布良寄来的。

我赶紧撕开信封取出信读起来。

应布良说，他准备离开戏班子，离开省城，到我住的地方来。

第四节 郊岭

想到应布良要来了，我心里又快乐又焦急。一上午都在屋子里晃荡来晃荡去的，无所事事的样子，却又心事重重。

“小姐，我们去山里摘野果吧！”小英见我坐卧不安的样子，提议道。

“摘什么野果呀？”我还从来没去摘过野果，很好奇。

“金桃娘、早禾子、鸡爪梨、勒泡子、乌鸡子，小小颗的，一把一把摞到嘴里吃，可甜了。小时候我住在大山里头，每天都去摘来吃。”

“好啊！我们到哪儿的山里去？”

“郊岭那里的果子最多了。”

“好！让阿青驾马车。”我道。

阿青驾马车驾得又快又稳，沿路的风光疾驰而过，不知不觉就到了郊岭。马车沿着郊岭崎岖的山路往上攀爬，马的嘶鸣声响彻山谷和深渊。

下了马车，我和小英就迫不及待地在树木中的野丛堆里找野果。早禾子紫色的，一串一串，很清甜，吃了以后嘴巴和舌头都呈紫色的一片。勒泡子红得鲜艳，小英说可以做成果酱，甜甜酸酸的。

“早禾子要摘阴凉下的紫得发黑的，最甜了。”小英颇有经验，“小姐，快看，这里的金桃娘好大颗啊！”

“金桃娘别吃太多啊。”阿青插嘴道，“吃多了会拉不出屎。”

“你真是的，这么说话，煞风景，小姐在这儿呢。”小英撇嘴道。

“哈哈，阿青是有话直说嘛。”我解围。

“树上有个鸟窝，等我掏几个雕子蛋下来给小姐。”阿青说着，哧溜哧溜就爬到树上去了，身手敏捷，像个猴子似的。然后一下子又抓了几个雕子蛋溜下来。

“有笋虫！”阿青大叫，一下冲过去捉住了笋虫，“这个可以吃的，很好吃的，小姐要不要尝一尝？”阿青问我。

我看那笋虫长着长长的触须，有点恶心的样子，“就这么……生吃？”

“是的，好好吃的。”

“还是算了吧，不用了。”我不习惯就这么生吃虫子。

“你呀，粗人吃的东西也拿给小姐。”小英道。

“呵呵，我这个人比较吃粗。”阿青讪讪地。只见他把笋虫的头拧下来，然后把身子直接扔进嘴巴里嚼着吃了。

小英看着他的吃相，被逗笑了，“那东西我也吃过，味道还不错呢。我还喜欢吃弧其。”

“嗯！弧其好，烤了更好吃。”阿青附和道。

“什么是弧其？”我问。

“就是水蛭。”小英解释道。

“什么时候我也尝尝烤弧其。”

“小姐你那么斯文，你也吃这个啊？”小英诧异。

“我是不敢吃生的，烤熟的就吃啦。”

“好啊，弧其在水田里，待我回去捉些来，小英烤。”阿青说。

“阿青，小英摘了太多的野果，你帮她拿一下。”我故意给他们制造机会，“喏，阿青，你拿着这个袋子，跟在小英身后，她摘了给你，你就放到袋子里。”

“小姐……”小英脸一红。

“咳咳，好晒啊，我坐在树荫下乘凉，那边野果多，你们去那边摘呀！”我支走他们。

他们摘野果去了。山里头树丛环绕，阴凉透心。几百上千年的老树上蔓藤缠绕，沟壑深渊深不见底，扔一块石头下去，好久才听到落入水中的回音。阳光斑驳，被密丛枝叶划得明暗分明。山上还有特有的甜茶，泡出的茶很清甜，很甘醇。有个古老的传说，在这山里不知什么地方藏着一口泉，泉眼里流出的水清澈甘美，喝了以后不会老去，还可以起死回生。据说在明朝有人发现过，可是后来又无迹可寻。我想，小应子应该也会很喜欢这个地方的。

在山上玩了一整天，下山时已是日暮时分。快到家门口，只见一个熟悉的身影映入眼帘，高大的身躯，背着个麻布袋，在门口徘徊着。

小应子来了！我快乐地跳下马车，朝他跑过去。他看见我，温柔地笑了。粗粗的一字眉和会说话的眼睛，让我心动不已。

他一副风尘仆仆困顿的样子。他说他暂时就在我家附近的一个简陋的客栈住了下来。

我带他到茶楼里吃夜茶。他还是第一次到茶楼。我问他要什么包点，他说我点什么他就吃什么。我点了虫草炖老鸭、杏仁冰糖血燕窝、凤爪、金沙包、糯米鸡，还有一壶茉莉花茶。他狼吞虎咽，他说他没想到夜茶还有这么丰富的点心。

他告诉我，师傅不许他离开戏班子，可是他执意要走，师傅很生气，骂他是个白眼狼。行里的规矩，徒弟出师后，要在戏班子里待十年才可以离开，而且也要得到师傅的允许才可以。他给师傅倒了一大碗酒，跪在地上，双手捧着敬上，说，徒儿不孝，师恩来日再报。师傅斜着眼端起碗一口把酒喝了，然后狠狠地把碗摔在地上。碗啪地七零八裂。“你要走就快点走，永远也不要再回来。”师傅说。

我问他：“你和师傅决裂，是因为我吗？”

“是的，我只想和你在一起。”他说。

正说着，只见陈曦和几个公子哥儿也到茶楼里来了。陈曦见到我和应布良在喝茶，便走上前来。

“紫琳，这位是……仆人？”他问我。

应布良的脸色一变。

“这位是应少。”我道。

“应少？”陈曦皱了皱眉，“落魄公子？”

“少管闲事。”我道。

“昨夜的玫瑰花喜欢吗？”陈曦又问我。

“什么玫瑰花？”应布良在意起来。

“我给紫琳小姐的围成心形的玫瑰。”陈曦似乎有点看不起应布良的样子。

应布良愕然地看着我。

“谢了，以后不要再弄这些东西了。”我也不自然起来，我怕应布良误会了。

陈曦的那帮公子朋友在喊他过去。

“先告辞，紫琳小姐慢慢吃，吃多点，这顿我包了。”陈曦说完便走了。

“他就是你爸安排相亲的那个人吗？”应布良问我。

“嗯，就是他。”

“你和他好像很熟。”应布良醋意很浓。

“你想太多了，我对他没有感觉。”

应布良不语。我们吃得很沉默。那边陈曦一帮公子哥儿吃得杯盘狼藉，那些公子哥儿见到漂亮的店老板娘也不忘调戏。陈曦也许是见到我在这儿，稍微收敛些，我感觉到他的目光时不时就瞥向我这里。

吃完了，应布良到掌柜那里结账，掌柜说，陈曦少爷已经打了招呼，我们这桌由他结账。应布良不悦道：“不用劳烦陈曦少爷了，多少钱？”掌柜无奈，只得让店小二去告诉陈曦。陈曦过来了。

“紫琳小姐，你就这么在意吗？”陈曦问我，“就让我再为你结账吧！”

“不用，我有钱。”应布良语气很冲。

“看你的样子，你也没几个钱，这一顿不便宜的哦！”陈曦轻蔑地说。

“你再说一遍？”应布良眼露凶光，恶狠狠地盯着陈曦。

陈曦被唬住了，愣在那里。

我也愣住了，我从没见过应布良那么凶的样子。

应布良从衣服内衬里掏出钱来，一个一个地数着铜板。

数完他就抓起铜板往桌上一扔，拉着我走出了茶馆。

他经济拮据，这一顿，也许就吃掉了他一个月的积蓄了。

“刚才吓着你了吗？”应布良在送我回家的路上问我道。

“嗯……”

“对不起，吓着你了。”他的口气又恢复了往日的柔情，“答应我，不要再去见他。”

“我从来没有去见过他。”

“希望你没有骗我。”

“你疑心太重了。”我不喜欢应布良怀疑我。

“是你让我不放心。”他不高兴了。

“好了，别再说这个事了！”我也生气了。

应布良没有吭声，他一脚踢在旁边的一棵树上，树干的皮被踢得裂开。

“你不要动不动就发火好不好？”

“我是个粗人，没有你们这么文雅。”

“你想到哪里去了？”

“你和陈曦是天生一对。”

“我不想和你说话。”

“行，我消失！”

到了家门口，我们也没有道别，他一直都没有说话，就径直跑走了。我们不欢而散。

小英给我开门时，看到了我和应布良，感觉到气氛不对。

“小姐，发生什么事了吗？”

“喝夜茶时碰到了陈曦。”

“噢。”小英若有所思。“小姐，你喜欢应布良的什么呢？”她问我。

我想了想：“我喜欢他的样子，我喜欢他的眼睛，还有他的眼神。”

“哎呀，小姐，你怎么也这么看外表呀？”

“呵呵，不是啦，总觉得透过他的眼睛可以看到他的心。”

“那是怎样的呢？”

“他的眼神很漆黑，很明亮，很温柔，可是有时又好像透着邪气，就好像一个坏小孩。”

“坏孩子你也喜欢？”

“和他在一起很快乐，好像看到了另一个自己。”我不知道怎么向小英表达我的感受，就是一种莫名其妙没有来由的感觉。我能感觉到应布良内心隐藏的激情和狂野的一面，可是恰恰是这一面，激起了我无限的幻想和冒险的欲望。

“小姐，难道这就是爱了？”小英道。

“就像你对阿青的感觉。”

小英脸又红了。阿青是个不错的小伙子，我也希望小英能幸福。那时我在爸的赌场里第一次见到小英，她被她爸当作赌注，她瘦弱而惊惶，就像一头小鹿。我要走了小英。我不愿看到她被人卖到妓院里。

夜已深，忽然雷声阵阵，下起了瓢泼大雨。我想起了应布良，不知道他有没有回客栈。

我失眠了。我想：我今晚是不是刺激了他？他是不是很难过？他会不会从此就走掉不再回来？

恍惚中，我似乎听见铁门晃动的声音，应布良在喊着我的名字。

我撑了伞跑出去，只见大雨中，应布良浑身湿透，水从头上一直往下流。他说，他不可以失去我，他没有娘，放弃了戏班子，他只剩下我了。

我心痛起来，我哭了。伞掉在地上。我对我的小应子说："我不会离开你的。"

第二天醒来，头晕得很，身子很虚弱。夜里淋了雨，得了风寒。大夫来把脉，喝了药，却愈发严重，病情丝毫不见好转。

应布良在铁门外干着急，爸不让人给他开门。

小英为着应布良深夜跑来害我重病耿耿于怀，她对应布良说："郊岭的深渊峭壁上，有一种长得像人脸的草，紫琳小姐要吃了这草就会好起来。"

应布良马上跑去郊岭了。

我问小英："会不会有危险？"

小英道："当然有，长在垂直的峭壁上的草，下面就是深渊，根本就摘不到的。他不会傻到连命都不要。"

我还是很担心。万一他真的是个傻子呢？

第五节　不老泉

那天下午，小英还在晾着被子，看见应布良浑身是血一瘸一拐地走过来。小英吓了一跳，赶紧跑到铁门外。应布良颤巍巍地从怀里小心翼翼地掏出几株压得烂掉的人脸草，交给小英。

小英愣住了。她拿了白绷带和药酒给应布良。应布良接过便走了。

人脸草熬成的药苦中带甘，一碗下去，顿觉神清气爽，药到病除。

小英说，她也不知道应布良到底是怎么摘到这草的。小时候她村子里的一个大叔为了救妻子也曾经去冒险摘过，不小心掉下去，幸好有旁边的一根伸出的树枝钩住了他的衣服，他悬在半空中，见到深渊里的鳄鱼朝他张开大嘴。他沿着树枝爬向峭壁的一个小洞里，小洞里都是森森白骨，不知道是哪个朝代死去的人。

第二天应布良又来了，我已能起身走到铁门口。

我见到应布良到处都是伤，胳膊、腿都是青一块紫一块的，很是心疼。可是应布良对他去悬崖边摘人脸草的险境只字不提。

他说，他在山上发现了一个奇怪的泉眼，那里流出的水幽蓝幽蓝的，滑得好像丝绸一般，带着奇怪的香味，说不出是什么香。

“难道这就是传说中的不老泉吗？”我道。

他说等我病好了，他带我去看。

我们天天都在铁门前说话，一说就是一整天，直到爸晚上回来。

这天爸一早又出门去了。天气晴朗，万里无云，蔚蓝清澈，正是出游的好日子。我偷偷地跟应布良去了郊岭。阿青拉了一匹马来。应布良策马奔驰，我在他身后，感觉就像在风里飞。

我们在崎岖的山路上攀爬，应布良回忆着泉眼的位置，兜兜转转，几次差点迷路。

树林越来越茂密，密得遮住了阳光，我们仿佛钻进了黑暗的隧道里。

走着走着，前面出现了一个硕大无比的湖，湖水蓝得如此诡美静谧，仿佛灵界之物。

我们说话的回音萦绕在湖面上。

湖的对岸有一个山洞，山洞前是一大片火红的花，好像血红的地毯。

湖边停靠着一艘木船。

“你敢和我一起过去看看吗？”

我和应布良上了小木船。应布良划着桨，湖面上的涟漪一圈一圈地扩散开来。湖水有股奇怪的芬芳，让人恍惚迷离。

船靠岸了，那山洞前的鲜花赫然入目。花瓣倒披针形，向后开展卷曲，边缘呈皱波状，花蕊吐出来，好像蛇信子。花朵没有一片叶子。

“这就是传说中的彼岸花吗？”我问应布良，心里有点恐怖。

“不太清楚呢，没见过。”应布良道。

彼岸花，亦称黄泉花，是不祥之兆。这花春天是球根，夏天生长叶子，夏末秋初立起开花，冬天花茎又慢慢褪去，如此轮回。而叶子繁茂时花仍未长成，花开时叶子已枯萎，花与叶生生世世永不相见，有着永远无法相会的悲恋之意。

花朵太多太密，掩盖了所有泥土和岩石的缝隙，我们只得踩着花朵走进山洞。花朵红色的汁液沾上了鞋子和裤脚，好像血迹。

一入山洞豁然开朗。山洞的顶部是空的，灿烂的太阳光线从顶端直射下来，哗地弥漫了我们。我好像看到空气中飘浮着透明的小玻璃瓶，碰撞着发出叮咚的脆响。一口泉眼哗哗地流出清泉。那泉水就如应布良先前告诉我的那样，蓝得如此美艳，让人心醉神迷。

山洞里的潭水清澈。我们都被眼前的美景深深地攫住了。

“哟嘿！”应布良开心地大声冲着洞顶的天空喊着跳起来。他一下跳上了岩石，把鞋袜和衣服都脱了，扑通一声就跳进潭水里游起来。他把头深深地埋进水里，然后一下子跃出来，湿淋淋的头发贴在后脑勺上。

“要不要下来一起玩？”他调皮地问我。

“好嘞！”我也很兴奋。

我下了水，这水很冰凉，很滑，掠过肌肤好像丝绸一般。

我们在水里互相泼水嬉戏，山洞里回荡着我们的笑声。

阳光照在应布良棕色强健的肌肉上，他笑得如此灿烂，眼睛眯成一条线。我在水中凝视着我自己的倒影，长长的直直的头发如瀑布一般垂到腰际，笑靥在水面的微波上荡漾，好像脸庞在时光之水中，时光流逝，而青春永驻。

玩累了，我们浑身湿漉漉地爬上岸，躺在岩石上晒太阳。

他抱着我，用体温焐热了我冰凉的手脚。

我靠着他的胸膛，听着他不规则的心跳声，感觉他温热的血液在流动着。好想好想在这里一直待下去。在这个与世隔绝的仙境，世俗的一切都与我们无关。

“假如我死了，你把我葬在这里吧！”我对应布良说。

“你在说什么傻话？”他拍拍我的头。

“太喜欢这里了，很安静，假如死了以后能在这样的地方也不错。”

“再过一百年吧，你会活很长很长，比我还长，你先把我埋在这里。”应布良道。

“那我们都在这里。”我圈着他的脖子柔声地说道。

应布良把头低下，深深地吻我。

不知道为什么，一股莫名的悲戚袭来。是不是美的尽头总会透着某种忧伤？我觉得好像无法捉住眼前的一切，我不知道将来是怎样的。

我把我的忧虑告诉应布良。他说，他会努力让我幸福的。他对着不老泉发誓，他会一辈子一辈子都只爱我一人。他说，我是他永远都摆脱不了的魔咒。

山洞的光线逐渐减弱，太阳在下山。我和应布良依依不舍地离开了。他说，我喜欢的话，他会经常带我来。走出洞口，只见在那儿有一株孤零零的玫瑰花。这玫瑰花长得奇异，在这潮湿的地方居然能开出这么硕大而鲜红的花朵，很是奇诡。它好像带着蛊，使我迷惑，让我心动，爱之不舍。我把它摘了下来，一不小心，手指被刺得流出了血。应布良赶紧小心地吸吮着我的手指，给我止血。

我想，我要用各种香料把它腌制，永久留存。

也许是我心里的不安全感，让我渴望用可以望见的形体去保留某种虚无的感觉。用玫瑰的形体去让爱情永远新鲜。

我总是反复地问他："你会永远爱我吗？"

他说，他已经对着不老泉发誓了，假如他违背了誓言，就让他一生都活在地狱里。

回到家里天色已黑，爸早已在家等候。

"这么晚才回来，到哪儿玩去了？"爸问我。

"逛……集市去了。"我掩饰道。

"吃了晚饭了吗？陈妈给你留了鸡粥。"

"好的，我也饿了。"一听是陈妈煲的鸡粥，我肚子就咕噜咕噜地叫了。陈妈的鸡粥很是香甜，我很喜欢吃。

"吃完就早点洗洗睡觉吧！明天一早陈老爷和陈曦过来提亲。"爸对我说。

"什么？"我诧异极了，"你答应他们过来了？"

"是啊，你和陈曦不是相处得挺好吗？"

"你为什么不先告诉我就答应？我不要和陈曦结婚！"我大声嚷道。

"你怎么这么无理取闹？发大小姐脾气？"爸生气了，"爸给你安排的，都是对你好的。你不是还在想着那个什么应布良吧？”

“我就是不要和陈曦结婚！”我呜呜地哭起来。

“快给我上去睡觉！”爸火了。

我只得回房间去。

我急坏了。该怎么办？我要赶紧告诉应布良。

我写了张字条折了放进信封里，叫来了小英，让她偷偷帮我连夜送给应布良。

第六节　囍

我又来到了蔚蓝的湖边，我穿着大红的新娘裙子，我独自一人上了木船。彼岸花在不远处召唤。那株诡异的玫瑰似乎对我露出了笑脸。进了山洞，却恍惚不安，太阳刺得我的眼睛生疼，白花花的一片看不清晰。待我熟悉了太阳的光线，我看到他朝我转过身来。他浓浓的一字眉和温柔的眼睛，却又透着某种狂野与不羁。他拉起我的手，他的手心暖暖的，我看到他的微笑，一切的不安都消失了。小应子。

忽然，眼前的小应子的面孔变成了一张皮影的脸，我吓得差点摔下去。我感觉到身下的岩石在崩塌。“小应子！”我使劲地摇着空洞的皮影，皮影也啪的一声软塌下去。

“小姐！小姐！你怎么了？”一个声音自远而近地飘来。是小英。

我睁开眼睛醒过来，我又要面对现实的一切。爸把我软禁起来。他私自把婚事给定下了。迎亲的队伍就要来了。小英被叫去准备嫁妆和婚礼的东西，好不容易逮着了个空子去给应布良送信。应布良跑来大铁门外，拼命地摇晃着铁门要进来，喊着我的名字。仆人们把他赶了出去，还放出了狼狗把他咬伤。

我在房间里不吃不喝。爸也给我气疯了。他说他把我给宠坏了，这么不明白事理。爸平时都很宠我，可是不知道为什么在我的婚事上却如此武断，不近人情。

我浑浑噩噩地在房间里，一会儿狂捶着门板大吵大闹，一会儿撕心裂肺地痛哭，哭累了，就坐在地板上发呆。

小应子，快点救我出去吧！

我心里一直在喃喃地念叨着小应子。我累了，昏睡过去。迷迷糊糊地，我又梦见了小应子。梦见他在光亮的屋子里细心地雕着皮影，我为他泡好郊岭的甜茶。他舔了舔发干的嘴唇，喝了口甜茶，又继续聚精会神地雕皮影。他说，那是为我雕的皮影，画的是我的样子。他就算闭着眼睛，也能够把我的音容笑貌在皮影上雕出来。我就这样静静地看着他，看着他认真的样子，看着他颦眉的样子。我想就这样任岁月任意地流逝，任时光任意地滴走，只要静静地看着他，就够了。

我一直滴米未进，身子越来越虚弱。爸急坏了。可是他依然固执地不肯把婚事取消。

我躺在床上，听见门打开了，有缓缓的轻轻的脚步声。我翻身一看，是陈妈。

陈妈看到我憔悴消瘦的样子，很心疼。她抱着我说："紫琳小姐，你从小就没有妈，我们都觉得你怪可怜的。有些事情要自己的亲妈才能教会女儿，比如什么样的人才适合嫁。成亲以后，日子久了，就没那么热烈的了，都是平平淡淡的，陈曦那人挺适合小姐的，小姐也不讨厌他，就行了呀。你要想想，陈曦也挺可怜啊，对小姐这么痴心，小姐对他不理不睬的。老爷也是为了你好啊。人啊，很多时候都是不能自己想怎样就怎样，还是要想想自己的亲人，要孝顺，小姐不要让老爷难过伤心了。老爷这几天都病了，老毛病犯了，小姐你不知道吗？”

一听爸病了，我也急了。我赶紧爬起来跑去看爸。只见爸半躺在贵妃椅上歇息。我趴下身子伏在他的身上哭泣。爸睁开眼睛，看见我便轻轻拍拍我的背，道：“紫琳你吃饭了吗？”我忙说：“吃了吃了，我会乖乖吃饭，爸要快点好起来。”

也许命运就让我们身不由己，无论如何放不下心中所爱，却也只能向命运低头。

这一天，整个宅子都在一片大红的喜庆之中，到处张灯结彩，红灯笼、红窗花、红地毯、红绣球。爸让厨子给宅子的上上下下连同所有的仆人都准备了丰盛的菜肴，红烧乳猪、发菜炖大圆蹄、白切鸡、酱油鸡、酿三宝、凤凰投胎汤……大家都喜气洋洋的。

我穿上红色的婚服，红色的鞋子，盖上头盖，坐在房间里，听着外面的鞭炮声响起，还有迎亲队伍的鼓乐声和喧哗嬉笑声。然后，陈曦进屋来了，把我抱上轿子，抬到他的家里。

应布良呢？他在哪里？他知道我和陈曦在一起了，他一定会很难过的。

陈曦对我很温柔。红色的蜡烛在洞房里默默地流着眼泪。在影影绰绰的烛光里，我呆滞地看着陈曦，他在冲我微笑，充满着柔情蜜意。他喝了酒，脸很红，一股呛鼻的酒味。他竟然似乎也有几分腼腆起来。恍惚中，他的脸好像变成了应布良的脸。我揉了揉眼睛。陈曦的脸随着烛光一起闪动，变得越来越迷糊，越来越不清晰。我的意识里掠过碧蓝湖水里小应子的倒影，随着微波轻轻晃动的倒影。

陈曦拉过我的手，他的手心是烫的。他轻轻地吻我。可是我的心里、脑海里全是应布良的影子，铺天盖地，蒙住了我的双眼。陈曦的抚摸和应布良一样那么温柔，我闭上眼睛，仿佛应布良就在我的身边，我又感觉到了小应子的心跳，他的呼吸，他的味道。陈曦消失了，只剩下小应子。整个世界只有我和小应子两个人，就好像那个明媚的夏日的午后，在不老泉的潭水里一样。

深夜，陈曦沉沉地睡去了。我依旧无眠。我坐起来披了衣服独自下床。月光清冷，夜凉如水，刺骨地寒冷。疼痛还没有消退。我倚着窗坐着，默默地哭起来。我的心更痛，痛得就好像被刀子剜去了心，只剩下一个空洞在。

窗户外对着黑黝黝的群山，在月光下好像野兽的背脊似的。我努力地回忆我和小应子在一起的一切，记忆好像鸦片，带给我片刻的安慰。我靠着回忆噬舔着伤口。

我记得那天下过雨，大街小巷都湿漉漉的，我和小应子沿着巷子一直走啊走，他牵着我的手。墙角边的野草轻轻地拂过我的脚踝，野菊花小心地探出来。一个老伯在街边在红色的纸上写着喜庆的大字。紫荆花被雨水打落了一地。

还有，那个冬夜，小应子在野地里挖了个洞，生了火，把番薯丢进去烤。天气好冷，我打了个哆嗦，小应子把他的旧棉袄脱下来披在我身上。我还笑他的棉袄打满了补丁。可是这打满补丁的棉袄却补上了我内心的孤独。我不再觉得寂寥。

还有还有，他为我雕了厚厚的一摞皮影，装在一个大大的木箱子里。我告诉他我喜欢的戏目、喜欢的人物，他就开始雕，他要把所有我喜欢的都雕好。我说我晚上睡不着觉喜欢听故事，他说好，以后我睡不着他就架起皮影给我讲故事。他在我的楼下演皮影，我在楼上看。夜色中的皮影在煤油灯的火光下透着迷离的光，皮影小人儿灵动起来，好像是一个一个的精灵。他们猜透了我心中所想，传递了我和小应子之间还没有说出来的思念和爱恋。

三朝回门。在陈曦家待了三天，就要回娘家住一晚。这天起来梳洗好，拜见了公婆正准备出行，小英神色慌张地给我递来一张字条。我打开一看，是应布良写的。

“坐稳马车，我会在东桥后的山荫道把你抢过来。”

第七节　抢新娘

我和陈曦坐上了马车，马在山坡上悠哉地踏着马蹄，两三个仆人挑了几担子的礼品，小英也在后面跟着。

陈曦心情很好的样子，他打开折扇，一边扇扇子一边哼着歌。他的一只手环过来搭在我的肩膀上。

我看看走在后面的小英，她也一脸担忧的样子，我和她心照不宣地使眼色。

马车过了东桥，进了山荫道。山荫道静谧得很，马蹄声惊动了鸟儿，鸟群哗地一下从树丛里四散开来。

我紧紧地抓住座椅旁的扶手，四处张望。林子里静悄悄的，没有一丝一毫的动静。

猛然间，树林里一阵窸窸窣窣的乱响，接着是狗的叫声，我的心吊到了嗓子眼儿，我紧张得几乎要跳下马车。

只见一只野狗狂吠着奔下山来，被赶马车的仆人喝退。

“别怕，这条路很安全的。”陈曦握住我的手说，“你的脸色怎么这么青？昨天晚上没睡好吗？”

“嗯……”我心不在焉。

“这几天在新家睡不好吗？慢慢就会适应啦！”陈曦还在继续说，“紫琳夫人！”他还在笑嘻嘻地开着玩笑，对即将要发生的一切毫不知情。

我有一搭没一搭地应付着陈曦的话，颠来倒去也不知道说了些什么，陈曦说来说去的无非是早餐的奶黄包很甜，皮蛋瘦肉粥太稀了，问我觉得他家的厨子做得好还是我家的厨子做得好。然后又说省城有家茶楼很大，可以一边喝茶一边看粤剧，名角每天都在那儿演出。他还问我想去哪里度蜜月。

他声音只是在我的耳边回旋着，没有进入我的脑子里。我紧张的是应布良。已经过了东桥好远了，怎么应布良还没来呢？一个马车夫加两个挑担子的男仆，再加上陈曦，应布良一个人能对付得了这么多人吗？我不希望应布良受伤，他前几天刚被爸放出来的狗咬了，不知道现在伤口好了没有。我要叫陈曦不要伤害应布良。可是，就算应布良来到，我已经为人妻了，我也不可以随随便便就这样和应布良走的，我还要顾及我爸的颜面。我在想着，应布良出现的时候，我该怎么面对他，怎么和他解释这一切，怎么告诉他我的心情。我的心忐忑不安，几乎要从胸膛里跳出来。

忽然，噼里啪啦的鞭炮声穿透耳膜，抬头一看，一串鞭炮从天而降，跌落下来，马受到惊吓四脚乱跳，马车东摇西晃。陈曦还在兴高采烈地说话，还没反应过来，没有坐稳，翻下了马车，滚出了好几米远。大家都吓坏了，仆人们赶紧丢下担子跑过去。马还在嘶鸣着，蹬着腿，前腿翘得老高。马车夫用鞭子使劲地抽着马背。好不容易把马停下来。我也吓坏了，正准备跳下马车，说时迟那时快，应布良唰的一下从隐蔽的树林里冲过来，把马车夫从马背上推翻在地，马车夫甚至还没来得及喊一声，应布良已经跨上了马背，“坐稳了！”他大声对我喊道，接着就驾着马车拉着我扬长而去。

走了好长一段路，我才惊魂甫定。

“你要带我去哪儿？”我问应布良。

“到郊岭山脚下的一个村子里。”应布良边赶着马车边说。

“不，我不能跟你走，我爸怎么办？还有陈曦，他摔伤了。”我着急了。

“你想着陈曦吗？”应布良问我，挥鞭慢了下来。

“不是。”

应布良把马车停下。

“你想回去，现在还来得及。”他说。

我不知道怎么回答他。

“琳儿，只要你坚持，你爸一定会同意我们在一起的。先和我在一起，过一阵，我去你爸那儿和他说，我会求他让我们在一起的。”应布良道。

“我怕他伤心。”

“真是你爸的小棉袄。”应布良道，“你决定吧！我听你的。无论你做出怎样的决定，我都会一直在你身边，不会离开，也不会放弃。”

我看着他的眼睛，他的眼神带着桀骜不驯的坚定。比起陈曦，更带有魄力和强悍的坚持。只要看着他的眼睛，我就会充满了冒险前进的力量。内心的纠结、疑虑和不安，都在他的注视下消匿。我不想离开他。我没有办法欺骗自己的内心，小应子是我内心最深处的渴望和依恋，我爱的人是他。我只想和自己爱的人在一起。

“我跟你走！”

“好！”应布良笑起来，他马鞭一挥，又继续飞快地赶路了。

“新家是怎样的呢？”我问道。

“我都布置好了，你到了就知道了，我里里外外都打扫干净了。”应布良道，“比较简陋，门前有一棵很大很高的紫荆树。”

“紫荆树，我喜欢！”

“我会敲大鼓说书挣钱，一个人演不了皮影戏。我就会讲故事。”应布良道，“村子里的人要把货运到城里，我会赶马车，也可以挣钱。你每天就在家里等我回来。”

“好。”我在想象着未来的日子，“我要做饭吗？”我问。

“假如你想做，我也很想吃你做的饭。”应布良打趣道。

“听说男人都喜欢会做得一手好菜的妻子。”

“这你也知道？我以为你们大小姐都是不知道的呢。”

“我是听小英说的啦。”我道，“可惜小英不能一起跟来。”

“你想小英啦？要不要我再去把小英抢过来？”应布良逗我。

“我怕你又把人给弄伤了。”

“你怎么总想着陈曦？”应布良道，似乎有点不高兴。

“你吃醋了？”

“没有的事。见到我吃醋你就开心了？”

“对啊，我喜欢看你吃醋。”我故意说道。

应布良笑了。

路途颠簸，可是我却一点没有疲累之感。天边出现了云霞，红中带紫，好像一位天才画家随意抹上的几笔油彩。晚风吹拂着，风之手抚平了我的忐忑。我还是担心爸，知道我被抢走了，他会很生气很难过的，到了应布良那里，我得赶紧给爸写封信。陈曦的伤不知道怎样了，我要叫小英偷偷替我去看看他，我觉得很对不住陈曦，不知道怎么去弥补。

马车终于驶到了目的地。应布良扶着我下马车。一间矮矮的平房，风里是紫荆花的气息。那是我和小应子的新家。

第六章　私奔

第一节 风的呼啸

和应布良一起生活，开始简单而宁静。

应布良要外出做工，我让他先别去，马车上还放着很多银两，足够我们花销好一阵。我希望他多点时间陪我。但是应布良不愿意这样，他说他白天出去，晚上会早点回来陪我。

他不在的时光很是无聊，漫漫长日，对着空空的墙壁，看着太阳的光线在墙上移动。然后在屋子里百无聊赖地走来走去，走出乡间小道，采几朵野花和狗尾草编成花冠的模样，对着村口眺望，远远地出现一个人影，定睛一看不是应布良，心里又有些小小失落，只是巴望着他快点回来。

屋子里还是有些角落隐藏着蜘蛛网和灰尘，我到村子里花钱请了村姑来打扫收拾，又问得她村子里哪家人做饭最好吃，每天就让他们给我做好了想吃的饭菜送过来。反正多给他们一点钱，他们都很乐意这样。

村民们很会用荔枝木烤土窑烧鸡。荔枝木在窑洞里烧红了，把涂上了各种佐料的鸡包起来，然后放进洞里烤，烤好了，打开荷叶，汁水裹在里头，清香扑鼻。我和应布良都好喜欢吃，每次都吃下一整只大烧鸡。

我给爸写信，我只想求得他的原谅。我让村民代我送信给爸。爸收到了信后没有回复我。

我又让村民捎信给小英，告诉她我一切都好，勿挂念，又问爸怎样了。小英捎回信来道，爸很生气，他很恼火我这么做，让他很失礼陈家。他已经和陈家说他决定和我断绝父女关系，不再管我了。

本来还想写信给陈曦的，后来提起笔，却不知道该对他说些什么，现在对他说什么都没用，亏欠了人家的始终是亏欠的。

应布良安慰我道，一切都会过去，等事情平息了，他再和我一起去找爸。

应布良弄来了一把猎枪，带着我上郊岭打猎。郊岭上有一种鸟，体型巨大，有着尖尖勾勾的喙，肉质结实而香滑。偶尔还会碰到野山猪。应布良很能狩猎，打下来的猎物，两个人吃不完，卖给了村民。

我喜欢坐在马背上，搂着应布良的腰，他策马驰骋在山道中，听着山间的狂风和马的嘶鸣在耳边呼啸。郊岭千百年浓密的古林，孕育着某种强大而邪恶的力量，沉沉地埋在山林里，在泥土中，只等待着魔咒去将他唤醒。这股力量好似大海的漩涡，把周边的一切都卷进它的黑洞里，狂野地咆哮着。

应布良教我骑马。他说要让野马驯服，要亦刚亦柔。要顺着它的性子，但有时也要对它蛮横。它会臣服于比它更强悍更具野性的。

应布良说："你要找到骑马的感觉，在山风里呼啸的感觉。"

我要的正是这一种感觉，感觉风的呼啸，就好像你来到一样。

我晚上常常失眠，思虑过多，想家。应布良会带我到山里去看月光。月光如同仙女的薄纱，皎洁得透明水亮，美得直戳到心里去。

在山脚的密丛里，应布良好像一匹野马，他把我的身体掳走，把我的心也掳走。他时而温柔时而粗暴，让人捉摸不定。好像是一阵狂暴的激情，我身上的每一寸肌肤都在他炽热而浓烈的热吻下融化，每一根神经末梢都在战栗。我掉进了黑色的巨大旋涡里，几乎死掉，意识飘离了身体。而当我的意识再次渐渐苏醒，我好像置身于浩瀚的大海中，身体随着深蓝色的水波荡漾。

风的呼啸从未停止。暗涌的山海的波涛里，我又听到了他的声音。

呼啸来自莫名的远方。从四面八方灌入，让人在狂风中迷失了方向，就好像是一股从广袤无垠的原野吹过来的飓风，可是来到了密林中，却被高大的古木拦截下来，减弱了风势，而只能被拘囿着，在树墙中左冲右撞，咆哮着，寻找着出口。

呼啸的山风似乎穿过了我的身体，进入我的体内。我在风里膨胀，野性的欲望撩拨着我的心脏。心脏被飓风撕扯着，碎成一片一片，然后又复原。血液在体内汩汩地翻滚着，好像黑色的大河。

你就是呼啸的山风。

应布良告诉我，他听说过他的家乡，尽管他从来没有回去过。那是一片黑色的原野，沼泽遍布，黑紫色的野花一丛一丛，发了疯似的延伸着，直到天边的尽头。秃鹰在黑蓝色的天际盘旋鸣叫。风呼啸着，在原野上，好像野马，把一切都翻卷起来，怒吼着，驰骋着。他说他想回去。他骨子里流淌着黑色的血液，那是他们宗族的烙痕。

他忧郁起来。他背对着我坐着，月光打在他健壮的背脊上。

我趴在他的背上。

“怎么啦？”我问他。

“没什么。”

“你在想心事。”

“我想你完全属于我。”应布良道。

“我现在就是属于你的，完完全全。”我搂着他在他耳边说道。

“还有陈曦。”

“我不爱他。”

“可是为什么，你也能接受他？”应布良转过身凝视着我，他脸上是痛苦的表情。

我不知道怎么回答他，只是紧紧地搂着他。

“你的心里是不是还有陈曦？”应布良又问我。

“没有，你要相信我。”

“那天在茶楼，我看到陈曦和你，不知为什么，总觉得你们两个有种东西很像，是我插不进去的。”

“你太敏感了。”我道，“我已经连自己爸的话都不听了，和你来了这里，你怎么还不相信我呢？”

“希望是我想多了。”应布良道。他深深地吻我。他的吻激烈而钝重，带着肆无忌惮的占有，让人窒息。

“琳儿，我会努力让你幸福的。”应布良道。

“这话你已经说过很多遍啦！”我调侃道。

“我是认真的，我真的是这么想的。”应布良说，“我会努力挣钱，然后我们盖一座房子，养几匹马和几只大狗。”

“我会给你生孩子，有男孩也有女孩，看着他们长大。”我说。

“然后再看着他们又成亲生子，我们都抱上了孙子。”应布良笑道。

“一群的小娃娃围在我们的脚边。”我也笑了。我们都在勾画着未来。闭上眼睛，我在想着我和他的未来，也许那时我和他都已经头发斑白。我把发髻梳得一丝不乱，静静地在院子里刺绣染布。他呢，就在一边抽着大烟，逗着孙子孙女玩。

我们一点都没有睡意。应布良带我到了山巅上，俯视着脚下黑暗的密丛，月亮在头顶上硕大无比。在这里，只有我和他两个人的秘密，我们两个人的黑暗的恬不知耻的欲望，以及我们烂漫而美好的幸福的以后。

第二节　间隙

马车上的银圆不久就花光了。应布良给一个老板运货，运了两个月，老板人跑了，工钱还没给。村子里的人似乎对打鼓说书没什么兴趣。应布良没有什么积蓄，日子变得拮据起来。

村民喜欢到屋外墙脚挖野菜，我跟着他们一起去找马齿苋、老鼠耳，回家下点盐煮了吃。我不会生火，每次都弄得灰头土脸的，半天才点着。有一次，天气潮湿，总是生不了火，我郁闷得直接把一盆水洒在柴堆上，破罐破摔，发柴堆的脾气。应布良回来见到，有点气恼，但也没说什么，只得耐着性子收拾残局。

他说他又找了个运货的差事，这次的这个老板店面较大，有口碑，应该不会卷铺盖走人。他说我应该好好学一下怎么持家。

没有钱雇村民打扫和做饭，屋子里乱得一团糟。每天打扫、挖野菜、做饭、洗衣服，真是一件挺累人的事情。尤其是看到怎么扫也扫不干净的蟑螂屎，野菜上可怕的虫，让我很难受。我很想回家，很想在窗明几净散发着玫瑰香味的闺房里静静地看书。而现在琐碎的事情纷至沓来，让人心情很糟糕。

这天我想到外面走走，想到山上去看月光，但是应布良回来一脸疲累的样子，对此并没有兴致。

一夜无语。我们背对着背睡下。

我没有睡着，似乎听到墙脚有窸窸窣窣的响动。我转身想去看，只见一个黑乎乎的影子吱吱地叫着倏地蹦到了床上，是老鼠！我尖叫起来。老鼠倏的一声溜走了。

“怎么回事？”应布良赶紧爬起来护着我，“别怕有我在！”

“老鼠爬到床上了。”

“没事，它走了，继续睡觉吧。”应布良道。

“床都被弄脏了，怎么睡？”

“就这样睡啊。”应布良用手拍拍老鼠爬过的地方，“行了，给你拍干净了。”

“我睡不了。”我爬起来。

“你不睡这儿睡哪儿？”

“得洗干净才能睡。”

“那你自己洗吧！”应布良不耐烦了，他躺在床上不再吭声。

“你怎么这样？”我不喜欢他这种态度。

“小姐，我明天还要早起运货。”应布良道。

我也生气了。我跑出屋外。应布良并没有跟上来。

以前他不是这样的，以前我只要一生气他就忙不迭地赔礼道歉，假如我一跑，他一定会在后面拼命地追上来抓住我，可是现在他居然对我不闻不问，深夜跑出去，他也一点不担心我，毫不在意。

我越想越伤心，坐在屋外的树下，哭了整整一夜。

第二天一早，应布良起来，见到我，也没说什么，就急匆匆地出门了。

我回到屋里，看了看我的脸，眼睛肿肿的。

我把床上的竹席卷起来，想拖到河边去洗，可是昨夜没睡，早上一点东西也没有吃，很乏力，才把席子拖出去几步，就头晕起来。

我闭着眼睛揉揉太阳穴，忽然感觉右手的席子轻了起来，有人帮我抬起了席子。

我一看，竟是陈曦。

“你要把席子抬去哪里？”陈曦问道。

“嗯……去河边洗洗。”在这个时候见到陈曦，我不自然起来。

“来，我帮你吧！”陈曦说着便抬了席子就走。

我在后面跟着。他回过头来看看我，说道：“你瘦了，脸色不太好，你过得好吗？”

“还好。”我道。

到了河边，陈曦把席子放下，我便挽起衣袖和裤腿搓洗。

“没有雇仆人帮你吗？”陈曦问。

“没有钱雇。”

陈曦叹了口气。他也把裤腿和衣袖挽起了，和我一起搓席子。他和我一样也从来没干过这活，毛手毛脚的。

“等我来吧！你休息一会儿。”陈曦道。

“谢谢！”我说，“其实我觉得我很对不起你。”

“没什么对不起的。”陈曦低着头道，“我真的很想问问，我哪里比不上应布良？”

“你很好，没有谁好谁不好的。”

“你很喜欢他吧？为他熬苦日子也愿意。要是有个女子肯这样为我，我此生无憾了。”

“会有这样的女子的，你那么好。”

陈曦摇摇头：“若是真好，你就不会离开我了。”

竹席搓洗干净了，陈曦又把席子抬回去。他的衣服都弄湿了。

陈曦进了门，环顾四周，道：“你住得惯吗？要不要让人来打扫收拾、添置些家具之类的？”

“不用了，谢谢！”

“你怎么这么见外？”陈曦道，“你现在还是我的妻子，明媒正娶的。”

陈曦又掏出了钱给我：“拿去吧！需要什么尽管说。”

我想推辞，可是他硬把钱塞到我手里。我只得收下，因为我也确实很需要钱。

陈曦给了我一大笔钱，足够我把整个家重新布置。桌凳太旧了，颓圮发霉，我让人把桌凳全搬出去扔了，换上了全新的，还买了瓷器，插上鲜花。窗帘也全部换掉，换成了素雅的淡绿色。我让村民做了丰盛的晚餐，有土窑烧鸡、鹧鸪饭、乌鸡汤。忙碌了一整天，但看到焕然一新的小宅，心里也舒坦。

夜幕降临，我点燃了蜡烛，等着应布良回来。

我走到紫荆树下，微风轻轻地飘过，红色的烛光从窗户里隐隐地透出来。我踮起脚尖借着朦胧的月色张望着，终于看到了应布良黑黑的身影出现了。

一见到他，我就拉着他的手道：“这么晚才回来，有惊喜噢！”

“什么惊喜呢？”应布良疑惑。

我愉快地拉着他进了门：“看！是不是很惊喜？”

应布良愣在门口瞪大眼睛。

“你看，这窗帘的花色漂不漂亮？”我摇着他的手臂道，“今晚有乌鸡汤和鹧鸪饭哦，我们好久好久都没有吃过了啊，喜不喜欢？”

“这些哪儿来的？”应布良问。

“买的啊。”

“你哪儿来的钱？”

“是……爸给的。”我支支吾吾。

“你爸不是不理你了吗？”他问，“难道他今天来了？”

“嗯……”我的声音低得自己都听不见。

“你骗我。”应布良神情严峻，“是陈曦吧？”

我没有吭声。

“难道你爸会随身带着这把折扇吗？”应布良拿起桌子上的折扇道。我一直都没有发现，陈曦把他随身带的扇子落在这里了，扇子上还写着他的名字。

“你为什么要拿他的钱？你是不是打算跟他走？”应布良强忍着愤怒。

“不是不是！”我赶紧说，“没钱了，先借他的，以后会还给他的。”

“不可以要他的东西！”应布良发怒了，他把桌子上的菜肴使劲地扫，全部扫翻在地。锅碗瓢盆哐啷哐啷地打碎。汤水溅到了我的身上。我缩在墙角哭起来。

应布良沉默了一会儿。他又走到我这儿，搂着我，柔声道：“别哭了，别哭了，是我不好，一下子火气太大。”

我还是继续哭着。

应布良把我搂进他的怀里：“是我该死。我说过我会让你幸福的，你要给我时间。”

我哭着点点头。

泪眼迷蒙中，烛光似乎又蒙上了一层昏昏的薄纱，在墙壁上投下阴影。幸福就好像是黑暗中的烛火，如此飘忽不定，难以捕捉。

第三节　度日

半夜迷迷糊糊醒来，听见有轻微的响动，应布良在打扫收拾着地上的碎碗和菜肴。他见我醒了，便道：“睡吧！”

太累了，我一合眼，又睡了过去。醒来日头高照，应布良已经出门了。他留下了几个铜板在桌面上。我向村民买了几个馒头充饥。

回到家门口，见陈曦又站在那棵紫荆树下。

“紫琳，你今天好吗？”陈曦一见我便跑上前来。

“还好。你的扇子忘了带走了。”我道。

“噢！”陈曦一拍脑袋，“是啊，记性差，老了，成老懵懂了。”

“你这样子还说自己老呀？”我觉得好笑，陈曦说话总是那么俏皮。

“是呀。你走了以后，我就老了。”

“陈曦。”不知怎么，我忽然忧伤起来，“不要再来看我了，我亏欠你的够多了。”

“不，我希望你亏欠我更多。我一直都放不下你。”陈曦动情地说。

“唉，你总是来，应布良会不高兴的。”我叹口气道。

“好吧。”陈曦道，他神情黯淡，“那我以后不来了。你心里只有应布良。”

陈曦走了。我倚着树望着他远去的背影，心里竟有几分寥落。掐指一算，我也有三个月没有回过家了。不知道家里的那只金丝雀和鹦鹉怎样了，小英有没有喂好它们。还有那只慵懒的波斯猫，我不在它还习惯吗？

我最想念的还是爸。我的手腕上还戴着沉香手串。这是爸给我的。这手串价格不菲，世上难以找到如此色泽和花纹的手串，而且气味也独特得很。这是我现在身上最值钱的东西了。

晚上应布良回来，难得带回了一只烧鹅和一壶酒。他说，今天发了工钱，庆贺一下。

但我却没有胃口，郁郁寡欢。

“怎么了？”应布良觉察到我心情不好。

“吃不下。”

“吃吧，难得吃一餐好的。”

“不想吃。”我道，屋里空气憋闷，我起身到屋外的紫荆树下站着。秋风飒飒，天气转凉了。南方沿海的秋天总是特别短暂，冬天很快就要来临。没有带冬衣棉鞋出门，我和应布良也没有棉被，得省吃俭用攒下钱来买。只有两套换洗衣服，洗了穿穿了洗，去野外挖野菜，很快就磨旧了，也没有钱去定做新的，而且村子里也没有像样的裁缝。

应布良独自一人在屋里吃着烧鹅喝着酒，闷头不语。

又是相对无言的一夜。

日子一天一天变得愈发单调而乏味。

村子里的妇女在做香包刺绣，卖到城里去。我也和她们一起做起来，补贴家用。

这天下午，我挽着个蓬松的发髻，穿着旧旧的脱线的大襟衫坐在家门前绣香包，却见到小英来了。

“小姐！”小英见到我激动地说，“你还好吗？”

“小英！”我丢下针线跑过去，握住小英的手。

“小姐，老爷其实很想你，希望你回去。”小英道，“你在信里没有告诉我你住在哪里，是陈曦少爷叫我过来看你的，你和应布良走了以后，陈曦少爷发了疯似的让人到处去打听到处去找你。”

“我现在已经回不去了。”

“不，小姐可以回去，回去和陈曦少爷在一起，老爷也希望你这样。”

“可是应布良呢？”

“唉。”小英道，“小姐放不下的是应布良啊。”

“我和应布良一起回去，爸会接受我和应布良吗？”

“我觉得老爷是不会接受应布良的。”

“那我再等等。”

“小姐，陈曦少爷说，他会一直等你，等你回心转意。”

我沉默不语。

“小姐，这是我给你带的衣服和鞋袜。”小英把一个包袱递给我，“小姐还要什么东西吗？我给你带来。”

“带个棉被过来吧！”我道，“还有，有没有适合应布良穿的冬衣，也带几件来吧。”

“好的！”小英又回去了。

见到小英，心情好了许多，好久都没有知心人说体己话了。

第二天小英就把衣物带给我了，她还拿了钱过来，说是陈曦给的，我叫小英退回去。

“小姐，你就先拿着吧，有几个钱在身上以备不时之需，万一急用呢。不要给应布良知道就好。”小英说。

小英说的也有道理，我就把钱收起来了。

晚上应布良回来，看到了新的衣服。

“这是我让小英拿来的。”我道。

“哦。”应布良闷声道，似乎并不太高兴。

“自己家拿来的也不行吗？”我也不悦了，应布良总是这么一副苦瓜脸。

“总用你们家的东西，我会一辈子都抬不起头。”应布良忽然又激动起来。

“你又说到哪儿去了？”我不明白应布良为什么总是这么敏感。

“我会挣钱，然后拿着钱去你家风风光光地提亲。”

“等你挣钱，不知等到何年何月。”

“你就这么小看我？”

“不是小看，这是事实，你为什么就这么不切实际，你说的未来会很好之类的话，我已经看淡了，不再去想了。”和应布良吵架，我觉得很疲累，“只有回家才会好。”

“那你就回去找你的陈曦少爷去吧！”应布良吼道，他从脸到脖子都红了。

“你竟然吼我？”我撕心裂肺地啜泣，“我什么时候说我要去找陈曦了？我只是说我想回家！”

应布良不语，只是低头生闷气，也没有安慰我。

哭了不知多久，我也哭累了，我抹干眼泪，又去做野菜饭了。和应布良吵架已经不知道是多少次了。吵归吵，吵完了肚子饿还得吃饭。

我们什么话也没说。以前的卿卿我我甜言蜜语似乎已经很遥远。每次吵完架我们都没有话说了。屋子里安静得就好像两个幽灵在生活。

接下来的几日，应布良都没有在家里吃饭，他在老板那里和伙计一起吃了晚饭才回来。有时候他会打包回咸蛋、艾草饼之类的东西，他说那是老板娘给他的。

应布良好像变得开朗了些，会给我说些他在老板那里干活的趣事。

他好像对他的老板娘很是欣赏。他说她很精明能干，生得一对丹凤眼，水蛇腰，老板对她是又爱又怕，家里是妻管严。她也特别会做饭，做得菜色香味俱全。

“什么时候你也能做得这么好吃的饭菜，我就幸福了。”应布良道。

“你不在家吃饭就是嫌我做得不好吃？”我心里酸酸的。

“不是，是那边的活儿多，在那里吃完了再继续干活。”

“你不是运货吗？”

“现在老板那里还要人打杂、清点货物之类的，我运完货去帮忙，又多了点工钱。”

“老板娘很漂亮吗？”

“是的。”我发现一提起老板娘，应布良似乎眉头舒展开了，“她和伙计闹成一片，一些伙计还拿她开玩笑，她就假装生气说要老板炒掉他们。”

“她有我漂亮吗？”

“不同类型，怎么比呢。”应布良道。

“就是说她比我漂亮了？”

“不是不是，当然是你漂亮，你吃醋了吗？”应布良嘿嘿地笑起来。

“才没有呢。”我嘴上硬着。

应布良回来得越来越晚，有时候我已经上床睡觉了，他才回来。我一个人孤零零地静听着屋外面的风吹落紫荆花瓣的声音，听着时间一分一秒地过去，直到听见他轻手轻脚地推开门进来。我躺在床上睡不着，脑子里却总是在构想着应布良说的那个老板娘。我在想：应布良在干活时是不是和她一直在说话？他们一直在很开心地调笑吗？我越想越乱，总是止不住地猜疑。

有时候我故意使性子找碴儿，可是应布良似乎不再那么较真地和我吵架了，他就说我像个小孩子，长不大的小孩子。

我却越发寂寞起来。

第四节　旗袍

白天，应布良出去了，漫长的一整天只有我一个人，刺绣累了，倚着门口站着，似乎在等待着什么，可是我知道，我什么也不会等到，应布良不会在白天回来。

我看看我旧日的衣服，好久都没做新的衣裳了，不知道现在省城的女子流行怎样的款式。应布良会不会看腻了我成天灰头土脸的样子呢？我是不是应该好好打扮一下？我想起了陈曦托小英给我的那笔钱。或许我可以到省城去找个裁缝做件好看的旗袍，再让理发师傅给我弄个头发。

我雇了马车到了省城。好久都没有到闹市区了，竟有眼花缭乱之感。街上的少女电着卷卷的洋妞似的蓬松的头发，穿着收腰的旗袍，顾盼生姿。

我到了那家熟悉的旗袍店。想起许久以前，下着雨，应布良在这里把伞一丢就噔噔地跑走的样子，心里有些寥落。

我让师傅给我量身定做旗袍，师傅说要一个星期后才能做好，刚好店里有一件成衣，尺码挺适合我的，是淡紫的颜色，优雅中透着冷艳。我就把这件拿走了，省得过一个星期再往省城跑一趟。我在店里换下了旧衣服，穿着新旗袍走，在省城的街上不好意思再穿着过时的衣服。

电头发用了差不多一个下午，弄了个洋味十足的圆柱形公主卷发。对着镜子照着，感觉挺满意的。

坐着马车匆匆回到郊岭乡下的家，天色晚了，应布良已经在家里。

“你到哪儿去了？这么晚才回来。我都急死了，还以为你出什么事了。”应布良一听到马车声就跑出来，他见到我的新造型，嘴巴张得老大，“你……做了头发？”

“怎么样？好看吗？是不是很洋气？”我在应布良面前转了一圈。

“你去哪儿弄的？”

“我……去了趟省城。”

“弄了多少钱？”

“你就别管了。”

“哪儿来的钱？”应布良继续追问。

“是小英带来的。”

“小英哪儿来的钱？”

“你怎么问这么多啊？”我也不耐烦了。应布良怎么总这么小家子气。我还以为应布良会很喜欢我的新造型。但他关心的重点都不在我身上。

“这件旗袍太妖艳了。”应布良道。

“这是最新的款式，省城的女子都这么穿，你眼光也太土了。”

“你忽然间穿成这样，你是要去见谁？”

“……”我无话可说，“我只是换件新旗袍，有必要这么敏感吗？而且，你还不是天天去见你的那个老板娘。”

“她是我老板娘，你想到哪里去！”

“为什么你那么喜欢提起她，提起她就那么高兴，你是不是觉得我不如她？”我把积郁在心里的话都泼出来。

“根本没有的事，随便你怎么想。”应布良道，“我不想再和你吵架，我已经吵到疲软了。”

我哭起来。

应布良独自走到门外，蹲在树下大口大口地喝着二锅头。

忽然有马车赶来，停在门前。

赶马的伙计一看应布良便焦急地说道：“应哥，老板娘那里出了急事，要你马上过去帮忙。”

“哦？什么事呢？”

“快！先上马车，上来再说！”伙计道。

“好！”应布良跨上马车。伙计赶着马车绝尘而去。

都已经是深夜了，会是什么事情呢？老板娘一句话就把应布良叫走了吗？我越想心里越不安，感到很委屈，眼泪挂在脸颊上，湿了干，干了湿，一夜无眠，睁眼到天亮。

第二天天还蒙蒙亮，我就跑到赶马车的村民那里，问他知不知道何氏山货在哪儿，让他带我去。我要亲自跑到老板娘那里，看看到底是怎么一回事。

马车一路颠簸，在山路上踉踉跄跄地前行着。

“太太，今天一大早就出门，有什么急事呢？”赶马车的村民问我。

“听说昨晚何氏山货出了事，我丈夫是那里的伙计。”我道。

“哦。是不是山贼？”村民道。

“山贼？我也不清楚到底发生什么事了呢。”

“最近这一带山贼总来抢东西，抢东西就算了，还打伤人，放火烧。”

“这么猖狂？那运货岂不是很危险吗？”我担心应布良。

“嗯，运货是很危险的，搞不好人财两空。”村民道，“何氏山货在这里头是最大的了，以前我也去运过货。”

“哦，那你认识那里的老板娘吗？”我想打探一下消息。

“认识，当然认识啊。”

“那个老板娘是怎样的呢？”

“挺好的。”

“大家都喜欢她？”我问。

“呵呵，太太你这话说的，那个老板娘可泼辣了，做起事来爽快，比得上男人啊。”村民赞许地说，“老板经常不在店里，全靠老板娘一人周转。不过呢，那老板娘有时候挺骚的。”村民嘿嘿地笑了笑，“这话你可千万别说出去哦。”

“哦。”我听了心里不是滋味。他说她骚，她对应布良也是如此施展她的魅惑吗？

到了何氏山货，只见大门敞开，被踢烂了一边，地上还残留着一些碎裂的瓷器之类，还有一大摊血迹。我见了吓得捂着眼睛不敢看。

“应该是山贼。”村民道。

我让村民在门口等我，我进去看看。

我踩着碎瓦砾和满地的狼藉之物走进宅子，屋子里还残留着烧焦的味道，只见货仓的墙壁被烧得黑糊糊的一片。

我走到院子里，见到了应布良的身影，他背对着我，并没有觉察到我来了。他的身边是一个女子，她的头上缠着绷带，头靠在应布良的肩膀上。应布良扶着她。他们贴得那么近，俨然夫妻的样子。

我的头眩晕，心脏几乎要从胸膛里跳出来，我的呼吸变得困难，神经一根一根地从体内凸出来，要崩溃掉的感觉。

我没有说话。我转身快步地走了。身体好像都不是自己的，整个人轻飘飘的。

我跌坐在马车上，让村民赶回家去。

“这么快就出来了？太太，你没事吧？里面怎么了？”村民问。

“没有事，里面一切都好。”我漠然地回答。

“那就好，你就别担心了。”村民道。

回到家里，我径自收拾好包袱，发现包袱好小的一个，我没多少衣物在这里。身上还穿着昨天那件紫色的旗袍，沾上了黑色的点点污渍。我环顾四周，桌子上的蜡烛烧了一半，流下的白蜡干在那里，像凝固了的白色泪痕。这蜡烛还是用陈曦给的钱买的。

门前的那棵紫荆树还在飘着花瓣。我的心好痛，眼泪好像从心脏绞出来似的，一滴滴都是锥心的痛。

我坐上了回张府的马车。

第五节　回家

马车在家的大门口停下，仆人见到我，都激动地大声喊起来：“小姐回来了！小姐回来了！”

爸一听到声音，马上拄着拐杖快步走出来。他见到我，竟然高兴得流出了眼泪。他的头发白了许多。

“傻囡，爸一时生气叫你不要回来，你就真的这么久一点音信都没有，你不知道我有多担心！”

“爸，我以后不再惹你生气了。”我搂着爸，也哭了。

“好了好了，回来就好，那个应布良呢？”爸问道。

“我不再理他了。”

“你能想通就好。”爸说，“先进去洗个澡吃点东西，你瘦了，憔悴了。”

小英给我准备好换洗的衣服，铺好床单和被子，还给我煮了一碗莲子百合红枣羹。

屋子里的东西都没有变，所有的一切都和离开的时候一模一样。感觉时间就在宅子里停滞了，迂回流转，都流不出去。花园里的那条锦屏藤在秋风中摆动，倒是增添了萧索荒凉之感。

还是会想起应布良，心痛还没退去。

“小姐，回来就好啦！”小英道，“老爷这几日病了，旧患发作。”

“我不再走了，要好好孝敬爸。”我感到很愧疚。

“老爷见到小姐回来，整个人都精神了。”小英说，“还有陈曦少爷，他总是向我问起你的消息。”

“陈曦现在怎样了？”我问。

“他啊，害了相思病，听说都喝醉了几次，也不注意形象了，胡子拉碴的。小姐回来，他一定很开心。”

“我现在也不好再去找人家了。”

“怎么会？陈曦少爷巴不得小姐回来呢，他一定会不计前嫌的。”小英道，“只是，小姐，你和应布良到底发生什么事情啦？”

“他和他店里的老板娘很亲密。”一想到这个，我就难过得要命。

“应布良他竟然这样？”小英很惊讶，“真看不出啊！”

“我是亲眼看见的。”

“小姐，你没弄错吗？我觉得他应该不是这样的人啊。”小英道。

“没有，没有弄错。”

“唉。”小英叹口气，“小姐，你先别多想了，休息一会儿吧。我出去把你回来的消息告诉陈曦少爷去。”

“你这么急着告诉他吗？”

“不是我急，而是陈曦少爷急，他让我一有你的消息就马上告诉他。”

小英回来的时候，是带着陈曦一起回来的。陈曦一听小英说我回来了，立即就跟着小英跑过来。

陈曦见到我，只是傻呵呵地笑，却不知道说些什么，就只是一个劲儿地说：“回来了就好，回来了就好。”他的头发乱蓬蓬像个鸡窝似的，胡子也长了。

“要不要去茶楼吃东西？”陈曦道。

“好的，我好久没去过茶楼了。”

“吃完和我回家吧！”

“我对不起公公婆婆。”我觉得没脸见陈曦的爸妈。

“他们是很生气，不过不用担心，我会劝我爸妈的，去和他们赔个礼认个错就好，有我在，没事的。”陈曦热切地说，“紫琳，和我一起回家吧！”

我迟疑了，总觉得当初如此一走了之，如今回去，不知如何面对。而且，应布良的影子依然在心中挥之不去。我始终没有办法放下他。付出的感情付之东流。可是他就好像是鸦片一样，只有他能够激起我内心隐秘的激情，牵动我的灵魂，没有了他，躯壳就好像被掏空了一样。即使是经历了那段琐碎繁杂吵架的日子，感情也变得琐碎了，可依然是感情。陈曦对我越好，我就越是不安。我现在什么也不想了，心已灰了，只想好好在家陪陪爸。

可是爸执意要我到陈府去请罪，我也不好再违逆他。第二天他就亲自带着我去了陈府。到了公公婆婆那里，陈曦一直替我说好话，公公婆婆尽管很生气，可还是让我回去了。

就在这一天，应布良风尘仆仆地从郊岭又赶了过来。他在家门口用尽力气摇晃着铁栏杆，得知我在陈府，他又来到了陈府，他大声地在门外喊着我的名字。仆人要他走，他不走，他一拳把一个仆人打倒，想踢门进来，又被一群仆人拉扯着赶出去，他爬起来又想进来，仆人们把他推在地上拳打脚踢。我在楼上看到了这一切，心里焦急着，叫陈曦赶紧让他们住手。陈曦虽然不太乐意，可是还是下去叫仆人们不要再打了。应布良奄奄一息地躺在地上，脸又红又肿，流着血。仆人们把他抬到大门外的一棵树下一扔，就关上了门。

我溜了出去。看到应布良还躺在树下，呻吟着。我蹲下身子，用手巾擦着他嘴上的血迹，把他的头微微抬起来，给他喝了点水。

“紫琳，是你吗？”他的眼睛也被打肿了，眯成一条缝。

我啜泣起来。

“我知道是你。你为什么要走呢？”他虚弱无力地说道。

“你问问你自己吧。”我道。我偷偷给了看门的老仆人一些钱，让他帮忙把应布良抬去疗伤。

接下来的几日，寒流来袭，气温骤降，冬天的冷峭已经弥漫，夜里还淅淅沥沥地下起了冬雨。潮湿的冷气渗入骨髓，人都哆哆嗦嗦的，穿了厚厚的衣服还是咬着牙根打冷战。

夜里，陈曦在我身旁酣睡。睡着了他的手臂还环绕着我，仿佛怕我溜走似的。我想起了应布良。他睡觉时也是这样，喜欢让我枕在他的手臂上，搂着我，闻着我的发香。恍惚间，隔着厚厚的雨帘，我似乎听到了应布良在叫着我的名字。我的心怦怦地跳起来。我侧耳静听，声音时断时续，若有若无。我想爬起来看看是不是应布良来了，我轻轻地拿起陈曦搭在我身上的手，想不惊动他，可是陈曦却很警觉，一下子就被我弄醒了。

“怎么了？”他睡意蒙胧地问我。

“没什么。”我遮掩过去。

“好好睡觉。”他又把我往他的怀里搂得更紧了。

我也只好继续躺着。

那声音好像一直在耳边挥之不去，是你在叫我吗？还是我的幻觉？

后来，不知过了多少天以后，那声音没有再在夜里出现了。

和陈曦一起生活，他的温暖渐渐地抚平我的创伤。他依然很喜欢玩，成天和一帮公子哥儿在外面喝茶饮酒，可是他对我却很豁达大度。

日子就好像刺绣上的鸟儿，色彩绚丽，却被固定了，如同一潭波澜不惊的死水。

第六节　弥留

爸的身体越来越虚弱，大夫说不知道能不能熬过这个冬天。我回到娘家照顾爸。

我端了热气腾腾的虫草鸡汤，到爸的床前喂他喝。

“紫琳，爸可能不能再陪你很久了。”爸的声音细若游丝。他的脸颊消瘦得很。

“爸一定会好起来的。”我安慰爸。

“紫琳，你要学会好好照顾自己啊。”爸语重心长地说，“陈曦他对你挺好的，你不要再做出对不起陈家的事情了。”

“爸，你放心。”

“你的公公婆婆能让你回去，真的很不容易啊，一般人谁能咽得下这口气。”

“公公婆婆都很大度。”

“我和陈曦的爸陈升是多年世交了。”爸回忆道，“小时候，我是少爷，他是伙计的儿子。那时候我和他成天腻在一起玩。他啊掏鸟蛋、钓鱼、捅蜂蛹，样样都是能手，还能捉刺猬。我们一起翻墙爬山拿猎枪打山猪。”一口气说了太多话，爸咳了几声。

“爸，先喝口鸡汤吧！”

“好。”爸喝了半碗汤。提起往事，他的精神变得好多了。

“后来，我继承了家业，让陈升做了掌柜。他头脑灵活得很，什么东西都打理得井井有条。那时我们已经开了造船厂。陈升想自己也做生意。我把陈升当成自家兄弟一样，资助了他一些钱，他做起了木材生意，还运山货，生意也越做越红火。那时候土匪多，他生意刚起步，被土匪盯上了，还绑架了他，勒索。陈升的老婆慌得六神无主，哭着跑到我这儿来，那些土匪杀个人就跟杀只鸡一样，根本不当回事。土匪勒索的钱太多了，我马上骑马到各当铺筹钱，一时心急，在山路上摔下马，摔得不省人事，险些死掉。后来终于筹到钱了，把陈升赎了出来。陈升那时就对我说，日后一定报恩。”

“原来张家和陈家还有这段渊源。”我若有所思道。

“把你托付给陈家，我是一百个放心的。”爸说道，“公公婆婆都很包容你，陈升也和陈曦说过这些事情，陈曦也很懂事。”

“我也会好好孝敬公公婆婆的，做个贤惠的媳妇。”

“你能这样想，我就放心了。”爸舒口气道。他望着窗外，窗户关得严严实实的，可是凛冽的寒风的呼啸声依然穿过了屋子的任何一道缝隙。枝丫被风刮得乱晃。离春节不远了，仆人们早已经在窗户上贴上了窗花，说是要冲冲喜。

“沉香手串你还戴着吗？”爸问我。

“戴着呢。”我掀开厚厚的衣袖，露出了手串。

“这手串还有一串一模一样的，在你弟弟身上。”

“我弟弟？”我很惊讶，我从来不知道我有这么一个弟弟。

“爸犯了件错事，喜欢上了一个有夫之妇，还让她怀孕了。她一直都没有告诉我那孩子是我的，一直隐瞒着这件事。后来她的丈夫死了。我也是一年前才知道这个秘密。我打了两串手串，一串给你，一串给了他。你弟弟还小，只有五岁。”

“他们现在在哪里呢？”我问。

“前几个月我去找他们，搬走了。你要把他们找回来。”爸又猛烈地咳起来，声音越来越弱。他的脸色又青又白。

“爸，你先躺着休息一会儿吧！”我扶着爸躺下，给他盖好被子。

爸闭上眼睛，嘴巴微张轻轻地喘着气。我转身，泪潸然而下。我不能让爸看到我伤心的样子，便拿了汤碗快步走出了房间。

小英出去外面抓药了，回来时道："小姐，我看见应布良了。"

"哦？"我一怔。

"他和他们店里的伙计运货，在客栈的外边坐着歇息。"小英继续说道，"小姐，我听他们谈话，你那天是误会了应布良和他的老板娘了。那天老板娘的头受了伤，失血过多，忽然晕倒，应布良刚好在旁边，她就倒在了应布良身上。"

"应布良和那个老板娘真的什么关系都没有吗？"我激动起来，难道真的是我误会了？

"应该是误会。"小英道。

我跌坐在椅子上，良久才回过神来。当初自己也太冲动了，也没有去问清楚情况就一走了之。

"小姐。"小英轻轻地叫我，摇摇我的手臂，"你不会又想去找应布良吧？"

"现在说什么都晚了。"我喃喃地说，"我不能再走，不能再这样丢下爸，做出对不起陈曦、对不起陈家的事情。"

"那就好。"小英道，"小姐，你就别再想应布良了。"

"他会恨我的，我要不要去和他解释？"我说道。

"没必要了，就算去和他解释了，结果都是一样的，反而徒增伤感罢了。"小英劝我。

"他还好吗？"我问小英。

"还好吧，他瘦了许多。"小英道。

"他看见你了吗？"我又问。

"没有，他没有注意到我。"小英说，"小姐，你已经是陈曦少爷的妻子了，不能再想应布良了。”

“我知道。”我黯然。

未来已经可以想象得到，不是在不老泉我和应布良设想的未来，那是我们到不了的彼岸。

我也许从此就要和应布良告别，我也许再也见不到他了。我将挽起发髻，穿上大襟衫，做陈曦的妻子，做一个贤妻良母。

陈曦，见到他，我是快乐的，平静的快乐，就好像许久以前在北平见到秋天的红枫叶，凉爽宜人的天气，温暖的颜色。没有大喜大悲。可是应布良，他却让我狂喜和痛苦，甚至还有琐碎的扰人的烦恼，可是却让我瞥见了最亮的阳光，尽管阳光下的阴影随形。应布良是一面镜子，我在镜子里看到的是隐藏起来的我自己，我那黑色的欲望。

太晚了，生命中太多的错过。就让一切都随着寒风飘散吧。我已经决定将一切都忘掉。

过了不久，爸去世了。爸临终前对陈曦还有陈曦的爸说，一定要好好照顾我。我哭得昏了过去。醒来时，陈曦在身边握着我的手。屋子外寒风呼啸，冬天还没有过去，但是陈曦的手是温暖的。

小英还有张家的一些仆人都跟着我到了陈家。张家大宅的门锁上了，只留了两三个看门的仆人。宅子冷冷清清的，花朵凋谢，草木萧瑟，只有那锦屏藤依然密密麻麻垂下来。

关于我那个同父异母的弟弟，爸说他叫张子豪。可是我让人去寻，都没有找到他。也许他们母子俩改名换姓，离乡别井到了很远的地方。现在只有沉香手串是唯一的线索了。

第七节　命途

爸走后，我大病了一场。昏昏沉沉地一直歪在床上，总是醒来又昏过去。迷迷糊糊地似乎在做梦，又好像醒着，分不清梦里梦外。枕头上洇了一片泪痕。我好像看到了爸，他坐在客厅里，拿着烟斗抽着烟，对我微笑。又好像看到了应布良，好像和应布良在不老泉的清水里嬉戏，可是水是那么寒冷，冷得我直打战。

冬天终于过去了，春天来临，万物复苏。我也渐渐好转。精神好的下午，会在陈家的庭院里散步。庭院里有个鱼池，养了锦鲤和小小的金鱼，紫色的睡莲浮在水面上。闲着无事，我用小小的瓷器舀了一勺池水，然后摘了一片黄金葛放进去，摆在窗台上，让阳光照着，然后看着它从瓷器里蜿蜒出来。时光倒进了漏斗里，扑簌簌地漏下来。日子就这么一晃而过。

在陈家生活了一段时日，渐渐地习惯起来。陈府的格局不似张府那么蜿蜒曲折，没有长长的回廊和茂密的花木。陈府的屋子建得方方正正，四通八达，大气而亮堂。阳光洒在屋子的每一个角落，看不到阴影的存在。陈家就是种植物，也是养在大大的陶瓷盆里，君子兰、蝴蝶兰、杜鹃、石榴、百合、玫瑰，一盆一盆，放在庭院里、窗台下，细心呵护着。每盆花都饱满壮硕，谢了再重置一盆新的花。

婆婆喜欢打牌，常常邀了三姑六婆的围成一桌。她还让仆人准备了瓜果小吃，盐酥鸡爪子，糖炒栗子，葵瓜子，炸花生，边吃边打，热闹得很。她还常常让我过去和她一起看牌，她说我要和多点人一起娱乐娱乐心情就会好，自然也会快点给他们陈家生个白胖儿子。

公公对陈曦说，不能再这么天天吊儿郎当地下去了，成天只知道四处闲逛饮茶喝酒，都是成家的人了，要学着做点正经事情。公公让陈曦随他坐木排从河上运一批货物到省城。公公说，到了省城还要让陈曦认识几个有头有脸的人物，见见世面。

这日，他们一大早便出门了，准备了两周的行李。陈曦第一次出门做生意，我和婆婆都坐着马车一路跟着他们到了码头。在码头上，陈曦与我道别，我整整他的衣襟。阳光洒在他的脸上，他的眼睛眯起来冲我微笑。

“别舍不得我啊，我很快就回来。”他调侃道。

“才没有呢。”我也故意逗他。

他上木排了，木排开始顺游而下。他站在木排上向我挥手。我也使劲地向他挥手。河的两岸都是绿色的茂密树林，青翠怡人。蔚蓝的天空飘浮着朵朵白云。陈曦对我说，启程总是充满着兴奋和期待。他问我想要什么东西，他到了省城给我买。

只是我没有想到，这一次是我和陈曦的最后一次见面了。

公公和陈曦走后几日都杳无音信。后来，放排的人回来了，带来了噩耗。木排的竹藤在湍急的河流中央断了、松了，木排散了架，河水卷着木排朝下游急冲过去，公公和陈曦掉进水里，被冲走了，尸首都没找到。放木排的人掉进水里后拼命地划，好不容易游上了岸。

婆婆一听到消息，昏了过去，一病不起。

我悲恸万分，不敢相信这是真的，陈曦不会就这样走掉的。

我坐马车到省城，上门寻得公公的几个生意伙伴，他们那里也都没有任何消息。从他们的府邸出来，我站都站不好，一手扶着墙，小英搀着我。我心悸得厉害，睁着空洞的双眼。忽然间失去了依靠的感觉。天空也是悲哀的，蓝得黝黑。

婆婆病得越来越重，不久也去世了。

我差了仆人和我一起沿着大河一路寻去，河边的每个村庄都去打听，看看有没有公公和陈曦的下落。可是所有的村民都摇摇头，他们一听说此事便道，凶多吉少。这大河向东一路滚滚流向大海。河流宽阔，咆哮翻滚。我沿途搜寻了一年多，细细地搜寻，夏季的酷暑晒得人中暑，冬季的寒风冻得人耳朵都要掉下来，可是依然没有陈曦和公公的影子，尸首、遗物什么都找不到。我宁愿相信他们是被人救走了，也不愿相信河水把他们带走了。我甚至找到仙姑，让她们作法，她们说是河里的水妖把他们抓走，我烧了很多纸钱给水妖，要水妖把他们父子俩还回来。

应布良却来找我了。他知道陈曦遇难了，他在陈家的大门口痴痴地等我，他说他可以照顾我，他要我回到他身边。

我没有答应他。我现在什么都不想去想，我只想找到陈曦，哪怕是一件他随身带的手帕，甚至他的一根头发。

我苦苦搜寻多长时间，应布良就等我等了多久。他频繁地找我，嘘寒问暖。他亲自做了我最爱吃的窑鸡，送上门来。他还在山里摘了许多草药给我。他说，他不知道要怎么做，他看到我那么伤心憔悴，他很心疼。

所有的事情纷至沓来，张家和陈家的生意一下子全落在了我头上，我从没学过经营，不大懂得，只得由掌柜先看管着，可是一个经营木材生意的掌柜却趁机私捞了一大笔钱跑掉了。买家付了订金要的货又还没有准备好。我焦头烂额。

应布良给我出点子，他亲自跑到造船厂去监工。一开始大家都不给他面子，但是他说他是张家派去的，张小姐还在，大家别弄出乱子，否则吃不了兜着走。至于工钱，张家和陈家的家底那么厚，只要干得好，绝没有亏欠的。他行事雷厉风行，赏罚分明，厂子里的人都惧怕他，也服从他。

应布良倒是很有生意上的头脑，陈家和张家的生意慢慢地理顺了，恢复了常态。

小英见应布良对我如此痴情，道："小姐一个人无依无靠的，身边一个亲人都没有，不如就再嫁应布良吧。"

我依然犹豫，觉得这样会对不起爸还有陈家。

小英道："再嫁从身，人都已经去了，而且老爷也希望小姐幸福。陈家与张家的家业，若是没有一个可靠的人打理，就怕撑不下去。应布良对小姐感情这么深厚，先前的误会可以洗清的。"

应布良对我说，无论等多长时间，他都会一直等下去。

他就这样等了我三年。然后，我终于答应了嫁给他。

第七章　乔芸之险境

第一节 推测

风从窗户的缝隙穿进来，煤油灯忽明忽灭，日记本上影影绰绰。张紫琳的日记本纸张有残缺和破损，每翻一页，薄薄的发黄的纸张窸窸窣窣地发出脆薄的响声。我看着她所写下的文字，回忆和重构过去的一切。那些鬼魅的人影似乎变得如此可触可感，好像变得亲近了。她的灵魂就那么鲜活地站在我的身边，向我诉说着往事。

某些疑团解开了，张奇竟然是张紫琳的弟弟！真是不可思议！张奇曾经告诉过我，他小时候的名字叫张子豪，后来改了名字。应布良对张紫琳到底是何种感情？他把她关起来是想害死她吗？假如真是那样，假如让他知道张奇的身世，他会不会也对张奇不利？

又翻过一页，暗红色的血字赫然入目：

“救我！”

我被吓得慌了神，“啊！”地叫起来，本能地把日记本扔在一边。日记本撞在墙脚发出“啪！”的一声，在寂静的夜里显得愈发响亮。

“咚咚咚！”急促的敲门声响起。“快出来！快出来！”应布良在门外喊道。

“来了！”我赶紧猫着身子把日记本捡起来。

“快点啊！怎么这么慢？在里面干什么？”应布良催促道。

“就出去了！”我慌乱地把日记本胡乱塞到枕头下面，把画像搬回原位。

我打开门。

“媛媛叫妈妈了。”应布良道，“快去看看她。”

我跑到媛媛的床边。媛媛的脸色恢复过来了，她虚弱地叫着我：“妈妈，妈妈！”

“妈妈在这儿。”我抱着媛媛，“肚子饿吗？”

媛媛点点头。

我让奶妈把熬好的粥端过来，一口一口地喂媛媛吃。

应布良也一直在旁边看着，媛媛要抓着应布良的手。

“媛媛喜欢抓着爸爸的手是吧？”应布良温和地对媛媛说。

“是的，抓着爸爸的手肚子就不疼了。”媛媛乖乖地说。

“爸爸比较有力气，可以给你力量。”应布良慈爱地看着媛媛。

喂了媛媛吃完粥，我哄着媛媛睡觉，应布良也一直在旁边。

我想起那本塞到枕头下的日记本，只读了一半。当时太紧张，没有藏好，在那里极容易被发现的。我想先赶紧回房间把日记本藏好。可是媛媛却一直没有睡着，她似乎有点烦躁的样子，翻来滚去的。我想先借故走开一阵，可是媛媛没睡着，应布良不允许我离开半步。

窗外的天空出现了鱼肚白，天亮了。

每天清晨，奶妈都会到每个房间去收拾打扫，叠被子。不知道今天早晨她会不会又这样到每个房间去。倘若如此，就会被她发现我偷看了张紫琳的日记。

我异常忐忑不安。还有张奇，我要赶紧把这一切告诉他，让他小心。

“让奶妈今天早上不用打扫张紫琳的房间了。”我对应布良说。

“干吗不用打扫？”应布良疑惑。

“我昨晚才临时在那里睡了一晚，媛媛生病她也折腾得够累的，就不用全部房间都打扫了。我去和奶妈说说。”

奶妈在厨房里切菜，刀在砧板上笃笃笃地响。

“今天早上先不用打扫卫生了，我昨晚睡的房间也不用打扫。你也很累了。”

“我已经打扫完了。”奶妈道。

“什么？”我惊讶，“这么快！”

我赶紧跑回房间。一进门，霎时愣住了，床单被子叠得整整齐齐，桌椅也都擦得干干净净。

我跑过去翻了翻被子枕头，没有日记本的踪影。糟糕了！

我慌得冷汗直流。

“太太，你要找的是这个吗？”奶妈那冷冷的不温不火的声音在身后响起。我回过头，见她手中拿着的正是张紫琳的日记。

“你们在这里干什么？”应布良不知什么时候走过来了。

奶妈赶紧把日记本藏进她宽大的襟衫里。

“没什么，问点事情。”我道。

“老爷，我去熬肉碎粥给媛媛小姐。”奶妈说完便走了。

应布良见媛媛睡着了，便到客厅里半躺着抽烟歇息。

客厅和厨房挨得近，厨房里有响动，客厅里是可以听得到的。此时我又不方便到厨房去追着奶妈问个究竟。

我只得回到媛媛的房间里坐着。媛媛睡得很熟。才一个晚上，她的脸就瘦了一圈了，我看着都心疼。海风吹进来，窗外的阳光猛烈得很，晒得砂石似乎都在嗞嗞作响。

我的脑子里在不停地推测着，日记里总是出现的小英应该就是奶妈，张紫琳从她父亲的赌场收留的小女孩应该就只有一个吧？昨晚假如真是奶妈，她听到了我和张奇的对话，她也知道了张奇的身世，她会不会把这些都告诉应布良？张紫琳的死因我还一知半解。应布良不是很爱张紫琳吗？难道真的是他把张紫琳关起来的？还是另有其他不为人知的内幕？奶妈知道我偷看了日记，应布良似乎刻意隐瞒张紫琳的死因。假如应布良知道我看了日记，知道张奇和我的事情，他不会放过我们的！

我越想越乱，越是担心紧张。就算奶妈暂时不说出去，难免有一日会说。该怎么办？

张紫琳日记本上那用血写成的字迹依然在我的脑海里挥之不去。我记得那暗红的笔画断断续续，似乎是咬破手指在纸上写成的。一笔一画，都是血，都是恐惧，都是心碎，都是绝望。我似乎听见一个女人在凄厉地叫嚣着，她使劲地摇着锁死的铜门，指甲划过墙壁，打碎了镜子，咬破手指。

还有张紫琳房间的地板上那好像血渍的暗红，是不是她在这里也挣扎过？

应布良的第二任妻子疯掉了。她是怎么疯的？她是不是发现了张紫琳死的秘密？

我的神经异常敏感起来，任何一点细微的响动都让我好像被闪电打中一样跳起来。我还在竖起耳朵听着外面的动静，我好像总是听见奶妈的脚步声，听见她走出客厅，好像要和应布良说话。奶妈的脚步声，总是那么不紧不慢不慌不忙，每一步都带着整个身体的沉重，在地板上留下空洞的声响。她好像在用她的脚步声告诉我，她知道我所做的一切，她掌控了所有，她可以有所行动。

张奇说假如情况不妙，就带上媛媛和他走。应布良势力大，走到哪里也会被他搜出来啊。可是张奇不是在泰国经过商吗？假如我们去了泰国，应布良未必就能找到，而且现在日本鬼子打到，一片战乱，趁乱逃跑，也是个时机。

对！要去找到张奇！带着媛媛找他！

我现在只能巴望着应布良快点走，快点回去，并默默地祷告着，在应布良回去以前，奶妈什么都不要做。

我觉得我自己就像一只猫，瞪着眼睛，彻夜不寐，竖着耳朵警惕着四面危机。

第二节　杀心

应布良在客厅里睡着了，他仰躺在长凳上，两只胳膊摊开，烟斗掉在了地上，马靴歪在一边。他的衣袖和裤腿都卷了起来，露出了黝黑的胳膊和腿，汗毛粗长，野性而不规律地在体肤上卷曲着。他的胸脯随着呼吸一起一伏，伴随着低沉的鼾声，好像一只沉睡的野兽。

夏末的太阳已经升到了头顶上，笼罩着席卷一切的热度，让人深思遐迷的暑热。

“太太。”奶妈轻轻地叫我，怕吵醒了应布良。她的声音仿佛从夏日的某个黑洞里传来。我在媛媛的床边发着呆，乱想着，被她的声音打破了。神经紧紧地绷着的，我像被尖锐的箭戳了一下。她诡异地对我使眼色，示意我出去。

我和奶妈走到屋子外面的走廊上。走廊上安静得很，竹椅在微微摇晃，发出吱呀吱呀的声音，竹椅下是编织了一半的竹篮箩筐，七零八落的藤条散乱一地，还有一把粗大的剪刀。

“没想到紫琳小姐留下了这本日记。”奶妈的声音颤抖着，她在强忍着内心的悲痛，她的眼珠子似乎要蹦出眼眶。

“我没看完。”我说，我揣测着奶妈的心思。

“你要看我可以给你看。”奶妈道，她把日记本递给我，“我可以直接告诉你。”

“你知道什么能够让一个人疯掉吗？”奶妈道，“我小时候经常听到某某老爷的姨太太投井还有疯掉的事。”

太阳明艳，那让人几乎要昏厥的炎热犹如一条火蛇，在某个阴暗的角落噬咬着心魂。我听到某种野兽的怪异的声音，在咻咻地前来。

“那时候的大户人家都是几房姨太太，老爷都七老八十了，还娶个十几岁的小姑娘。几个年轻的姨太太闲得慌，又寂寞，有养戏子的，有偷情的，被发现了，硬给偷偷丢到井里去。也有的姨太太疯掉了。”奶妈道。她站在走廊的阴影处，外头阳光太猛烈了，一眼望去，看不真切这个阴影的角落，倒是恍恍惚惚地感觉在空气中悬浮着几缕幽幽晃荡着的绿色的带子。奶妈的脸也看不真切，只是那白色的肌肤在黑暗中显得惨淡。

那深锁的府邸的印象好像鬼魅一般在我的脑海里清晰地显现。奶妈说的那阴森的府邸我也听闻过。那是许久以前的传说。那个府邸据说已经锁了几十年，荒草萋萋，还有狐狸和蛇在里面出没。曾经精细奢靡的居所，华贵的雕饰，串珠的帘子，脂粉的暗香，美艳的笑靥，光滑的肌肤，不甘寂寞的心，火烧的欲望，戏班子重重叠叠的唱腔，唱着你侬我侬的情话。可是这一切都是被禁止的情欲。姨太太们年纪轻轻就已经看到了自己的未来，死水一潭，被永远囚禁于此。她们死去的灵魂在发出哀怨的凄鸣。

“张紫琳偷汉子了？”我惊疑。我哗啦啦地翻着手中的日记本，要找到先前看的那一页，可是一慌张，眼睛昏花，一下子没翻到。

“紫琳小姐没有你想的那样！”奶妈拥护张紫琳，继而又道，“太太不要以为自己做了什么，紫琳小姐也会那么做。”

我一怔。日记本啪地掉在地上。是奶妈！是她在晚上偷偷地跟着我到了张奇那里！

我故作镇定。“你打算怎么做？”我冷冷地问奶妈。

“太太不用慌张。”奶妈道，“我要是想告诉老爷早就说了。”

“那你想怎样呢？”

“太太，你现在很危险，我劝你快逃。”

“怎么危险了？”

“那日你流产，昏迷了，我听见大夫和老爷说，恐怕以后很难再怀孕了。”

“你说的是真的？”晴天霹雳，我几乎要昏倒，我无法接受。

“也不是说不能再怀孕，而是很难。”奶妈似乎在安慰我。

我的眼泪不由自主地往下掉。

“应布良是个疯子。你知道他为什么娶你吗？”奶妈继续说，她眼神犀利地看着我。奶妈的身上总是散发着一股说不清道不明的阴气，好像影子一样紧紧跟随，深褐色的宽大的襟衫像个罩子似的，仿佛可以藏掖住幽灵一般。“你以为他真的爱你吗？喜欢你吗？应布良爱的人只有紫琳小姐。他只想你给他生孩子。你不能生了，你对他就没用了。他有的是钱，他可以随便再找一个女人。”奶奶的每一字每一句都咄咄逼人，戳在我的心里，“但是他对紫琳小姐发过毒誓，他不纳妾，不在外面招惹正室以外的女子。假如他想找个女人再生孩子，那个女人不能是妾，他要怎么做呢？”奶奶的眼睛一眨不眨地死死盯着我，她凑近我的脸，我几乎可以看清楚她脸上的每一个毛孔和皱纹的褶痕，还有她那木然冷淡的表情，“他只有把你杀了，或者你自己疯掉。”

我双腿一软，跌坐在地上。

“媛媛呢？”我喃喃地说，媛媛一定不可以有事。

“你赶紧跑吧！”奶奶说，“有多远跑多远。”

应布良不知什么时候醒了，他在屋里大声地喊奶奶泡茶。奶奶闻声匆匆跑回屋里，临走时把掉在地上的日记本揣进了衣服里子里藏掖着。

我的额头沁出了汗珠，连手心都被汗洇湿了。我吃力地撑着地板爬起来，手刚好压到了那把黑色的发锈的剪刀。我神经质地把剪刀揣起来，又觉太大了，很容易被发现，继而又放下。

我又想起了应布良的第二任疯掉的妻子，我原先的推测对吗？她是嫁给他以后多久疯掉的？应布良是不是也是发现她不能生孩子了所以让她疯掉？她现在在哪里？应布良会不会看在媛媛的份上不那么快对我有所行动？我的脑子乱得很，心头几万只蚂蚁在乱窜，整个人都要麻掉。

走廊里依旧很安静，我一个人站在这里，感觉背脊凉飕飕的，好像有个幽灵在我的背后对我哈着气。

第三节 疑心

应布良似乎有长住的打算，他让仆人回家去给他搬来了行李。据说，日本鬼子开始放炸弹了，镇上不安全。而且，媛媛这一病，应布良非常放心不下媛媛。

媛媛身体恢复了，又像往常一样蹦蹦跳跳。她倒是对应布良有了某种亲近感。应布良很是宠她。他把媛媛抱起来放在自己的肩膀上骑马，他喜欢带着媛媛到海水里游玩。他还把各种珍珠宝石戴在媛媛的身上。他对媛媛几乎是有求必应。他连睡觉都喜欢抱着媛媛。

我一直都在等待着逃跑的时机。

应布良如此喜怒无常，眼前他正沉浸在作为父亲的角色中，为着媛媛而喜悦着，好像暂时忘记了我的存在。但我不知道他什么时候会兽性大发。

已经好多天没见到张奇了，我急于告诉他我现在的处境。

这日，应布良回镇上去处理些生意上的事情。

"我今天回镇里，下午就回来，你照顾好媛媛，不要再给她吃乱七八糟的东西。"应布良临走时叮嘱我道。

"这个当然。"我应道。

"你不要出门，就给我乖乖待在家里。"他凑近我的脸对我一字一顿地说。他呼出的气打在我的脸上。他的眼神带着不容置疑的霸道。

"不会出去。"我答道，心有点慌。

"不用这么紧张。"应布良又柔声道，"你应该还是耐得住寂寞的吧。"他的语音里似乎蕴含着暗示。

应布良转身对着他的贴身男仆又耳语了几句。我听不到他们在说什么。

应布良又走到媛媛跟前，蹲下来，摸摸媛媛的小脸，道："爹今天回镇上，媛媛想要啥东西呢？"

媛媛笑了笑，伸出胖乎乎的小手也摸摸应布良的脸，拉拉他的胡茬："媛媛想要漂亮的衣衣。"

"好嘞，我的大小姐，你要啥爹都给你带。"应布良假装被媛媛拉疼的样子，哎哟哟地叫起来，做出鬼脸逗媛媛高兴。媛媛哈哈哈地笑起来。应布良又挠挠媛媛的胳肢窝，媛媛笑得滚在地上，用脚踢着应布良。父女俩玩得好不开心。

"好咯，爹走啦！"应布良和媛媛道别。

媛媛拉着应布良的裤腿舍不得他走。

"爹很快就回来，媛媛乖，媛媛想不想要衣衣？爹要出去才能给媛媛带衣衣哦。"应布良哄媛媛。

媛媛点点头。她跟着应布良一直到了门口，依依不舍地看着应布良走。

应布良没有让他的贴身男仆跟着他回去。

奶妈到村子里买菜去了，屋子里，几个仆人都在各忙各的活儿。清晨斜斜的阳光透过门和窗投影进来，在石板地面上映出红色的淡淡的痕迹，营造出不真实的安详。这安详犹如水雾，只消轻轻一吹便会散去。一个仆人擦着门窗，另一个在屋外劈柴，刀斧的声音划破空气，还有一个仆人百无聊赖地斜倚在走廊门前编竹篮。应布良的男仆在屋外喂马。

去找张奇，现在是大好时机。

"媛媛，你想吃烧鹅腿吗？"我问媛媛。

“哇！想！我要一个好大好大的烧鹅腿！”媛媛一听说吃烧鹅，直流口水。

“妈妈带你到村子里买烧鹅腿吧！”我道。

“太好了！又到村子里逛去咯！”媛媛欢呼雀跃。

我牵着媛媛的小手出门。

“太太，要去哪里？”应布良的贴身男仆问我。

“到村子里去。”

“老爷嘱咐过不让太太到处乱走。”他说。

“媛媛要吃烧鹅腿，我带她去买。”我边说边拉了媛媛径自走了，没理会他。

一路走着，媛媛歪着脑袋问我道：“妈妈，爸爸不让你到村子里吗？”

“嗯，媛媛不要多事。”我答道，我不想让媛媛知道太多事情。

走到村口的民居楼下，恰好碰到阿阳杂货铺的伙计。

“太太，今天这么早来呀！”他笑着冲我打招呼。

“是啊，铺子开了没有呀？”我问道。

“开了，一早就开了，你想买什么呢？”他道，“还是去找张先生？”

“张先生在吗？”我问他。

只见他的眼睛忽然看着我身后上方，我也跟着他的眼睛想往后望去，他一把抓住我和媛媛，把我们猛地拉到他那边去。“小心！”

“哗！”一盆水洒下来。“喂！妈的洒水不看人啊！”伙计大声叫骂道。

“不好意思没注意看人啊！”楼上的大妈尴尬地道歉。

幸好避得及时，没有弄湿，可是因为伙计用力过猛，我一个趔趄扑倒在他的身上。我爬起来时，在巷子口拐角处，应布良的贴身男仆一转身溜走，藏起来的瞬间被我看到了。我顿时慌了神。

他在跟踪我。

我强作镇定，继续拉着媛媛往村子里的烧鹅铺去，给媛媛买了个烧鹅腿。一路走着，我总觉得有双眼睛在背后盯着我，好像深夜的山冈里出没的狼。我浑身被盯得极不自在，犹如芒刺在身。我似乎能感觉到背后那个人的呼吸和心跳，那种细微的震动透过空气的微波传送到我敏感的神经。媛媛毫不知觉，还蹦蹦跳跳地边走边啃着烧鹅腿。

我在村子里兜了几圈，见到路边的大伯和村姑都故意走上前搭讪几句。我想找个法子甩掉那个男仆，可是他跟得太紧了，他太机敏。几次经过阿阳杂货铺的楼下，我都没敢抬头往二楼的窗户上看去，怕这小小的动作会引起那个男仆的怀疑。我只用眼角的余光瞟过去。杂货铺里有两三个村民在和老板讨价还价，他们在买剪子和锁。我没敢逗留，又离开了。

我无法在那个男仆的监视下抽身，只得回家去。

晚上，应布良回来了。他一回来就抱着媛媛玩。他给媛媛带了漂亮的衣服，是欧式的镶着蕾丝边的小裙子，媛媛穿着像个小公主。媛媛好喜欢这裙子，非常开心。她在应布良的脸上亲了好几口。应布良逗着媛媛玩，媛媛好像和应布良总有说不完的话。

夜已深，媛媛睡了。

“今天到村子里去了？”应布良低声问我，他的眼神十分不悦。我嗅到了他潜伏的兽性。

“是的，媛媛吵着要吃烧鹅腿。”我竭力使自己的语气镇定。

“你要找的张先生是谁？”应布良冷冷地问。

“哪个张先生？”我佯装不知。

“嫒嫒说你要去找张先生。”应布良恶狠狠地盯着我道。

“是……杂货铺的老板，我找他买东西。”在应布良的目光逼视下，我的声音开始颤抖起来。

“好啊！”应布良站起身，来回地走着，马靴踏在地板上发出啪啪的声音，这声音没有规则，焦躁不安。他似乎在用踏步来平稳他内心要爆发的脾气。

“你别想着偷汉子！我最恨别人背叛我！”他凑近我跟前，张开血盆大口歇斯底里地吼着，使劲地把桌面上的东西哐啷一声全部打到地上。点燃的蜡烛滚到地上，溜到了窗帘下，窗帘被烧着了，呼啦啦地，冒着烟和烧焦的味道。

第四节 逃跑

火越烧越旺，火苗呼啦啦地顺着帘子蹿上去。

应布良抄起一条毯子，扑打着火。火势蔓延很快，黑色的浓烟呛鼻，眼睛被熏得灼痛起来。

“着火啦！快扑火！”奶妈和仆人们冲进厅里，端着水扑火。

众人七手八脚地把火扑灭了。

仆人们清扫着厅里的灰烬，把烧坏的窗帘扯下来。

“老爷太太受惊了。”奶妈给我们端来温水。

我还在簌簌发抖。

“老爷，我今天到村子里买菜，经过杂货铺，那老板张先生说有很坚实的马掌。”奶妈对应布良道。

“哦？张先生？你也去找张先生了？”应布良很敏感。

“嗯，太太也是想去问张先生马掌的事情，太太和我提起过。”奶妈对我使眼色。

“嗯，是的，我想去问的，没找到人。”我急忙接口说道。

“哦，好。”应布良眉色舒缓了些。

“太太也是那天吃饭时听老爷提起要给新买的马匹上马掌的事，特别留意。”奶妈继续说道，“老爷要吗？我明天先去拿个给老爷看看。”

“哦，好的，先拿个来看看。”应布良道，“晚了，你们都去歇息吧。”

我回到房间陪着媛媛睡觉。应布良仍独自一人在客厅里。他让奶妈给他拿了一大壶二锅头喝起来。

夜一分一秒地流逝，我没有睡着。隐隐的海浪声传来，每一个波浪的翻滚声都拍在心头，似乎听得见黑暗海底的恐惧与战栗。窗外夜色浓黑，好像野兽那样蕴含危险的气味。乌云遮盖了天幕上的月亮。什么也看不到。

今天没有找着张奇，我怎样才能与他会合？应布良的疑心越来越重了。夜长梦多，每分每秒都是危机。

“来人哪！来人！”应布良喝得微醺，他在外面喊人，“再来点酒！”

我披衣出去：“还要二锅头？我去拿来。”

我提着烛台走进厨房，蜡烛的光所到之处，洞悉黑暗的角落。奶妈也在厨房里。

“太太，酒在这儿。”奶妈把酒递给我。

继而她又拿出一个小纸包，神色诡异地悄悄说道："下点这个。"

"这是什么？"我问她。

"迷魂药。"

"要是被发现了……"我不安起来。

"不会发现，他会以为是自己喝酒喝醉的。"奶妈道，"他会一直昏睡过去，睡好久。"

我打开小纸包，里面是细细的粉末，凑在鼻子上一闻，无任何味道。我把粉末全部倒进酒壶里。手指还在微微颤抖着，一些粉末洒到了外面来。我又赶紧抹掉。

我端着酒走到外面，奶妈在一旁擎着蜡烛。

应布良四仰八叉地躺着，头发毛糙凌乱，眼睛半眯，嘴巴微张，一股呛鼻的酒味。衣服上都是湿湿的酒水。"快来酒！"他仍在喃喃地说。

桌子上几瓶空酒壶七倒八歪，残留在酒壶里的酒顺着桌子流了出来，溢出桌角，滴滴答答地滴在地上。

我把酒放到他跟前。他伸长手臂，摸了半天才摸到酒壶，险些又把酒壶打翻。他一把抓起酒壶，大口大口地把酒倒进嘴里。

那壶酒一下子就被他一饮而尽。他打了个饱嗝，似乎很享受的样子，闭着眼睛，却仍在嚷嚷着："不够不够，再拿点来！"

"好的，就拿来。"我应声道，心里却在暗暗等待着药效发作。

我悄悄地问奶妈："要过多久？"

"只需一刻钟。"奶妈道。

应布良的嚷嚷声渐渐停息，他沉沉地睡了过去。

见应布良睡去，我赶紧把我和媛媛的几件贴身衣物收拾好。我来到媛媛的床边轻轻地抱起媛媛。媛媛被弄醒了，她揉了揉睡意蒙眬的眼睛。

“妈妈，要干吗？”她问道。

“嘘——”我示意她，“妈妈带你到一个安全的地方，你不要说话。”

“去哪里呀？”媛媛又问。夜很安静，媛媛的尖尖的童音显得格外清晰。

“嘘——”我赶紧捂住媛媛的嘴巴，“别说话，坏人来捉媛媛了。”

媛媛赶紧抿着小嘴，继而又紧张地小声地问我道：“什么坏人？”

“先别问，妈妈以后再告诉你，妈妈先带你跑，你不要说话，被坏人听到了我们就跑不了了。”

“爸爸呢？爸爸会打坏人。”媛媛道。

“嗯，妈妈先带你走。”

夜风很凉，我给媛媛穿上一件外套，然后抱着媛媛，一手提着煤油灯，轻轻地推开门，走出屋子，便快步地往村子的方向跑去。

才跑了几步，忽然，一个低沉的声音在我耳后响起来。

“太太，这么晚了，你要去哪儿？”

我一惊，险些摔倒。我回头一看，是应布良的贴身男仆。他的眼睛在黑暗中发出像猫一样的锐利的光，诡异阴沉。

“我要去哪里你管得着吗？”我强作镇定。

“还带着小姐。”他道，“老爷交代过，让我看好太太。”

“你不要多管闲事！”

“太太，现在这么晚了，请快回屋里吧。”他说。

“我不回！”我硬撑。

“太太是要自己走回去，还是要我帮一下太太的忙？”他威胁我道。

“你想怎么样？”我气愤地骂道。我不理会他，继续往前跑。

他追上来抓住我，我挣扎起来，媛媛摔到了地上，呜呜地哭起来。

屋子里的其他仆人听到了声音，都跑了出来。奶妈也出来了。

“怎么回事？”仆人们问道。

“太太想带媛媛到村子里玩，太晚了，我拦住了太太。”应布良的贴身男仆道。

“是呀，太太还是明天再去吧！”仆人们七嘴八舌地劝我。

“你们知道什么？别在这里瞎掺和！”我歇斯底里地喊道。

“太太这几天没休息好，晚上又失眠，想出去散散心，没什么事。”奶妈道，“你们也不用和老爷说，免得老爷担心。”

“太太，先回去吧，只能这样了。”奶妈拉拉我的衣襟低低地对我说。

“没事没事啊，大家都回去睡吧！”奶妈打圆场。

我只得带着媛媛回去了。

听得往回走的仆人们在窃窃私语地议论。

“这太太怎么这么奇怪啊，深更半夜的抱着小姐跑出去。”

“对啊，都说那手串邪气啊。听说很久以前的那个太太疯掉了。”

“我看这个太太好像也有点不太正常了啊……”

我越听就越愤懑激动，我冲上去喝道：“你们都在瞎议论些什么？啊？”

仆人们噤声。

我瞪了他们一眼。

夜到了最深时刻，伸手不见五指，浓重的墨汁渗满了天空，不留一点缝隙。耳膜在震动，听得到在夜幕下隐藏的那颗硕大的黑色心脏在剧烈跳动，每跳一下，额头上的神经就被揪起来，头痛欲裂。

第五节　关禁

应布良揪着我的头发，把我拖到了张紫琳的房间里。

“我就知道你不安分！你半夜跑出去，还带着媛媛！你想去哪里？”应布良吼道。

我的胳膊和腿在地板上擦出了血。头皮被扯得几乎要掉下来那样痛。

他把我扔在床上，抡起胳膊掴了我几耳光。我的脸火辣辣地生疼。

“你是不是想和哪个男人走啊？”应布良压在我身上，他的脸直直地正对着我，几乎贴着我的脸，唾沫星子溅了我满脸。

我硬着脸不吭声。

“我在外面做生意，你也是经常这样偷溜的吗？”应布良不断逼问，“你说话啊，你是哑巴啊？”

“你这个疯子！”我忍不住呸了他一口。

应布良愕然，他摸摸他脸上的唾沫：“好啊！你好大的胆子，敢顶嘴！”应布良又掴了我几耳光。“你才疯了！”他兽性大发地狂吼着，两只眼睛瞪得滚圆，眼白尽显。脸上的每一块肉都横起来，凹凸不平，经络绷紧，青筋欲裂。“要不是看在媛媛的份上，你还有今天？！”他滔滔不绝地叫骂着。他把我的衣服剥下来，像狼一样撕咬着我。

我被他折磨得奄奄一息。

应布良把房间的门在外面锁上，连窗户也上了锁，他把我监禁起来。

晚上，奶妈送饭给我时，她告诉我说，应布良对大家说我神经有点失常，会打人，所以要关起来。

“有什么办法可以逃出去呢?”我呆滞地说，“帮我送信给张奇！”我紧紧地握住奶妈的手。

“应布良现在不准任何人走出这个屋子，除了他的贴身男仆。”奶妈道，“我会想想办法的，太太多吃点东西，吃饱了才有力气逃跑。”奶妈劝慰我。

奶妈走了。门被再次锁上。我听见钥匙在格拉格拉地转动，然后是奶妈走开的脚步声，之后一切归于平静。

房间里没有蜡烛和煤油灯，黑漆漆的一片。但是房外的厅里是亮着蜡烛的。透过门缝可以隐约瞥见微微的昏黄的光。偶尔有人走过门前，就有不同的脚步声。我趴在地上，脸贴着地板，对着门与地板间的缝隙，人走过时可以看到人的鞋子。一双残旧的沾满灰尘的布鞋快速走过，应该是某个男仆。过了一阵，伴着坚狠的马靴声，应布良的马靴锤子似的一掌一掌钉在地板上。他走到门口，停了下来。我屏住呼吸，不敢有任何响动。他似乎在想着什么，在门口待了一会儿，而后又离开了。我一直憋着的气才呼出来，额头上都是汗。

忽然，一双小小的粉红色绣花鞋路过门缝。是媛媛！我欣喜起来。“媛媛！媛媛！”我叫道。

绣花鞋停住了。“妈妈，妈妈！”媛媛稚嫩的声音脆脆地叫着我。

“媛媛！妈妈在里面！”我爬起来拼命拍着门。

“妈妈！妈妈！开门！”媛媛听到了我的声音，也用手拍着门。

“媛媛！你妈妈病了，要好好休息，不要吵她。”是应布良的声音。

“你这个变态！疯子！你和媛媛说了什么？快把我放出去！”我

发了疯似的死命捶着门，踢着门，大吼大叫。

“妈妈！妈妈！”媛媛哭了起来。

“乖乖回去休息，你听，你妈妈病得不轻啊！来，爹给你讲故事啊！”应布良说。他边说边把媛媛抱走，我听见媛媛的哭声越来越远。

“你会有报应的！”我喊得声嘶力竭，喉咙都要破了。

没有任何人回应我。我坐在地上，疲惫地伏在床沿上。

月光从窗户照进来，室内的一切恍若蒙上了一层薄纱。张紫琳的画像仍静静地挂在墙上。

在二十多年前，她是否也像我现在一样被监禁？

我太阳穴上的神经又剧烈地抽动起来，一阵一阵地发疼。好冷。湿气透过地板渗入我的骨髓。我想爬起来到床上去躺着，可是整个人昏沉迷糊，鬼压身般使不了力。我分不清自己是醒着还是昏了过去，还是在梦中，一切都如此恍惚。当我的意识陷入混沌要瞌睡时，心里的恐惧又像一根稳固的细绳把我的心脏抽了上来，让我沉入休眠的意识又浮起来。可是我睁不开眼睛，眼皮搭下来。我仿佛听到了海浪的叫嚣声，隐约中有个女子在尖叫呐喊，但听不真切，尖叫声被海浪掩盖，细若游丝，又或者根本没有女子在喊，都是我的幻觉。

不知过了多久，仿佛有风吹过我的额头，我额前的刘海飘起又落下，我的额头被搔得痒痒的。身后似乎有人在呼吸一般，我感觉到了空气的翕动，还有黑暗中灵魂的重量。我的肩膀似乎有东西轻轻拂过，好像是一个女人的手悄悄地搭在我的肩上。

我的眼前闪过一道白光，整个房间恍若白昼。窗帘也是白色的，被风吹得胀鼓鼓地飞起来，窗外海鸥在天空盘旋，听得见响亮的鸣叫。

一个女子，黑色长发半掩着苍白无血色的脸。她爬上窗台想跳出去。忽然，窗户被关上了，一根一根的木棍横插着，封闭了窗户。她割破自己的手腕，血汩汩地流着，她趴在地上，把手腕贴在地板上艰难地写着字，一笔一画。血在地上流淌着，泛滥着，慢慢地溢了过来，流到了我的脚踝，浸到了我的膝盖，漫过了我的胸膛，浓重的血腥味充斥了整个屋子。我捂着耳朵撕心裂肺地尖叫。

我醒了。被自己的尖叫声吵醒了。原来是梦。屋子里依然漆黑一片。

我听见门上钥匙插进锁孔转动的声音。

“谁？”

“太太，是我。”

黑暗中，奶妈打开门走了进来。她蹑着脚步，布鞋在地板上悄然无声，那黑漆漆的身子如影子一般。

第六节　再次潜逃

“放我出去！”我激动起来。

“嘘——小声点。”奶妈小声道，“我偷了钥匙。”

“媛媛在哪儿？”我抓着奶妈问，好像抓着一根救命稻草。

“媛媛在老爷那里，他带着媛媛睡觉。”奶妈告诉我。她轻轻拍拍我的手臂像是想让我紧绷的神经舒缓下来。“太太，这次我给大家喝的汤里下了药，你快点逃跑吧！”

“我要去把媛媛带上！”我焦躁不已。

“太太，先不要带着媛媛，怕惊醒老爷。现在路上山贼土匪多，带着媛媛跑，也不方便。”奶妈分析道。

“不带上她，我怎么放心得下！”我念着最最牵挂的媛媛。

“虎毒不食子，老爷对媛媛很是疼爱，太太你也是知道的，媛媛不会有什么事，倒是太太你危险啊。”奶妈劝我道。

“可是……难道我以后都见不到媛媛了吗？”我不能没有媛媛。

“等日后有时机再回来带走媛媛。”奶妈道，“现在不是时候啊。太太放心，我会照顾好媛媛的。”

我依然在迟疑。

“太太，应布良已经把你当成疯子一样关押起来了，你再不走，恐怕夜长梦多，留得青山在不愁没柴烧，为了媛媛，你也要保全自己。”

我想了想，奶妈说的不是没有道理。我就是留在这里也只能坐以待毙。

“太太，这里是一些钱还有你的衣服，我给你收拾了一些。”奶妈把包袱递给我，“趁着夜深，快点跑啊！”

我赶紧蹑手蹑脚地走出房间。整个屋子里一片寂静，没有丝毫响动，奶妈的迷魂药让大家都睡得十分沉。我穿过客厅走出屋子。穿堂风很冷，吹得人浑身打战。黑黑的屋子犹如死之寂地，尽管此刻有很多人在里面睡着，毕竟是闲置了这么多年的房子，依然透出萧索荒芜的意境来。看不见的鬼魂在屋子的上空盘旋，鬼魂化作无形的黑色气体，熏染着整个天空，黑色气体往下沉，沉到了屋子里。屋子笼罩着挥之不散的阴郁。这是让人绝望至窒息的郁结。黑色的怨气被囤积于此，困住，流转不出去，就这么积着，发酵，散发着憋人的气味，只等着某天来自阴间的召唤。

奶妈给我点燃了一盏马灯让我提着。

“太太，路上小心。”奶妈道。昏暗的马灯映着奶妈的脸，她的脸在黑暗中被照亮，昏黄的光晕。

“好的，谢谢你。”我说道。

抬头遥望，远处的村庄亦是黑漆漆的一片。

厚厚的黑色云层又把月亮吞噬了，只有马灯照在地上的一小块地方是亮的，四周都是死黑。我低着头快步地朝村子跑去。

这一次没有人阻拦我，我一口气跑到了阿阳杂货铺下。

阿阳杂货铺的大门拴着，野猫在墙角穿行，发出喵喵的叫声。

我嘭嘭嘭地敲门：“有人吗？”

声音在寂静的巷子里回响。

我在夜风中瑟瑟发抖，我不由得往里挪了挪脚步站着。

“谁呀？”

屋里传来慵懒的脚步声和拉开门栓的声音，老板睡眼惺忪地打开门。

“是我。”

“哟，是乔小姐。”老板道，“怎么这么晚啊？”

“嗯，我来找人。”我边说着边慌张地匆匆往仄仄的楼梯赶。

“对了，张先生那天好像有急事，收拾了行李就走了。”老板说，“他留了封信给你，我去拿来。”

张奇竟然走了！我的脑袋轰的一声。

老板把信拿来了，我慌忙撕开信，就着昏暗的煤油灯看起来。

“生意上的事情要处理，到省城一趟。有事找我朋友范义，省城的东山口南 23 号。我处理完事情马上回来。——奇”

张奇竟然在这个时候走掉了，他就这样把我扔在这里。每一次都是忽然之间杳无音信，这一次也是如此。

“老板，村子里有马车吗？”我问老板。

“有的。你现在就要吗？这么急？”

“是的，我要去省城。很急，可以帮帮忙吗？”

热心的老板带我去敲隔巷李叔的门。李叔举着松脂火把，从马厩里拉出一辆马车。我坐着马车连夜驶向省城。

在马车上，我的心还是扑通扑通地跳得很快。我没有办法安静下来。对于自身命途的恐惧笼罩着我。不知怎么，没有见到他，我的心总会不安。这年头，人的命运总是由不得自己掌控。生离死别总是如此轻易就发生，甚至毫无征兆，忽然之间，就与人相隔相离。

我最难过的还是没有把媛媛带走。想到媛媛，我就心如刀绞。

马车疾驰，掠过黑暗的丛林。丛林伸开的虬枝就好像巨大的手掌，张牙舞爪地迎面扑过来。丛林里似乎蕴含着低低哀哀的喘息声。浓重的水雾笼罩着山林。马车似乎奔驰在云端。

“乔小姐这时候去省城，是什么事情这么急呢？”李叔问我。

“性命攸关的事情。”我说。

“哦？现在省城也很危险啊，日本鬼子到处放炸弹。”李叔道。

“现在都没有哪里是安全的了。”我叹口气。

“听说很多人跑到香港去了，洋人的地盘，日本鬼子应该不敢动。”李叔又道。

“嗯，我也听说了，有钱人都到香港去了。”

“像我们小渔村，鬼子也不会来。乡下小地方，鬼子可能也不知道那里。鬼子都去炸大城市了。”李叔说。

夜色很沉，好像一块染上了浓黑墨汁的厚重的毯子，沉甸甸地覆盖下来。马灯微弱的灯光散射在迷雾上。嗒嗒嗒的马蹄声在山林间回响，让人感觉到生灵的气息，对黑暗丛林的恐惧感才略微减弱。

日夜不停地奔波，马车颠簸了两天，终于抵达省城。到省城之时天刚蒙蒙亮，卖腊肠濑粉的大妈在骑楼下摆开了摊子，卖报童沿街叫卖报纸。

赶到了张奇所说的地址，我惊呆了，心凉了半截。东山口南23号，一片被轰炸后的废墟。

第七节　寻

一阵不祥的预感。我无法遏制头脑里出现的恐怖场景。

我左看看右看看，只见不远处还有几栋民宅。我连滚带爬地奔过去拍门。

良久没人开门。我绝望了，心想是不是大家都逃亡去了。我再用力嘭嘭嘭地拍门。

“有人吗？请问有人吗？”我的声音嘶哑无比。

“你是谁？”一个大嫂从旁边的窗户探出头来。

“我的朋友叫我到这里找他，可是被炸了。”我答非所问地解释着。

她见我只身一人，惊疑地看着我道：“日本鬼子到处放炸弹，还是快点离开这儿吧。”

我又紧接着问：“你知道一个叫张奇的人吗？”我想了想，这里是张奇的朋友范义的居所，又道：“还有范义，他是住在这里的。”

她道：“哦，范义，他好像被炸死了。”

我眼睛一阵发黑，我咬着牙费力地挺住身子：“那张奇呢？你知道他吗？他是范义的朋友。”

“好像有点印象，不太记得。”她想了想说，“听说那天一起被炸死的还有范义的几个朋友。”

“张奇在里面吗？”我的心一阵冰冷，仿佛被死神的手摸过。

“嗯……会不会在医院里？从很多被炸的砖墙下面拉出的伤员，都运到医院了。”她道。

我赶紧跌跌撞撞地直奔向医院。我边跑边问路，跑过集市，不小心撞翻了摆摊阿婆的橘子，又踢倒了卖黄酒的大嫂的酒瓶。我的发髻散开了一半，垂下来的头发散乱地遮住了半边脸，也没去理它，只顾疯疯癫癫地向前冲。我的脑子里一片空白。我边跑边自言自语，喃喃地念叨着：“不会的，不会的，不可能的，不可能的，不会死的，不会死的……”我像是在自己安慰自己，又像是在用这种方式让自己几乎热到烧焦的头脑冷静下来。跑着跑着，鞋子烂掉了，我直接把鞋甩了，赤着脚往前跑。玻璃碎屑刺进了我的脚底，血沾到地面上，我好像没有感觉到痛，依然一个劲儿地往前奔。我感到我的身体逐渐变得冰凉。

整个世界就剩我一个人。只有我。荒芜的街道横七竖八地延伸着，好像一张被剪破的渔网。我看不清楚路标，只是一个劲儿地乱撞。我好像在黑色的巨大的沼泽地里，人渺小得如同一只白鸽，黑色的天幕庞大得不知边界在何处，呼啸的寒风冷冷地吹过。我一点一点地陷入了泥泞中，我死命地扑打、疯狂地嘶喊，没有人听见，没有一个人。

血，我闻到了血的味道。又是那细若游丝的血，一滴滴地从我的心脏里流出来，持续不断地流出来，一点一点不露痕迹地把我的生命流尽。我几乎要倒下来，倒下来躺着，我几乎就要这么死去。

假如就这么死去，什么也不知道，我就解脱了，可是我活着，我还醒着，我清楚地知道我现在在干什么，我知道张奇他不见了，我找不到他了，我离开了媛媛跑掉了，我什么也没有了。我醒着，痛苦就不会停止，就像空气一样，我每一次呼吸都把它吸进肺里，每一次呼吸我都阵痛痉挛。痛苦好像风一样袭来。

我不顾一切地冲进了医院，每个房间都冲进去看，然后又冲出来。

“小姐，你干吗？”一个小护士拦着我。

“张奇在这里吗？张奇？”我语无伦次地乱叫，“东山口南23号炸了，他在里面的。”

“哦，是的，很多伤员被抬到这里医治。”小护士道，“我查查名单看看有没有。”

“谢谢！赶紧查查！”我心急火燎。

小护士拿出厚厚的一本本子，查找着。

“没有这个名字哦。”小护士摇摇头。

“再看仔细一点。”我道，“给我，我找找看。”我抢过本子翻起来。

每页上的名单在我眼前掠过，我一目十行地像雷达一样扫描着名单。没有张奇。

“他不会死的，他不会死的，他一定在的！”我的眼睛被泪水蒙住了，什么也看不清，我只是喃喃地说着。

“嗯，死者名单上也没有他。不在医院，也有可能没怎么伤到，自己爬起来走了。”小护士安慰我。

“会不会还埋在里面呢？”我神经质地抓着她问，“张奇在哪儿？他还活着吗？”

她似乎被我吓到了："嗯……可能还在里面，没有被发现……"

我转身朝医院的大门走去，我要再跑回去找一找。

"张奇——张奇——"我撕心裂肺地喊着。我神经兮兮地跳进断壁瓦堆里，东翻西翻，手指被刮出了血。我绊倒在瓦砾上。我又继续爬起来，死命地翻着，张奇是不是埋在下面呢？我要救他。一只男人的灰白的手掌从断墙中露出来，我趴下去搬开砖头，一张血肉模糊的脸已经开始被蛆虫腐蚀，散发恶臭。不是张奇。我一阵恶心，呕吐起来，呕得眼泪鼻涕都流了。我继续翻着，在死人的肢体和衣物里寻着张奇。贵妇带着的宝石戒指，翠绿的珠玉上是已经干掉的暗红的血渍。还有被压扁的绣花鞋，蟑螂从里面蹿出来。鸭舌帽里老鼠在吱吱地叫。那股死人的气息从碎石瓦砾间蒸腾上来，整个人都被掩埋在压抑的气味里，幽灵扯着衣角，好像也要人一同死去。

张奇，你一定一定不能死，你要活着。

灰霾笼罩着天空，黑色的大鸟低低地在天空盘旋，发出怪异的鸣叫。

虽然是白昼，但是天色暗得如同夜幕即将降临，气压低得很，空气停滞不会流动。胸口闷得慌。

在瓦砾上不知道翻了多久，我跌坐在断裂的砖头上，哭起来。

对了！张奇可能那天根本就没有在这里！

我一拍脑袋：我为什么不往好的方面想呢？

他会在哪里？

我站起来，还没走两步，头晕目眩，眼睛发黑，我失去了知觉。

待我醒来时，躺在医院的床上。是邻居家的大嫂路过，叫人一起把我送到医院的。

对着白花花的墙壁，白花花的被子，白花花的枕头，心里也是无端发着慌。

医生说我心绪极不稳定，需要疗养。

我写信给莉娜。我告诉她我现在逃出来了，张奇又没了消息，不知是死是活，没了去处。

信寄出以后，我日日都在焦急地盼望着回信。现在正是战乱，写封信要能顺利抵达收信人也是靠运气的事了。

每天一睁开眼睛，心里的郁结犹如黑色的浓汁覆盖着我的心脏，沉沉地压过来，感觉连心脏流出的血都是黑色的。一朵黑色的云在头脑里愈来愈大。我愈来愈消瘦。我总是很警觉，我在心里不停地对自己说，要冷静要冷静，一定要想到办法。

我时常呆呆地坐着，手却在不停地抖，痉挛地抖。镜子里，我的眼睛空洞得好像挖了两个黑窟窿，深深地陷下去。有时候我流不出眼泪，有时候我的泪腺不受控制。我的头痛得没有办法扭动脖子。我发现我越来越呆滞，思路越来越不清晰，我想不清楚事情的来龙去脉，我乱得很，害怕得很。我在厕所里用冷水泼脸。我用力地掐自己。我把橡皮筋绑在手上，拉起来弹下去，每弹一下就是一阵刺痛。皮筋在手臂上留下一道道红肿的印痕。我要让自己的头脑清醒、冷静。

张奇你在哪里？我该怎么办？你不会死的。你死了我该怎么办？

这一日，医生护士们神色紧张地跑进病房里。

“日本鬼子要到了，能逃的快点逃吧！”他们喊道，“我们也要转移了。”

“逃到哪里去安全？”我拉着医生问。

“香港！往香港跑！”

大家都慌成一团，全都快快收拾东西逃亡。

整个城市笼罩在慌乱恐怖的氛围中。

好不容易等到了大篷车，我爬上大篷车，又在崎岖的路上颠簸起来。这一次不知道又要颠簸多久。大篷车潮湿破旧，粘满了污脏的黑泥，找不到一块干净的地方。我已经困顿不堪，就直接坐了上去。大家像沙丁鱼一样挤在一起。我想这个大篷车是不是运输过某些牲畜，总闻到一股腥臭的味道，闻得人胸闷。有些人晕车，翻江倒海地呕吐起来。秽物沿着车板一直流到我浮肿的脚上。

有一个大妈，蓬乱的头发，憔悴发黄的脸。她似乎忍受不了这沮丧压抑的气氛。她说起话来。她说，她有个女儿，在香港。香港的教会给穷人发奶粉。她说她很会做饭，她做过厨师，她去教会说不定还可以谋个做饭的差事。

她似乎给车里的人带来了希望，有了奔头。

有一个女人忽然抽搐，她身边的男人赶紧狠命地搓着她的身子。只见这女人眼窝深陷，声音嘶哑，皮肤皱缩，像是生命垂危的样子。她身边的男人喂她喝水，她喝一口就吐一口。一阵恶臭传来，她腹泻了。车里一大摊她的粪便。

大家议论纷纷。

“是霍乱。”一个人说道。

“对，是霍乱！会传染的，也治不好啊。”另一个道。

“没救了，不能在这车上啊，不然我们大家都得死。”

那个男人绝望哀伤地抱着她下车去了。

“他们在半路下去很危险啊！”大妈道，“遇上日本鬼子就完了，而且在这半路上也难找医院啊。”

“不应该让他们下去的。”

“唉，又有什么办法呢？”

大家都只顾着逃命，无暇顾及他人。

大篷车走了好久，傍晚，天边出现血红的晚霞。红得那么诡异惊悚，好似异端。

乱世。

第八章　亡命生涯

第一节 转移

大篷车快要驶到香港。开车的郭师傅在路边停下休息。大家也都下了车。路边有一条小溪，大家掬起溪水咕咕地喝着，洗脸。

“啊——”大妈尖利的惨叫声把大家都吓住了。

“怎么回事？”大家纷纷跑过去。

大妈脸色惨白，跌坐在溪边的泥地里，手肘衣服都粘满了乌黄的泥迹。

“手……手指！”她颤巍巍地指着她脚边的一只被水泡得发软的绣花鞋。

只见这绣花鞋里有半截灰白的手指。

大家都脸色发青。

“是不是日本鬼子也打到这里了？”一个大叔道。

“我知道再往前面有几户人家，先过去问问。”郭师傅说。

大家遂又上了车，心里都七上八下的，恐惧如阴霾笼罩在每个人的脸上。

大篷车经过那几户人家时，只觉这一带安静得出奇，让人心神不宁。乌鸦在屋顶呀呀地怪叫。屋旁的树枝叶干枯杂乱，枝干发黑，好像被火烧过的样子。

“下去问问吧。”郭师傅道。

大家又都下了车。在这会儿，大家都群体而行，好壮胆。

屋外的簸箕忽然“噗”地动了起来，弄得人心一悬，一只老鼠“吱”地蹿了出来。

似乎闻到一股强烈的恶臭。

“有人吗？”开车师傅敲敲门，却把门给敲开了，门没有关上，是虚掩着的。

只见屋里有几具尸体，被捅得千疮百孔的，一群老鼠在啃噬着。地板上、墙上都是成片成片干掉的血迹。

我一阵恶心，翻江倒海地呕吐，直吐得苦胆水都出来了，鼻涕眼泪满脸。秽物粘到了两鬓垂下的头发上。

“日本鬼子来了！”大妈哭喊着。

隆隆的车声传来，又一辆大篷车碾过泥泞坑洼的路，从反方向驶来。

郭师傅跑到路边展开胳膊使劲地挥手：“哎——师傅！有事情想问问。”

大篷车停下来了。“什么事啊？”那人问。

“日本鬼子是不是到了香港啊？”

“香港沦陷啦！大家都往外逃，你们难道不知道吗？”

“我女儿在香港啊！我要去救她！！”大妈一听，马上哭喊起来，“郭师傅帮帮我啊，带我去找我女儿！”她一把鼻涕一把泪地扯着郭师傅。

“现在没办法进去啊！进去只有死路一条，日本鬼子在大街上见人就杀！”那人道。

“哎哟！老天啊！我就一个女儿，积点阴德啊，帮帮我啊，只要送我进到香港，我自己去找我女儿！”大妈哭着喊着，跪着求郭师傅。

“哎，那我就再送你一点点，就在前面那个路口，再往前走一点就进到香港了，你自己走进去吧！”郭师傅拗不过大妈。

“好好，谢谢郭师傅！”大妈赶紧爬进大篷车里。

我的心也火烧火燎般异常担心嫒嫒。日本鬼子有没有杀到那里呢？应布良消息灵通，若有日本鬼子打到，他应该知道往哪里避难的，他也会带着嫒嫒逃跑。尽管如此，没有嫒嫒的消息，我还是心乱如麻，惊慌不已。

“那我们要去哪里才安全啊？”我问那人。

“山沟子里，日本鬼子绕过了槎城没有进去，往那一带逃吧！”那人说完，就急匆匆地继续开车走了。

大篷车又转道往槎城驶去。

去往槎城的路途遥远，大家在大篷车里颠簸着，灰头土脸的。大篷车逐渐驶入了人迹罕至的山林里。山林里有好些坟头。远远望去，倒是显得萧索幽寒，甚是恐怖。

山林里有小村庄，晚上大家进村里住宿。好心的村民空出了房间，大家女的合睡一屋，男的合睡一屋，全都横七竖八地躺在地板上。

夜里甚是静谧，静得耳膜生疼。路途困顿，一倒下便如同昏倒似的睡着，但是依然睡得极不安稳，总是一身冷汗惊醒。醒来发觉同屋的人也都睡得不踏实。窗外的月光黄中带着一丝丝的红色，好像血丝似的。看得到夜的流逝，夜色在天幕流转着，好像墨汁被轻轻搅动，每一分每一秒都让人心惊肉跳。

颠簸了四天，终于到了槎城。槎城有个育婴堂，是个教会，也教小孩读书识字。

我找到了育婴堂，很朴素的一座平房。开门的是一个四十多岁的大婶。她的五官很清秀，慈眉善目，额头和眼角有淡淡的皱纹，头发梳得一丝不乱，很齐整。她也是这里的修女，叫马丽。

我请她收留我，我告诉她我在教会学校念过书，可以教小孩识字。

她说她要问问马神父。

马神父出来了。是个五十多岁头发斑白的外国人。他的中文很流利。他说育婴堂收容弃婴，他们也正需要一位老师。

他带我穿过教堂到后院里。院子中间有一棵苍老的紫荆树。我得以安顿下来。

教堂很简陋，四面是刷成白色的墙壁，中间一条窄窄的过道，两旁是木头长凳。一个红色的大大的十字架赫然悬挂在布道台后面的墙壁上。几扇小小的窗户打开了，风灌进来，紫荆花的香味若有若无。

恍如与世隔绝的安谧之地，战火与杀戮都离这里很远。马神父说，槎城太小太偏僻，日本鬼子暂时没有想过打进这里。

下午的斜阳淡淡暖暖，把秋天的风也涂上了金黄，透过窗户，在地板上印下窗棂的轮廓。瞬间恍若隔世，我和莉娜在教会学校的礼堂里听着收音机学跳舞，那时我们才十几岁，现在已经过了将近十年了，弹指一挥间，人都变得沧桑了。

育婴堂里有五个小孩子，其中两个还在襁褓中，由马丽带着。另外三个孩子，一个叫马可，是个十三岁的男孩，可是智商却像个六岁的小男孩，但很活泼调皮，喜欢恶作剧。一个叫马太，是个八岁的沉默的小男孩，身上长了一个个黑色的斑点，不知道是什么病，所以被遗弃。还有一个女孩子叫喜乐，十二岁，很懂事，已经开始帮忙照顾那两个襁褓中的小弟弟。她的母亲是个妓女，生下来就把她放在了育婴堂的门口。

把房间打扫收拾停当，我提着水桶到院子里的井边，见到一个女子，她那长长的椭圆形的脸，还有那双金鱼眼似的大眼睛，许多年不见还是没有变。

袁雅音。那个在教会学校里嘲笑莉娜的富商之女。她怎么也在这里？

第二节　雨夜

袁雅音一眼便认出了我。

“乔芸。”她叫起来，“没想到在这里见到你。”

“好久不见了。你也是来逃难的吗？”我问她。

她的脸色一沉：“嗯，现在只有到这里来了。”

不知怎么，她的样子虽然没有变，可是眼神却空洞得很，眼睛大而无神，干涩。

“我在这里教孩子识字。除了育婴堂里的孤儿，一些街坊也会把孩子送到这里来学习。每天都有十几个孩子上课。”袁雅音介绍道，“你还得学会劈柴做饭。马丽一个人带两个婴儿，经常忙不过来。你来了就好了，多一个帮手。”

“上课教的都是什么内容呢？”

“都是很简单的汉字，他们都没什么基础。”袁雅音道。她低头似乎沉思了一会儿，眉头深锁，继而又说：“你和莉娜还有联系吗？”

“嗯。现在战乱，没联系上。”我回答。袁雅音和莉娜素来不合，嫌隙颇深，不知道袁雅音这个昔日高傲的大小姐为什么还会提起莉娜。也因为这个缘故，我和袁雅音在那时也没搭过话，就是面对面碰见了都是冷傲地走过去，视若不见。

“没，随便问问，想起以前，觉得挺幼稚的。”袁雅音似乎收敛了许多，变得低调了。

她带着我一起去厨房做饭。她和我聊起以前在教会学校里的事情，话匣子打开了。学生时代的嫌隙，在如今的乱世里都变得小孩子的闹情绪了。碰到认识的人，就带来了往昔的气味，这气味让人仿佛有了盼头，让人打起精神一起去过眼前的日子。

原来，袁雅音家里也破产了，她一个人流亡到此。

晚上回到房间，关了门，我又在昏暗的煤油灯下给莉娜写信。信封上写的依然是莉娜住处的地址。也许她现在也逃走了，根本没收到信。可是这是我唯一可以联系的中转站了。我内心隐隐地感到，张奇并没有死，他一定是在这个世界的某个地方。他也许会回到应布良那里找我，也许会跑到莉娜处打听我的消息。我要怎么才可以让他知道我来了槎城呢？

忽然一道闪电划过，屋里刹那间变得亮堂，转瞬又陷入了更深的黑暗里。雷声隆隆地巨响，好像炸弹爆破，让人在黑暗中坐着都毛骨悚然。大雨下起来了，滂沱如瀑布。

窗门都关了，可是感到整个屋子都被雷雨摇晃着，听得到墙面和木板被雨砸中的声音，好像要倒塌似的。

我躺在床上，整个人都蜷缩进被子里，头脸都缩进去。我从小就害怕听见打雷。还记得张奇在雨夜捂着我的耳朵，有他在我的心就安定，就不会慌。

“笃——笃——笃”，有人敲门。

“谁啊？”我问道。

“笃——笃——笃”，门外的人似乎没有听见我说话，依然在敲着。

也许是外头的雨声太大了，遮盖了我的声音。我爬起来，走到门前，隔着门板大声地问：“是谁？”

“是我，雅音。”声音打着寒战。

我打开门。只见袁雅音像从水里捞上来的一样，从头到脚都湿透了，雨水顺着头发往下滴，一直滴到衣袖、裤脚，头发全都一摞摞地贴在脸上。她的脸色惨白，毫无血气，连嘴唇都是白色的。眼睛好像空洞的玻璃球，只是映射出闪电的光，而没有自己的精气。

“我……怕……打雷好大……可以让我进去吗？”她断断续续思路不清地从嘴里含混地说出几句话。

我让她进来，递给她一条大大的毛巾。她把衣服都脱了下来，赤身裸体地坐在残破的藤椅上。她还是很心悸的样子，整个身体都在颤抖着，坐不稳，粗糙的藤条割破了她的皮肤。她苍白的身体在黑暗中就好像一条发光的鱼。她用大毛巾紧紧地裹着自己，连头也裹上了，遮住了额头，只留下眼睛、鼻子和嘴巴露出来。

“你怎么了？”我也被她吓着了。

“有人！”她警惕地竖起身子。

“什么人？”我环顾四周，瞄瞄窗外。

“……他们。”她停顿了一下，说道。

“谁？”我疑惑。

她欲言又止。

“一直都在，在说话，每天每夜，都在说话。”她絮絮叨叨。

“到底是什么人？说了什么？”我也浑身发毛，鸡皮疙瘩一个一个地隆起来。

“我在吃饭，他们说不要吃，我要睡觉，他们叫我别睡觉，我穿衣服，他们说丑死了……”她语速极快，声音低，近乎呢喃。她的胸口一起一伏喘着气。她越说越激动。

“冷静！冷静！”我打断她。

“不，我冷静不下来，我想冷静，冷静不下来……”她又抖起来，抖得藤椅子都扑簌簌地乱摇乱响。

“怎样才能静下来呢，怎样才能静下来呢……”她的头左摇右晃，她左看右看，眼瞳四瞄。她用手拔着藤椅上的藤条，死命地拔出来，然后用藤条划着自己的手肘。

我按住她的肩膀。“静一静！”我大声地喝断她。

她停下来了，抬头望着我，那眼睛深深地凹陷进去，好似骷髅。她的嘴唇也在不停地抖着，微微张开，干燥皲裂，好像一条离开水的鱼在死命地喘息。

我猜想她是因为恐惧过度而出现了幻觉。她为什么这么恐惧？

我让她在我的床上睡觉。有人在她旁边，她的心好像比较安定了。她还在喃喃自语，断断续续地说着话。不知过了多久，她睡着了。

外面依旧倾盆大雨。我也沉沉地睡去了。

第二日睁开眼睛，床上只有我一个人，袁雅音已经起来了。床单上她睡的位置皱皱的，残留着她的余温和体味。

我猛然察觉，我昨天给莉娜写的信还放在床头的桌子上没有收进去。我赶紧把信收进我的包袱里藏掖好。

走出房间，昨夜的暴雨已经停歇，空气里是泥土和青草的气味，却带着冰冷刺骨的凉意。紫荆树上的花叶被打落了满地。紫黑的花瓣软塌碎裂，憔悴蔫蔫。

我也起来到井边洗漱，见袁雅音也刚打上水来洗脸。清晨的阳光淡淡地投影在她的脸上，让她的脸看起来有了点血色。

她向我打招呼。“大家都起晚了，赶紧洗漱吧，孩子们马上就要过来上课了。”她道，“我先去煮锅粥。”她好像又恢复了正常，浑然忘记了昨晚的事情。

第三节　分裂

马神父带着大家做晨祷。早晨的阳光淡淡地洒进教堂里，秋意阑珊。圣歌安抚着焦躁痛苦的灵魂。我们跪在地上，祈求上帝让奇迹发生，让痛苦远离我们，让愿望遂心。

第一次给孩子们上课，在黑板上画了好多的画。教他们写“火车”就在黑板上画火车，教他们写“树”就在黑板上画树，这样孩子们容易记住。

课间休息，袁雅音教孩子们折纸。我也拿起一张白纸，裁成小小的好几张正方形，叠成了一个个小人儿。是糖果纸小人儿的模样。可是这里没有糖果，也没有糖果纸，只能叠成一个个硬梆梆的苍白的小人儿。孩子们却也很喜欢这些小人儿，小人儿一会儿就被抢光了。

嫒嫒那么爱吃糖，不知道应布良有没有弄盒外国产的太妃糖给她吃。嫒嫒现在怎样了呢？她见不到妈妈，一定很难过很伤心。她会不肯吃饭的。应布良带她去哪儿避难了？她安全吗？

我忍不住又胡思乱想起来，我很担心嫒嫒，见不到嫒嫒，我伤心透了。

"乔芸！快过来！和孩子们玩游戏！"袁雅音大声叫我，她似乎和孩子玩得正起劲，"老鹰捉小鸡！我做母鸡，你扮演老鹰！"

我浑浑噩噩地站起来，不太想玩，可是孩子们都扯着我的衣角央着我和他们一起玩，我也不好扫了大家的兴，也加入了他们的队伍。

袁雅音很兴奋，和孩子们闹成一片，她扎起的头发都在跑跳中散开了，额头、脖子上都是汗珠，她浑身充满活力，和昨晚见到的她判若两人。让我都怀疑：昨晚发生的一切难道是我在做梦吗？

这一天过得特别漫长，不只是这一天，这许多天都是。漫长得好像在度过一个世纪。在陌生的地方，思念和焦灼担忧总是无时无刻地侵袭着，我头上的神经几乎要断裂般疼痛。那被我强压下去的心脏里的抑郁，总是像被打翻的墨汁一样控制不住地流出来。我只有忍着，忍着痛楚，努力让自己心存希望。

午后，大家都休息了。院子里很安谧。风轻轻吹动紫荆树的叶子，秋日的阳光依旧如此耀眼，秋风的凉意浸润在阳光里。

我从包袱里掏出写给莉娜的信，出门寄信去了。

青石砖铺成的巷子，两旁是矮矮的平房，却种了高大繁密的树木，枯黄的叶子时不时从树上悠悠地飘落，旋转了几下才轻轻地贴到地面上。踩在枯叶上，听得见"咯吱"的干枯断裂声。天气很干燥，皮肤都瘙痒起来。

到了邮局，却听得两个人在议论：

“不打了？”一个道。

“国民党三个师都退到这里了，说是等候命令，我看啊，这里是不打算打了，日本鬼子都不往这儿来。”另一个道。

“这里是好地方啊，三面都是水，就一个窄窄的山道进来，日本鬼子要是过来，就从山上滚几个石头下去都把那些鬼子给砸死了。”

“难怪我说走在路上都看到那么多军官的。”

……

兵荒马乱，大家都对时局动向异常关注。由此看来，槎城还是安全之地。

回到育婴堂，做饭，吃饭，打扫了卫生，洗了衣服，做了晚祷，已是深夜了。我腰酸背痛地伸伸腰板，回房间睡觉。前脚刚跨进门槛，就听得袁雅音的声音在身后响起。

“我今晚可以和你一起睡吗？”

看来昨晚发生的一切都是真实的，我不是在做梦。

我让袁雅音进来了。她把扎起的头发放下来，头发浓密厚重，大波浪卷的黑色头发在黑暗中好似绞盘在一起的一条条小蛇。

桌子上昏暗的煤油灯晕亮了屋子的一角。屋子里的其他地方都陷入了幽暗之中。

“你有梳妆镜吗？”她问我。

“有的。”我拉开抽屉，从里面取出梳妆镜。抽屉里一叠信笺，上面是我还没写完的信的草稿。我赶紧把抽屉关上。

“谢谢！”袁雅音坐在藤椅上，把梳妆镜放在桌子上，对着镜子认真地把厚重的头发梳开来。她一下一下地梳着。她掉了好多头发。

“你到底怕什么？”我问她。

“噢……昨晚做噩梦了。”她轻描淡写道。

可是我发现她梳着头的手不经意地颤抖了一下。

“梦见什么了？”

“忘记了。”她表情木然地凝望着镜子。

“你在这里多久了？”我又问。

“不久，却好像过了好久好久，每天都那么无聊，天天重复着一样的事情，无聊得要死。”

“你和孩子们玩得好开心。”

“只有和他们玩的时候才开心。”

“呵，你是过惯了热闹日子的，还是没变。”我道。

“那已经是猴年马月的事了。”她惘然地说，“不会再回来了。”

熄灭煤油灯睡了。

袁雅音一直没睡着，她在床上辗转反侧的声音窸窸窣窣的。我背对着她，迷迷糊糊就睡过去了。

脸上痒痒的，好像是微风拂过，夏日的微风，又好像是柳条上的嫩叶，掠过我的脸庞，不对，是一股清甜的气息，是媛媛的手在轻轻地摸着我的脸。

妈妈，该起床了。她的声音甜甜的。

我醒了，脸上都是泪痕，枕头上湿了一大片。

屋里仍旧漆黑一片，可是我身边的袁雅音不见了。摸摸她睡过的地方，还是暖的，她应该刚起来不久。

也许她上厕所去了。

我躺在床上闭着眼睛继续睡觉，可是却翻来覆去睡不着。我在想，现在这世道，信很可能在半路遗失，我得再多写几封信，才能尽可能保证有一封寄到目的地。可是袁雅音在这儿，我现在也不方便马上起来写信。如此想着，等了好久，却也不见袁雅音回来。

月亮从乌云中探出头来了。对着院子有一扇大纸窗，月光透过纸窗，把紫荆树的枝叶的影子映在上面。枝叶偶尔随着夜风晃动，黑色的剪影也在纸窗上摇摆。

突然，我看到了一个单薄的身影闪过纸窗，那个身影有着厚重的长发。

是袁雅音。她没有进屋里来。她要到哪里去？

第四节 郁

我也披衣起来，悄悄地推开门。

院子里空无一人。紫荆树被风吹得呼啦啦地响，枝叶摆动。远远地听见了婴儿的啼哭声。

教堂的窗户好像隐隐有微光渗出。

我蹑手蹑脚地向教堂走去。

我从后面走进，见到了袁雅音的背影。坐在第二排左侧的长凳上，身子往前倾，伏在第一排凳子的靠背上。她那黑乎乎的浓密的长发披在她身上，好像吸附在她身上的蛇一样，吸着她的精气，黑得发亮剔透。

她在啜泣。她的肩膀在剧烈地一起一伏。她又在喃喃地低声自语。我依稀听到她似乎在说："我该怎么办怎么办怎么办……去哪儿……不能回去……他们都想杀我……"

我已经把脚步放得很轻很轻，但袁雅音相当警觉。"谁？"她立马站起身转过头来。

见到是我，她愣了一下，随即又坐了下来。

她的脸因为强烈的情绪而导致肌肉都扭曲抽搐着，五官都挤歪了。

“你醒醒！”我使劲摇她，“你到底怎么了？”

“我一直都很清醒！！”她奋力地挣脱我，她凄厉地尖叫着。

“你天天晚上都说你怕！”我道。

她低着头，咬着牙齿，她想竭力地让自己安静下来，可是身体依然不听使唤，浑身的骨骼都在响。

“发生了什么事情？可以告诉我吗？”我坐在她身边，柔柔地抚摸着她的肩膀。

她没有吭声。

我也坐着。她身上散发的强烈的恐惧的气息好像死神一般，静静地淹没着周遭的一切。我禁不住地胡思乱想，好像自己也陷入了即将被迫害致死的境地。她到底隐藏着什么秘密？我们是不是同样危险？

墙上的十字架在黑暗中显得明晰。窗户和拱形的门把教堂里的空间圈了起来，棕黄色木质的长凳在昏暗的煤油灯光下恍若蒙上了一层淡淡的光晕。

袁雅音闭着眼睛低声祷告，祈求主给予安宁。

我也默然地跪下，静静地祷告着，为着媛媛，为着张奇，为着遥不可及的未来。

这一夜，我与袁雅音相对无语。

日子一天一天地过去，袁雅音一直都没有向我透露过任何信息，她每天夜里都到教堂去。

这一日下午，我从集市里买了做菜用的小鱼干和腌咸菜，走到育婴堂门口，见到一个熟悉的身影，白皙细嫩的腿，穿着旗袍的窈窕身躯，性感的丝袜，时髦的卷发。她正在门口向马丽修女问着事情。

“莉娜！”我大声喊起来，奔跑过去。

莉娜见到我，激动地拼命招手，穿着高跟鞋也笃笃笃地小跑着过来。

我们紧紧地抱在一起。

“乔芸，我看到你的信了！”莉娜道。

“你一直没走？”

“我跟着邓老板去了香港，后来在香港失散了，我又从香港逃出来，路过家门口，日本鬼子已经从那里撤走了，我看了你的信。”

“你有应布良那里的消息吗？不知道他带嫒嫒去哪里了？还有张奇。”

“还没有打探到消息。”莉娜说，“槎城有军队俱乐部，我来了这里，或者可以打听到一些情况。”

“你住在军队俱乐部？”

“嗯，三个师的军官在这里，当然要有些娱乐场所啦！”莉娜笑道，“谢少将还夸我跳舞跳得好呢！”

莉娜涂着鲜艳的红唇，原本就白皙的皮肤略施脂粉，显得更加粉雕玉琢。她掏出一包香烟，抽出一根，用火机点燃，然后用两根玉葱段似的手指夹着，深深地吸起来，再悠悠地呼出去。香烟缭绕，她的眼神在淡淡的烟雾中更显得迷离性感。

袁雅音刚清扫完，提着两大袋垃圾走出门来。她显得疲惫而憔悴，眼睛无神，头发也只是凌乱地胡乱扎起来。

莉娜认出了袁雅音。她略有些惊讶，继而是轻蔑地用眼角瞟着她，也没正脸看她。袁雅音也见到了莉娜，她也没说话，只是自顾自地走开去了。

“那个是袁雅音？她怎么也在这儿？”莉娜道。

“我来的时候她就在这里了，也是来逃难的，她家破产了，现在收敛了很多，还说对以前的事情挺后悔的。”

“嗬。”莉娜刻薄地说道，“想不到她也有今天。”

“她很奇怪，好像总在害怕某些东西，总说有人要杀她。”我小声地对着莉娜的耳边说。

“哦？这样。”莉娜若有所思地想了想，“你要提防着她，我看可能没那么简单。”

莉娜走了。袁雅音倒是对莉娜很感兴趣，问起了她。

“莉娜都认识哪些军官？”她问道。

“不太清楚。”我道。

“她还是没有变。”袁雅音道。

“你倒是变了许多。”

“世道变了，人还不去适应，能活下来吗？”她淡淡地说道。

“从教会学校毕业，你去了哪里呢？”

“没去哪里，就那样。”她避而不答，“准备去做饭！”她朝厨房走去。

袁雅音似乎刻意不去提过去，这是否是她一直恐惧的事情呢？

莉娜隔了几日又过来了。她带来了两包蚝干和瑶柱。

“给，这东西现在很难得的，我又不做饭的，都在军队饭堂吃，这蚝干和瑶柱拿去煲粥好。”

“你在俱乐部里混得还好吧？”我问她。

“哈哈哈！”莉娜捂着嘴笑起来，“这些军官别看平日里那么严肃正经的，私下里也是一个样。”莉娜又道：“那个谢少将喜欢带人去兜风。”

“知不知道这仗还要打多久啊？”

“这就难说了。不过我和那个邓老板倒是联系上了，他人脉广，我让他帮忙打听张奇的消息。”

“邓老板知道你去了军队俱乐部不生气吗？”

“唉，我对他说我是被军队强占过去的，迫不得已。邓老板知道我和谢少将混得熟，巴不得过来巴结我呢。”莉娜得意地说。

留了莉娜在育婴堂吃晚饭，用她给的蚝干和瑶柱煲了一大锅粥。海味的清甜和着米香，隔着老远都闻得到，让人垂涎三尺。大家好久都没有吃海味了，孩子们都喝得喷喷香。

多了一个人吃饭，圆桌显得人有点挤。袁雅音端着粥站到院子里的树下喝去了。

莉娜和袁雅音还是心存芥蒂，两人也并不搭话，避免冲突。

马神父见莉娜来，饭桌上一直向她宣讲耶稣的神迹。莉娜歪着脸眯着眼睛，看着神父，时而颔首表示赞同。

“马神父，我也在教会学校学习过。”莉娜道。

“那太好了，你对耶稣还有圣母一定也已经很了解了。我们要让我们信主的生命越来越好。”马神父操着流利的中文道。

“马神父，你的中文说得真好，你来中国很久了吧？”莉娜问。

“我三十年前就在中国传教了。”马神父回忆起来，“到现在有了这间育婴堂，这一路过来了。刚开始很多人不知道我说什么。”

“马神父真不容易啊！你去过什么地方传教呢？”

“主要都在这一片地区，刚开始我在鹅城，在那里待了十年，才到别的地方。”

“鹅城？我就住在鹅城！”我道。这世界真小，没想到马神父也曾到过应布良所在的城镇。

“鹅城是个很美丽的地方。”马神父两眼泛起光来，往昔的回忆在他的瞳孔里闪现，“那里有郊岭，郊岭上有不老泉，还有海，还有……还有一个美丽的女子。”

“哈哈，神父也会觉得女子美丽啊！”莉娜调侃马神父。

马神父脸微微泛红。“那个女子当时已经结婚了，我给她画过像。”马神父好像陷入了过去的情景，整个人都弥漫在某种甜柔的氛围中，“我们只是朋友。她叫张紫琳。”

第五节　旧梦

“张紫琳？你认识她？”我很惊讶。

“是的，你也认识她？”马神父问。

“没有，只是听说过。”我道。

“她已经去世多年。”马神父黯然神伤。

又一阵秋风扫过，窗外窸窸窣窣一片轻薄的脆响，萧瑟的落叶飞了满地。

马神父回忆起往事来，他好像好久都没有追溯过这段被掩埋许久的往事了。也许是碰到了故地的人，让他寻得了得以理解故事的人。

“我觉得很奇怪，我到现在都觉得很奇怪。”马神父道，“张紫琳的丈夫好像很爱她，她想要什么他都会去满足。我认识张紫琳也是因为她的丈夫。她的丈夫叫应布良。那天他跑来找我，他说他的妻子在家里很闷，忽然说想学画油画，他打听到我会画，就特意请我过去。”

“请你做老师吗？”我奇怪地问。

“是的。在他们大宅子的客厅里，我记得张紫琳走出来的时候好像整个客厅的颜色都变了，我不知道怎么形容，本来客厅的墙壁都是白白灰灰的，她出来的时候，变成了幽幽的青蓝色，很宁静的颜色，就好像是东方女子的颜色。她半挽着发髻，一丝不乱，头发乌黑亮泽，眼睛也很黑。她很温婉，很柔。她不太说话，有时候嫣然一笑，有时候眉头紧锁，很神秘。我那时还很年轻，对东方女子的神秘很好奇。”马神父的神思徜徉在回忆里。他的眼睛看着窗外的一角，好像那一角的天空上放映着一幅幅过去的图画似的。

“呵呵呵……”莉娜咯咯地笑起来，“马神父心动了？”

“不是，我只是好奇，欣赏。”马神父的脸又红了，“我是把一生都献给了上帝的。”

“那后来呢？”我继续追问。

“后来应先生把我带到他专门为张紫琳建的厢房里，但是那个厢房好奇怪。”马神父说，“只有顶上的一个天窗，四周都是封闭的，房间里的陈设都很奢华，可是又有点凌乱，感觉到住在里面的人好像心情不是很好的样子，里面放了把古琴，弦却被割断了，还翻起来，还有墙壁上有磕磕碰碰的痕迹，好像是用手指甲抓上去的。”

“你觉得会不会是张紫琳被应布良关了起来？”我向马神父验证我的猜想。

“看样子又觉得不太像啊，应先生为什么要把自己的太太关起来呢？”马神父思索道，“应先生看上去像个性情中人，对人倒也彬彬有礼。只是应先生说他想陪他太太学画画，每次都是应先生约我过来，然后我教他太太画画，他就在一旁看着。张紫琳却好像不怎么想应先生总是在身边，有次发脾气，摔东西，还尖叫，我都被吓着了，后来应先生让我先出去，他关了厢房的门不知道和他太太说什么干什么了，我在外面等了好久，他出来了，他说他太太有病，精神不太好，所以他才一直陪着她。”

“有病？”我道。

“张紫琳一会儿说要弹古琴，一会儿要学唱戏，一会儿说要画画，一会儿又说要去海边，一会儿又说要到山里头住，应先生对她有求必应，一直都陪着。”

“这大小姐也太任性了吧，都是三分钟热度啊。”莉娜心直口快。

“但是不知道为什么，我总感觉她不快乐，她好像想抓住什么东西一样。”马神父道，“后来有一天，她忽然要我帮她画像。”

我想起那幅挂在海边屋子里的油画。

“应先生刚开始不答应，后来张紫琳又歇斯底里起来，应先生终于答应了。然后张紫琳又说要到海边的屋子里画，光线比较好。我跟着应先生和他太太去了海边的屋子。我画的时候，应先生一直在旁边看着。我感觉挺不自在的，好像被人监视一样。”马神父继续说，“我也试着向他们传教，应先生好像不太感兴趣，可是张紫琳挺感兴趣的，她和我多聊了几句，应先生打断了她，然后叫我回去，说他太太要吃药休息了。”

“张紫琳到底是什么病呢？”我问。

“据说是精神衰弱，心悸。我对她说要信主，求主赐予安宁。主医治我们的灵魂。”马神父道，“她很敏感，很多很细微的东西都会刺激到她。可是有时候她又很安静，呆呆地坐着，看着窗外。”

“豪门多怨妇啊！”莉娜唏嘘。

“有个晚上发生了奇怪的事，我到现在都记得很清楚。”马神父的眼神闪过一丝惊悸。

我忆起海边张紫琳房间的地板上那像陈旧的血迹一样的红色。寒露在空气中凝结，冷气逼人，让人不由得拉了拉衣服，缩起来。

“是在我帮张紫琳画完画像的那一天，下午我画完了最后一笔，应先生显得很高兴，他说画完了就可以回去了。可是张紫琳却郁郁寡欢的样子。而且我觉得奇怪的是，我的画像好像吸走了张紫琳小姐的魂魄，她变得整个人神色黯淡。晚上，窗外下着暴雨，我心神不宁，一直都睡不着。我又起来点了蜡烛，在卧室里祷告，刚祷告完，忽然有人敲门。我打开门，是张紫琳，她的脸惨白得像纸一样，她很单薄，似乎要晕倒。她问我是不是只有上帝可以救她。我问她到底是什么事情。她突然又紧紧地抓住我，她要我救她。她又说，是不是只有上帝才能解救人的灵魂，她的灵魂，还有她丈夫的灵魂。”

“应布良是不是对她做了什么？”我的心跳又开始加速，太阳穴发疼。

“过了一会儿，应先生跑来了，他拉了他太太回去，他说他太太又犯病了。我说我可以和他太太好好聊聊，可以为她祈求上帝的医治，可是应先生却坚持不用，慌慌张张地拉着他太太回去，他太太不愿意，挣扎着，她的手指抓着墙，应先生还死命地拽着她走，手指甲划过墙壁发出尖利的声音。我跑过去试图帮她挣脱，我对应先生说，他这样太粗鲁了。应先生却很凶地咆哮起来，说他的家事不用我管。张紫琳看着我，眼睛里都是绝望。我也对应先生大声说，这样违反人权。应先生见我这么强硬，和我争吵起来，我也很激动地和他争吵，后来应先生拿来了猎枪，我的后脑勺被他用猎枪的枪托撞了一下，晕了过去。醒来的时候，已是第二天了，我还是躺在地板上，我赶紧爬起来到处找，看到张紫琳的房间里，一个仆人在擦着地板上的血迹，仆人说是应先生的枪不小心走火，打伤了自己。我到处找他们夫妇，结果发现，他们两人肩并肩地坐在海边的沙滩上，应先生的一只手缠着绷带，他搂着他太太，他太太的头靠在他的肩膀上。他们好像和好了的样子。真奇怪啊。”马神父吁了口气。

听完马神父的讲述，大家都在猜想着那个忧郁迷离的张紫琳。她的灵魂好像饱满的风，吁着气从久远的年代飘来，静静地坐在我们旁边，托着腮帮侧着脸，看着我们。我看不到她的形体，却感觉得到她的呼吸，一下一下，依旧那么清晰地在我耳畔。

第六节　假面舞会

马神父送了《圣经》给我和莉娜。

莉娜摩挲着《圣经》黑色的封皮，道：“看着它，就想起以前在教会学校。”

“那时我们每个人的床头都摆着本《圣经》，每天早上一醒来就要在老师的督促下祷告，好像任务似的，一没有监督就完全不会看，倒是现在，才会想着去看《圣经》，再忙再累也想抽时间读一读。”我感慨万千。

“那时觉得自己很不幸，可是比起现在，又觉得那时好多了。”莉娜又从烟盒里抽出一根烟吸起来。她的眼神里隐约含着某种凝重的情绪：“每天应付这么多的人，有时候都感觉踩在薄冰上似的。那些军官只把人当宠物，喜欢你时多喂你几块肉几根骨头，不喜欢时一脚踢开，你若再烦他，他指不定会掏出枪把你毙了。”

“希望战争快点结束！结束了，你就可以回家了。”我道。

莉娜走了，我站在大门口送她，她走了几步，又回过头看看我，习惯性地眯着眼睛嫣然一笑，很是妩媚。

“我又不是男人，你犯不着这样看着我。”我打趣道。

“Sorry，职业病。”莉娜抛给我一个飞吻，便又打起精神笃笃笃地走了。

日子又恢复到原先那样，我每天都期待着莉娜再过来。她再回来的时候，说不定就能带给我张奇和媛媛的消息了。

可是，等了好久，莉娜都没有再回来。

我忐忑不安，想起那天莉娜临走前说的话，不由得为莉娜担忧。

这天下午，我走到军队俱乐部，想打探一下莉娜的消息。可是门口的卫兵却拦住我。

“你找谁？”他问。

“找莉娜。”

“莉娜？”他瞅了我一眼，“这里不随便给人进的。”

正说着，只见一穿着修身大花旗袍的女子，抹着厚厚的脂粉，扭着屁股走上前来。

卫兵又拦住她。

“你找谁？”

那女子斜睨了他一眼道：“找少将。”

“哪个少将？”卫兵又问。

“三个少将都找。”她又道，“我先前来过，你不记得了吗？今晚有个假面舞会，这是请帖。”她翘着兰花指，从手袋里慢悠悠地拿出一张卡片。

卫兵看了看，笑道："哦，原来是陈小姐。请进。"

"我有几个姐妹还在家里打扮呢，待会再过来，你可不要拦着人家。"她娇嗔道。

"我怎么知道哪些是你姐妹？"卫兵道。

"穿着像我这样的大花旗袍的便是。"她说罢，笑盈盈地迈着碎步走进去，还不忘朝卫兵抛个媚眼。

我看了看我自己，宽大的土黄色的大襟衫，被吹得蓬松而略微凌乱的发髻，素面朝天灰头土脸的样子，是无论如何也混不进去的。我想起我从应布良那儿逃出来时，包袱里还有件旗袍。或许我可以装扮一下再混进去。如此想着，我便快步地跑回育婴堂。

我从包袱里取出那件旗袍，太久没穿过，一直叠在里面，有些皱了。我问袁雅音有没有脂粉口红。

"你要去哪里呢？忽然要化妆。"袁雅音问道。

"参加一个舞会。"我简单回答道。

"喃。"袁雅音笑道，"我可以一起去吗？"

"呃……要有邀请函的……"我借故推辞，"下次再叫上你一起吧！"

"哦，是莉娜邀请的？"她又问。

"嗯。"

我对着镜子仔细地扑粉。我化妆向来是薄施脂粉，可是这一次，我在脸上涂上了厚厚的一层，口红也涂得红红的，好像要滴血的玫瑰。晚上的假面舞会，在昏暗的灯光下，要化浓妆才显得妖娆。

装扮妥当，我看了看镜子里的自己，我想那个卫兵应该都认不出我了。

我从应布良那儿逃出来的时候穿的是一双平底绣花鞋，一路上已经磨得残旧褪色了。袁雅音的黑色高跟鞋又太大了，穿不了。没法子，只得穿着不搭调的绣花鞋去了，想来是夜晚，而且又穿在脚上，应该也不会太引人注意吧。

我又来到了军队俱乐部门前，见卫兵一脸严肃地站在门口，心不由得忐忑起来。我深吸口气，强作镇定，不紧不慢地看着前方一步一步走过去。

“小姐，请问你是来……”卫兵问道。

我斜睨着他微笑：“我是陈小姐的姐妹，来参加假面舞会的。”

“哦，原来是你呀，请进。”卫兵脸色缓和起来。“麻烦还是看一下你的邀请函吧。”他又道。“是规定，我也是按命令做的，不好意思了。”他又解释。

我故意伸手在手提袋里掏了许久，又翻过来左看右看：“哎呀，怎么不见了呀，是不是掉在哪里了？”我装出一副着急的样子。

“不会吧，你再仔细找找。”卫兵道。

“真的找不着了。”我颦眉，楚楚可怜地看着他，“大哥，你就让我进去嘛。你看我这样子，我还能是坏人吗？”

他拗不过我：“算了，算了，进去吧！下次记得带好咯！”

“谢谢哥哥。”我娇滴滴地说。

到了舞厅门口，侍应生给了我一个面具。

“每个人都要戴上哦，待会还有好玩的游戏。”侍应生彬彬有礼地说道。

舞会还没有正式开始，舞厅里早已灯红酒绿，三三两两的男男女女或坐或站地聊着天，喇叭唱机里播放着欢快的华尔兹。侍应生来回穿梭，举着托盘给大家送去酒水。

我在舞厅里转了一圈，没有莉娜的影子。

吧台那边，有个侍应生在擦着酒杯。我走过去坐下。

“小姐，请问要喝点什么吗？”他问。

“雪莉酒，谢谢！”我道，“请问你认识一个叫莉娜的小姐吗？”

“哦，我见过，她常和谢少将在一起，可是好像有一段时间都没见过她了。”

“她去哪里了呢？”我急忙问。

“不知道哦。你是她朋友？谢少将应该知道吧。他经常和莉娜一起过来点威士忌加冰。”侍应生道。

“哪个是谢少将？”

“那边那个，在右边靠近墙第二排的卡座里，长着胡茬的那个。”他指给我看。

“是在穿大花旗袍的女子旁边的那个吗？拿着酒杯喝酒的？”我问。

“对，就是他，谢少将。”

我走过去。“谢少将，您好！”我礼貌地对他笑笑。

“你好！”他看着我，一只手搭着身边一女子的肩膀。那女子也用那双水汪汪的眼睛朝我看过来。

“我们是不是在哪里见过，好面熟啊！”谢少将道。

他身边的女子咯咯地笑起来，用手中的丝巾轻轻地甩在他脸上：“我们见面时，你也是这么和我说的。说来说去都是这句。”

谢少将也哈哈地笑起来。

“旗袍怎么这么皱巴巴的。”那个女子瞟着我说道。“好像刚从一个男人的怀里走出来似的。”她边笑边说。

我没有理会她。

喇叭唱机里播放起了一首节奏明快的法国香颂，激起了大家的兴致，他们拉着手到了舞池中央跳起来。

谢少将起身邀我跳舞。

“她穿的是布鞋，怎么跳？”那个女子眼尖，看到了我那双旧旧的绣花鞋。

谢少将低头一看，却语气带着怜惜地说道：“没钱买新鞋吗？怪可怜的，让后勤的给你找双来。”

“不用了，谢谢少将。”我道。

那个女子似乎有些不太高兴的样子，谢少将也觉察到了：“你呀，就爱吃醋，总得给新来的客人一点面子嘛，跳个舞也是尽点礼仪。待会儿再和你跳。”

“你呀，就是贪新鲜。”她嗔道。

“我是莉娜的朋友，叫乔芸。”我对谢少将道。

“哦？”谢少将打量着我。

“莉娜时常提起谢少将，说谢少将风度翩翩，倜傥风流，今日一见，果然名不虚传。”我对谢少将奉承一番，“我好像很久都没有莉娜的消息了，想找她，不知谢少将知不知道呢。”

“咳咳……”谢少将咳了一下，神色似乎变得严肃了些，“我也不知道她去哪里了。你们很要好？”

“是的。”

“你……是怎么进来的？这个舞会是要有邀请函才能进的。”他又道。

我感到气氛变得有点不对劲儿：“我就这样进来了，我也不知道他们怎么放我进来的。”

“这些卫兵真是……”谢少将嘀咕着。

“你是哪里的？”谢少将又问道。

“我从外地来的。”我感到好像在被盘问似的。我嗅到了某种隐隐的危机潜伏着。此地不宜久留。“先失陪一下，我去下洗手间。”我继而道。

我匆匆走出舞厅，没往洗手间的方向走，径直就往门口走去，还没走到，就听得后面一女子尖细的声音：“舞会还没结束呢，这么快就想跑了？”她款款走过来，挽住我的手臂往回走。是谢少将身边的那个女子。

“我喝了点酒，身体不适，想早点回去了，不打扰你和谢少将了。”我道。

“哎哟，你真以为我那么小心眼吗？”她扑哧一声笑道，硬是把我拉了回去，“谢少将等你等得急呢。”

假面舞会已经正式开始了。女士们都戴上了五颜六色、妖娆各异的面具，男士们一律是黑色的假面，有的还在胸襟上佩戴一朵红色的玫瑰花。

第一个舞蹈是圆舞，大家围成一个大大的圆圈向一个方向移动，成对成对地跳，跳完一个小段落就交换下一个舞伴。那个女子把我推进了舞群里。幸而我还记得莉娜以前教我的舞步。大家兴高采烈地转起圈来。谢少将长得很高，尽管戴上了面具，还是很容易辨认。他和那个女子就在我的旁边跳着。我想着如此轮换着跳，我是否能伺机离开人群。

灯光逐渐变得越来越迷离昏暗。

我的脚步跟着节奏移动着，我却心不在焉地左顾右盼。我一直在偷瞄着谢少将和他的那个女子，可是他们也在瞄着我。我们的眼神常常相对，谢少将似笑非笑而又犀利的眼神好像一把无形的探针，刺向我。那个女子总是那么漫不经心地浅笑着，酒窝里是陷阱。

灯光忽明忽灭，人影也在明与暗之间交替显现。音乐渐入高潮，舞步越来越快，衣带飘飘，裙袂飞扬，带着黑面具的男士像一只只蝙蝠，面具的造型让女士的脸看起来像狐狸，她们从舞伴的肩膀旁探出头来冲着另一边的男士媚笑。

纷乱的脚步打乱平衡，心也跟着慌起来，明明感觉到自己的心脏在扑通扑通跳得飞快，可是巨大的音乐如潮水般把心脏的声音都掩盖了。恐惧与陷阱都被华丽的舞台和殷红的地毯点缀，男人和女人在握手旋舞之时窃窃私语，各种细微的语言的喧响好似噬咬着人的硕鼠，吸食着人的精髓，人的心气开始流失，渐渐失了神。

这曲结束，说不定我又会被带到谢少将跟前问话。我还没有找到溜走的机会。我四面观察着，从舞池到外面，有一条大通道，两个侍应生在门口守着，我又发现了一处小缺口，在卡座的转角处，摆着一盆巨大的绿萝，绿萝沿着棕色粗大的干攀缘，阔大的叶子繁茂。而在这盆植物后面，貌似是一条窄小的走廊通道。从这个缺口偷偷钻出去，或许就不会被沉浸于灯红酒绿中的军官们发现。当然要趁谢少将和那位女子不注意的时候。

音乐越来越响，节奏越来越快，交换舞伴的速度也越来越快。又一位男子握住了我的手。我的心猛然好像苏醒了似的。这种触觉和温度，还有他身上散发的气味，我再熟悉不过。海浪的气息。我抬头看着他。他在面具后面的眼睛还是那么漆黑明亮，如同夜色中的星星。长长的礼服让他显得更加温文尔雅，风度翩翩。我激动得差点叫出声来。他在用眼神示意我。不要出声。

张奇。他果然还活着。

我知道我一定还会再见到你的。

他带着我从旋转的舞池中走出来，来到另一位军官面前。“这位是我朋友，想办法带她出去。”张奇道。

那位军官道：“跟我来。”

我和张奇跟在他身后，朝大门口走去，才走出舞池，谢少将却走过来了。那位军官似乎心照不宣地对谢少将说：“交给我办。”

谢少将点点头，也没说什么。

那位军官继续带着我和张奇走去了。我亦步亦趋地佯装笃定，经过持着枪的卫兵身边也目不斜视。张奇感觉到了我的紧张，他挽着我手臂的手轻轻地动了一下，像是在安抚我。有那位军官带路，一路上的卫兵也没有拦着。我顺利地离开了军队俱乐部。

走到巷子口，张奇道：“此地不宜久留，赶快回去收拾一下走吧，回鹅城去，日本兵已经撤了，去水东旅店，我办完事也马上去那里。”他说完就和那军官匆匆离开了。

第七节　紫色面具

回到育婴堂，已是深夜。大家都已睡了。巷子里静悄悄的。敲门许久，袁雅音开了门。

一路跑回来，我还是气喘吁吁的。我赶紧跑回房间换衣服，收拾行装。脸上的脂粉已经脱落了大半，睫毛膏也歪在一边。那个紫色的舞会面具被我丢在床上。

袁雅音走进我的房间。

“这么晚才回来，还以为你出事了呢。”她坐在床沿上说。

“这么晚了，你还没睡吗？”我问。

“心神不宁。”她拿起那个紫色的面具，摆弄了下，“今晚是假面舞会？”

“嗯，是的。”

“没见到莉娜吧？”她忽然问道。

我一愣，“你怎么知道？”

“莉娜现在还好，没什么大事。”

“你见过莉娜？”我狐疑。

“不该知道的事情，就别管了，不知道还更安全。”袁雅音道，她好像看出了我的意图。

“她到底在哪儿？她怎么了？”我再次问她。

“不知道。”她淡淡地说了一句。

“不，你一定知道。”我激动了，拼命摇着她的肩膀。

“不知道。”她还是这么回答。

“为什么不肯告诉我？”我穷追不舍。

“难道你救得了她吗？”她抬头直视着我。

“我可以想办法——”我说道。我想张奇或许能想办法救出莉娜。

“你想找谁来帮你呢？”她哼了一声，“这浑水，越少人蹚进来越好，对莉娜也好，对大家都好。不要把事情越搅越糟。尽快走吧，万绿码头一早有班船，坐船更快更安全。”她说完便走出去了。

我看着她走出去的背影，僵直的，好像又陷入了奇异的光景里。她没有朝她房间的方向走，而是又往教堂的方向走去。我没有跟着她。一整个晚上神经都绷得紧紧的，现在只觉得浑身都散了架。

我倒在床上，那个紫色的面具在昏暗的煤油灯下，眼睛的两个黑色的窟窿倒像是巨大的瞳孔似的，幽幽地看着我。

袁雅音一定见过莉娜，她怎么会知道这么多？莉娜到底在哪里？张奇忽然出现让我又惊又喜。现在这世道，只愿人平安。

我迷迷糊糊地瞌睡起来，眼前的紫色面具却越来越迷糊而诡异，时而清晰，时而潜入梦境的边缘。

张奇的黑色的眼睛，今天晚上见到的，从面具里透过来的眼神的光芒，无论何时何地都能挑起我心中最隐秘的痛楚。藏在这黑色的眼睛之后的，却是暧昧不清的影像，重重叠叠的，若即若离的，飘散不定的。张紫琳的影像又从朦胧的潜意识中恍恍惚惚地来到了我的眼前。

仿佛是宿命一般，她的影子在我的身边挥之不去。马神父的回忆更加激起了我的好奇心。那本还没有读完的日记里，到底她和应布良之间发生了什么骇人听闻的故事呢？

我总是在夜深人静之时，听到她幽幽的叹息，她的手沉沉地压在我的心脏上，我无法呼吸。救我。我想喊出声来，可是我的喉咙干涩嘶哑，根本发不出声音。我挣扎着努力想睁开眼睛，可是她的手盖在了我的眼皮上。我浑身动弹不得。我绝望了。她好像在用这种方式让我体会她的绝望和无助。形单影只，无力挣脱。

妈妈。妈妈。我听见了媛媛的声音。她在遥远的地方呼唤着我。她需要我。她那可爱的圆脸，散发着奶香的头发，还有可爱的小酒窝。我要让她快乐幸福地长大，我要保护她。我一定要快点回到鹅城。

我使劲地睁开眼睛，手脚一抽搐，我醒来了。窗外出现了朦胧的白白青青的微光，天亮了。

我和育婴堂的马神父、马丽修女、袁雅音还有孩子们告别，便踏上了回家的归途。马神父对我说，育婴堂将永远是我的避难所。

船在河上漂了一整天，傍晚，终于抵达了鹅城。

一上岸，我就风尘仆仆地奔向水东旅店。接应的店老板说，张奇还没有回来。我只得先找地方落脚，一边等着张奇。

我很想见到媛媛，很想知道她现在到底怎样了。

我在应布良的宅子前的树林里徘徊了许久。宅子里点了灯，有人。我静候着，巴望着可以看到奶妈出来，我好问问她。她一直没出来。只有守门的老仆人坐在门边啪啦啪啦地抽着旱烟。偶尔一两声狗吠。

夜已深，想必媛媛也歇息了。我离开了树林。

第二日，我来到一家裁缝店里，问他们需不需要人帮忙。他们问我从哪里来，我说我从省城来的，打仗了，所以逃到这里。我说我叫陈娇。他们见我对着装的审美很时髦，像是见过大世面的，缝纫功夫还不错，因而也留我在那里了。

以前应布良总是把我关在屋子里不让出门，邻里街坊也不太认得我的面孔。走到街上幸而也无人认识，大家都以为我是刚从外地过来的。

闲暇时我便走到应布良的宅子前的树林子里，用茂密的树林掩映自己，一直张望着。

后来有一天，奶妈出来了，她提着个篮子，像是要去买菜。我悄悄地尾随其后，直到走到远离宅子的无人处。

“奶妈！”我轻声在背后叫住她。

她一转身，见是我，又惊又喜。

“太太！你怎么回来了？”她道，“最近可好？找到张奇先生了吗？”

“见到他了，他说他办完事就回来鹅城。媛媛呢？”我问。

“嫒嫒她还好，应先生现在整日守着她，生怕她丢了。”奶妈道，“有一天，深更半夜的，嫒嫒醒来了，迷迷糊糊地嚷着要妈妈，自己走到大门口，踮起脚尖想要拉开门栓。”

“可以把嫒嫒带出来给我吗？”我拉着奶妈道。听她这么说，我心痛得很。

“现在嫒嫒要出来，也只能由应布良带着，他不让其他人单独带嫒嫒出来。”奶妈说，“可以等机会，看应布良什么时候出远门。”

“我现在就在金凤裁缝店里，有事到那里找我。”

“太太，要注意安全啊。不要给应布良发现了。”奶妈关切地说，“有什么需要，我可以带给太太。”

我一直在裁缝店里等候着时机。张奇还没有回到水东旅店。我不由得又担心起他来。我每天都祷告着，希望张奇不要出事了。

这一日，奶妈来到了裁缝店，她给我带了些衣物，还有嫒嫒叠的纸。“嫒嫒越来越聪明越来越懂事了。”她告诉我。

我拿着花花绿绿的折纸，有猴面包树，还有大象。

“紫琳小姐的日记本我带出来了。”奶妈把那本发黄残旧的日记本递给我，“紫琳小姐受了很多委屈。张奇先生什么时候回来呢？我们要一起替小姐报仇。”奶妈咬着牙说道。

我翻开那本日记本，那个尘封年代的一切又如同皮影戏里的小人儿，在红红绿绿的灯影中，活动了起来。

第九章　张紫琳与应布良

第一节 爱巢

许久以前，记得在不老泉，我和小应子在一起，我甜蜜地圈着小应子的脖子，我幻想着只有我和他两个人。我们可以不去理会世俗的一切，就好像古书里的神仙眷侣，在一个远离尘世的山林泉水边，浪费着时光，凝视着时光如同流泻的水在我们身边哗然而过，而我也丝毫不心慌，不担心年轮的游走，直到我们死去，化成齑粉。他将一直一直在我身边。整个世界就只有我们两个人。

在凝视的时光中，我和他好像要变成同一个人。我凝视着他的眼睛，他眼睛里的柔情与神采逐渐消失了，变成了空洞，骷髅的空洞。他的神采都流到了我这里。而我也感觉体内的精力在流失，他吸吮了我的一切。我们交换着彼此的心灵和精气。

而现在，这个世界真的只剩下了我和应布良。

他对我说，很久以前他就想要为我做的一切，他想要实现。他说他想要永永远远地和我在一起，他不会让任何人把我再次夺走。

他觉得我变了，变得郁郁寡欢。我不再是那个无忧无虑的小姑娘了。

走在荒芜的庭院里，杂草丛生。以前爸在的时候，对庭院花草的打理都是任其自然随性，花朵都似乎有灵性，总是花团锦簇地一个劲儿疯长。杜鹃花黑棕色带刺的枝干扭曲着爬满了墙壁，紫红色的花朵茂盛地迎着阳光。可是现在，墙壁上的花叶已经枯干，阴湿的角落里，福寿螺把刚种下的小苗都咬得七零八落。

风吹过长廊，锦屏藤轻轻晃动，我仿佛听到了深深的叹息。我想念起爸来，低头垂泪。

应布良道，为什么现在他看不到我笑，是不是和他在一起不开心。

我没有回答他，勉强地挤出一个微笑来。

他说，他要把花园重新修葺。“你不是很喜欢不老泉吗？那就把花园弄成不老泉的样子吧！”

他叫来了省城最有名的园林师。他说他要把不老泉搬过来。园林师没有到过不老泉。他就带着园林师到郊岭去寻。可是诡异的是，他们在郊岭里七绕八拐，几近迷路，都找不到不老泉的踪影。应布良又独自骑马去寻了几日，都找不到。那个与世隔绝的仙境，消失了。

园林师只能依着我的回忆去修建花园。

我说，要有高高大大的树，还要有艳丽浓郁的花朵，要有园中间的玫瑰花。我忽而又想到在陈曦家度过的时日，他们家的园子都四方八正，太阳直直地泻入每一个角落，让人心底的阴霾都不知不觉地消失了。于是，我让花匠们拿剪子把浓密的七里香剪平，剪得四四方方的。

花园修葺好了。应布良道，虽然树木花朵都是不老泉上种的品种，可是感觉怎么那么方正齐整，没有不老泉的野性。

我没有告诉他陈曦家的园子也是如此齐整。

可是一打开雕花铁门，那种荒芜和孤索之感销声匿迹。阳光烂漫无比，空气明净得了无尘痕。看不见的透明的小玻璃瓶在半空中如仙子般吊着，碰撞着发出脆薄的声响，好像蝴蝶的翅膀被撕裂。

晚上，我喜欢坐在花园中心的玫瑰丛中。玫瑰的芬芳让人思忆从前。

应布良陪我一起坐在花园里。我的身体一直很虚弱，一直没有好起来。回忆充斥着我的头脑。我甚至想起北方来，想起下雪的那日我和爸在雪地里玩雪。忽然好想回去，好想回到过去的轨迹里，似乎这样，我就能把死去的人的灵魂召唤回身边。

我对应布良说："我想回北平。"

应布良却道："你在这里不开心吗？"

我道："成天关在屋子里我就要疯了。"

应布良脸色一沉。他说他不想回北方，他死都不愿回去。他说，他没有童年，他的童年一直在练功，雕皮影，被打骂。他没有朋友。小时候他不喜欢人群，他逃避所有的人，他脸色土黄，又瘦又小，沉默寡言，大家都嘲笑他。有一次他跟着师傅进城表演，走在繁华的街巷，眼花缭乱，让人担心自己会迷路。夜晚，集市里挂满了花灯，师傅表演完了，喝得醉醺醺的，到花街柳巷去，他也只得跟着。进了里面，一群丰硕的女人围上来嘻嘻哈哈地笑，他的个子齐到妓女们的胸部，眼前全是白花花的肉。师傅进里屋了，他一个人在外面的角落里蹲着。一个妓女笑着问他要不要进里屋坐坐。他傻头傻脑地进去了。那个女人袒胸露乳，他紧张得要命，一不小心"哐啷"一声打翻了花瓶，外面跑进两个伙计，要他赔钱，他没有钱，他们把他关进一间暗房里，脱光了他的衣服，搜了他全身，把他锁了一夜。后来师傅替他赔了钱把他赎出来了，回到戏班子，他又挨了一顿毒打。

也许曾经有过那么一丝的阳光，就是那天他被罚的时候，我舀水给他喝。那阳光太短暂太隐蔽了，就如此迅速地在他黑暗的心底一闪而过，然后又消失不见。他想找回那个小姑娘。而现在，他可以和我两个人在一起了，永远单独地在一起。

我很心疼他。不知道为什么，有时候，我会觉得他还是我的小应子，是个小男孩，他的莽撞和自私都为他找到借口，因为他是一个小孩子。他会伏在我的胸口上，我轻轻地搂着他。感觉他就是我的小孩子。

应布良说，他会让我快乐起来，他会为我建造一个世界。他说他想为我建一个厢房，就像古代的人一样金屋藏娇，厢房里会有琴棋书画，我想要的东西他都会搬进来，厢房里就是我的世界，我的天堂。

他又兴致勃勃地画起了草图，他知道我喜欢皮影，他就在长廊的门廊处雕刻上许许多多的皮影，雕上皮影里的故事，他自己编的故事。

他说他什么都可以为我做，只要我不离开他，不离开这里。

厢房修建好了。珍奇玉器、笔墨纸砚、古书琴棋，还有一张价值连城的琼崖花梨木床。我走进去环视，却觉逼人的阴冷。墙壁白得像僵尸的脸。四面墙都没有窗户，即便轻声叹息也听得到回音重重叠叠，似乎有个幽灵的影子悄悄地跟在脚后，背脊生出幽幽凉意。抬头仰视，一扇天窗在屋顶，唯一可以让阳光透进来的地方，让人想起在幽谧的不老泉的岩洞里，那来自高耸的山洞顶上泻下来的梦一样迷离的光影。

整个屋子里寂寞而无生气，似乎郁结着一股浓重而阴暗的味道。

我对应布良说：“我想在屋子里养只鸟。我想每天听着小鸟叽叽喳喳地叫。”

应布良道：“那你要什么鸟？”

我想了想，脑海里出现的却是许久以前的那一日，在明媚的街道上，陈曦为了讨好我而丢弃的小鸟。

第二节　戏

应布良似乎有打理生意的天分，他打理着张家和陈家的生意，还不停地扩张经营。他变得非常繁忙，成天都在外头奔波。

我在花园里呆呆地坐着。时空静谧得很，静谧得让人心生忧郁。手腕上那沉香手串的芬芳浓郁无比，在身边回旋萦绕。我看着阳光一点一点地从花园的左边移向了右边。不老泉的光影迷离地在花园里像海市蜃楼般闪现。

茶楼里晚上会有人唱戏。那茶楼的老板很会经营，有时请了皮影戏班子，有时又从省城请来了粤剧班子。傍晚时分，三三两两的客人到茶楼里听戏曲，嗑着瓜子，吃着茶果，听着咿咿呀呀的唱腔曲调如水般在耳边在大堂里流过，感觉人生爽悦而欢喜。以前陈曦在时，常喜欢到那里去。鹅城民风传统，结了婚的女子一般都不抛头露面，极少去那地方的。可是陈曦却不一样，毕竟是在省城见过世面的，他喜欢把我也带着一起去那里听唱戏。每次我一听唱戏，整个人就沉浸在那虚幻的古老的故事里，在迷离的氛围中，自己内心隐秘的情感得以释放，好像一字一句的唱词和旋律都那么契合我心之所思。陈曦见我如此喜欢听戏，就常常带我去了。

想起也有好几年没有去过戏楼了。这日小英对我说，她经过茶楼，见门外贴着大大的字，写着好像是什么省城的一个有名的剧团过来了。我便来了兴致，想去听听戏。

好久没有出门了，下午睡醒，对着镜子仔细地描画眉毛，敷施脂粉，扎了个漂亮的发髻，穿上许久都没有穿的旗袍。我让小英陪我去听戏。阿青把我们送到了茶楼。

在茶楼的二楼包厢里坐下，环绕四周，灯烛通明，晶莹翠玉，琳琅满目。我站起身扶着前面的朱红色木头栏杆，往下望去，只见楼下密密匝匝的人头。抚摸着的栏杆，已经褪色掉漆，连栏杆也禁不住时光的流逝。此情此景恍若隔世。

“小姐，干吗不叫应先生陪你听戏呢？”小英道。

“唉，他不会来的。”我说。应布良最讨厌到这种地方来，因为小时候他一直都是在台上表演的戏子。

“小英，你觉不觉得应布良好像和以前不同了？”我问小英。

“嗯，好像变得没那么有人情味了。”小英也道，“他脾气变得越来越暴躁，常常打骂下人。”

“听他说，那几个厂的老掌柜都不买他的账。”我道。

“他们觉得他太年轻了，都不听他的。”小英说。

“应布良说，那几个老掌柜，偷工减料，中饱私囊。”

“啊？这样啊？”小英也惊讶。

“是啊，我不敢相信，以前一直跟着爸的老掌柜我虽然接触得少，可也是挺相信他的，而陈曦家的几个，听陈曦说也是信得过的人。”

我道，“那日爸的老掌柜气愤地跑过来，说他要走了，他说他勤勤恳恳干了几十年，老来却这样给人污蔑。”

“那到底谁说的是真的呢？”

“不管是真是假，就算老掌柜像应布良说的那样，假如以后不再犯了，就不要再记着别人的错了，毕竟也是跟了爸这么久的。”

和小英叽叽咕咕地说着，忽然一阵雷鸣般的掌声，震得人听不清对方在说什么话，光鲜靓丽的角儿上台了，接着是悠扬而沁人的二胡。全场都被深深地吸引了，热热闹闹地听着戏。

听完了戏，天色已黑。我和小英在阿青的护送下嘻嘻哈哈地回了家。一进家门，只见应布良脸色铁青地坐在那里。

“怎么了？”我问道。

“你出门为什么不问我？”他愤愤地说。

“我去哪里干吗要告诉你呢？”我也生气了。

“戏有什么好听啊？”他吼道。忽然，他又意识到自己过火了，又低低而嘶哑地说，“你想听戏，我也可以唱，你以前不是最喜欢听我唱的皮影戏吗？为什么要出去听别人唱？”

“在家里很闷。”我道。

“我不是把整个花园都修好了吗？我不是建了个厢房吗？你不是要在厢房里放只鸟吗？你都不喜欢？你从来就不到那个厢房里。”应布良絮絮叨叨地说。

“我想休息一下。”我觉得很疲惫。

“难道你不爱我了吗？”应布良凝视着我，眼睛里是红色的血丝，他一边说嘴唇一边发抖。

“你为什么总是这样？”我拿他没办法。每次一吵架他就反复地问我是不是不爱他了，我感觉好累。

“我为了你，我死后会下地狱！”应布良青筋凸起，大汗涔涔。

“什么下地狱？”

应布良没有作声，只是瞪着眼睛噎着口水。他颤抖着端起茶猛喝起来，然后又点燃了烟啪啦啪啦地大口吸着。

“紫琳，”吸完了烟，他勉强恢复了平静，“我想和你商量个事。我想把陈家那边的生意转让了。”

“为什么？这怎么行？”我反对。

“陈家的生意我打理不了，再这样下去，只能等着生意全部亏损，你也不想看到陈家的生意就这么没了吧？”应布良冷静地说道，“我想转让以后做些别的生意，做布料服装，听说这个在南洋很有发展，做大了就把店子开到南洋去，而且你对这方面也比较熟悉，可以一起做。”

“陈家的生意真的没办法保了吗？”我心里觉得愧对陈家，“就不能学着怎么经营吗？我也可以跟着一起学习。”

“他们的木头生意，我不懂，你也不懂。这个不是你我能学会的。你要现实点，认清楚现状和自己的能力。”应布良道，“直接把他们家的生意转让给他们掌柜，然后我们就可以有一笔新的资金去做别的生意。”

应布良把一切都考虑得异常周全，似乎只有这样才是最好的方式。

“那……那些掌柜怎么说？”我依然有点迟疑。

“他们都很赞同。”应布良道，“我让他们明天过来谈谈，到时候你也可以问问他们。”

“我再想想。”我道。

“对了，”应布良又道，“陈家的房子也卖掉怎样？”他在竭力地让自己平静地说话，可是我还是听到他的嗓音在颤抖，好像在晚风中乱晃的萧索的锦屏藤。

“不行，绝对不行！”我坚决反对。我不知道应布良为什么会有这样的想法。

应布良却道：“陈家的房子现在也没人住了，就一个老仆人在那里守着，那老仆人前些日子说想回老家乡下去。”

“那就再从这里叫个仆人过去守着啊！”我提议。

“没有仆人愿意去。”应布良道，“听说那里闹鬼。”他小心翼翼地凑到我耳边对我说，好像身边就有一个幽灵在偷听似的。

我道：“什么鬼？”

“现在那边许久没人打理，屋子旮旯里到处都是蜘蛛老鼠。”应布良说，“那个老仆人都不敢再住在那里，晚上有怪声。”

“无论怎样，陈家的房子不能卖。请个仙姑去作法。”我态度坚决。

“为什么你这么在意陈家的东西？你心里还在想着陈曦吗？”应布良终于按捺不住了，他把烟斗狠狠地摔在地上，烟灰散了一地。

“这不关陈曦的事，陈家遇难，留下来的祖屋，不是可以随便卖的。”我冷冷地回答。

应布良脸色涨红，他没有说话。

我也没有搭理他，上楼回房间去睡觉了。

在被窝里，我却翻来覆去地睡不着，想着心事。房间里燠热得很，空气郁结不流通，弄得人憋憋的。我起身拉开窗帘，让户外的夜风吹进来，却见远处的厢房门口透出红红的光，侧耳倾听，似乎有人在唱。

我披衣下楼往那厢房走去。长长的回廊两侧摆上了一盏接一盏的煤油灯，火红通明，整个长廊恍若白昼。廊檐上的皮影画像清晰可见。应布良说，那皮影画的是我和他。他把我和他刻了进去。

来到厢房门前，那锦屏藤好像新娘的头盖，而厢房就好像新娘，头盖盖在新娘的头上，晚风一吹飘浮起来，欲说还休。

走进厢房，应布良在支起的白色幕布后面，挑着皮影。红红绿绿的皮影活灵活现地跳动着，我看出来了，那个小生是他，花旦是我。应布良在唱着戏，咿咿呀呀的，他的声音变得有些嘶哑了，可是却更显得深情而浑厚。

我忽然好像回到了从前那段时光。我和小应子初相遇的日子，初次心动的感觉依然历历在目，就好像是喝了掺了酒的蜂蜜一样，让人醉。

戏里戏外，分不清哪里才是真实的人生。

唱完一段，应布良走出来道："你不是喜欢听戏吗？以后我每天晚上都演皮影戏给你听，我唱的还不比茶楼里唱得好呀？"他看着我，眼睛里是温柔的笑意。

"我爱听的剧目你都还记得吗？"我问他。

"当然记得，你最爱听的是《牡丹亭》。"他搂着我道。

"你知道吗？我很怕你会离开我，今天傍晚你没和我说一声就跑去茶楼听戏了，我怕你又像前几次那样，就这样走了。每次我都要费尽千辛万苦找回你。可是我不怕，就算是要下地狱我也要你。"他温柔地咬着我的耳朵说，"我要你一辈子都在我身边，永远都不要走。"

"我不会走的。"我抚慰他。应布良又变成了我的小应子。

那张琼崖花梨木床的芬芳溢满了厢房，让人恍若置身于春季山花烂漫的野外丛林。肌肤与肌肤的触碰与交融就像青草的清香和泥土的味道，还有花瓣的轻柔，就连汗水都如甘霖。应布良用力地吸啜着我的身体，好像要把我整个人都吸进他的身体里。我们的身上都沾上了花梨木的气味。我们的汗水渗进了花梨木里。花梨木吸收了人气而复活，铭记下我和应布良的爱的烙痕。

第三节　陈府

翌日，陈家和张家的几个掌柜来到。陈家掌柜似乎也挺乐意独立门户，陈家的木材生意便转让予他打理了。应布良想辞退爸的老掌柜，被我阻止了。但那老掌柜却赌气要离开，他说他一世的清白如此被人诬陷，是可忍孰不可忍。

我劝那老掌柜息怒。可是他却去意已决。“这里留不得人了！”老掌柜气愤地说道。

劝说无用，也只得送老掌柜出了门。走到门口，那老掌柜转身语重心长地对我说道：“张小姐，我可以说是看着你长大的，现在我要走了，你自己保重。你那夫君真是……唉。”

应布良对爸以前的仆人如此无情，我很生气。应布良又劝慰我道，那老掌柜也应让他退老还乡了，他又物色了新的掌柜，年轻能干，一样可以把生意打理得很好。

应布良去找了仙姑，择了日在陈府作法。作法当日，应布良没有跟去，他说他有要紧的生意上的事情要处理。他叫我也别去了，那地方阴气重。但我还是趁应布良不在，偷偷地带着小英一同跟去了。

好久没到陈府了，推开陈府的大门，一股呛鼻的灰尘扑面而来。宅子里的摆设依旧和我离开时一模一样。壁虎在墙角探头探脑。阳光晒得院子里的地板火辣辣的。里屋却阴凉得很。我走进我和陈曦的房间，桌子上烧了一半的蜡烛还残留在那里。打开衣柜，几只蟑螂蹿出来吓了我一跳，里面还有几件陈曦买给我的新衣服，崭新还没有穿过，就这样遗留在这里，逐渐褪色陈旧。院子里的盆栽全都干枯凋萎，只有那污渍斑斑的盆子依然如此幽静地蹲在那里，好像对时光的流逝全然不曾察觉。

仙姑在每个屋子里都放上了艾叶、符咒等，她先在院子里摆坛作法，后又依次到每个房间巡回一遍。

到了我和陈曦的房间，她头发蓬乱，脸色发青，口中念念有词，手舞足蹈，似乎被灵魂附体。“紫琳小姐……紫琳小姐……”她的语调忽然变得低沉而嘶哑，上下两排牙齿却不住地咯咯地抽搐似的打在一起，从齿缝间艰难地挤出话来，“鸟……鸟……”

“什么？你说什么？”我问仙姑。

仙姑眼睛一翻白，手脚一颠，又醒过来了。

“你刚才说了什么鸟？”我疑神疑鬼。刚才仙姑叫着我的名字的语气太像陈曦了。

“张小姐，你心里所想的，在鸟身上。”仙姑道。

“鸟？为什么？”我追问。

“缘起缘灭，唯局内人方可知晓。”仙姑不愿泄露。

作法完毕，仙姑走了。一些仆人也收拾打扫了屋子然后回去了。我坐在庭院的台阶上，看着墙角的一砖一瓦，良久未离开。小英在一旁陪着我。

“小姐，别伤感了。”小英道。她最懂我。

“好像做了一场梦。”我说。

“陈曦少爷对小姐的好，小姐记在心上，陈曦少爷泉下有知。小姐不要再责怪自己了。”小英道。

“嗯。有时候我也不清楚自己的感情。陈曦对我的恩情，来不及报。”我道，“应布良好像在用绳子捆着我，勒得我紧紧的，很窒息。不知怎么，越来越觉得宅子里的一切都在死去。”

“小姐，是你心情不好，所以才胡思乱想的。多去逛逛街就好了。”小英安慰我。

斜阳开始在地砖上投下自己的倩影。那温暖的影子让人想起陈曦的微笑。那微笑我再也无法亲眼见到了，曾经触手可及的一切，都已逝去。没有随着死去的人而逝去的，是那份说不清道不明的情感。在回忆里堆积得越来越厚，好像在心脏上蒙了一层厚厚的烧尽的檀香灰，用手抹去了，气味还是不散。

回到家中，一打开门，扑面一阵幽寒。应布良还没回到家。我走到厢房里。应布良弄的黄绿羽毛的鹦鹉在架子上孤零零地立着。

“紫琳小姐！紫琳小姐！”鹦鹉乖巧地叫起来。

我摸摸它的羽毛，心里流淌着一股怜惜之情，忽而想起了今日仙姑说的话。陈曦最喜欢养鸟了，他也养过鹦鹉，他家的鹦鹉一见到他就叫着“陈曦！陈曦！”。

“陈曦，陈曦。”我不禁逗着鹦鹉轻轻地叫着陈曦的名字。

“陈……陈曦，陈……曦。”这鹦鹉聪明得很，竟也跟着叫起来，惟妙惟肖。

我高兴起来，喂它吃蜜饯。它吃了蜜饯，精力旺盛，中气更足了。

“紫琳小姐，紫琳小姐！”它叫得更欢了。

我笑起来。

“笑什么呢？紫琳小姐！”应布良跨进门来。他见我笑得这么开心，也学着鹦鹉的口气说话。

“今天我不在家，你都在干些什么呢？”应布良问我道。

“我就……一直在这里。”我道，没有直视他的眼睛。

“玩鹦鹉？”应布良又问。

“是啊！”

应布良看看桌子上红色木盒里装的花生、蜜饯、芝麻糖，几乎原封不动，除了蜜饯少了两块，还在我手中喂着鹦鹉。

“零食都没吃？你不是闲着就喜欢吃零食的吗？”应布良又道，似乎有些疑心。

“今天不想吃。”我说。

“怎么了？不舒服吗？”他关切地问。

“没有。你忙了一天，很累了吧？”

“嗯，是啊，累死了。”应布良伸伸懒腰打了个呵欠。

他见我摸着鹦鹉的背脊，他也去摸摸鹦鹉，那鹦鹉很温顺地低着头，他就把整只手臂伸到鹦鹉跟前，鹦鹉跳到了他的手臂上，把他的手臂当成架子了，并一点一点地往应布良的上臂移动，一直走到靠近他的脸的大臂旁边。

“哟，这鹦鹉该不会看中了我的脸上的肉，也想来啄一啄吧？”应布良调侃道。

他想把鹦鹉放下来，可是鹦鹉却紧紧地抓着他不走，他把手臂垂下来，想把鹦鹉抖下来，那鹦鹉站不稳了，猛地用喙咬住他手臂上的一块肉以维持平衡不掉下来，应布良“嗷”地叫了声，赶紧用另一只手怕打着鹦鹉硬是把鹦鹉给拨拉下来。

应布良的手臂上隆起了一大块，又红又肿。

“快去洗洗涂药！”我赶紧拿来百草油给应布良涂抹。

“哎哟，这鸟的力气真是大啊！”应布良道，因为剧痛，他的额头上全是汗，“鹦鹉都不会咬人的啊，什么怪鸟啊。”

“被鸟咬了应该不会有大问题，你别乱逗它就是了。”我用嘴巴对着应布良的伤口，轻轻地吹。

那鹦鹉似乎还没有意识到自己闯的大祸，还是那么直直地视若无睹地立在一边。

就在我还在哈着气吹着应布良的伤口时，那鹦鹉冷不防低低地结巴地叫了起来：“陈……陈曦，陈曦！”

第四节　死鸟

应布良惊讶得青筋蹦出。

“什么？”应布良声音嘶哑，好像被撕裂的布帛，“在说什么？”

我也愣了。

应布良一把抓起那只鹦鹉，鹦鹉扑腾扑腾地叫起来，却被应布良死死地捏着，羽毛落了一地。

“别捏了，不过是只鹦鹉！”我叫道，想从应布良手里抢过鹦鹉。

应布良把鹦鹉高举起来，推开我。

“别掐着它的脖子，它就快被你掐死了！”我喊道，冲过去抢那鹦鹉，可是拼命抢也抢不到。应布良也顾不上手臂上的伤痛，使劲推走我，我一个趔趄伏在了桌子上，装蜜饯花生的红木盒掀翻在地。那鹦鹉被应布良掐得奄奄一息，已经叫不出声音了。

“你先告诉我，它怎么会叫陈曦的？”应布良冷冷地说，“是你教的吗？”

“这个用不着你管！”我急了。

“你一天到晚就只想着陈曦吗？”他吼道。

“你总是说我想陈曦，我听都听烦了！”我也火了。

应布良的脸扭曲而变形，煤油灯的火光映着他的脸，狰狞得好像戏剧中的脸谱。他狠命地掐着鹦鹉，那鹦鹉苟延残喘地用尽最后的力气扑打着，挣扎着，绿色的、黄色的羽毛纷纷落下，直到它生命的迹象越来越微弱，没有了任何动静。

应布良把手中死去的鹦鹉抛到地上。

我跪在地上，颤抖地把鹦鹉捧起来，它的身体还是温热的，死亡还没有带走它最后的余温。

“杀人犯！”我盯着应布良道。

应布良却好像被闪电击中似的跳了起来，定定地看着我，胸口一起一伏：“你说我杀了人？”

“鸟也是有生命的！”我怒吼。

应布良却好像惊魂甫定似的跌坐在椅子上：“不过是只鸟。”

我从书桌上抄起一块砚盒就朝应布良扔去。应布良来不及闪躲，那砚盒击中了应布良的额头，破了一块，血流下来。

“你……”应布良叫道。

我没有理他，我浑身都在颤抖，眼眶里的泪珠在打着转。我抱着我的鸟儿，走出了厢房。我要找个地方把这可怜的鹦鹉埋葬起来。

夜晚寒风吹得人瑟瑟发抖。在厚厚的层层叠叠的如女子长发似的锦屏藤遮盖住的厢房后面，有一个矮矮的斜坡。我拿了铲子挖了个坑，把鹦鹉小心翼翼地放了进去。感觉小鸟在我的手心里还在轻微地颤抖，它的灵魂还在它的躯体旁边游移着。

我看了它最后一眼。它僵直的小小的身体，半闭着的眼睛似乎含着怨念。我用土把它掩埋了。撒下了花瓣在土堆上。煤油灯里的火苗在黑暗中闪烁飘动。感觉心底里的生命在一点一点地流逝。

我不想回厢房，也不想回宅子里的卧室。我哪里也不想去。我就呆呆地坐在鹦鹉的坟墓旁边。越来越冷了，我把披在身上的大衣拉了拉紧，往上提了提，让自己的脖子和脸都缩进去。

"紫琳！紫琳！"是应布良的声音，他满宅子里到处找我。

我没有回应，依旧坐着。但应布良还是找到了我。

"紫琳。"他也坐在我旁边。我看都没有看他一眼。

他温柔地抚摸着我的后背。我移了移位置。

"我知道你很恨我。我明天再给你买只鹦鹉。"他说。

"不用了，买了也会给你掐死。"我道。

"我今天不知怎么会那么冲动……我也不想的……我是不小心太用力了……"应布良解释道，"只是，只要你不要想着陈曦。"

"你为什么总是这么不相信我？和一个不在世上的人计较？"

"紫琳。"应布良也焦急了，"我别的什么都不要求了，我只要求你是忠于我的，无论是身体还是精神。"

"我没有背叛你！"我喊道，"你总是在想象！"

"那鹦鹉为什么会叫陈曦呢？你一直都在念着他！"应布良声音高了起来。

"随便你怎么想！"我很疲惫，不想再理他。

应布良没有说话。他垂头丧气地陪着我坐着。过了许久。

一阵刺骨的寒风吹来。

"冷吗？"他问我。

我别过头，没有吭声。

他把外套脱了披在我身上。我把他的外套扔了回去。

“你到底要我怎么做呢？”应布良道。

“这句话应该由我问你。”我回敬。

“你为什么总是不理解我？”他又说。

“你这样叫我怎么理解你？”我说，“你变了，难道你不觉得吗？”

“我哪里变了？”

“你整天疑神疑鬼，脾气暴躁。你以前都不是这样的。”

“你不喜欢我了。”应布良喃喃地说。

“都说你又疑神疑鬼了。”我道，“我只是觉得很憋，很闷，我快要窒息了！”

“你是说我绑着你妨碍着你了！”应布良喊道。他的声音颤抖得厉害，他整个人都在颤抖。“张家大小姐，你若是不喜欢，你完全可以休了我这个上门女婿！”他歇斯底里地吼道。他哭了起来：“从小就是这样，娘可以把我扔了，师傅也可以随时把我丢下去要饭，你也是的，只要我有一点做得不顺你们意了，你们都可以把我一脚踢开！”他绝望地把头埋在膝盖里。他只用一块布敷着被打破的额头，血还在往外渗，白布都洇红了。

我的心痛了起来。我从来没想过伤害他。他就像一个受伤的小孩子，任性想要更多的爱。他在外面总是一副大男人的样子，雷厉风行，只有在我面前，才流露如此脆弱的一面。

“别这么想，我最爱的人是你。”我把身体挪到他旁边，扯了衣服的袖子捂着他受伤的额头，不让血再渗出来。我把头轻轻地靠在他的肩膀上：“你要相信我。回屋里我给你包扎伤口吧。”

他抬起头来看着我，他的眼睛是湿润的。

我记得应布良告诉过我，他跟着师傅学唱皮影戏，四岁开始学，学了两三年，都没什么长进，师傅骂他太笨了，跟着也是个蹭饭吃的。那一年他七岁，有一日听见师傅好似在和戏班子的人商量着什么，他有种莫名其妙的不祥预感。戏班子到山里的一个村子里演出，半夜睡在山坳里，那一夜拉了帐篷铺了被子，平日都是两个人睡一床，师傅却让他单独一个人睡。睡前大家又喝起二锅头来。师傅灌他喝了好多酒，他醉倒了。醒来时他发现自己孤零零一人躺在山道上，戏班子的人不见了。他害怕极了，心想师傅是不是不要他了，那他以后怎么办。他会像街边蓬头垢面的流浪儿一样和狗抢馊掉的包子吃。他拼命地往前跑，大声地喊着师傅，他说他一定会好好学演皮影，给师傅挣好多好多的钱。他在山坳里兜兜转转地发了疯似的狂奔。后来，他在一条溪水边找到了师傅和戏班子。他哭着哀求道："师傅你是不是不要我了？我会好好干活好好学。"师傅却奇怪地看着他道："还以为你自己溜走了呢？"他们说可能是他喝醉了半夜梦游不知跑到哪儿去了。他们醒来没见着他。

小应子一直是个被吓坏的孩子。

我搀着应布良站起来，亲亲他的脸，和他一起往亮着煤油灯的宅子里走去。

我给应布良冲洗伤口，小心地抹上药酒，把伤口包扎起来。

应布良温柔地看着我做着这一切。

他忽然又想起了什么似的，说道："今天不知道仙姑在陈府那里作法作得怎样了？"

"应该还好吧。"我道。

"我总觉得陈府阴魂不散，对活着的人不利，鬼是不认亲的。"应布良道。

“陈家和张家是世交，不会有事的。”我说。

“就算是再亲的人，死了以后化作鬼都不认得你的。”应布良说，“我去问过古祠庙的仙姑嬷，她说最好是把宅子卖掉。”

“不要再提卖房子的事了，都说祖屋是不能卖的。”我道。

“那是陈家的，又不是张家的。”应布良说。

“不能卖就是不能卖，我不想和你争论下去了。”我没好气地说。

“你为什么对陈家这么在意？比对我还在意？”应布良又不高兴了。

“你又说到哪里去了？”我也不悦了，我又想起了仙姑说的鸟还有死去的鹦鹉。“陈家那里根本就没有闹什么鬼，安静得很，地上的灰尘厚厚一层也没什么鬼的脚印之类的。”我冲应布良说道。据仙姑说，宅子闹鬼会在地上看到脚印的。

“你怎么知道灰尘上没脚印？”应布良很警惕，“你难道去了陈府？”

“我……”我觉察到自己不小心说漏嘴了，“我就是去了又怎样？”我生气了，我不想再这样遮遮掩掩下去。

“你竟然瞒着我去了陈府？不是叫你不要去吗？那里有邪气！我是为你好！”应布良吼道。

“邪气邪气！哪来的邪气！”我极其不悦，“你怎么这么喜欢钻牛角尖，总是在这件事上说来说去！”

“不！我要你告诉我，你到底是不是还想着陈曦？是陈曦重要还是我重要？”应布良双手按着我的肩膀，把我按到了墙上，我的背紧紧地贴着墙壁，他用力过猛，我的肩膀被他弄疼了。

“你放手！”我挣扎着，“你简直是不可理喻！那我问你，我重要还是你以前那个什么老板娘重要？”

“什么老板娘？”

“何氏山货。”

“那个……根本就不是你想的那样！”应布良急了。

“那你以前为什么喜欢提起那个老板娘？你又怎么保证对我一心一意？男人都是三妻四妾的。”我愤愤地说。

“我只要你一个，我不会有其他任何人。”应布良道。

“那你发誓！”

“我若有二心，我就天打雷劈！”应布良对天发誓。

“你一生只有我一个，不许纳妾，不许在外面有女人。”我要求他再发誓。

“好，我发誓。”应布良认真地说，“我对天发誓，我应布良终生都不纳妾，假如纳妾，我就断子绝孙！”

“呸，你说的是什么话啊，你断子绝孙，不就是说我吗？”我戳了下他的脑袋，扑哧笑了。

“那不然怎么说？”应布良愣愣的。

屋子里灯火通明，应布良喜欢在屋子里点亮很多盏煤油灯，每一个细微的隐蔽的角落都被照亮，黑暗无所遁形。他对我的承诺就像屏风上的孔雀那绣上去的金黄而又红艳的羽毛，一针一线如此清晰，却又仿佛看得到细密的针脚刺在布帛上的疼痛，是无血的痛痕。美得让人感伤而心痛。

第五节　情罪

应布良道，他最怀念的是那天我们在不老泉。

我说，我也是。可是那不老泉怎么找不着了。

他说，他把不老泉的那个岩洞的造型搬过来了，厢房的天顶就像岩洞顶，光线只从那上面透进来，四周用严实的墙壁挡着，营造出一个与世隔绝的境地。

我们擎着煤油灯，沿着曲折的回廊一步一步地往厢房走去，我们的不老泉。

应布良说："我把我们的未来都刻进了图画中了。你看，那个男的是我，女的是你，我给你演皮影戏，你就喝茶听戏。还有那边那一幅，我们以后儿女成群。"

我看着这一幅幅刻进了回廊里的画像，那些人物好像是活的魂魄，发出奇怪的叫声。皮影里的人物都变了形，眼睛都是细而长的线，倒显得像妖精似的，又好像是死去的人的灵魂被印了上去。那画像让人心神不安。

我们又进了厢房。那许久以前在不老泉摘下的玫瑰虽被腌制过，依然鲜艳欲滴，插在窄口玉瓶里。

"……原来姹紫嫣红开遍，似这般都付与断井颓垣……则为你如花美眷，似水流年，是答儿闲寻遍。"

忧伤的曲词在耳边萦绕，应布良又摆弄起皮影来。

我泡了一壶郊岭的甜茶。甜茶喝起来只是一股沁人的甘甜，没有任何厚重的余韵，若是要显得有韵味，那味道必含一点苦涩。可是甜茶里没有，就只是甜爽，轻轻的，淡淡的，如同微风一般，转瞬即逝地飘散。假如人生也能如这甜茶一般，滤去所有的苦涩和不悦，遗忘掉所有不好的回忆，该多好呢！

窗外是沉沉的黑夜，而厢房里却红冶香艳，那花梨木床的香气浓郁得化不开，好像一层雾迷了人的眼睛。

我和应布良赤裸着，就好像那天在不老泉一样。

他的吻湿润而温热，被他吻过的身体变得沉重起来，一直往下坠，好像被他拉扯进黑暗的沼泽地里，被紧紧地攫住，越是挣扎越是往下陷，直到欲望的泥沼完全将自己覆盖掉，不留一点缝隙地完完全全地覆盖掉。

泥沼变得柔软起来，肌肤对任何一点变化都异常敏感。泥沼的下面却是汩汩的清泉。在清泉里游弋，偶尔有水草拂过脚踝。清澈的水里回响着人的话语。是他的低沉的声音在我耳边絮语。甜美的诺言，如丢进水中的冰糖，融化开来，身体的每一个细微的地方都浸满了甜蜜，毛孔快乐地散开，发出欢叫。

而后，地底的岩浆涌出来，身体变得滚烫，我们紧紧地抓住对方，好像要把对方都抓进自己的身体里，好像想用锋利的刀在心脏上割开一条口子，把恋人从这条口子里塞进去，每塞进一点，痛楚就增加一点，可是还是让彼此进去，让恋人整个人都进去，然后把恋人关闭起来，让恋人永远都停留在里面不出来。恋人会在血液里融化，和血液融为一体，然后随着血管蔓延在身体里。每一次呼吸呼出的都是对方的气息，每一滴汗水里都有对方的味道，眼睛也只是映射着恋人眼神的空洞。我就是你，你就是我，我们已经分不清彼此。

花梨木上的图案好像都是有生命的灵魂，在四周萦绕，我的眼睛因汗水迷蒙。火红的蜡烛一直在燃烧着。我好像看到了蛇形的“鬼脸”，鱼儿嬉戏，瓜果丰硕，各种各样的小人儿。那些小人儿都是我和他，重重叠叠，分不清。

如同黑暗的罪孽，把整个人吸食进去，精髓魂魄已经远离了躯体，只是贪婪地在心底的黑暗泥沼里流连。现实的一切都可以忘记掉，忽略不计。他的霸道暴虐，甚至于那些隐约的不安与危险的预感，也都被黑暗的欲望掩埋了。

我们整夜整夜地醒着，应布良似乎要把他的一切都埋进我的身体里面。我承受着他的重量。他沉沉的身躯，沉沉的欲望，还有他心里的沉沉的恐惧。他好像在害怕着什么，他越是害怕就越是暴虐，他仿佛在极力地掩饰着内心。

情欲就好像不老泉上的火红的彼岸花，红色的如血的黏稠汁液沾湿了脚。我们好像都想把内心深处的不安和罪孽交付给彼此，好像要对方一起承受自己的痛苦。情欲的烈焰烧得一塌涂地，迷糊了脚下纷乱的红花，人的神智也迷糊了。

就让这吻一直吻下去吻下去，一直持续到地老天荒，时间停滞，人生变得漫长，每一秒都变得漫长。时间的针尖上的每一个亲吻，刺痛的，甜蜜的，迷乱的，邪罪的。

无力挣脱他的欲望深井，那也是我自己的欲望，红色的火焰赤嘞嘞地燃烧过去。火苗掉进了黑色的井底。我被纠缠在他的欲火里。我放纵自己沉溺着，无法自持，摆脱不了。那是泥泞的沼泽，揪着我越陷越深。隔绝了外界的所有，只剩下彼此的欲望，如此赤裸。

我迷迷糊糊地躺着，没有睡熟，火红的烛光影影绰绰的，亮着人眼。应布良在厢房里点了好多支蜡烛。他一直没有睡着。我感觉到他时不时在翻动着身体。

“把蜡烛熄了吧。”我道，“太亮了睡不着。”

应布良起身吹灭了两支蜡烛，还留着好几支。但屋里也顿时暗淡了。墙壁上映着应布良的影子，黑色而幽暗，随着烛火摇曳。应布良转身看见，却好像被自己的影子吓了一跳，整个人都跳了起来。

“只是影子。”我道。

应布良又把刚刚熄灭的两支蜡烛点亮。他的手有些发抖。

“怎么了？”我问。

“咳……我听仙姑说，我最近人神低，晚上最好点些蜡烛。”

“有这回事？怎么人神低了？”我记得以前应布良是不怕黑的，好像自从陈家的人相继去世，应布良再一次回来，他有时候会有些惧怕似的。

“可能是太累了，精神不好。”应布良道。

“别干得太辛苦了。”我劝解他。

“陈家的生意转让了，我们现在可以一起干服装外贸生意了。”应布良道，“我对货色不太会鉴别，这方面你是行家。”

“到时候由我来验货吧。以后做大了，还得挑几个靠得住的伙计。”我和应布良商量着。

想到由我们自己开拓一个新的生意，我们又都跃跃欲试，来了兴致。

“以后我们什么事情都一起做，我要你永远都在我身边。”他任性地说。

“有时候觉得你真像一个孩子。”我笑道。

“哪里像了？”他要向我讨说法。

我戳戳他的鼻子，笑而不答。

我们钻进大红双喜被子里。这床被子是应布良布置的。虽然经历了好几年了，可是他还是喜欢这红被子不肯换下，连两个枕头都是大红的。好像这样就能把我们稳固地雕进鸿鸳囍里。

第六节　失落的仪式

应布良到南洋去弄店面了。他离开的日子，整个宅子都沉浸在秋日的宁静中。

临走前，他叮嘱我不要到处走，他很快就回来。

我想起了我那个同父异母的弟弟，不知道要怎样才能找到他。郊外有一家木工厂，做许许多多的木器具。我带了小英一同过去了。

木工厂老板也不知道谁还拥有和我一模一样的沉香手串。假如有人的沉香手串坏了，很可能会拿回到他这里修补。可是目前还没有任何戴着这沉香手串的人来过。

沉香的味道飘落在秋风中，凄然而萧索。

老板把一个大房间的厚重的锁打开，推开门让我们进去。飞起的尘埃旋转着腥甜。我却被里面的古董家具迷住了。那椭圆形的镜子镶嵌在繁复雕花的花梨木里，让人遥想谁的手曾掠过它。

我一时兴起，又从老板这里搬了好几件喜爱的家具回家了。

不久，应布良又从南洋回来了。他见到了家里的新摆设，知道我在他离开时常常到郊外去，又大动肝火。

我已经习惯了他这样反复地发作，也疲软了，没有理会他。我用冷战的方式去默默抗衡。

我对他说，我才是屋子主人，我爱怎样就怎样，他没有权利干涉。

我不再想处处都顾忌他。我当着他的面对镜子化妆打扮，然后蹬了高跟鞋到茶楼喝茶听戏。

只是，连接几日晚上回来躺下，都听得《牡丹亭》的曲调在夜里幽幽地唱着。清早起来，见应布良的脸色灰白，他的两鬓出现了白发，额头上的皱纹明显了，瘦了好几圈的样子，形容憔悴。他喝了几口白粥，就出门去了。

我想我是不是做得太过分了。我无法排遣心中的悲伤。我觉得我们再这样下去会被看不见的捆绑勒死。

这日晚上，我又从茶楼听戏回来，坐在梳妆台前卸妆。应布良忽然撞开了门进来，一股刺鼻的酒味，他喝得醉醺醺的，脸色涨红，双眼圆瞪。

“你……跟我来！”他踉踉跄跄地走进来，不小心踢翻了桌凳，乒乒乓乓的。他拉着我就往外走。

“去哪里？”我使劲地甩开他，可是他抓得太紧了，我怎么甩也甩不开。

“来！做我的新娘子！”他口齿不清地说，“我们还没有正正经经地成亲啊！都没婚礼就算嫁给我了？你还是陈曦的人！”

“你在乱说什么？放开我！”我想推开他，推不开，就这么被他拽着，一直下了楼。

他把我一直拽着，一直往回廊里拖，拖到厢房里。

他用粗大的麻绳把我反绑在凳子上。

“你想干什么？”我奋力地挣扎着，“小英！小英！”

“嘘——别出声！”他把脸凑到我跟前瞪着圆溜溜的眼睛举起食指到嘴边，然后急忙把厢房的门关上了。

“小英！小英！救命！来人啊！”我扯着嗓子大声地喊着，可是厢房四面是墙，严严实实，声音根本很难传出去。

“你怎么啦？别害怕，我不会伤害你的。”他忽而柔声地说道，“来，我帮你化新娘妆。”

他拿起了眉笔给我画眉，我把脸别过去，他用另一只手用力捏住我的下巴，把我的脸面向他摆正。

他一笔一笔地描着我的眉毛：“别乱动呀，动了就会画歪了，画歪就不漂亮了。”

画完了眉毛，他又把我的嘴巴捏得嘟起来，给我描口红。

“陈曦有给你画过吗？”他问，“你整天去茶楼，以前陈曦经常带你去吧？……哎呀，忘了擦胭脂了！”

他又拿起胭脂涂在我的脸上，他酒醉未醒，手指仍在抖着，我只感觉他在我的脸上乱抹一气。

“好了。是不是很漂亮呀？”他拿着镜子凑到我跟前。

只见镜子里的我像个大花脸似的，妆浓艳得很。

他站起来，凝视着我，仿佛在欣赏他的作品。

“要点红蜡烛，要拜天地……”他自言自语。

他翻箱倒柜地找红蜡烛，蹲在地上，没蹲稳，侧身倒了下去，揣在衣服里的怀表咕隆咕隆地滚了出来。

他爬了过去，把怀表拿起来，打开看着。

“这是你送给我的怀表，你忘记了吗？好久好久以前。”他把怀表拎到我的眼前。

怀表在我眼前抖动着，里面放着一张我的照片。

“我一直都把这个贴身带着，从来没有离开过。”他道，“我每时每刻都带着你，你呢？你有带着我吗？”

“快点把绳子解开！”我喊道。

“你想逃跑？”他说。他的眼睛布满了通红的血丝，头发凌乱毛糙。“你要逃去哪里？你告诉我，你想去哪里？”

“你醉了，你疯了！”我冲他说。

“我没有疯！”他喊起来，“我只是想你不要离开我！”他哭起来。“你随时都会离开我。你知道我给你打理生意，那些下人在背地里怎么说我吗？他们说我是吃软饭的！”

“你不要理别人怎么说，你不要想太多行不行？”我道，“放开我！快放开我！”

“要拜天地了。”他忽而道。

他从箱子里翻出一捆的红蜡烛，把它们排满了整个屋子，把它们一一点亮。整个厢房都弥漫着蜡烛的香薰味道，好像整个厢房都要被烧着了。

他兴奋起来，大声欢呼。

他把捆着我的绳索解开了，紧紧地押着我，我动弹不得。

他强行按着我的头：“一拜天，二拜地，三拜……”

我拼命挣扎着：“你疯了，你这个变态……”我骂他。

他傻愣愣地盯着我，又呜呜地哭起来：“你为什么骂我？你不爱我了！”

“他在这里！他来了！”他忽然警醒起来，“影子，我看到影子了！”他贴着墙壁侧耳倾听。

他不知从哪里拔出一把刀来，眼露凶光。

我趁他的手松开了我，急忙跑到门那边，拔门栓。门栓太紧了，我拔了几次都没拔开。

他发现我想逃走，又一步一步向我走来，手里还举着尖刀。

“你要去哪里？”他问。

“把刀放下！”我冲他喊。

“告诉我你要去哪里。”他已经走到我的跟前，他的呼吸扑哧扑哧地打在我的脸上，“乖乖别动。你又想逃跑了。想和谁逃跑？”

他把刀子啪的一下插在了我耳朵旁边的门板上，我的几缕头发被刀子钉住了。

我被吓住了。

他凝视着我，呼吸急促起来，我感觉到他的心在胸膛里火热地灼烧。

他俯下身子深深地吻着我，狂热地，不留一点喘息的余地。他的脸偶尔偏侧，刀子的尖刃划到了他的脸，他的脸被划出了血痕，血渗出来。我闻到了血的腥味。但他似乎丝毫也没觉得痛似的，依然那么沉重地吻着我，用整个身子还有灵魂的重量，沉甸甸地压在我的身上。

第七节　病卧

我病倒了，晕晕乎乎地倒在床上，头痛得厉害。应布良伺候在我的床前，喂我喝米粥，我总是喝了几口就吃不下了。我说我不想见到他，我想要小英进来。应布良无奈，白天只得暂时离开房间，但是到了晚上，他又回来了。我不要他和我睡在一张床上，他就打了个地铺在床的旁边。

这日，小英慌慌张张地走进来："小姐，不好了，应先生把家里的仆人基本都遣散了，全部换了新的仆人。"

"什么？"我气急攻心，脸颊涨热，拼命地咳嗽，"他要做什么？干吗要这样？"

"他还说小姐病了，这是为了给小姐冲冲喜，让小姐病快点好。"

"荒唐！什么歪理！他从没和我说过这回事！"我气疯了，这应布良越来越蛮横无理了。

“小姐，他还想让阿青也走。”小英焦急地说。

“反了反了，他不会想把你也遣走吧？”

“不知道，按这架势，怕是迟早也会啊！”小英道。

“叫应布良给我过来！我要和他说说！”我怒了。

应布良来了。他却表示仆人都给他遣散走了，也给了他们一大笔安抚金。现在也不知道他们去了哪里，找不回来了。我强烈要求不要再把小英和阿青遣走。

“阿青？那个马夫？小英跟着你这么久你要留下也罢了，为什么非得把那个马夫阿青也留下？”应布良道。

“你没经过我的同意就把仆人遣散，你太过分了！”我大声叱喝道，“这个家我才是主人！我要留下谁就留下谁，你管不着！”

“行行行，张大小姐，你可以直接把我遣走就好了！”应布良又发起脾气来。

我已经无力与他争辩：“你要是敢把小英和阿青遣走，我就和你分了。”我一字一顿掷地有声。

应布良的脸又青又紫。他的眼睛又开始充血。

我虚弱得很，头很晕，倒在床上背对着他，别过脸去闭着眼睛。

他没有吱声。但我听到他粗重的喘气声。

后来，他出去了。

小英日日炖燕窝给我吃。经过了好长一段时间的调养，我的身子渐渐好起来。应布良也没有再刺激我，他每天都到我的房间里看我，和我搭些讪，他又给我买了只八哥，黑色的羽毛，沙哑的嗓音，会说客家话。

一天晚上，应布良回来，却带了一堆的发簪，翠玉，琥珀，蜜蜡，各种散发淡香的料子。

“你不是喜欢打扮吗？我给你挑了些，你喜欢吗？”应布良问我。

看着这些发簪，我却提不起兴致。我想起了许久以前在街巷，陈曦把心爱的鸟丢了，跟着我去了集市，给我买了一大包头花。

“天气好冷呀！”应布良哆哆嗦嗦着，把小暖炉塞进我的被子里。

冬季已来临，寒风在屋子外面呼啸着，空气冰冷，手指总是冰凉的。

“紫琳，我想和你商量个事情。”应布良坐在我的床边对我说道。

“什么事呢？”

“小英年纪也不小啦，也不能一辈子就待在我们这里做老姑娘吧，是时候给她找个婆家了。”应布良道。

“你有什么想法？这个可要问小英。”我道。我知道小英与阿青有往来，但不便透露给应布良。

“是个不错的人家，就在隔壁村。那人家是卖猪肉的。”应布良道。

“她现在暂时还不想。”我道。

“你怎么知道她不想？你也要为她考虑考虑。”应布良又道。

“我问过她的。不用再说了。”

应布良见我如此，便也不再说下去了。

冬季的日子总是显得特别漫长，成天窝在家中更易胡思乱想。总是恍恍惚惚，听见脚步声好像忽然间回到了多年以前，爸的脚步声在屋外，他敲着我的门大声地喊：“起床咯！太阳晒屁股啦！这么大个囡了还睡懒觉。”我又想起从前的那个冬天爸跑了老远去北平看念书的我，清晨的阳光照在雪地上，空气寒冷又温暖，干爽而明媚。过度的思念让我日渐憔悴。

“是不是想北平了？想去看看吗？”应布良道。

“嗯。”我点点头。

“那我陪你去看看吧！”应布良说。

“真的吗？”我又惊又喜。应布良向来不喜欢我出门，这次居然提出和我去北平。

“真的。我们收拾好行装，下个星期就可以出发了。去北平看雪。”

我高兴极了。应布良果然没有食言。他立马订好了火车票一同陪我北上。

我和他再次来到北平。我见了恩师，和在北平的同学叙旧。

我和应布良在北平待了好长一段时间。他陪着我在古旧的城墙边散步，胡同深深的，雪地上一深一浅的是我们的脚印。路边的烤番薯很香，闻到肚子都会咕噜咕噜地叫，忍不住咽唾沫。我边走边告诉他我以前在北平读书的趣闻。他听了哈哈大笑。

好久都没有和他气氛这么愉悦了。好像来了一个新的环境，我们都把过去那些千疮百孔暂时忘却。我告诉他我对爸的思念。深绿的柏树，干枯的树枝，乌黑的鸟巢，淡红的夕阳，每一处景致都仿佛溢满了思念，都让我眷恋回想那一段无忧无虑的少女时光。

从北平回到家里的那日，是小英开的门，她形容憔悴，神色凝重。应布良见到小英好像愣了一下。

“应先生，看到我很奇怪吗？”小英冷冷地劈头盖脸一句话。

“你……怎么了？”应布良问。

“哼，你真会演戏！想把我送出去嫁了。我现在是仙姑嬷，你不要做亏心事，鬼会捉你的。”小英道。

“什么？仙姑嬷？”应布良诧异了。

“到底发生什么事了？你把小英偷偷送出去嫁人？”我质问应

布良。

“他们把我绑在花轿子里，送到隔壁村去，走到半路神庙我说我急着要小便，他们只得给我松了绑，我看到神庙的神了，一个很高的人，胡须很长，我被附身了，送到那男的家，他们见我这个样子，也怕得罪神灵，赶紧把我送回来，又请了童伯母来看，童伯母说我得神了，我就做了仙姑嬷。”小英咬着牙说道。

我气得险些晕倒。“好啊！你应布良！”我狠狠地掴了他一耳光，“怪不得陪我去北平，原来你在打鬼主意！”

应布良没有作声，依然瞪着眼看着小英。

“你真的做了仙姑嬷了？”我又问小英道。仙姑嬷是不可以成亲的。

“嗯，我只能做仙姑嬷了，多得神明保佑。”小英强忍着泪水。

晴天霹雳的消息。

“那……阿青呢？”我问。

“他……还在。”小英黯然神伤。

“你给我滚！”我歇斯底里地冲应布良喊道，狠狠地捶打他，他伸出手把我挡回去，我被他推倒在地。

第十章　彼岸花

第一节　幽闭

我病了，应布良把我关在厢房里，他说大夫说我是神经衰弱，让我好好静养，不要乱走。他和所有的仆人说，我病了，让大家不要打扰我休息。

他给我在厢房里置了一把新的古琴，他在厢房的四壁挂上字画，他说我要抚琴静心。

“你把我关在这里我怎么静心！”我把古琴狠狠地举起来摔在地上，琴弦被我用剪刀剪断，琴弦划破了我的手，血沾到了古琴上。古琴斑斑点点的都是血渍。

仆人们都是应布良新换的，掌柜也是。他们都对应布良唯命是从，除了阿青和小英。

应布良不让阿青和小英到我厢房里来。他把我反锁在厢房里。我在厢房里狠命地踢着门：“放我出去！我要和你离婚！”

喊得累了，我瘫软在地上。听得外面有脚步声和三三两两仆人的说话声，我又赶紧喊起来："有人吗？放我出去！"

没人回应我，那几个仆人却在议论着："太太病得不轻啊……神经衰弱，赶紧告诉老爷吧！"

"你们别告诉应布良！别被他骗了！"我又踢门狂叫。

那几个仆人却跑走了。我绝望了。

八哥死了。它的尸体在墙脚，散发腐腥。应布良让仆人打扫走了。

应布良一进门，我就朝他扔东西，把花盆瓷器、笔墨纸砚，所有能抓在手里的都朝他狠命扔去。

"紫琳，紫琳！"他叫我，"你听我说，你要冷静！"

我撕心裂肺地哭起来。

"你先安心静养，我会一直陪着你。等你病好了，我再带你去北平。"他说。

"我根本就没病，你根本不知道我要的是什么！"

"难道有我的爱还不够吗？"应布良激动地说道，他摸摸我的脸颊，"你瘦了。"

"你放我出去，放我出去！"我甩开他的手。

应布良没有放我出去。他走了。

我听着屋外凛冽的寒风呼啸着穿过天顶。我不知道外面的冬景变得如何。抬头仰望着天窗，白花花的一片。偶尔狂风吹动了高大的树枝，枝条晃动掠过天窗，让我看到了一点生气，而后那枝条又消失了，只遗留下哗啦啦的乱响，干裂的，枯萎的，刺耳的。

夜里我总是睡不沉，睡睡醒醒，一点轻微的响动就让我浑身的神经绷得跳起来。

"小姐，小姐！"有人在外面轻声叫我，我听出来了，是阿青。

"阿青！"我贴在门背上，"快想办法救我出去！"

“好，我是来给小姐开门的，小英被别的仆人盯得死死的，过不来。”阿青道，“我带了钳子还有锤子！”

阿青在门边吱吱呀呀地撬起锁来。

“小声点，不要给人发现了。”我提醒他。

“嗯！”阿青应道。

阿青继续撬锁，但是锁很坚实，他弄了好久也没撬开。

“唉，这锁怎么——”阿青还没有把话说完，忽然一阵沉重的响声，好像是什么东西打在人的头上，接着是啪的一声，好像是人的身体跌在地上。

“阿青！阿青！你还好吧！”我叫道。

“他还好，没死。”应布良冷冷的声音刺开了寂寂的寒夜。

应布良把门锁开了，推门进来。

即便在暗夜里，我也看到了他脸上凝重的表情。

我奔过去想夺门而出，却被他抱紧，拉了回来。

“你把阿青怎么了？”我大叫。

“你怎么这么关心他？他是你什么人？”应布良吼道。

“你简直不可理喻！”我对他无语。

“他为什么来撬锁？想和你私奔吗？”应布良咄咄逼人。

“人家是醋坛子，你是醋缸，醋池！”我冲他喊道。

“你要让我放心才行啊！”应布良又道。

“我怎么没令你放心了？”我感到万分疲惫。已经无数次了，应布良的疑心让我透不过气来。

“紫琳，你不懂我，你根本就不懂我！”应布良悲哀地说，他坐在花梨木床的床沿，头埋下去，双手却撑着额头，“紫琳啊，我做的一切都是为你好，都是想你幸福，我只想我们两个人可以快快乐乐地在一起，你为什么都不明白呢。”

“你把我这么关着，我能快乐得起来吗？”我反诘道。

“是你逼我这么做的！”他神经质地跳起来。

“我什么时候逼你了？”

“你忘记了，在不老泉，你说过，你只想和我两个人在一起，别的什么都可以不管不顾。为什么现在我们两个人在一起，你一点也不满意，不高兴，心那么野，总是想着外面。”应布良道。

“你以前都不是这样的。”我道。

“你以前也不是这样的。”应布良反过来说我。

“好吧，我们都变了。”我累了。

许久以前幻想的幸福，两个人的幸福，如今已如此千疮百孔。应布良的心有太多的洞，我没有办法填满那些一个个的洞。每个小洞都在向外流着暗红色的黏稠的血，我以为我的手可以按住那些洞口，却惊觉，我的十个手指根本不够按住那无数的洞，血还是淌着。

“你不爱我。”应布良低低地说。

我没有说话。我不知道该说什么。

“不回答，你是真的不爱我了。”他又忧伤地说。

“爱是什么？被你关起来就叫爱？”

“那我带你出去走走吧，我们去找不老泉好不好？”应布良说。

“去哪里都行，就是不想被关着。”我道。

“你想什么时候去？你现在身子太虚弱了，冬天山上太冷，怕你着凉，等天气转暖我再带你去好吗？”应布良的语气柔了下来。

“好。”我点点头，“我想去海边，想学画画。”

“好，你想干什么都行，我会陪着你。”

应布良笑了。他笑的时候，眼神又恢复了柔情。记得我第一次对他怦然心动，是被他那温柔的带着笑意的眼神所迷醉的。他的眼睛会笑，弯成一条桥的时候，就好像装着阳光的透明的小玻璃瓶子在空气里晃动。

偶尔，他的笑仿佛回到了从前，就那么短暂的一瞬，可是倏地就又被阴影覆盖了。

第二节　阴谋

应布良请了个外国的传教士教我学油画。他对我的看管似乎放松了些，他没有把我关在厢房里了。

阿青的头被应布良打破了，头上缠着绷带。应布良又叫阿青去郊岭采药，他说医治我的病要用郊岭上的一种山药煎熬成水服用。

阿青一大早就去了。阿青走后，应布良也去店面处理生意。

小英陪着我在花园里散步。

“小英，那天你忽然得神，是真的还是装的？”我直接问小英。

“装的。我不想这么糊里糊涂地嫁了。”小英说道。

“现在大家都把你当成仙姑嬷了。唉，难道你就一辈子都不能嫁人了吗？阿青呢？”我叹口气。此地的人都对神灵相当崇敬，若是知道小英假扮得神，小英会被驱逐出这里。

“只能走一步是一步了。”小英说，“小姐，难道你愿意一辈子被应布良关着吗？”

“唉，我不知道怎么说。”我低头想着，找不到合适的语言去描述我和他的关系，“我想摆脱他，想要自由，可是我又舍不得，不能离开他，我怕他没有我会不行，他太极端了。他做的一切都那么不可理喻，可我知道他是爱我才这样的。他对自己对别人都太没有安全感了，以后也许会慢慢改变吧。”我对小英说，也是对自己说，我要不停地给自己勾画未来，要不断说服自己还有许许多多美好的可以期许的东西，不然，现在的每一分每一秒都是痛苦的煎熬。

“虽然当着小姐的面，我还是要小姐知道我很恨他，他强行把我嫁出去。”小英咬牙切齿地说道，“说到底，小姐你还是很爱他，因为爱才放不下，才会去委屈自己忍受他。”小英很了解我，“我不知道小姐到底喜欢他的什么，要是陈曦少爷没有死该多好。要不是因为小姐，我会把应布良杀了！”

晚上，应布良回来了，阿青却一直没有回来。

“会不会出事了？得找人去山上搜一下。”我担心地说。

“现在山里头黑咕隆咚的，山里的峭壁悬崖、深渊沟壑很多，晚上看不清楚更是危险得很，让人去找也难，说不定阿青是采到了药，天黑了不好下山，就在山上睡了。等明天天亮我就叫人去找。”应布良说。

“希望他没事。”我道。阿青要是出事了，对小英是致命的打击。

“你有没有看见我的怀表？”应布良翻着他衣服的所有口袋和里衬。

“没有啊，弄丢了？”

“嗯，我一直都贴身带着的，怎么找不着了。”应布良焦急地把衣服倒拎过来抖着。

“我记得今天出门你还挂在脖子上的，应该是在外面掉的。你回想一下今天去了哪里？”我提醒他。

应布良脸色一沉：“我出去找一下！”他仿佛很焦灼的样子，匆匆跑出门。

“这么晚了你要去哪儿？”我在后面对着他喊道。

他似乎没有听见我说话，径直去马厩拉了匹黑马便驾马绝尘而去。

应布良一整夜没有回来。我彻夜未眠，我预感应布良也是跑到郊岭去了。那座黑黝黝的深山，就好像是盘伏在道路尽头的巨兽，山肚子里低低地闷响，阴气缭绕。

死亡的诱惑自郊岭阴森森地弥漫。

第二天天还没亮，我便焦急不安地带了小英还有众仆人一同往郊岭寻去。

大家满山分头搜寻，大声叫着应布良和阿青。

找了许久，终于在山道上找到了应布良。他满面土色，衣服也被划破了。他的眼睛瞪得很大却无神，显得有些呆滞。

“昨晚太晚了，在山里迷了路。”应布良道。

“阿青呢？”小英没见着阿青，焦灼担心得很。

“我也没见到。”应布良低头道。

我们继续在郊岭里寻找着阿青，直到太阳下山，依然没有任何阿青的踪迹。我们只得先回去，不然天黑了，大家在山林里容易迷路。

下到山脚，却发现小英没有跟下来。

“小英去哪里了？”我问大家，“我刚才还看见她的。”

“会不会又倒回去找阿青了？”应布良道。

“赶紧去把小英叫回来，太晚了，明天再来找。”我边说边往山上跑去，大家也都跟了上来。

天黑得很快，好像一只黑色的大手唰地一下把整个天空都盖住了。寒风凛冽，湿气浸润在寒风里，渗入人的骨髓，冻得人牙齿咯咯地响。仆人们举起了火把，把山路照成一条盘旋的火蛇。

两旁的巨树伸展开长长的枯瘦的虬枝，张牙舞爪。矮灌木的迷丛里黑乎乎的，似乎有隐约的怪声。

火把将黑色的密林照得影影绰绰。在山中奔走了一整天，已觉劳累，视线模糊，忽见远处一个长而消瘦的人影似鬼魅一般无声无息地愈来愈近，我揉了揉眼睛，是小英。

她走近了，可是她的魂魄似乎仍在远处游荡。她的身体在颤抖着。

“小英，小英！”我摇摇她的肩膀，“你没事吧？”

她的目光涣散。她的双手似乎紧紧地揣着一个东西。她把那东西抛给应布良。

“应先生，你的怀表，我找到了。”她道。

“哦……在哪里找到的？”应布良手一抖，没有接住怀表，怀表滚到了地上，应布良捡了几次才把怀表捡起来。

“不会走出这山里。”小英似是而非地回答道，声音在远处飘。

“哦……找到阿青了吗？”应布良左右看看密丛，好像担心从密丛里会蹿出什么一样。

小英沉默了一会儿，而后道：“没有。”

“明天一早再来找吧，先回去。”应布良说完，扬手吆喝大家打道回府。

我搂着小英的肩膀，她的身子依然在抖，她浑身冰冷，好像一具没有温度的尸体。

第二天又寻了一日，依旧没有下落。第三天，有个附近的村民在山涧里发现了阿青，他的尸体漂浮到岸边，被水草绊着，浮肿得几乎都认不出人形。那村民推测，应该是从郊岭上的悬崖摔下了深渊里，而后顺水被冲到了山洞。

第三节 凶手

小英病了，病得很严重，她瘦骨嶙峋地躺着，皮肤发黄。

我到她的床前看她，她神志不清迷迷糊糊的。

“小姐，我是不是快要死了？”她喃喃地说，紧紧地抓着我的手。

“没有的事，很快就会好起来的。”我安慰她，喂她喝了口药。

她挣扎着坐起来，眼睛里空空洞洞的，就是使了一点的力都让她气喘。

“小姐，你救了我，要不是你，我会被卖到妓院里去，小姐对我的好，我一辈子都记得。”小英气若游丝，可是还是继续说着，“我知道小姐爱应布良，就是现在也很爱他，可是我现在唯一想做的事情就是把他杀了！阿青是他害死的！”小英说着呜呜地哭起来，撕心裂肺地。

“应布良他不会杀人的！”我道。我觉得我的小应子不会杀人，他不可能这么做。我不愿意相信他会这么做。

“小姐，”小英说，“那个怀表我是在悬崖边上找到的，树枝上有划破的衣服，是应布良的，阿青就是从那个悬崖掉下去的。应布良有什么事情做不出来啊？”

晴天霹雳。证据确凿。我的头一阵一阵抽着痛。“为什么？他为什么会变成这样？”我心乱如麻，“我要去质问他！”

“小姐，你千万不要让应布良得知我知道是他害死了阿青，不然他会把我也杀了。”小英道，“小姐是被蒙蔽了，应布良什么人都会杀，除了小姐。但小姐还是要小心他，再这样下去我不知道他会怎样。”

“我不会让他知道的，放心。”我对小英说，“你先养病。”

从小英处出来，我直奔到应布良那里。应布良正在桌案前盘点着账目。

“阿青是不是你杀的？”我单刀直入劈头盖脸地问他。

他的眼睛闪过一丝慌张与恐惧，他愣愣地看着我。

“你说什么？”他似乎没听清我说什么。

“阿青是不是你推下悬崖的？”我又重复问他。

“……你想到哪里去了。”他结结巴巴地说。

“你别装了，我什么都知道了。”我道。

“你知道了什么？”他紧张起来。

“你为什么这么紧张？”

“紫琳，你相信我，我没有杀人。”他辩解道。

“你骗我！你骗我！你骗我——”我歇斯底里地狂喊起来，声音尖得刺痛了耳朵，我捂着自己的耳朵继续尖叫，我感觉自己的每一根神经和血管都从皮肤里蹿出来，好像是一条一条青色的蛇在我的身上缠绕，勒得我要死去。我要把它们都掰开，我挥舞着手臂，满屋子里乱跳，花瓶玉器、紫砂茶壶，全都哐啷哐啷地被我扫到地上摔得粉碎。

应布良跑过来抱着我，按着我的手，我的手还在抖动。“冷静冷静。”他颤抖地在我耳边说。

仆人们闻声赶来，见此状都呆若木鸡。

“太太的病又犯了吗？”一个仆人问。

“赶紧把这里打扫一下，碎渣子会扎人。”应布良道，然后把我抱到了厢房里。

“你是个杀人凶手！”我冲应布良大声嚷着，手在乱划。他的脸被我的指甲划破了。

他把我反绑起来。

“好了，别再吵了！”他吼道。

我依然不理他：“杀人凶手，放开我！”

“好吧！”他凝视着我说，“就算我是杀人凶手，全都是因为你！”他的脸因为扭曲而看上去皱纹清晰，显得苍老了许多。他的嘴唇白白的，毫无血色，蜕的皮屑翻起来。

“你说这话什么意思？”我道。

“因为你总是想离开我，你随时随地都可能离开我，我抓不住你的心。”他忧伤地说。

“我什么时候离开你了？难道你就因为这样去杀人？”

“你离开我去了陈曦那里，两次！”他愤怒地喊着。

“你为什么总喜欢扯到陈曦？他已经死了，你也不放过他？”我也生气了。

“是的，他死了。”应布良低着头，含混不清地重复着这句话，“他死了。他死了。”他忽然抬起头，眼里闪出凶光，好像一把犀利的惨白的刀，隐形的，锐利的，冷飒飒地刺过来。“他死了，你还想着他吗？想着他以前带你去茶楼，想着教鹦鹉叫他的名字，还想着到他的大宅去，还想住在那里吗？那几年你沿着河流一直找，一直都在找他，你还幻想着他没有死是吧？你的心还没死是吧？我告诉你，他死了！他彻底死了！”应布良癫狂了，他的胸口一起一伏，仿佛上气不接下气，他额头上青筋直冒，眼睛血红，按着桌子的手在不停地抖。

“你想怎样？你就杀人了是吗？”我质问他，“你就这样把阿青杀了吗？”

“杀了他又怎样？他为什么对你这么好？”他神经质地跳起来。

“你真的杀了人。”我很哀伤。

“你想怎么样？告发我吗？你有证据吗？大家都会认为是阿青自己掉下去的！”应布良道。

“你把我也杀了吧！”我冲他喊道。

“我不会伤害你的。紫琳，我一辈子都不会伤害你。”应布良说，“为了你，我宁愿负尽天下人，下地狱，但我不会伤害你。我什么都不要，只求你永远在我身边不要离开。我只想你懂我的心。”他蹲坐在我身边，泪流满面。

我只觉深深的无力。

那张花梨木床隐隐的芳香，带着血的腥甜。刻在床尾的女子是我。她被拘囿在昂贵的雕花木头里，爬不出来。

我的头滚烫。我烧得厉害。我病倒了。我想我快要死了。我出现了可怕的幻觉。每一点细微的声响都让我的心脏怦怦地极不规律地跳得心悸。那些死去的人的影子不只出现在我的梦里，在将梦将醒的边缘，还在我睁大眼睛瞪着屋顶天窗的瞬间。他们飘来飘去，飘过天窗，飘过床边。我看到了爸也在飘，我伸出手抓住他的衣襟，我想他也把我带走。可是我的手抓住的是虚空。

一切都是虚空，都是捕风。

应布良一直都在床边陪伴着我，伺候我吃药喝粥。看到我如此虚弱憔悴，他伤心欲绝。他瘦骨嶙峋，两只眼睛深深地凹下去。

“我想我也许真的命不久矣。”

他在我耳边轻轻地对我说："一切都会好起来的，等你好起来，我带你去找不老泉，我们会找到从前的不老泉的。"

我说："你现在就带我去吧，我想在临死之前回到从前。"

第四节 消失的不老泉

应布良骑着黑马，带着我上了郊岭。这一天我的精神却很好，我穿了厚厚的大棉袄。应布良小心翼翼地扶我上了马。他骑得很慢。

呼啸的山风穿越了我的单薄的躯体。不下雪的南方的冬天，山林依然浓密，偶尔几棵乔木上落下了泛黄枯萎的叶子，可是整个密林就像是厚重的阴森的背景，矗立着，亘古不变。

黑马沿着山道一路行进。山道曲曲折折，蜿蜒盘旋，时而宽阔，时而逼仄，时而是羊肠小道，时而豁然开朗，出现一片清冽的山涧，时而又阴郁可怖，悬崖峭壁近在咫尺。

我们在山里东游西逛，寻觅着不老泉的踪迹。

山路变得越来越陌生。我们不知道走到了什么地方。环顾四周，干枯的树枝伸开密密麻麻的黑色枝干，遮盖了天空的光线，阴郁和幽冷凛然笼罩，人身陷其中辨不清东西南北。应布良驾马寻路，兜兜转转，却仿佛鬼打墙似的，逃不出这片寂地。

时间仿佛过了好久好久，漫长得近乎停滞。我们不知道是否已经天黑了，密林完全掩盖了天色以致我们无从判断。

我和应布良都焦虑起来。愈是焦虑，就愈是找不到出路。

我们困顿而疲乏，忽见前面有一山洞，于是下马歇息。那山洞的水冻得几乎结成了冰。山洞的水全然不是不老泉的水。

“找不到了，我们回不去了。”我喃喃地说道。

“我们会找到的。”应布良道。

“不会的了。”我悲观地说。

“你为什么就不相信我可以找到？”应布良道。

“我是想，这不老泉的传说假如是真的，那我们能见着一次已是万幸，不奢望见第二次。”我幽幽地说。

“只是那彼岸花，花与叶永不相见，就像活人和死去的人，两相阻隔，情思和心意都无法沟通。”我继续说。我不知道应布良懂不懂我说的，也许这彼岸花就像我和应布良，生长在同一个枝梗上，撕心裂肺地深爱，却把对方窒息至死，倒不如永不相见。

“紫琳，你要相信，一切会好起来的，我们会找到不老泉，你的病也会好。”应布良又道。

“我就要死了。”我木木地说道。

“我不会让你死的，你死了，剩下我一个人活着，我就和你在不同的世界里，你就会去了陈曦和阿青待的那个地方。”应布良紧紧地搂着我说。

“你为什么这么害怕陈曦？”我问道。

应布良好像触电了似的神经一跳，我听到他的心脏跳得异常慌乱。

“人做了太多亏心事，会有报应的，不要再继续这样下去了。”我对他说。

“我不怕有报应！”应布良却依然执迷不悟般。“我已经说过，我宁愿下地狱也不愿意失去你的爱。”他狠狠地说，“只要我天天晚上都抱着你睡觉我就不怕他们几个人的鬼魂来索命！”

“几个人？”我大惊，“你还杀了谁？”

“好吧，那我告诉你，陈曦他们父子都是我害的。”应布良道，“那天我知道他们要上木排，我偷偷去把那木排中间的几根绳索弄断了。”

“你说什么？”我瞪大眼睛望着他。我不敢相信我的耳朵。

“我杀了他们。”应布良道，“你只有我就够了，只有我才是重要的。”

“不……不……不！！”我捂着耳朵厉声尖叫。声音凄厉得好像尖利的玻璃把周围的空气划开了一条深深的口子。陈曦，他温暖的笑容，也是我欠下的罪孽。我的头又痛得厉害，好像刀刺在头上。我的身体不住地颤抖。应布良紧紧地抱着我。

不老泉是永远找不到了。与其如此在地狱中煎熬，不如死去。

我不知道应布良是怎么找到下山的路的，我们终于回到了家。很奇怪，回来以后，我的身体却莫名地好了很多，好像回光返照一样。我甚至还有精神跟着马神父学画画。我忽然想让马神父给我画张像。在我死之前，可以让我的容貌永久留存。马神父时常向我讲耶稣，我挺感兴趣的。我更感兴趣的是他的传教计划。他说他不会在这里待很久，他要到槎城去建一个教堂，他需要愿意把自己的一生奉献给主的人去做修女。我想，或许我可以跟着马神父逃跑，把小英也带上。

我和应布良说，我要去海边画像。爸在海边有房子，我可以去那里住一段时间。

我想摆脱应布良，到了海边，我可以找到逃跑的机会。可是应布良却要一起跟去，他几乎寸步不离。

我们到了海边。海浪在悠然地拍打着海岸，好像对俗世的一切纷扰及爱恨全然不知。

举目所望，一片望不到底的湛蓝，只有蓝色，没有任何其余的变化。心如死水。

我和应布良说，我要一个人待在房间里，我想一个人静静地修养。我把门反锁起来。我开始写日记，我在日记本上记下过往的一切，点点滴滴。只有书写才能暂时缓解我内心的焦虑和不安。疯狂和濒临崩溃的神经要借助某种宣泄和寄托使之摆脱战栗及恐惧。或许我潜意识里希望有什么人看到这一切，可以解救我。或许我可以把这些给上帝看，给马神父看，让他帮我逃离。

人生若只如初见，当我写下这些文字，那些甜蜜时光已经远去了，我不知道还会不会再回来。恐惧笼罩着我。每天晚上，我听到他的脚步声在门外，越来越近。我赶紧把日记本收起，我要尽快找一个安全稳妥的地方把它藏起来。

马神父给我画像。桌子上的花瓶里插着玫瑰花。每一片花瓣都饱满而丰硕，盛放到极致而将要脱落下来。花瓣好像一片片的人脸，鬼魅的，邪笑的，纯洁的，在对着我耳语。我听见了花朵里的秘密。

马神父说下午三四点的光线最好。阳光自然地从窗户洒进来，温暖柔美，把房间里的一切都镀上一层金黄色的光芒。我问马神父："这像不像你说的天堂之光？"马神父道："天堂的光比这还美。"我说："我看到过比这还美的光，在我的生命之中，也许只有那么一回，不老泉的泉水上的光，闯入灵魂，为了那一刹那的美好，却从此永劫不复。"

我想到了一个办法，我在房间的墙壁上钻了一个洞，我把日记本藏在洞里，画像就挂在那里。我每天都在不停地写啊写，感觉写下的文字记下的是深入骨髓的痛楚。我渴望遗忘，我渴望有一天这所有的一切只是一个噩梦，会在时间里飘散在海风中，好像在沙滩上写字一样。可是这痛刻得太深太深了，永远不会被遗忘。

马神父给我画像的时候，应布良一直都在旁边守着，我甚至没有办法单独和马神父说说话。我更没有办法把写好的文字给马神父看。

马神父画像，我静坐着，偏着头望着窗外。应布良在另一边抽着烟看。海风腥咸，窗外传来海浪声和海鸥的鸣叫。

我只有徒然而空虚地等待着，等待着马神父把画像画好的那一天，那一天我将把日记本里的往事埋进墙上的洞里。

第五节　海夜

“画完啦！”马神父长吁一口气，高兴地站起来，“来看看！”

应布良手里还握着半根烟，他急忙凑上前去看。“很像！太像了！”他哈哈大笑，“大功告成！明天我们就回去吧！”他道。

“这么快？”我黯然。

“还有很多生意上的事情要处理，我们在这里留得太久了。”应布良说。

“你可以先回去。我还想在海边待一会儿。”我说。

“你又怎么啦？”应布良叹声道，“你想待多久？那我再陪你几天。”

“你能不能让我一个人静一静？”我道。

应布良没有作声，只是狠命地吸着烟。

天色阴暗，淅沥沥地下起雨来。

晚上吃饭，昏暗的煤油灯下，菜肴显得颜色暗淡，让人看了都没有胃口。马神父吃饭前总要默祷。

“马神父，你都在祷告些什么呢？”我好奇地问。

“为着你，还有应先生。”马神父回答道。

“我们过得很好。”应布良马上说。

“我感觉你太太有心事。”马神父说。

“她爱胡思乱想，没什么大碍。”应布良道。

“我想和马神父聊聊。”我说。

“你想聊什么？说吧！”应布良边嚼着肉边说，“就在这儿说。”他晃动着手中的筷子，似乎有点不太安定。

“假如你发现你爱的人是个杀人犯，你会怎么办？”我故意问马神父。

“你在胡说些什么？”应布良吼道，他打断我的话。

马神父被他吓了一跳，大概马神父还没见过应布良蛮性发作的样子。

“马神父，我太太她又犯病了，总爱胡思乱想。”应布良向马神父解释。

“你怕了。”我挑衅地看着应布良道。

“我怕什么？”应布良强作镇定，但是我听得出他的声音在抖，“马神父，我太太累了，我带她去休息。”他强行拉着我往房间走去。我的手掰着桌子的一角，定着自己的身子，不让他拉我。可是他硬是把我拉走了。留下马神父一脸疑惑地看着我们。

应布良把我拽进房间里。

“你今天情绪这么消沉，你还是先休息一会儿吧。”他说。

“不只是今天，我天天都这么消沉。”我冷淡地对他说，也没有看着他。

应布良颓然地靠着墙壁：“我要怎么做你才能快乐？”

“我不见到你我就快乐。”我狠心地说。内心有一种报复的快感。我知道这么说他会痛。

他低着头，痛苦的表情让他的脸上的皱纹深陷，他的喉咙发出嘶哑的喘息声，他啜泣起来。

我的心有些不忍。但我不去看他，不去看他的脸，不去看他的表情。我把脸转向窗外。窗外的雨越下越大，雨点好像冰雹似的打下来。窗户没有关好，雨水就从窗户潲进来。窗户下的地板湿了一大块。雨水甚至溅到了窗户旁边的床上，被子也被洇湿了。

应布良见状，赶紧跑过去把窗户关紧。他又把被子拉起来，在椅子上摊开晾着。“我拿个炭火炉来烘一烘这被子。千万别湿着盖，容易着凉。”

他转身出去了。一会儿，他就拿了个炭火炉过来了。

“早点休息吧。”他把炭火炉放下便走了。

我把房间门关了，反锁。贴着门背静听外面的声音。门外没有人。

我的画像静静地放在墙脚。

墙上的暗格已经钻好。应布良偶尔会因为生意上的事情离开大半天回去。他把马神父也带上说是要马神父与他结伴。我却趁着这段时间找来了附近村子里的五金店伙计给我在墙上偷偷设好了暗格。

我要把日记本先藏在暗格里，用画像盖住。

我拿起锤子和钉子，敲打着墙，挂起画像来。

暗格一直用一张靠在墙上的卷起来的席子遮盖住了。没人觉察到。

暴雨下得正好，掩饰了捶打墙壁的声音。

折腾了许久，终于把画像挂上去了。我擦擦额头上的汗珠。

笃笃笃。门外敲门声响起，我的心忽地慌了。

“紫琳，你在干吗？怎么有声音？”是应布良在门外。

“没干吗。”我答道，慌忙找着地方把锤子等家伙藏好。

但应布良却一把将门推开了。

我手里握着的锤子一下子没抓稳哐啷掉在地上。

“你又想干什么？又想逃跑吗？”应布良见状，质问我。

“这样我能逃走吗？假如可以逃跑，我非常想逃走。”我顶撞他。

应布良干瞪着眼睛。

外头的雨越下越大，雷声隆隆，震耳欲聋，整个屋子都在暴雨中摇晃。

“下暴雨了，就有冤死的灵魂。你听过天后庙里的故事吗？”我缓缓地说，“这里的村民，每次出海捕鱼后，他们的家人都会点一支红蜡烛，让红蜡烛在海面上漂，假如漂了好久都没有沉下去，那么出海就顺利，假如沉下去了，就是遇到风暴了。他们在天后庙拜神求佛，也会进贡红蜡烛。有一个女子很会做红蜡烛，后来她被人害死了。从那以后，村民只要一在海上点红蜡烛，就算是原本风平浪静的天气都会忽然变得狂风大作——”

“你别再说了！”应布良大汗涔涔。他转身跑了出去。

应布良在客厅里喝得酩酊大醉。

“我知道你恨我！”应布良在嚷着，“你恨我害死了陈曦。”他继续说道，“本来我就是多余，你本来就是和陈曦在一起的，偏偏让我遇到你。我就是不让你们在一起！”他的声音嘶哑，好像声带都要咳出血来的样子。

我没有理会他的喊叫。

他又号啕大哭："以后，以后，我骗自己说什么以后会好的……我到不了以后了。"

以后，以后会好的。这句话如此熟悉，曾几何时，我们都说过这样的话。可是现在，我们都看不到以后。未来仿佛被厚重的帘子遮盖，就好像今晚的暴雨形成的雨帘，黑乎乎一片，伸出手去，只有潮湿和阴冷，还有大颗大颗的雨水打在肌肤上的疼痛。

应布良越喝越醉。他好像又要开始失去理智了。我嗅到不祥的气息。门已经被应布良推坏了，无法锁上。我把煤油灯和蜡烛通通熄灭了，爬上床假装睡着。

闪电和雷鸣依旧不断。偶尔的闪电划破黑暗，屋内哗地一下被照亮，亮得如此灿烂和奇诡，可是瞬间又陷入了更深的黑暗里。

我浑身哆嗦起来。我很怕听到打雷声，尤其是我一个人的时候。莫名的恐惧袭来。

"打雷了！"应布良忽然跳起来，"紫琳！紫琳！不要怕，我在这里——"他摸索着爬起来，我听到瓶瓶罐罐掉在地上的哐啷声。他在朝我的房间走近。

第六节　死荫

刺鼻的酒味越来越浓，呛得很。应布良跌跌撞撞地爬到了我的床上。他伸出手捂着我的耳朵。

"你一听打雷就怕，别怕别怕。"他说。

然而，我对他的恐惧更甚于打雷。我推开他的手，挣扎着起来。

“不许走！”他狂叫。他扯着我。

“你想干什么？”

“我要保护你。”他醉醺醺地说道。

“你怎么保护我？”我使劲地推开他，“你把一切都毁了。都是因为你！”

“我毁了什么？”他瞪着血红的眼睛望着我，“我们现在什么都有，有钱，有米，我毁了什么？”

“我没有办法再和你在一起了。”我嘤嘤地哭起来，“我没有办法和一个杀人犯在一起。每分每秒每时每刻，我都痛苦得要命！”

“你为什么要痛苦？都是我杀的人，报应也只是报在我头上，不会在你头上！”他也哭了，“痛苦得要命的是我！”

“你会痛苦吗？你杀红了眼的……”我骂道。

“我想扫清障碍……没有障碍了，我们就会快乐地在一起。”他哭着说，“可是一个障碍没了，又会有另一个障碍……”

“障碍？……你才是障碍！”我也神经质了。

“我恨不得你去死！”我狠狠地抛下这句话。

“好……你想我死。”他哀伤地放开了扯着我的手。

他颤巍巍地爬起来，步态不稳，摇摇晃晃地朝外面走出去。走到门口，他几乎要摔倒了，扶着门框停了一停。外头也是漆黑一片，什么也看不到。他在黑暗中摸索着，继续前行。钝重的脚步踏在地板上，一下一下，一步一挨，好像一只受伤的野兽。

我呆坐在房间里，蓬头垢面，像个疯子。他的脚步声渐行渐远，慢慢地变小了，直至被雨水的声音覆盖住。

我的心撕裂般痛，我能感觉到我的心在淌着血。我甚至嗅到了血的腥味。我感到很恐惧，孤独无依的恐惧。好像是应布良的猎犬在疯狂地吠，接着是山崩地坼般的雷鸣，轰隆隆的。再接下来，好像是应布良猎枪的声音。

那血的腥味愈来愈浓重。浓得就好像真实的血。我的幻觉是不是越来越离奇了？我深深地吸了口气。不对，好像是真的血。我揉了揉额头，不是在做梦，真的有血的味道。

我无限惶恐。

“应布良！应布良！”我大声地喊起来。

没有人回答。

我点燃了一支蜡烛放在烛台上，擎着它朝房间外面走去。

客厅里空荡荡的，空无一人，桌子上，地上，都是东倒西歪的瓶瓶罐罐，被打翻的酒瓶里散发着浓重的酒精味。

烛光把我的身子投影在墙壁上。

墙上，巨大的长发女子单薄的影子，就像一个夜里的幽灵。

“应布良！”我喊着。声音回荡，余音在屋内环绕了一小会儿，而后消散。

我嗅着气味朝杂物室走去。走到杂物室门口，听见好像有人摔倒的声音。我忐忑地走进去一看，是应布良。他倒在血泊中痛苦地呻吟，他的身边躺着一条死狗。那是他的猎犬。

我又尖叫起来，丢开了蜡烛，跑过去。

应布良的手臂受伤了。“它死了……”应布良绝望地闭着眼睛，“它死了……我拿着枪要朝自己的脑袋打，它咬住我的手不让我打，枪走火了……”

我把应布良扶起来。

“你是不是更想我去死了？我又杀了一个东西。”他哀号着，好像想把心里头所有的绝望和苦痛都倾泻出来，好像想把它们从湿湿的阴暗的心底的泥沼里都挖出来，可是悲哀却穿不透这厚重的黑色雨帘，死死地困住了。

我感到如此无助。我不知道如何面对他。痛苦和哀伤压得我喘不过气来。

我沉默不语，把他从血泊中拉起来，木然地给他包扎伤口。

他的脸酱紫色，眼睛浮肿，眯成一条线。

我瞥见了那条血泊中的死狗。它的神经依然在抽搐。它的眼睛没有完全闭上，眼珠子似乎有些凸了出来。

血流得一地都是。满地的血，血的腥味，应布良浑身都沾满了血，到处都是血，充斥着整个逼仄的空间。我呼吸进去的空气都是血，我找不到一块干净清新的地方让我透气。

我受不了了。极度的压抑让我崩溃。死去的人好像幽灵一样恍恍惚惚地在眼前闪现。陈曦，公公，还有阿青，我好像看到他们浑身是血的样子，像骷髅一样呆滞空洞的眼睛，缓缓地，一步一步地向我走来，发出悲哀而低沉的叹息。他们越走越近，几乎贴着我的身体，我用双手遮住自己的眼睛不去看，他们好像气体一样穿过了我的身体，越过我往后面径直走去了，仿佛在赶路似的，奔向幽冥的地府。

“不要走！”我喊道。当陈曦越过我，我本能地抓住他的衣角，可是手里空空洞洞，我什么也没有抓到。只有血腥的风在我的指尖滑过。

我的胃翻江倒海，血的味道太重了，让我想吐。我控制不住作呕。

我实在是难以忍受了，我跑到窗边，把窗户全部都打开。屋外的暴雨和寒风呼呼地进来了，带来了潮湿阴冷的霉味和海水的咸腥味。

水流如注，杂物间很小，一会儿就浸满了水。地上的血融化在水里。水也变成淡红色。暴雨不停地从窗户潲进来，室内的水也越来越多，双脚都浸在了水里。感觉自己就要被血水淹没。

我顾不上那么多了，我奔出杂物间，打开门冲了出去。

暴雨如同子弹一样啪啪啪地打在我的头上、身上，我佝偻着身子，让背部去承受雨水的冲击。雨水把我整个人里里外外淋了个透。我哆嗦着，狂吼着，让冰冷的雨水浇醒我混沌而模糊的意识。

不知道过了多久，我开始往屋里走去。暴雨依旧排山倒海，无始无终地倾泻着，仿佛天地鸿蒙之时看不到时间的轨迹。

进了屋，湿漉漉的长发搭下来，雨水顺着衣服往下滴。

我像个鬼一样走着，我的意识只剩下一根线。

经过杂物间，见应布良还瘫在那里闭目歇息着，身上散发出一阵血的恶臭。绝望和痛苦的气息一下子就从那里溢了出来，让人黯然。

我擎着蜡烛走进厨房，拿了一把刀。刀尖在黑暗中发出幽冷的光。

我想我是不是可以结束这无边的痛苦与哀伤。结束应布良的哀伤和绝望。结束我的绝望。

我握着刀子，朝应布良所在的杂物间走去。

第七节　无望的救赎

应布良倒在那里。尽管我放轻脚步，可是因为浑身颤抖，碰到了旁边的柜子。

应布良睁开眼睛。

这一刹那，好像所有的声音都止息了。窗外的暴雨，全然消失。死般的寂静笼罩。

我凝视着应布良。空白，全然的空白。我和他在一起的许许多多的画面都变成了空白。好像我和他是两个漠然无关系的僵硬的躯体。

我的头脑已经麻了，只有内心的本能在控制着我的手脚。

我举起刀子冲过去朝他的胸口刺去。但说时迟那时快，他紧紧地抓住了我握着刀的手，我用力地挣扎，可是根本没有他的力气大，他把我推开，夺走了刀子。

他似乎被我的举动吓醒了。他站在那里，看着我。他的眼睛还是血红色的。

"为什么？"他说道。他的脸色惨白，好像一具尸体。

我没有回答。沉默。

"为什么？"他继续问。他的脸因为极度的悲伤而扭曲，眼睛里有泪。他攥紧拳头，手上的血管一条条地凸了出来。他的样子就好像在水中的倒影一样，水面在晃动，人影也变形扭曲。

"我恨你！"我对他吼道。我冲出杂物间，发疯一样跑着。

我跑到马神父的房间外面，拼命地敲着门。

马神父开了门，他见我这副人不人鬼不鬼的模样，惊呆了。

"你怎么了？"他问。

"救我！"好像抓着一根救命稻草，我语无伦次，"救救我们吧，救救我，救救应布良……"我不知道自己在胡说些什么，我想让马神父明白我的意思，可是我的思维混乱，不知道怎样去表达清楚，我越说就越乱，我揪着自己的头发。

“不要急，平静一点，上帝爱你。”马神父要我静下来。

“她又犯病了！”应布良边说边跑过来，拉着我就要走。

“不！我不走！”我死命地挣扎着，我伸出手抓住一切我可以抓到的东西，我用手指甲钩住墙壁，我大声地尖叫。

马神父也在帮我挣脱应布良。他和应布良争辩起来。应布良拿来了猎枪，用枪托把他敲晕了。

应布良拽着我到了房间里。

“你给我好好地冷静冷静！”他把我一把推到地上，转身出去，想把门从外面拴紧。

“不！”我喊着扑上去。我不要再这样被幽闭。我抓住了他的猎枪，我想夺过来。

他和我纠缠起来，他又推开我，我又扑上去，他再次挣脱我，我马上又爬起来往前冲。他火了。

他举起猎枪，朝窗外扳动了扳机。

一阵巨响过后，硝烟弥漫。应布良一声惨叫倒在地上。枪走火了。

血。地板上又是血。漫无边际的血。这血流到了我的脚上，我沾上了血腥味。我摆脱不了血腥味。我一阵恶心，翻江倒海地呕吐。

他是不是死了？我的脑海里不断闪现着这样的念头。他死了吗？

我伸出手颤抖着摸着他的脸。我依稀感觉到他的鼻孔里似乎还有隐约的气呼出来。那是他的呼吸吗，还是只是过堂的风？

我要逃走，我要赶快逃走。

我爬起来，两只手撑着地板，膝盖也跪着，好像爬起来变得很困难，我挣扎了很久才踉踉跄跄地起身。

我跌跌撞撞地往外奔跑。外面还是乌黑的暴雨。我跑到门口，眼睛却越来越迷糊。我看到了一个人的背影站在门口。他朝我转过身来，是应布良，他的身上没有一点伤口。他的眼睛像好久好久以前那样看着我，柔情的，没有邪恶的神色。久违的温柔。

我用双手捂着眼睛。我的心在啜泣，绝望地啜泣。

浓重的血腥味再次袭来，恐惧又像一头觉醒的猛兽逼近前来。我还没缓过神来，就被背后的一只手臂掐住了脖子。

“不许走。”是应布良嘶哑而低沉的声音。

他呻吟着，用那只未受伤的手臂紧紧地攫住我。

他的伤口还在流血。

我挣扎着，他用尽力气抓住我，他掐住我的脖子，我喊不出声音，窒息得快要死去。他的力气如此之大，好像在用尽他身体里残存的最后一点余力，要与我同归于尽。

我无法呼吸，视线越来越模糊，意识也逐渐消失了。

待我醒来，依然是黑夜。这夜如此漫长，仿佛没有尽头。

屋子里点燃了火红的蜡烛，映衬着应布良的背影。他斜靠在躺椅上，受伤的手臂缠着绷带。他还在呻吟着。

“你醒了？”他觉察到我醒来，“你还想杀我吗？”

“你放我走。”我回答道，“我没有办法和你在一起了。”

“今晚的事情可以就当作从没有发生过。”他漠然地说。

“你想怎么样？”我问他。

“什么我想怎么样？”他道，“应该是我问你想怎么样？！”

“以后你就给我乖乖地待在屋子里，哪里都别想去，什么也别想做！”他咆哮起来。

“你干脆直接把我杀死就行了！”

“我怎么舍得杀你呢？”他道，“紫琳，你知道，我是不会伤害你的。”

“你疯了。”我对他说。

“我要你做的事情很简单，对于你怎么就这么难呢？”他皱着眉头看着我。

纱窗外透进了隐约的灰蒙蒙的白光。

“天要亮了。”他叹口气道，“雨也停了。来，我们出去走走吧。”

“去哪里？”我不愿意跟他走，但是无力逃出他的手心。

我太虚弱了，整个人轻飘飘的，他生拉硬拽地把我拉进他的怀里。他的步态也极不稳，他的精力也耗尽了。但他依然擎着我走，我们两个人就这么步履蹒跚地到了海边。

到了海边，沙滩全是湿的，但我们都累了，都垮了下来，好像两袋被刺穿了洞的沙袋。

他强行把我的头靠在他的肩膀上。我好像一个任他摆布的洋娃娃。

“来，看着海，多漂亮！”他对我说，“你不是说过要在海边看日出的吗？”

大海阴沉沉的，沙滩的湿水渗进了我的皮肤里，我的额头滚烫。我只感觉整个人也都是阴沉沉的，整个天也是。所有的一切都是阴霾笼罩。

我感到很疲惫。本来以为昨夜是一切的结束，可是故事还远远没到结局。我还要回去把这一切再次写在日记里。我不知道什么时候可以结束这一切。也许当这一切都结束的那一天，便是我的死期。

第十一章　复仇

第一节 谋划

日记写到这里便戛然而止了。

“张紫琳后来怎样了？”我问奶妈。

“小姐一直都想逃出去，没有成功，身体越来越虚弱，去世了。”奶妈道，“小姐生前一直都想找到她同父异母的弟弟，原来张奇就是。应布良害死了那么多人，我一直都想替小姐和阿青报仇，可是没有找到机会，每次都没有成功。”

“张紫琳日记里的小英就是你吧？”

“是的。”奶妈道，“刚开始我对太太冒犯了，但是现在知道了太太和张奇的关系，我觉得我们应该可以一起想个办法杀了应布良！”

“先要把媛媛弄出来，不然她很危险。”我对奶妈说，“张奇不久后就会到这里的。”

不久后，张奇来到了水东旅店。

我把发生的一切都告诉了他。他抚摸着沉香手串，说他想不到他的姐姐居然经历过这么多苦痛，以及被幽闭得如此绝望。他要替姐姐报仇，为我所受的委屈报仇。

一天晚上，奶妈出来了。我们三个人在水东旅店商量如何对付应布良。

煤油灯里的火苗被风吹得扑闪扑闪的。冬天已经来临，寒风瑟瑟，听得到屋外的树枝被风吹得飒飒作响。除此以外，再无别的声响。人们都早早回家取暖了。街头巷道冷清寥落。

“应布良是有名的乡绅，要让他的死看起来是意外死亡。”张奇道。

“他很狡猾，不是那么容易下手的。”奶妈道。

“我觉得他有一个弱点，就是很迷信。我们是不是可以设一个局，让他慌乱，然后趁机杀了他？”我提议。

“我对应布良说，仙姑嬷说小姐就要回来了，把屋子里的窗户都贴上窗花，放上很多小姐生前喜欢的东西。”奶妈有了想法，“他见到这些就会疯疯癫癫神志不清的。”

“在他神智错乱的时候，我们就动手。”张奇道，“制造一个枪走火的假象。我偷偷地潜进去把他杀了，然后在他旁边换上一只走火的坏枪。”

“奶妈就负责把周围的仆人都引开，不要给人看见。”我道，“但是媛媛还没有带出来啊，一定得把媛媛带出来！”我唯一担心的是媛媛。

“应布良每天都和媛媛寸步不离，媛媛也很黏着他。现在是媛媛一没有见到应布良，就哭着说要找爹。”奶妈道。

“趁她睡着的时候把她抱走。”我说。

“只能这样了。”奶妈道，“但是在宅子里杀应布良挺难的，我以前试过，周围仆人多，风险大。”

“我很好奇，张紫琳的尸体是埋在郊岭上？”我问。

“是的，应布良在小姐死后，抱着她的尸体上了山。他说他要找到不老泉让小姐复活。”奶妈道。

“那我姐是葬在不老泉那里吗？”张奇问。

“是的。可是除了应布良，没有人能找到那里。”奶妈说。

“我倒是有个想法，就是应布良回山里看我姐的坟时，我偷偷跟着，在山里杀他不易被人发现，就算被枪打死了，也会以为是被山贼杀的。”张奇又想出了一个计谋。

“要跟着他又不被发现，千万得小心。”奶妈道。

“他会在什么时候上山呢？”我问奶妈。

“快了，每年的冬天，宅子里贴满窗花的时候，他都要去一趟。”奶妈告诉我们。

商量好了，我们就等待时机到来。

今年的冬天特别漫长。想到密谋复仇，心里忐忑得很。其实最担心嫒嫒，要是没有了爸爸，她一定很不习惯，会很难过。原先一直不肯逃离这里，也是嫒嫒的缘故。

这一天终于到来了。前一天晚上，奶妈就偷偷过来告诉我们。

“应布良明天就要去郊岭了，他今天交代了些事，要仆人们照顾好嫒嫒。”她说。

“那你能不能把嫒嫒带出来？”我问。

“有其他仆人盯着，不是那么容易。”奶妈说。

“那明天一早，我就在大宅旁的树林子里等着，等应布良一出来，我就马上跟去。”张奇道。

“我跟你去吧，多个人多个照应。”我对张奇说。我不放心让张奇独自前去。

第二天，天还没亮，张奇就拉了马来。我和张奇守在大宅旁的树林子里。树林里寒冷的迷雾还没有散去，用厚厚的毛巾把脖子和脸都圈几圈裹起来，依然寒气逼人。我们屏息凝视着大门，生怕漏掉了什么。张奇的马很驯服，也静静地立着，等候着张奇发号施令。

不知等了多久，远远地，看到了仆人们推开了黑色的雕花大铁门，猎犬的吠声响彻寂静的清晨。应布良骑着黑马从铁门里出来，策马飞驰。

“快！”张奇翻身上马，我也赶紧爬上马背。我们向着应布良远去的方向疾驰而去。

应布良骑得很快，我们又不能跟得太紧，山路七绕八拐的，险些跟丢。经常是拐进了一个岔路口，却不见了应布良的踪影。我们侧耳倾听，听听哪边有隐约的响动，或是凭借直觉判断往哪边前进。从不下雪的南方的冬天，树木的叶子依然茂密，却也掩护了我们。

冬日的阳光照射下来，我们在地上的影子从倾斜变成垂直，从大变小。正午时分到了。我们忽近忽远地跟在应布良的后面，还没有到达传说中的不老泉。

应布良在前方的岔路口一拐弯就消失了。我们紧随其上。忽然，阳光完全遁形，举目所见，两边的树木高大挺拔，密不透风，抬起头极目望去，树枝顶部的树冠似在云端。整条山路全然为密林所挡，白日也如同黑夜。我们点亮了马灯。潮湿的攀藤缠绕在千年巨树上。树的枝丫如同鬼魅的手掌。密林里似乎有隐约的浑厚的声音，仿佛是由地府传上来的，又仿佛是沉睡的野兽的鼾声。我们正在惊叹之际，眼前一片迷离的光点。无数只萤火虫在林间飞舞。可是这萤火虫的光却不是我们平日里见的橙黄，却是青黑的幽冥的颜色。我仿佛嗅到了死亡的气息，越来越浓重，好像是被枯枝败叶沤成堆发酵，一阵一阵地扑鼻而来。

第二节　幽冥之境

我们沿着阴暗的山道摸索着一路往前走。这黑暗的山道盘旋着上升，长长的，看不到尽头。当我们走到某个地方，山路又开始往下曲折，如此循环往复，让人在山里迷失了方向，不知走向了何处。

“应布良到哪儿去了？”我内心隐约不安。

“往这个方向一直走，应该不会错。”张奇道。他对方向的辨知能力强。

“张紫琳在日记里写过，他们怎么找也找不到不老泉，不知道应布良后来是怎么找到这个地方的。”我很好奇，这个地方如此隐蔽晦暗，应布良一个人居然找到了。

“你听！”张奇忽然把马停了下来。马蹄声消失后，四周更显寂静。

“怎么了？”

“你仔细听听！”张奇示意我。

我侧耳倾听。从高空坠落的每一片叶子落在地上的脆响，蜘蛛吐丝结网的声音，爬行动物在泥土里钻来钻去的响声，萤火虫死亡掉落的声音。在所有的声音背后，仿佛有水流声的痕迹，淡淡的，若隐若无。

“有山涧！”我惊呼。

“嗯，是水。”张奇继续赶着马往前走去。

空气变得越来越潮湿，仿佛有一层雾气弥漫着，马蹄下的泥土也越来越黏稠湿润。

继续往前，忽然眼前一亮，豁然开朗。一个巨大的蓝色的湖如翡翠般，闪耀着奇幻迷离的光，就像张紫琳日记里所写的一样。

我和张奇都被眼前的景色惊呆了。

而远远地，我们看到了应布良的背影。他独自一人站在湖边，似乎在凝视着湖水。他的马静静地立在一边。

湖水旁有棵巨大的榕树。我们借着榕树粗大的枝干掩护着。

“我记得我姐的日记里说，不老泉就在湖的对岸，要先过了这湖。”张奇道。

“怎么过这湖呢？只有一只小船啊。”我注意到湖边只有一只小木船。

“我们要在应布良过去以前抢到小船！你在这儿等我，千万不要出声。”张奇说完，便如一只猴子一样，身轻如燕，快速冲向应布良。

他从应布良的身后一下子把他擒住，用刀抵着他的脖子。

“别动！”张奇喝道。

应布良措手不及，想要挣扎，张奇使劲地抓住他，可是应布良如同被抓的野兽那样咆哮起来，他猛踢猛打，挣脱了张奇，张奇拿着刀又追上前，应布良眼露凶光握着拳头盯着张奇，他们两人对峙着。他们对峙了一会儿，又搏斗起来。张奇手中的刀被应布良踢落。应布良想拾起刀，张奇又冲上去对着应布良的手一脚踢去，刀又从应布良手里滑下去，掉进了湖水里。他们两人又赤手空拳地打。

看着他俩打得难解难分，我心急如焚，慌张之际，见旁边有一根枯树枝，我抄起那树枝，也冲过去，趁着应布良不注意，对着他的背就是一棍。应布良被打倒在地，正待爬起来，却被张奇反抓住他的手，反绑起来了。

应布良见到我，有些惊讶。

“张紫琳的墓就在对岸吗？”张奇问他。

“这不关你们的事。你们想干什么？”应布良道。

“张紫琳是我姐。”张奇道。

应布良愕然。

“我以为你早死了，原来小屁孩还在。”应布良轻蔑地说。

张奇用枪抵着应布良的太阳穴：“带我们上船，去找我姐的墓。”

张奇架着应布良上了船。我撑起了船桨，朝湖对岸划去。船桨一划，把原先几乎纹丝不动的湖面划开了深深的涟漪，并随之扩散，荡开。

上了岸，经过了一片奇异的彼岸花丛，就来到了不老泉。

我和张奇都被这奇幻之境震慑了，仿佛置身于天堂般，泉水在阳光的照耀下映射出七色彩虹，空气里五颜六色的泡沫在蒸腾、上升。空气里是甜蜜的味道，玫瑰的味道，甘泉的味道，爱情的味道。人的神思开始恍惚起来。不可能不恍惚起来，梦一般的迷思。过去的无数恋爱的画面在眼前如电影般掠过。痛苦和不安都被漏斗滤尽了，只剩下蜜糖。我们都醉了。我看着张奇，他好像变得更加俊美，好像是电影画报里的人一样。我看着湖水中的自己，如此美好，好像才十六岁的样子，皮肤光洁如新，额头饱满，眼神清澈。我们看到的都是恋爱中的灵魂。

“我姐的墓呢？”张奇比我先冷静下来。

“跟我来。”应布良道。

应布良带着我们往泉水里走去。泉水中有一块一块浮出水面的石头。我们就踩着石头，一步一步跳过去。应布良又带着我们往上攀爬。石头很湿很滑，我们把鞋子脱了。

“是在这里吗？别糊弄我们！”张奇忽然警惕起来。

我也觉得越来越不对劲了。

“你们不相信可以不跟着过来。”应布良道。

“别耍花招！”张奇用枪抵了抵应布良的太阳穴。

“信不信由你。”应布良还是继续往陡峭的岩石上攀爬。

我们也只好跟着。

爬到了岩石上的一整片平坦而开阔的地方，阳光从天顶上直泻下来，刺痛了我们的眼睛。我感到头晕目眩。我看到张奇也忍不住用手背揉了揉发痛的眼睛。

正在此时，应布良一下子挣脱了张奇，一脚踢在他的手腕上，张奇的手枪落地，张奇上去揪着应布良，应布良也揪着张奇，应布良想把张奇推下岩石，张奇狠命地抵住。我见状，赶紧跑过去踢、捶、打，把应布良扯开，但应布良力气太大了，我扯不开他。但应布良因此也分了心，张奇推开应布良站了起来，想把脚边的手枪拾起，却被应布良抢先一步抓起了手枪。

应布良用手枪抵住了我的额头。

“把身上的所有武器都丢出来！快！”应布良冲张奇道。

“放了她！”张奇冲应布良喊。

“把武器都丢出来！”应布良说。

张奇又掏出一把刀丢在地上。

“还有呢？”应布良问。

“没有了。”张奇说。

“你，在我们前面走！”应布良让张奇走在我们的前面，“往左边！”

应布良揪着我在张奇的后面走。他把我们指引入了一个岩石的洞穴里。

一进洞穴，一股刺鼻的腥湿扑鼻而来，仿佛有尸体腐臭的味道，让人作呕。洞穴里很黑，从光亮的外头走进来，眼睛一下子适应不了这昏暗，只觉得眼前是蓝蓝绿绿的幽暗幽暗的光。应布良举起手肘打在我的脖子上，我昏了过去。

待我醒来，发现自己被五花大绑靠在岩壁上。而旁边是同样被绑起来的张奇。

第三节　祭

绳子绑得死死的，我和张奇挣扎着，却动弹不得。

这岩洞里是另一番天地。钟乳石形成的嶙峋怪异的形状，像山妖的脸。

溪水在岩壁间潺潺地流淌着，清澈得像透明的一样，剔透玲珑。

应布良站在一块巨石旁边，底下是一潭池水。他点燃了火把。

他的脸在红色火焰的映照下神情专注，又好像被某种迷离而颓废的蛊惑气息所笼罩。

他闭上眼睛，喃喃自语，好像在念着咒语。

“紫琳，紫琳！”他叫起来。继而拿了一个瓢，从池中舀起一碗水喝。

“紫琳，我已经等了二十多年了，你一直都没回来。你却一直在惩罚我！报复我！”他号啕起来。

他又从池中舀起一碗水，淋在自己的前方。

“你的魂魄到哪里去了？为什么还不来？”他凄然地喊着，声音嘶哑。

应布良显得有些老态龙钟。他一伤心起来，皱纹毕现。他怅然若失，惶惶然地东瞅西望。他好像正在做着一个祭奠仪式。可是他似乎遗忘了这个仪式的步骤，在努力地回忆着，又或者他并没有遗忘，只是动作蹒跚，而使得仪式的过程有些不连贯。

岩洞里回荡着他的苍老的嗓音。

继而，他拿出一袋粉末，把粉末往空中撒去。他不停地撒啊撒，整个洞穴都变得朦胧，都激荡着粉末的余屑。我和张奇也被这粉末呛得咳起来。这粉末有股十分怪异的气味。

撒完了粉末。他又盘腿坐在池水边，低垂着头，默然地继续念叨着。他的语气很温柔，好像在对情人说话。

“起来吧！起来吧！”应布良道，“快醒过来吧！”

只见应布良鞠身向前，伸手进池子里捞着。

蓦地，我看见应布良从池子里捞起一个女子。那女子坐在水池中，我看见了她的上半身。她艳丽无比，光彩照人，肤白胜雪，唇红如血，头发似最深的黑夜，眼睛像星星那样闪耀着凄美的光。

我大惊。睁大眼睛看着，说不出话来。

可是我却也看见了，那女子浸在池水中的肢体却是森森白骨！

应布良继续把那女子扶起来。但他好像拉不动她，那女子整个又跌进了水里。她一跌进水里，原先在水上面的上半身在水里又变成了白骨。

应布良把白骨再次从水中拉起来。可是白骨依然是白骨，再也没有变回那个女子。他又反复地拉起白骨，整个人跳进水中，但一下子没站稳，也啪的一声掉了下去，水花四溅。他从水里爬起来，颓然地跌坐在岸边。

“紫琳！为了你我宁愿死后下十八层地狱，在地狱里痛苦，在活着的时候痛苦，我没有一分一秒快乐过！你为什么还不回来？”他撕心裂肺地痛哭流涕。他头发凌乱，衣服也湿透了，贴在身上。

我们屏息看着这一切。我感觉张奇在一点一点地小心翼翼地挪动着身躯。在不远处有一小块锋利的石头。张奇正向那石头挪去。

应布良沉浸在他悲怆的情绪中，没有注意到我们这边的动向。张奇已经用手抓到了石头，反着手背用石头的尖锐处割着绳子。他把手腕的绳子割开后，又把脚上的绳子松开，但是仍让绳子圈在脚上，把手反在背后，装作被绑起来的样子，又一点一点地挪回我这里。他贴近我，趁应布良没往我们这边看，帮我解开绳子。

应布良在召唤着亡灵。他又重新站起来，脸色沉峻，面对着水。他举起手臂，好像在抱着空洞的空气。他口中念念有词，一边继续从袋子里撮起粉末撒着。

祭奠的仪式。他似乎在猎取着山间的灵气和精华，试图让自己变得年轻，回到过去，让死去的女子复活。可那是徒劳。他的眼神迷幻，整个人都在幻觉中似的，他的嘴角露出一丝奇怪的微笑。他到底看到了什么奇异的景象？

张奇蹑手蹑脚地猫在应布良身后，一下子从背后抱住他，掐着他，应布良反应很快，他用手肘向后用力揣去，挣脱，两人随即又扭打成一团。

“我不想在紫琳墓前开杀戒！”应布良狠狠地说。

“你把我姐害死了还不够吗？”张奇道。

“要打出去打！”他和张奇扭打着，一边喊道。

张奇把应布良摔倒在地上，应布良顺势抓起旁边袋子里的粉末就往张奇眼睛上撒去。张奇大叫一声，用手捂着眼睛。应布良趁机把张奇打倒，对他拳打脚踢，张奇的脸被打得又红又肿，嘴角渗出了血。张奇的眼睛蒙了，什么都看不到。我拿了石头扔向应布良，冲上去，应布良一个巴掌把我掴倒在地。我和张奇奄奄一息地瘫在地上。

应布良拿起了刀，朝我们走过来。

他跪下来，神情诡异地看着我们：“我可不想让你们的血溅了这里。”

他把张奇揪起来往外拖。“不！”我大吼着，用尽最后的一点力气挣扎着，冲上前拦住应布良，应布良一推便把我推倒了，继续往外走，我又扑上去，如此反复，我们还是来到了洞外，应布良举起刀就要冲张奇刺去，我拼了命抓住应布良，应布良一甩手，没有刺到张奇。我抱着张奇，应布良又走过来，我看了看身后，岩石下是深泉，眼看着应布良又要过来了，我抱着张奇纵身一跃，跳了下去。

水，蓝色的水，咕嘟咕嘟的气泡从我嘴里往上升。

我们都没有死。

我和张奇被冲到了岩石的岸边。我们已分不清方向，不知道置身于何处。

张奇醒了，泉水让他的眼睛不再刺痛。

我把张奇抱在怀里。

“还好，你还活着。”我道。我流下泪来。

“姐姐的仇还没报，怎能这么快死呢？”张奇道。

“现在应布良警惕了，要报仇更难了。”我说。

“总会有办法的。”

我和张奇互相搀扶着回去了。我们马上搬离了原来的住处。从此以后我们的行踪要更加隐秘，不能让应布良发现了。我想应布良也许正在整个郊岭整个镇搜找着我们，确定我们到底死了没有。

第四节 再次行刺

我和张奇再次与奶妈会合。

“要杀应布良不是那么容易。我在宅子里这么久了，几次险些要成功了，但是都被他逃脱了。”奶妈道，

“那天在洞里，他撒的那些粉，好像含有罂粟类的东西，让人产生幻觉。”张奇分析道。

“我们看到的那个女子也是我们的幻觉。”我感叹，“应布良让他自己也产生幻觉，自欺欺人，有用吗？”

“他不知道那是幻觉，那是他不知向哪位神婆拿的。”奶妈说，“他很信这个的。”奶妈又道，“差不多就是春节了，自从小姐去世以后，宅子里过春节就越发没什么气氛了，应布良都会让仆人们回家探亲，这几日宅子里人少，是下手的好时机。”

“嗯，得想个办法混进宅子里。春节应布良有叫人送年货之类的吗？”张奇问。

“有的，每年他都让店铺的伙计把糖果饼干蛋卷米酒之类的年货送上门来，还有腊肉炸肉之类的。”我说。

“是的，虽然自家的厨子也做，但是那陈大婶做的远近闻名，特

别好吃，应布良喜欢买她做的吃。”奶妈又道。

“那我可以乔装成送年货的，抬着东西走进宅子厨房，到时候人多，谁进去了没出来，想必应布良不会看得那么仔细。”张奇心生一计。

“这倒是个好办法。但嫒嫒也在屋里。”我说，“我也得想办法进去把嫒嫒带出来。”

“太太混进去就没那么容易啊，不是所有的仆人都认得张先生，冬天用帽子一遮，围巾一围，也就混进去了。可是大家都认得太太。”奶妈担心地说，“到时候我带着嫒嫒，不要让嫒嫒在应布良的身边就好。”

我还是放心不下。

“我把头发都剪了，剪得短短的，穿上男人的衣服，也扮成伙计。”我说，“我怕嫒嫒不肯离开应布良，我在的话，可以哄她走。”

“太太，你放心好了，嫒嫒也肯跟我走的。”奶妈说。

“对啊，你进去要是被发现，更添乱子。”张奇也劝我。

“可是，你一个人进去，没个照应，应布良不好对付的。”我又担心张奇。

“放心，没事。”张奇捏捏我的手心。

我们就这样焦急地等着春节，直到街头巷尾张灯结彩，家家户户都贴上了对联。舞狮舞龙的队伍从街头舞到街尾，鞭炮声此起彼伏。小贩在卖烤番薯，香喷喷的。不知哪家的人在用老姜蒸猪肉，那肉的香味从窗口直飘出来，飘到街道上，让人口水直流。

这一年是蛇年。我们有时候会隐蔽地在那大宅子的周围转着，观察环境和人群。宅子的大门贴上了崭新的春联。

福喜盈门

春风送暖　红符屠苏　金蛇飞舞祥云绕

冬寒渐逝　素年锦时　庭宅平安幽兰香

我看着这春联，那古典的气息和娟细的情感，倒像是一位女子所作的。

“那是紫琳小姐当年写的春联。二十四年了。”奶妈告诉我，“本来以为可以平平安安地度过余生。”

我想象着那一年。亲人逝去的悲伤余韵还没完全消逝，旧日的恋人来到跟前，张紫琳在恬静地祈望着未来的安详。岁月仿佛静好，如同紫荆花淡淡的芬芳，可是谁曾想到命运也会像紫荆花那样颓靡。

这一天，应布良打发仆人们回家去了。奶妈按照应布良的吩咐，让店铺准备好了各色年货。她见仆人们一走，便跑去叫伙计们送年货过来。张奇挑起担子，把帽檐拉下，遮住半边脸，又把衣服的领子竖起，佯装成店铺伙计，一起往应布良处走去。

虽然张奇不让我去，但我还是放心不下。我忐忑不安。上次和张奇在不老泉的经历，让我更担心他的安危了。见张奇走了，我在房间里对着镜子，试着把发髻挽起来，拿了张奇的厚厚的棉帽盖住，又换上了破旧的棉袄，在脸上涂了一层灰，看上去灰头土脸的样子，又用火柴棒把眉毛描得又黑又粗，倒也让人乍一眼分辨不出来。前一日刚刚做了些红枣糕，用盒子装了，提着，低着头匆匆往大宅走去。

赶到大门口，伙计们正担着东西进去，奶妈站在门口看着。我跟在最后面进去，奶妈一见到我，大惊，瞪着眼，我对她使眼色，便拎着红枣糕进去了。伙计们还在，奶妈不好和我说话，也只得默不作声。她拉拉我的衣襟，示意我快回去。我把红枣糕在厨房里放下，却赖着不走了。厨房里没有别的仆人。

奶妈把送年货的伙计们都送走以后，回到了厨房来。

“哎哟，太太，你这是在干什么呀？”奶妈发急了。

“多一个人多一个照应。”我道。

“应布良只留下了一个厨子做饭，那厨子这会儿买菜去了。还有一个马夫阿忠，以及他的贴身男仆。”奶妈道，“厨子和阿忠都还好，见着太太要他们不告诉老爷，他们也会帮着瞒着，只是那个贴身男仆就像应布良的眼线和保镖，很难搞的。”

“张奇呢？他在哪儿？”我问奶妈。

“张奇躲到花园里去了。应布良带着媛媛在厅里，贴身男仆也在，现在不是时候。”奶妈说。

“媛媛吃了午饭要睡觉的，要等到那时。”我道。

“现在媛媛都由应布良带着睡觉。要等到媛媛睡着了，应布良才可能离开媛媛的房间，有时候他也和媛媛一起睡着了。”奶妈说。

“现在应布良中午都在干什么？”我问。

“他没睡着的时候，就会在客厅里看报纸，抽大烟。”她道。

“客厅离媛媛的房间近，在客厅里下手不合适啊。”我说。

“嗯，这个张先生也考虑到了。他的计划是，他故意在花园里点火，应布良一定会跑出来扑火，这时我就去房间把媛媛带走，然后张奇就趁机下手。”奶妈说。

“应布良出去时，厨子、阿忠，还有他的贴身男仆也都会跑出去，张奇一个人对付得了那么多人吗？”我担心。

“张先生是想躲在树丛里，他用手枪。”奶妈说。

“到时候，我去把媛媛带走，你就想办法支开应布良的贴身男仆之类的。”我说，“少一个人在那里，张奇的胜算就多一分。”

“好的。”奶妈道，“厨子就要回来了，太太快藏起来吧，躲到南边的花丛里，张先生也在那儿，和他对接一下。”

我便匆匆地溜进了花园里。

第五节　媛媛

张奇见我来到，也很惊讶。我潜伏在他的旁边。

他对着我的耳朵小声地耳语：“怎么还是来了？危险啊！”

“就是怕你危险我才来的。”我道。

我握着张奇的手。他在户外的花丛里待了好久，手指都被风吹得冰凉。我的手还是温热的，也许可以带给他丝丝的暖意。他看着我，我也看着他。我们没有说话，可是我们都看懂了彼此的眼神，在这孤注一掷的时刻。我想不管我和张奇多久没见面了，那份默契依然还在。左手提着沉重的物品累了右手就自然接过去，右手累了左手也自然接过去，在每一个计划和行动里面，需要有着这更替的照应。在张奇的眼里，我还是那个处处需要照顾与呵护的小女孩。可是我已经是媛媛的母亲，我要呵护我的小女孩。我的小女孩让我变得勇敢和坚强起来。无论多危险的境地，我都会潜入。而此时，张奇也在这里。我最爱的两个人都在这里。我要守护他和她。我想，张奇也是这么想的，他也在守护着我。我们彼此守护。但这一切我们都没有说出来，我们十指交握的手在诉说着这一切。我的手指沾上了他的气味，他的手指留下了我的体温。印记无处不在，无时无刻。

茂密的树丛掩映着我们。风呼呼的声音遮盖了我们的呼吸声。

我们就这样一直警觉地等待着时机。

约摸过了中午时分，奶妈出来到了花园里。她左顾右盼，确定四周都没有仆人。

“太太，媛媛在房间里睡了，应布良一个人在客厅里。厨子和马夫还有贴身男仆都在厨房里吃午饭。”奶妈偷偷地告诉我们，“我现在去厨房，想办法拖住他们。”

“好的，等应布良出来，我就溜到媛媛的房间里带她走。”我说。

“我准备把这里烧了。”张奇道。

商量完毕，奶妈就到厨房去了。张奇把带来的油沿着草丛堆一路浇过去，然后唰的一下点燃。花园哔哔剥剥地烧起来了。火势一下子蹿得老高。浓烟滚滚地往上冒。

应布良见状立即冲到花园里来了。“快来人啊！扑火！”他大声地喊着。

我佝偻着身子，从另一条小道钻进了屋子里。

我跑进了媛媛的房间，媛媛还躺在床上熟睡着。

“媛媛，媛媛！”我轻轻地摇晃着她。

她睁开惺忪的睡眼，看见了我，好像以为自己在做梦似的：“妈妈？妈妈？是你吗？”

“媛媛，是我，是妈妈。”我把媛媛抱起来搂着，眼泪不由自主地在眼眶里打转。

“妈妈我以为你不要我了。”媛媛道。

“来，快跟妈妈走。”我抱起媛媛。

“去哪里？爹爹呢？”她问我。

“你先跟妈妈走，花园着火了，爹爹待会儿就过来。”我蒙骗她。

我给媛媛快快套上一件棉衣，就抱着她往外跑去。

路过花园，只见应布良趴在地上，张奇跪压在应布良的身上，掐着他的脖子。应布良使劲地挣扎着，伸出手想要去够在不远处掉落的手枪，眼看着就要被他够着了，我跑过去一脚把手枪踢开。

媛媛大声哭起来："爹爹！爹爹！"她大嚷大叫，要从我怀里挣脱跳下去。

我抱着她不让她跑，但是她哭嚷得厉害，她伸出手打我的脸，又用指甲抓我的脸。我拼命地夹住她。但是媛媛好像用尽了她吃奶的力气，我一失手，被媛媛挣脱了。她趔趄地跑到应布良那儿，用柔弱的小手打张奇。

"你是坏人！坏人！"她冲张奇喊道，她的小脸凶巴巴的。她拼命地哭喊着："爹爹！爹爹！"

这一幕是我始料未及的，我的脑袋乱成一团麻。要是让媛媛亲眼看到是她的亲生妈妈和情人一起杀了她的爸爸，对她是怎样的打击呢？她一定会一辈子痛苦，一辈子恨我。

"停下！停下！"慌乱中，我也冲张奇喊道，"不要打了！"我跑过去拉开张奇。

张奇很奇怪地看看我。

"媛媛在呢！"我对张奇道。

张奇的手渐渐地松开了，应布良大口地喘着气。但张奇还是押着他。

媛媛扑在应布良身上哭起来。

我手足无措。

"媛媛，和妈妈走吧！"我对媛媛说。

"不，我不走。"媛媛道。

"你要跟妈妈走。"我说。

媛媛嚷着不肯跟我走。

可是现在已经别无选择了，趁着应布良还气息奄奄地趴在地上。

我也顾不得这么多了，拉了张奇帮忙把媛媛带出了大宅。

出了宅子跑了一段，张奇还想倒回去报仇。

“现在倒回去一定会被抓住的。”我阻止他。

“唉！”张奇很气恼。

奶奶却从后面追上了我们。

“你们要快点离开这里，离开这个镇上，越远越好！”奶奶气喘吁吁，“现在，马上！”

我们也深知此时此刻已危机四伏。我们已经暴露了自己。

媛媛哭累了，眼泪依然挂在脸上。

我们跳上了大篷车。我想起马神父说过，槎城的育婴堂是我们永远的避难所。我就让张奇先到育婴堂去躲躲。至于复仇，只能等到以后了。先保住大家的性命要紧。

张奇说，他会想办法带我们逃出去，到泰国去。

我又再度奔走在逃亡的路途上，不过这次不是我独自一人，而是有了媛媛和张奇。

到了育婴堂，马神父友好地安顿了我们。袁雅音已经不在那里了。

可是媛媛一直都不肯接近张奇。那天看到的那一幕对她幼小的心灵影响太大了。她好像甚至也开始有点讨厌我了，她不理解我为什么强行把她从她爹爹身边带走。也许等她长大了她会慢慢明白。可是现在她始终很想念她的爹爹。她天天都在哭，天天都想着回去。她甚至会梦游，夜晚起来就哭着一直往外边走。她哭得让我感到心碎，感到如此无力。

就在我们已经准备逃往泰国之前的一天，我接到了奶妈从鹅城打来的电报。她说应布良要死了，他临死前想见嫒嫒最后一面。

我犹豫着，要不要回去，但是看在嫒嫒的份上，为了嫒嫒，让她见上她的爹爹最后一面，我最后还是决定回鹅城一趟。张奇陪着我。

可是我依然很忐忑不安，尽管是奶妈发来的电报，此行应该不会有太大危险，可是我依然对未知的前路忧心忡忡。

第二天就要踏上回去的路途了，这天夜里，我翻来覆去睡不着，看着院子里的树在窗纸上投下的影子，恍恍惚惚，东摇西摆。

我起身走到院子里。院子里寂静得很。紫荆树静静地矗立着。夏天又到了。

我来到教堂里，坐在一条长凳上。我低头默想，祷告。

身后好像有脚步声，我转过头，是马神父。

“这么晚了还睡不着吗？”马神父道，“是为明天的出行担忧？”

“是的。”

“主保佑你。”马神父说。

“求主保佑嫒嫒。”我说，“嫒嫒的心情一直都不好。”

“上帝说不可吃智慧树上的果实，那果实让人分辨善恶，这善恶指的是狂妄自大的人自以为是的善恶，并不是上帝的真理。夏娃偷吃了果实，想去分辨善恶，她所想的只是她自己眼中的善恶，没有人可以拥有上帝的权柄去评判一切。”马神父的话很深奥。

“我想到的是冤冤相报何时了，要是我和张奇杀了应布良报仇了，嫒嫒也许会想把我们杀了。”

“她还小，还很天真，不可让仇恨住进她的心里。”马神父叹口气。

“但现在应布良快要死了。”我说。

“把一切都交托给主，未来的一切，让主引领你。”马神父把手放在我的头上，为我祷告。

教堂里的蜡烛散发着橘红的暖光，在这静谧的夏夜。夜空如此遥远，就像不可知的明日。

第六节　归来

再次回到应布良的大宅，沉重的黑色雕花铁门自里向外推开，漫长的梅雨让铁门锈迹斑斑，年老的仆人佝偻着身子。门一开，媛媛却奔也似的往屋里跑去，喊着爹爹。

宅子里弥漫着一股潮湿的霉味。植物都在疯长着，原本布局齐整、优雅怡人的花园，久未剪裁，被茂盛得近乎疯狂的藤蔓和野生的植株缠绕捆绑。那些娇弱的花朵散发出灰色的气息。抬头看横七竖八的枝丫割裂开来的天空，阴霾浓重，看不到天空的颜色。混沌与局促把一切都覆盖起来。记忆中那飘荡在空气中的看不见的透明小玻璃瓶消失了。即使闭着眼睛侧耳倾听也听不见她们耳语的脆响。她们只在阳光下才会现出身影和发出鸣叫，如同候鸟一样，太冷了，她们就会飞走。

唯有那锦屏藤，在雨水的滋润下好像女人疯狂的黑色长发，一个劲儿地乱长，变得很长很长。

让我更为惊异的是，在那锦屏藤旁，厢房的四周，赫然地种满了密密麻麻的玫瑰花，那玫瑰花硕大无比，碗口大，桶口大，红艳得如此刺目而惊心，熟得剔透，边缘已经微微泛起了黑紫色，就好像一个女子用口红一遍又一遍反复地涂着嘴唇，一层又一层厚厚的唇膏叠在一起而变了色。

生与死原是处在同一个时空。繁花似锦的浓艳尽头，却是萎靡没落的起点。

奶奶走出来迎接我们。她依旧穿着那宽宽的大襟衫。发髻梳得一丝不乱。她的脸色很苍白，显得她更加消瘦。

“他要死了，你们来得正好，恐怕熬不过这两晚。”她说。

“他怎么要死了？”我问奶奶。

“晚点再告诉你。你们走了以后，应布良四处奔波打听媛媛的消息，一边差人种满玫瑰花。他越来越神经兮兮的，动不动就大动肝火。”

“种玫瑰？”我想起以前奶奶曾告诉我，在张紫琳死后的第十年，应布良感觉她的幽魂会回来，也在花园里种满了玫瑰花。

“是的。”奶奶对此没有过多描述。

媛媛在我们的前面跑着，她已经跑到了应布良房间的门口，用小手推着门。

奶奶把门打开了。

“进去吧。”奶奶道。

张奇留在门外没有进去。我和媛媛进去了。

房间里弥漫着药水味和腐臭味。应布良气息奄奄地躺在床上，听见媛媛来了，他吃力地睁开浮肿的眼睛。他的全身都肿胀得厉害，皮肤发紫。

“媛媛。”他叫道，声音很微弱，好像这一点点的发声就要用尽他身体里所有的元气。他张大嘴巴喘息着。他控制不住自己的唾液，一说话，口水就从嘴角流下来。他想翻身起来对着嫒嫒，可是他使尽力气一动，被子被掀翻了一角，露出了他坏死的大腿，发黑发灰的腐臭的大腿。床单上都是脓血。

嫒嫒见到这样的情景，吓呆了。她哇的一声大哭起来。

我赶紧抱着嫒嫒。

“别哭，你爸病了，很快就会好的。”我哄嫒嫒。

应布良没有办法坐起身子，他仰着，绝望地。他的手脚忽然间剧烈地抽搐，身体蜷曲。

“快来人哪！”我大喊。

外头的仆人和大夫赶紧跑进来。

嫒嫒依然不停地哭着，我把嫒嫒抱到外头去。

我一直在安慰着嫒嫒：“你爸没事的，很快就好了。”我只得这么说。奶妈做了个双皮奶给嫒嫒吃。嫒嫒哭累了，趴在我的怀里，我轻轻地拍着她的后背，她恍恍惚惚地闭上眼睛睡过去了。

见嫒嫒睡熟了，我问奶妈道：“看样子好像是中毒了？”

“是的。”奶妈道，“蛇毒。”

“到底是怎么被咬的？不会是以前那条蛇吧？”我问。我想起前几次见到的那条巨大的“过山峰”。这么久了，难道它还藏在花园里？

“就是那条蛇。”奶妈回答道。

“那蛇呢？抓到没有？”

“没有，它溜走了。这次蛇是真的走了，不会再回来了。”奶妈说得很玄。

她坐下来，捋了捋散落的鬓发。她开始讲述应布良遇险的经过。

第七节　奶妈的讲述

应布良找不到媛媛，他心急如焚。他差了人四处打听，自己也到处跑。他又让我去古祠庙作法，去算算。从古祠庙回来，我告诉他，紫琳小姐的魂魄一直在宅子旁游荡，她想进去却被关在了外面。媛媛被带走也是命运安排。老婆和情人跑了也是报应。

应布良神情黯淡，脸色惨白。我想他是很想能有许多的儿女，绕在他的膝下。他想让家里兴旺起来。

那天深夜，我清理完杂物，站在宅子的门前。远远地看见应布良擎着蜡烛在长长的回廊里，火光映照着黑暗，把他的脸庞照亮。

他又往厢房去了。

月光惨白，白得好像没有血色的人脸，好像僵尸的脸，好像死人的脸。

二十多年了，时间如此漫长，我好像度过了几千年，我的脸失去了表情，我觉得自己已经要凝固成石像。我在等待，等待，我差不多要等得疯了，时机总是错过，岁月在考验着我的耐心。恨意在心底里灼烧，烧得我心脏剧痛，我的每一次呼吸都让我有要死的感觉，但我还活着，尽管在煎熬可我还活着。阿青和紫琳小姐的样子，有时候我好像忽然记不起来了，模模糊糊的，可是有时候我又忽然很清晰地回忆起来，能够在脑海里清晰地看清楚他们脸上的每一个细纹每一个毛孔。

又过了一个漫长的冬季，某些东西沉睡了，某些动物冬眠了，然后春天来了，泥土变得湿润，植物发疯似的狂长，空气里是花的芬芳和青草的香味。

她也开始缓慢地蠕动着肥硕的身躯，她睁开她的眼睛隐隐地挣脱束缚它的藩篱。

她醒了。

随着我心底被冬天冰冻起来的烈火仇恨，醒了。

我把她饲养在瓮里，养了好久，她是我的孩子，我的乖孩子。

我小时候在深山里跟着那个吊儿郎当的老爸。在我们那里的山上有一种奇怪的“过山峰”，毒性剧烈，碰到草木，草木全都干枯而死，如果咬了人，人便会浮肿、紫青、口出诞语，若不及时抢救，十有八九都会死掉。可是这蛇可以制成药饵，可以用来治愈某些绝症。这蛇价格奇高。一年捉了两条卖，整年都可以不干活了。老爸专门就去捉这蛇。捉到以后，就把它们养在瓦罐里，再拿去卖掉。然后一个人跑到外面去吃喝嫖赌。

有一次，他带回了一条刚出生的小蛇。他把她扔进了一个小瓦罐。那时正是冬天，天气冷得很。夜里被子总嫌不够厚，睡得人哆哆嗦嗦的，手脚都冰凉冰凉。清早醒来，却摸到了黏糊糊凉冰冰的一条东西在被窝里。我定睛一看，居然是那条小蛇！可是她没有咬我，只是迷糊地躺在那儿。她好像很冷。我想她一定是冻坏了，跑到我的被窝里取暖。我去拿了个小碗，装了些水，又杀了只老爸捉的青蛙，把肉剁碎了喂她。吃饱了，她又睡了过去。这是在冬天，她还要冬眠。

她成了我的玩伴。我的寂寞有了慰藉。在深山老林里面，每日对着高耸繁密的怪树，还有亘古不变的岩石和泥土。而小蛇是会与我说话的孩子。我哼山歌时她会随着音乐扭动着腰肢，好像一位风情万种的美人。她与我形影不离。她慢慢长大，和我一起长大，我做了弹弓打小麻雀给她吃。

我去河边洗澡，她也跟着我一起。我看着水中自己的倒影，光溜溜，长长的，好像一条白皙的蛇。她会保护我不被河里的水蛇咬。她看见水蛇朝我哧溜溜地游来，就张开她的血盆大口把水蛇一寸一寸地吞进她长长的肚子里。

人们说在一起久了会变得彼此相像，我和她也越来越像了。我感到我的皮肤变得清凉，即使在夏天，抚摸上去都是滑凉的，比其他人的温度要低。在村子里大家都说我很怪，说看着我总是和一条蛇在一起，而且长得眉眼都往上吊着，眼神冷冷的，削肩膀，好像蛇精似的。后来老爸赌光了所有家当，我还听见有人背地里议论我，说我不吉利，是扫帚星。

爸喝醉了也对我破口大骂，说我是赔钱货。他赌红了眼，整个人瘦得只剩骨头，浑身哆哆嗦嗦的，手指在不停地神经质地交握着，然后又放下。他带我去赌场，他说这一次他一定可以翻身，可以把输的都赢回来。他要拿我做赌注。

我怀疑过我不是我爸亲生的。我听村里的三姑六婆聊八卦，说我妈曾经和一个男人好上了。我妈临死前对我爸千叮万嘱，不，应该说是近乎哀求。她要我爸一定要好好照顾我。她说她虽然做了对不起他的事情，但是她求他要好好照顾我。

我爸把我硬拉到城里的赌场里，我病了，他也不管。幸好遇到了紫琳小姐，她看我可怜，收留了我，让大夫给我看病，给我好吃的，给我换上新衣服。如果不是她，我想我早就死了。后来我做了紫琳小姐的丫环。

我还惦记着那条蛇。我想要是给爸发现了她，她会被他捉去卖的。我的病养好后，我还跑回深山里去看了。房子早已破败，荒草从屋顶长出来，蜘蛛在里面安了家。听说我爸因为还不起债逃到外乡去了。

我呼喊着我的蛇，满山地奔跑呼喊。

跑到一个浓荫密布的地方，我停下来歇息喘气，草丛里哧溜溜地响起那熟悉的声音。是她！我兴奋地吹起了口哨。她从草丛里钻出来，在我的腰间缠成几圈与我亲昵。她也想念我。

我不敢把她带到宅子里，怕吓到紫琳小姐。每次我都偷偷到深山里看她。我给她带去了大块的猪肉。她也学会了自己觅食。但是她从不咬人。因为我的缘故，她从来不去咬人。她不明白为什么人见到她都吓得脸色煞白地跑掉。有时候她只想过去和他们打个招呼。没有人和她玩耍，她很寂寞。

紫琳小姐恋爱了。我也恋爱了。恋爱就像是山风吹过山林，心在天空摇晃。我告诉阿青我和蛇的秘密。阿青跟着我来到了深山。蛇爬向他，绕着他的腿逗他玩。他一开始也是吓得两腿发抖。我轻轻地抚摸着蛇冷滑的肌肤，告诉阿青不要怕。后来阿青也慢慢不再害怕了。

第八节　蛇之舞

我的小蛇长大了。她潜入了密林中，移走向她的蛇之国度。她的世界于我而言是个不可知的秘密。我不知道她是否找到了她的同伴，她是否可以从此快乐地生活。

阳光透过密密麻麻的树枝洒在湿润的山泥地里，我跟随着她一同前行。天空蔚蓝，空气清爽润泽。她在纷纷扰扰的草丛和落叶中拖曳蜿蜒，她游过浅浅的溪水。她带着我走向她的国度。

高高大大的树木上缠绕着湿漉漉的蔓藤，色彩艳丽的蝴蝶在粗老的树干和轻薄的叶片上扑打着翅膀，红色的，黄色的，蓝色的，还带着圆形的小黑点。蜥蜴在脚下“哧”一下溜走。白色的不知名的大鸟瞪着黑色的眼珠子，头上长着几撮像芦苇那样奇怪的毛。

我摘下一片大大的树叶卷起来，放在嘴上吹着。呼啦啦，和着清风，听着树叶简单的音符，她开心地竖立起来，左摇右摆，跳起了迷人的舞蹈。在这我和她单独的时光，如此美好，就像头顶上荡漾的光之舞。

忽然，她停住了。她扭头向我吐着信子，她在示意我别动。我站在那颗老树后面。她继续向前移动。我看见在她不远处有另一条蛇，斑纹与她一样，可是更为粗大，而且皮肤更加明亮耀眼。那条蛇在缓慢地移向她。那是条雄蛇。他温柔地伏在她的背上。她高昂的头害羞地低垂下来。他们缠绕在一起，久久地缠绕着。树林里变得静谧，偶尔鸟兽和落叶的声音更增添了静谧。空气里是他们的暧昧的味道。草发出温柔的窸窸窣窣的声响。空气都是甜蜜的。

她让我一起分享她的快乐和秘密。

过了好久好久，他们才分开。她累了，趴在草丛里。他依然对她依依不舍。可是这时，忽然另一条雄蛇在他们的不远处出现。这条雄蛇气焰灼人。他竖立起来，吐着舌头。他的血气极旺。他也想占有她。他开始攻击她的情人。他和他开始决斗起来。他们缠绕、翻滚、龇牙咧嘴，却又点到即止。看着那优雅的姿势，倒不像是决斗，倒像是在跳舞。最后，她的情人输了。他灰溜溜地走了，也没有和她道别。她失望地看着他走掉。

那条战胜的雄蛇兴奋地走向她，在她的背上不停地向她示好。

可是她心里想的是她的情人，她不想和他在一起，她对他说她累了，现在只想好好休息。那雄蛇依旧百般讨好她。她没有任何反应。她告诉他，她已经怀了情人的孩子，有好多个在她的肚子里。

那雄蛇恼羞成怒，发狂起来，他竖立着，张大嘴巴，发出鼓鼓的风充斥着他的大口，他竟然用他的毒牙咬住她！他要把她杀死！

我赶紧冲上前赶走那发狂的雄蛇。我自幼熟悉蛇性，从我老爸那儿学到了这看家本领。赶走了雄蛇，我跑去看她的伤口，她已经气息奄奄。我心痛极了。我有医治蛇毒的药，可是没有在蛇身上用过。我把她拖到溪水边清洗伤口，小心地敷上蛇药。她眼睛微闭着歇息。还好，她慢慢地恢复了。她再也没有见过她的情人，她差点因他而死，可是他再也没有回来过。

我和她曾经都以为可以找到彼此的幸福，但事与愿违。

阿青也在某一天从我的生命中消失了。

我每一天每一夜都感觉到复仇的情绪烧成烈火，我时常彻夜未眠，听着血液冲击心脏，心脏在歇斯底里地狂跳。我变得越来越枯索消瘦。

她的脾气也越来越不好，她变得越来越恶毒，她捕食自己的同类。

我又来到深山老林里，我走向她。她看着我，我看见她脸上的沧桑和仇恨。她开始衰老了，和我一样。

复仇吧！和我一起复仇吧！把你内心的恨意尽情地释放！

她听懂了我，她迎风站立，咝咝地吐着火红的信子，飒飒生风。

应布良毁掉了我的幸福，我要让他得到报应。但应布良很小心谨慎。我曾想过偷偷下毒，可是他随身都带着银汤匙。

也许只有她能帮助我复仇。

她是孤独的山林之后，我和她一样，孤寂，冷漠。世上的快乐转瞬即逝，遗留下的只是无边的痛苦。

我把她带回到了宅子里。她不太习惯被拘囿的生活。她不再吃其他的东西，她只想吃蛇。我常常跑到河边捉了水蛇带回去给她。但她依然偷偷地溜出来到河边。她爬过的地方，草木枯槁。人们恐惧邪灵将至，把烧过的符水倒进河里。

我在夜里悄悄与她相会。黑暗的宅子，白色的月光，发光的毒蛇，面无表情的我。

在紫琳小姐去世的第一个十年，应布良神经质地在花园里种满了玫瑰花，夜里要睡在花园里。

这是绝好的机会。

我布下了一个局，指引她在暗夜里走向他。

不巧的是，应布良的第二任太太那么好奇，偷偷跑过来看应布良在做什么。她看到了我在引导着蛇，好像一个神婆在对蛇下着蛊。她吓疯了。如此弱不禁风。

应布良因此逃过了一劫。

我的蛇却想回去了。她想念她的深山老林，她的家。当然，她最想念的还是她的情人。

疯狂的种子在她的心里疯长。她不顾一切地跑回到老林里。

老林之所以让她念念不忘，是因为那里有她的情人。他存在那里。只要他存在就可能会有奇迹。说不定在某天能再次相遇。因为他的存在，林子里的一切都有了光彩。

她没有耐心窝在宅子里等待我的复仇，她会疯掉的。我只得由她去了。

过了好久，我又回到山林里去找她。她躲起来了。我在悬崖边的一个树洞里把她挖了出来。

她慵懒而憔悴。她的眼神告诉我，她已经见到了她的情人。

她带着我走到密林深处。一阵浓烈的腐臭味。我见到两条腐烂的“过山峰”，一雄一雌。

那条雄蛇就是她的情人。

原来她已经见到了她的情人。她见到她的情人和另一条雌蛇在一起，干着那回事。

她暴怒，咆哮，她冲上去撕咬他们，她把毒液从牙尖不断地渗进他们的身体里。他们垂死挣扎，最终敌不过她的暴戾，死了。

她张开大口，把他一点一点地吞进自己的肚子里，她要把他吃掉，她要彻彻底底地拥有他。可是吞到一半，她实在吞不下去了，她哽咽难受。她沮丧地把他吐出来。

离开这密林吧，离开你的伤心之地。我需要你。

我温柔地抚摸着她冷冷的肌肤，轻声地对她说。

她伸出信子舔了舔我冰冷的脸。

紫琳小姐和阿青死后，我的世界就只剩下了她。只有她才一直陪着我，从小便如此。记得小时候，我是如此的寂寞，村里的孩子都不和我玩，他们都觉得我很怪。我和她一起在山林玩耍，比赛跑步，我们一直跑呀跑，跑到了山巅上，往下望去，是一大片开阔的原野。村庄变得如此渺小。月亮在头顶洒下银辉。我身披着月光的银纱，觉得自己像月光仙女。她快乐地吐着信子，咝咝地叫。

此时，她又跟着我回到了宅子。我让她藏在旁边的树林子里。

我们在等待着下一次的复仇。我们还有很多机会。只要她隐藏在黑暗的角落，只要应布良在这个宅子里，我们就有机会。

第九节　暗夜

应布良在外头奔波了几日，寻找嫒嫒的下落，依旧杳无音信。

宅子里没有了嫒嫒，变得清冷无比。嫒嫒总是喜欢不安分地东走走西逛逛，一会儿到花园里摘花朵，一会儿跑到厨房里看厨子煮东西，一会儿又哭闹起来。宅子里都是她弄出的声音。嫒嫒不在了，一切归于沉寂。寂寥好像不知道何时停止的梅雨，无边无际，冷冷地笼罩。

寒夜料峭，这宅子在幽深的树林子边，平日里就比其他地方阴冷，尤其是到了夜晚，又加上少了几个人，更显得萧索孤寒。

应布良在客厅里点燃了蜡烛，又喝起白酒来。他大概也觉得冷，用酒取暖。

“奶妈！奶妈！”他大声地叫我。

我听见酒瓶子哐啷啷地滚落在地上的声音。

“老爷，有什么事吗？”我问。

“再给我拿点酒来，要烈的！”他醉意熏熏。他现在每天晚上都喝酒，从没停过。

“还有，给我拿个火炉来！”他又吩咐道，“这什么鬼天气啊，真个冷死啊！”

冬天早已过去，应布良却还要火炉。他风湿，常常腿关节痛。

我去把火炉和酒拿来了。

应布良又喝起酒来。

喝醉了，他就仰头睡过去，不停地说梦话。他好像在和紫琳小姐说话的样子，就好像二十几年前一样。

见他睡过去，我便出了门。

她还在树林子里。我已经好长一段时间没来看她了。我提着煤油灯轻轻地踏进草丛。

我吹着口哨，这是我和她的暗号。

草丛窸窸窣窣地响动，却不见蛇影。是夜晚的风吹动了草。耳膜里似乎有水滴落的声音，一滴，两滴，缓缓地，慢悠悠地，忽而远，忽而近。那声音延绵不断，好像什么东西破了，漏出来了什么，漏得让人心慌。

她到哪儿去了？我又嘟起嘴吹口哨，长而悠转的哨音在树木间转了一圈，被树木的屏障挡了回来。

草丛里没有响动。我继续吹着口哨，一边走过去，用手拨开浓密的草。

我找到了她。她的身子虚肿，她有气无力地窝在草堆里。看样子她已经好久没吃过东西了。

我蹲在她身边，扶起她的头。她已经三十多岁了。对于“过山峰”来说，三十多岁已经是耄耋之年。

我打开带来的笼子，把笼子里的水蛇放出来。

她咬住水蛇的头，然后把水蛇一点一点地吞进肚子里。

快要没有时间了，她如此虚弱年迈，我担心她有心无力。

树林子里已经不再安全。她无力抵抗忽然的袭击。

我把她装进笼子，用一块大大的帆布盖着，拖曳着她进了宅子。厢房是她最好的居所，遮风挡雨，而且平日里没有仆人进去。

我又把她隐藏在花梨木床底下。

琼崖花梨木浓重的香味掩盖了她身上的腥味。

我要激起她内心的疯狂的欲望。只有这欲望能让她充满复仇的力量。

雨水连绵不断，打下来，打下来。打在每一寸土地上，打在植物的花苞上，打在新发的嫩芽上，打在我的头上，我的身上。

我捉了一条又一条的水蛇喂她。她的胃口却不大好。她成天慵懒地打盹儿。像她这样的状态出现在应布良身旁，说不定给应布良捉去泡蛇酒了。

我有一个邪恶的念头。我知道我这么做近乎残忍，会让她再次痛苦。

为了复仇，忍忍吧。

我俯身看着她，我温柔地靠在她的背上，一寸一寸抚摸着她的肌肤，抚慰她。

你以为我就不痛吗？我对她诉说。

我掀开衣袖还有裙摆，我的大腿上、手臂上是一道道的伤疤，结了痂又划上新的。

每天每夜，我恨得牙齿咯咯作响，全身的骨头都在咯噔咯噔地抖，好像快要抖开捆绑着它们的经络而散架。我咬得牙齿出血。我心痛得整个人要失去知觉，我在自己的身体上划下血痕来转移注意力，让身体上的皮肉之痛去缓解我心里的痛楚。心里的痛楚时时刻刻分分秒秒都在折磨着我。

只有他死掉。只有他死掉。只有他死掉。

我要再布下一个局，这次绝不可以再失败了。

又一个夜晚来临。这依旧是个阴雨绵绵的夜晚。

“老爷，玫瑰花今天开得特别艳。”我对应布良道。

“我去看看。”应布良蜷卧在沙发里。他枯索消瘦，手指骨节突出，眼袋浮肿发青。他撑着身子起来。

我给他点了一支蜡烛，他擎着蜡烛一步一步慢悠悠地朝厢房走去。黯淡的烛光映着他佝偻的背影，好似一个无处可依的鬼魂。应布良，他也老了。

厢房旁边种满了玫瑰。艳丽而妖娆的玫瑰，她们在雨水痛快的浇淋下发出暧昧欣然的歌声，她们在嬉笑。她们恬不知羞地裸露着，魅惑着人走向她们的迷局。

“你不要跟来。”应布良忽而转身对我道。

“是的，老爷。”我停住脚步，站在回廊口。屋檐遮挡着飘落的冷雨。我看着他步履蹒跚。

“老爷！”我叫住应布良。

他回过头来。

“你忘了带厢房的钥匙了。你不顺便去厢房里面看看吗？”我问他。

他黯然，若有所思，伸出手接过我递上去的钥匙。

我把厢房的门锁上了。此刻，她也许正在里面欲火焚身，狂躁无比。

我用一个笼子装了一条小公蛇和一条小母蛇，把他们高高地挂在厢房天窗那里。这两条发情的蛇一定会交媾。他们散发的味道和发出的声音引她从床底钻出来。这会让她疯狂，她会跳起来去撕咬他们，她会往上爬去，爬到那笼子旁。

她会失去理智地撕咬一切。

我所要做的只是等待，等待听到应布良的那声惨叫，等待看到他血肉模糊。

为了防止别的仆人跑去救应布良，我特地做了糖水给大家做夜宵，我偷偷地往糖水里下了药，他们全都昏睡过去了，任人把他们抬走都不会知道。

但我依然隐隐地不放心，见应布良的身影消失在走廊尽头时，我又悄悄地往厢房的方向蹑手蹑脚地走去。

第十节 死夜

应布良不知道我在他的身后。他一向是个很警惕的人，但现在他有些昏昏沉沉，神志不清。

他在玫瑰花丛边站住了。雨水把他手中的蜡烛浇灭了。霎时漆黑一片。他好像忽然消失了一样。我看不清他的动向。

我警惕起来，停住脚步。我不能点燃蜡烛，这样会暴露我的行踪。我静静地用耳朵倾听着，靠声音在空气中的微小震动来辨别。

玫瑰花丛里窸窸窣窣的。我听见有人在窃窃私语。那声音在雨水中断断续续，听不真切。

接着，是应布良钝重的脚步声。我听见转动钥匙的声音。他开门了。

门被推开的吱呀声很沉。我屏住呼吸，走上前去，但又不敢靠得太近。我瞪大了眼睛朝厢房的方向望着，好像这样就能穿透黑暗看清楚什么似的。那厢房里很黑，应布良什么也看不清楚。我想象着我的蛇，她吐着火红的信子，用信子识别着气味。她会对着外侵的异类充满不安的敌意。

果然，厢房传来应布良凄厉的惨叫，接着是重物掉下的声音，许多东西都掉下来。

我没有去救他。我按捺着自己。应布良的惨叫依然持续不断，刺人心肺。

过了一阵，那声音渐渐平息下来，变成断断续续的呻吟声。后来，呻吟声消失了。

冷雨依然在飘洒。黑夜的死寂无边无际地笼罩。血的腥味透过雨帘。我的心狂跳不止，但我仍然控制住自己紧绷的神经，我一步一步有序地走着，回到屋里，提了马灯，然后走去厢房。

厢房门敞开着，马灯照亮了一个圆形的弧度。

应布良倒在血泊中。他的衣服被咬破，露出血肉模糊的肿起来的大腿。他依然在抽搐着，口中喃喃地谵语。

两条死去的小蛇卧在一边。

我的蛇气息奄奄地趴着，好像用尽了所有心力似的虚脱。

我走过去抚摸着她的头，她半眯着眼睛疲惫地看着我，她累了。

辛苦了，我的乖孩子，好好休息吧。

她痛苦地看着我，她的眼神里带着悲哀绝望的恨意。她支起身子，用着最后的一点力气，缓缓地游移着。她甩开我的手，一点一点地移向门外。

“你去哪里？”我冲她喊道。

她没有回答我。她继续向前爬着，一直爬进了漆黑的雨帘里。我跟在她身后跑出去，她倏的一声钻进了玫瑰花丛，玫瑰花的刺戳不进她厚厚的皮，花瓣落了她一身。她穿过花丛，钻进了茂密的草丛里。她消失了。

“你要去哪？”我对着草丛喊道。

风和雨把草丛弄得大幅度地东摇西晃，却没有她的影子。

忧伤的预感袭来。她不会再回来了。她也许不想再看见我。

应布良在厢房的地板上躺了一整夜。他依然没有死。第二天，仆人们把他抬出了厢房。

他已经病入膏肓。

我在等待着他的最后一口呼吸。这么多年来，我的所有痛苦和仇恨都将随着他的最后一口呼吸而结束。

我对着镜子整理鬓发，我一头的乌丝已经变得斑白，皱纹爬上了我的脸。我的嘴角下垂，我好像好久没有笑过了。我挤出一个微笑。可是笑容如此勉强而狰狞。巨大的空虚笼罩着我。我忽然找不到活下去的理由。复仇支撑着我一直熬到现在，而现在，除了复仇我一无所有。

他在床上呻吟着。整个房间都弥漫着腐臭的味道。他的心早就在腐烂了。自从紫琳小姐去世以后，他就开始一点一点地腐烂。

大夫说他熬不过多久了，让准备身后事。仆人们在他房间门口轮流守夜。

夜晚降临，宅子死寂，偶尔有乌鸦在树枝上鸣叫，却越发显得幽寒。月亮是血红色的，又大又圆，看得到暗淡的斑斑点点，好像老人斑似的。

应布良的房间门口留了一个老仆人守夜。昏暗的马灯照下来，成为冷寂色调上唯一的温暖，让人昏昏欲睡。老仆人总是坐着坐着就打盹儿了。

我迟迟都没有睡意。我很想看到应布良是怎么死去的，我想看到他咽气。可是我也太累了，白天去为棺材和丧礼的事奔走，连续几日的精神紧张，让我疲乏得很。眼皮在不住地打架。

我点燃了一支蜡烛，蜡烛在黑暗中静静地燃烧着，烛泪一滴一滴地滴下来。

我打开柜子，从最底层小心翼翼地取出一套新娘的红色衣裙。衣裙的颜色已经暗淡褪色，针脚也有些脱落。我每年都会把它清洗一遍。这是紫琳小姐的新娘装。

记得那时，紫琳小姐脱下她的新娘装，她嫁给了陈曦少爷。她的眼角还有泪痕，脸色不太好，可是尽管如此，她还是如此美丽动人。

紫琳小姐道："以后再也不会穿了。"

我说："这新娘装穿了一次就丢了，还是新的，可惜了。不如给我好了。"

紫琳小姐打趣道："难不成你想在嫁给阿青的时候穿？"

我的脸一红。

紫琳小姐又道："那时肯定要给你做套新的新娘装啦。"

回忆在此停住了。没想到我一直都没有等到那一天。

我对着镜子，把紫琳小姐的新娘装穿上。

旧旧的新娘装，老去的人。怎么看怎么像从发黄的旧画册里走出来的女鬼。

阿青，紫琳小姐，我终于复仇了。穿上这衣裙好像增添了喜庆，庆祝应布良将死。

烛泪一滴一滴地滴下，好像时间的漏斗。我在一滴一滴地数着，也许数过了多少滴，他的生命就完结了。

我躺在床上迷迷糊糊地看着烛光，进入了昏睡。

黑乎乎的，我的胸口很痛，被压得喘不过气来。我想醒过来，可是又没办法睁开眼睛，我的手脚都动弹不得。

门好像吱呀一声开了。仿佛有个人沉重的脚步声，一跛一跛的脚步声。

我的头痛得很，我使劲地蹬着腿想睁开眼，我蒙蒙眬眬地看见一个男人佝偻的身影。他一步一步地走近我，走到我的床边。

我认出来了，是应布良。

他好像梦游似的，处在一种迷离的状态，又好像死前的回光返照。他看着我，脸庞哀伤而痛苦。他发出沉重的叹息。

“你在等我吗？你穿着新娘装等我吗？”他凝视着我说道。他似乎认错人了，他把我当成了紫琳小姐。

他伸出手想触摸我，可是又不敢去碰触的样子，好像担心眼前的一切是个幻觉。

“你是来把我接走的吧？”他又继续说道，“我知道这一天终要来的。”

他站不稳了，腿还在流脓滴血，黝黑的血。

忽然，他好像发现了我睁开的眼睛。“你还活着吗？你没有死？”他惊叹。他往前挪步，却跌倒在地上。

我坐起身子，冷冷地看着他道：“老爷，是我，小英。你认错人了，紫琳小姐早死了。”

当头霹雳，他定定地看着我。

“老爷，请您回到您房间休息吧！”我道。我也没有去搀扶他，就这么站在一边。

他跌跌撞撞地爬起来，佝偻着背，腿还在继续滴着黑臭的血。他的喉咙发出细若游丝的痛苦的啜泣。

我看着他的背影，孤独而苍老的背影，一瘸一拐地往门外走去，消失在屋外的黑暗里。

第十一节　彼岸

应布良的故事就到这里了。乔芸听完我的讲述，唏嘘不已。窗外天色又逐渐暗淡下来。夜晚是病入膏肓的人最难熬的，每一个夜晚都好像是一道鬼门关。不知道应布良过不过得了今夜。

为了避免让媛媛见到应布良死去的样子，乔芸带着媛媛离开宅子到外面去住了。张奇守护着她们母女俩。

月明星稀，宅子上方似乎有幽气在飘荡。老仆人又开始坐在应布良门前守夜。

昨夜应布良竟然能独自走进我房间里，应是回光返照了。他也许本想去厢房里，可是他没有力气挪到那边，又或者，他透过门板的格子看见了新娘装模糊的红色，所以他推门进来了。

直觉告诉我，应布良今晚会死掉。

于是，我也没有睡，也坐在应布良的房间门口守着。

我好像听见了夜的流逝，如水一般，滑过，了无痕迹。更夫又在打更了。声音很遥远。回荡着，然后消失了。

我默默地坐着，神思恍惚。回忆的画面好像潮水一般蜂拥而至。这些回忆好像罂粟，暂时缓解积郁在心头的痛苦，可是同时又激起了这些痛苦。我一直都不敢去回忆，不愿去回忆，把回忆的酒坛紧紧地关闭起来，拧紧，不去打开，尘封。可是那回忆酒坛的味道依然蹿出来，飘散，还是触动我的嗅觉，触动我的神经。那味道让我疯狂。

可是现在，我忽然把那回忆之酒坛尽情地打开了。这么多年了，我第一次无拘无束地畅游在幻觉的空间里。

我的脑海里出现了阿青的笑脸。那是在深山老林里，星河离我们如此之近，好像举起手就可以把它们摘下来。小小的松果落了一地，落在干枯发黄的草堆里。我们踏进草丛，隐藏在其中的锋利的石头碎片割破了我的脚踝，可是我一点儿也不觉得痛，没有痛楚的感觉，我感觉到的只是狂乱的心跳和发烫的面颊。阿青也离我如此之近，就像星河离我之近。

肆意地想象着他，想象着不可能存在的场景。我喃喃地自言自语，好像在与他说话。我可以想象出我说出一句话以后，他将会怎么回答我。如此熟悉。他在笑，他在我的脑海里笑得很欢。

那时的我曾经想过我和阿青离开了宅子，在深山里住着，他挑水我砍柴，在山林里。

身边的老仆人打盹儿睡着了，发出浓重的鼻音。我的眼前也迷糊起来。可是忽然，我听见应布良房间里有响动，我跳起来，叫醒老仆人，我们推开门进去。

应布良吃力地支起身子，他指了指紧闭的窗户。

“把窗打开。”应布良道。

“老爷，外头风大，冷。”老仆人道。

“打开，打开！”应布良吃力地说，“她在外面，让她进来啊！”

“谁？”老仆人惊疑地瞄瞄窗户那边。

“紫琳小姐。”我代应布良回答了。

老仆人颤巍巍地举起蜡烛想走过去。

“别走！”我拉住老仆人。

烛影摇曳，漆黑的窗外赫然映着一个女子的侧影！在昏暗的烛光下看不清晰，恍惚而朦胧，时而在轻轻地翕动。

“啊！”老仆人惊叫起来，“有鬼啊！来人哪！”他跌跌撞撞地跑出去。

他跑出去后，我便把房间的门反锁上了。

“紫琳小姐，你来了吗？”我对着窗户上的剪影说。

应布良瞪大眼睛，直直地望着窗户上的影子。

紫琳小姐把手放在脖子上，歪着脸，似笑非笑，似颦非颦。她好像在玩弄着手中的玫瑰花。

“……原来姹紫嫣红开遍，似这般都付与断井颓垣……”我哼唱起来。

这是应布良最熟悉的词曲。应布良仿佛回忆起来什么。他神情黯然。他也嘶哑地跟着我哼唱的旋律发出声音，但他已经无法唱出曲调了，就好像坏了的琴弦，咿咿呀呀的，刺耳粗糙。

那影子时近时远，时而变成远处的一个丁点大的小人儿，时而又能看到她整个完整的面庞。

“拉我过去……”应布良吃力地撑起身子，他想下床。可是他没有力气再起来了，他整个人从床上滚了下去。他呻吟着，用尽力气拖着他那坏死的腿，一点一点地在冰冷的地上爬着，好像一只要死的动物。

我漠然地站着，也没有去帮他。我继续哼唱着那忧伤的曲调。

他好不容易挪到了窗边，我停止了哼唱。

那女子的影子消失了。窗外漆黑一片。

“紫琳！紫琳！你不要走！不要抛下我！”应布良惶恐起来，他举起颤抖的手猛拍窗户。他单腿跪着，撑起手把窗户使劲地推开。窗户被他摇晃得噼噼啪啪地乱响，他的骨头也在噼噼啪啪地乱响。

他双手撑着窗棂，好不容易把头探出窗外，好像把自己埋进了永恒的黑夜里。

“紫琳！紫琳！你在哪里？外头风大，你快进来啊！”他撕心裂肺地喊着。尽管他如此撕心裂肺，声音还是很微弱。因为他已经把身体里的最后一点力气都耗干了。

而窗外，除了树枝被风吹得东摇西晃的声音，就再无其他声音了。

他失望而落寞，他什么也看不到。

“你回来了，你不愿意见我。”他断断续续地说着话。他的头发好像茅草一样地挂在他脑后。他只穿了单薄的睡衣，寒风吹得他瑟瑟发抖。

不知过了多久，他累了，站不稳了，他跌坐在窗边，背靠在窗户下的墙壁上。

“她当然不想见你。”我说道，“她是被你害死的，所有人都是被你害死的，阿青，陈曦少爷，她是来索命的。”我冲着应布良发泄自己的一腔怨气。

应布良捂着耳朵，整个脸都扭曲了。他不想去面对自己犯下的罪恶，他害怕。

忽然一阵狂风袭来，把打开的窗户啪的一声吹关上了。

他忽然被震醒了似的。

他的头顶上又亮了起来，那个女子朦胧的身影再次出现了。

他抬起头望着那团炫目的光，他眯起了眼睛。他好像看到了什么动人的东西，或者说他又回忆起了什么动人的东西，一丝微笑挂在他的脸上。他好像徜徉在这种回忆之中，自以为幸福。他把手伸出来，想去触摸那团光，可是又悬在半空中，犹豫着没有伸出去，他好像害怕他一旦伸出去了，所有的一切又会消失不见，就像刚才那样。

还没有等他想好，那光影又消失了。黑暗和死寂又再次笼罩下来。那团光带来的温暖倏地消失，接下来却是更深更沉的寒冷。

他脸上的忧伤如此之深，带着深不见底的绝望。

他的身体忽然紧绷，继而瘫软下来。他的眼睛仍旧半眯着，眼珠子里的魂魄不见了。

我走过去探探他的鼻息，摸摸脉搏。他死了。

我站起来，推开窗，冲窗下小声地说：“你们可以走了。”

那两个皮影戏人从树丛里钻出来。他们带着紫琳小姐的皮影人儿走了。

尾声 乔芸

应布良死后，奶妈离开了。她独自一人回到了深山老林，她将会在那里度过她的余生。

张奇成了张家大宅的继承人。可是这宅子里有太多痛苦的回忆。锦屏藤和玫瑰花就像阴森的咒语。泛着青苔的石阶都是岁月的烙痕。每一寸幽凉的石板上是诡异的沧桑。厢房里的琼崖花梨木散发着腥甜。血的味道充溢着那个不老泉的花园。杂草和蔓藤好像蛇一样蜿蜒扭曲，四处攀缘。整个宅子都被黑绿的植被覆盖了，即便在日头高照的正午，仍透出深深的寒意。

仆人们都返家了。我们把张宅的大门用大大的铜锁锁上了。

张奇驾着马车载着我和媛媛离开了这里。

关于莉娜和袁雅音的事，到很久以后我才知道真相。原来袁雅音是国民党特务，莉娜被人误以为是地下党，被捉去审问了，后来莉娜被放了出来。其实，张奇才是地下党。

我记得那天，也就是我们启程离开宅子的那天，天气晴朗，蓝蓝的天空上飘着几朵雪白的云。张奇驾着马车，我和媛媛坐在后面的稻草堆上，媛媛在我的怀里睡着了。

我们路过一大片紫荆树林，漫天的紫荆花诡美艳丽，飘荡纷飞。紫荆树林后是一个小山坡，应布良和张紫琳的墓就在那里。他们的墓并排着，可是张紫琳的墓是空的。张紫琳的尸骨在不老泉上。但是没人可以再找到去不老泉的路了。

一切都已经结束。就好像被紫荆花覆盖的故事。紫荆花好像一张紫色的温柔的毯子，覆盖在坟墓上、草地上。紫荆花的香味淡淡的，随风飘散。

谁也不曾想到过这紫色的温柔下那惊心动魄的过往。

媛媛睡醒了，旅途还很漫长，我又给媛媛讲起了故事，讲的是那个她很喜欢听的故事。我把这个故事又改编了。

"从前有一个小男孩，和一个小女孩，他们家离得很近，住在同一条巷子。那条巷子种满了紫荆树，树上开满了紫荆花，粉色的，紫色的。小男孩和小女孩很要好，后来他们长大了，紫荆树里有个树妖，把小男孩捉走了。"我对媛媛说。

"后来那个小女孩死了。"媛媛接过去说，"妈妈以前说过。"

"不，她没有死。"我道，"她相信小男孩会回来的，她一直等啊等。直到有一天，她很老了，一头黑发全都变白了，眼睛变得又干又涩，脸上都是皱纹，她离开家乡去了很遥远的地方。有一天，她在镇上看见有个戏班子在演皮影戏，一个半边脸破了相的皮影戏人唱了一首优美而哀伤的曲子。她听到以后哭了，那个皮影戏人问她为什么哭泣，她说，她想起了她的恋人，这是她恋人最喜欢的曲子，他也会唱。皮影戏人望着她，眼前忽然明亮起来，她也忽然认出来了，原来他们就是以前的小男孩和小女孩，只是时间太久了，他们都很老了，都变得太厉害了，现在他们终于认出了彼此，他们激动极了，他们终于可以幸福地生活在一起了。”

“太好咯！”媛媛拍拍手，“小女孩不用死了。”

“是的，只要心没有变，我们还是能认出彼此，还是能找到对方。”

沉香手串还是一串挂在我的手腕上，一串在张奇的手腕上。

我想，以后终有一天，媛媛长大了，我要把所有的故事都告诉她，关于我和张奇的故事，还有关于应布良和张紫琳的故事。

图书在版编目（CIP）数据

杀房 / 潘思宇 著. — 北京 : 东方出版社，2017.12

ISBN 978-7-5060-9648-5

Ⅰ. ①杀…　Ⅱ. ①潘…　Ⅲ. ①长篇小说－中国－当代　Ⅳ. ①I247.5

中国版本图书馆 CIP 数据核字（2017）第 246993 号

杀房

（SHAFANG）

作　　者：潘思宇

责任编辑：罗佐欧

出　　版：东方出版社

发　　行：人民东方出版传媒有限公司

地　　址：北京市东城区东四十条113号

邮　　编：100007

印　　刷：小森印刷（北京）有限公司

版　　次：2017年12月第1版

印　　次：2017年12月第1次印刷

开　　本：880毫米 × 1230毫米　1/32

印　　张：12.75

字　　数：306千字

书　　号：ISBN 978-7-5060-9648-5

定　　价：38.00元

发行电话：（010）85924663　85924644　85924641